CATHERINE
RYAN HYDE

Als die Sterne sich verirrten

ROMAN

Aus dem Amerikanischen
von Marion Plath

TINTE & FEDER

Die amerikanische Ausgabe erschien 2018 unter dem Titel »Just After Midnight« bei Lake Union Publishing, Seattle.

Deutsche Erstveröffentlichung bei
Tinte & Feder, Amazon Media EU S.à r.l.
38, avenue John F. Kennedy, L-1855 Luxembourg
September 2019

Die Übersetzung dieses Buches wurde durch Amazon Crossing ermöglicht.

Umschlaggestaltung: zero-media.net, München
Umschlagmotiv: © Chris Cheadle / Getty; © DAVID NUNUK / Getty;
© M and M Inc / Getty; © kudla / Shutterstock
Lektorat und Korrektorat: Verlag Lutz Garnies, Haar bei München,
www.vlg.de
Gedruckt durch:
Amazon Distribution GmbH, Amazonstraße 1, 04347 Leipzig /
Canon Deutschland Business Services GmbH, Ferdinand-Jühlke-Str. 7,
99095 Erfurt /
CPI books GmbH, Birkstraße 10, 25917 Leck

ISBN 978-2-91980-740-6

www.tinte-feder.de

MITTE JULI, MITTENDRIN IN DIESER GESCHICHTE

Kapitel 1

Sorgen um Sarah

Faith stand in der Schlange vor dem Imbisswagen, der an diesem Wochenende das Dressurturnier versorgte, und kaufte zwei Hähnchentacos.

Mit der Tüte in der Hand überquerte sie einen Platz, der eine grüne Wiese hätte sein können, wäre dies nicht das Central Valley in Kalifornien gewesen, wo den ganzen Sommer über Temperaturen von um die siebenunddreißig Grad herrschten. Wie auch jetzt. Unter ihren Stiefeln knirschte es, als sie über ein Meer aus Holzspänen zu Stall C ging. In einer weiten Kurve wich sie einem Bewässerungsfahrzeug aus, das den Boden besprühte, um den aufwirbelnden Staub auf ein Minimum zu begrenzen.

Auf halbem Weg, ein paar Meter hinter dem Abreiteplatz, hörte Faith das Getrappel von stahlbeschlagenen Hufen. Sie wandte sich um – und den Blick ziemlich weit nach oben – und sah John Wintermeyer, der auf seinem dunkelbraunen Wallach, einem Niederländischen Warmblut, hinter ihr ritt.

»Ist die Vorführung beendet?«, fragte sie und reckte den Hals, um sein Gesicht sehen zu können. Sie musste die Augen mit der Hand vor der Mittagssonne abschirmen, die direkt über Johns Kopf zu hängen schien.

»Jepp.« Und damit schien das Thema für ihn beendet zu sein.

Sie liefen ein Stück nebeneinander her, falls man das so sagen kann, wenn sich die eine Person eine ganze Körperlänge höher befindet als die andere. Trotzdem konnten sie leichter miteinander Schritt halten, als Faith gedacht hätte.

Er war ungewöhnlich groß, dieser John. Etwa zwei Meter, schätzte sie, vielleicht sogar noch etwas größer. Was zur Folge hatte, dass seine riesigen Dressurpferde neben ihm wie Ponys aussahen. An der höchsten Stelle des Widerrists war der Wallach größer als Faith. Wenn das riesige Tier gesattelt war, konnte sie nicht über den Rücken des Pferdes sehen, nicht einmal, wenn sie auf Zehenspitzen stand. Doch John war so groß, dass seine Stiefel in den metallenen Steigbügeln mehr als dreißig Zentimeter unter dem Rumpf des riesigen Pferdes hingen. In den blitzweißen englischen Reithosen wirkten seine Beine so dünn wie Zahnstocher. Faith glaubte, sie hätte die breiteste Stelle von Johns Schenkel locker mit beiden Händen umfassen können. Was sie aus naheliegenden Gründen natürlich nie ausprobiert hatte.

»Wie ist's gelaufen?«, fragte sie, einfach um etwas zu sagen.

»Hätte besser sein können.« Seine Stimme war leise. Oder vielleicht nur zu weit von ihr entfernt. Oder beides.

»Richtige Fehler? Oder mochten Sie nur nicht, wie er sich bewegt hat?«

»Irgendwas dazwischen. Die Galopppirouetten waren nur mittelprächtig. Er hat in der Hüfte zu sehr nachgegeben. Das ist teilweise auch meine Schuld. Aber die Tempi haben mich ziemlich enttäuscht.«

Diesen Begriff aus dem Dressurreiten hatte Faith noch nicht gehört.

»Ich weiß nicht, was das ist«, sagte sie.

Sie kamen an einem weiteren Reiter vorbei. Sein schlanker Grauer wirkte noch jung. Das Pferd blieb plötzlich stehen, wich zwei Schritte zurück und bäumte sich auf, während der Reiter versuchte, es wieder anzutreiben. Vor nicht allzu langer Zeit hätte sich Faith bei einem Tumult wie diesem schnell in Sicherheit gebracht, aber mittlerweile ging sie einfach weiter.

»Tempowechsel«, sagte er.

»Ich schwöre, John, ich lerne so schnell ich kann. An manchen Tagen habe ich das Gefühl, mein Kopf explodiert gleich, und trotzdem weiß ich nicht mal einen Bruchteil von dem, was Sarah und Sie wissen.«

Sie gingen schweigend weiter und Faith lauschte dem beruhigenden Getrappel der Pferdehufe. Ihr fiel auf, dass John die Füße aus den Steigbügeln gezogen hatte und seine langen Beine frei baumeln ließ. Er hätte mit der Spitze seiner hohen schwarzen Stiefel leicht die Karpalgelenke des massiven Warmblüters berühren können.

Als sie am Stall A vorbeikamen, war Faith froh, dass sie fast da waren. Diese Veranstaltungsgelände waren so weitläufig, dass man ewig brauchte, um irgendwohin zu kommen. Und das in dieser Hitze.

»Ein Tempowechsel geschieht, wenn man alle soundso viele Schritte einen fliegenden Galoppwechsel macht«, sagte er. »Dies waren zwei Tempi. Mit einem Galoppwechsel nach jedem zweiten Galoppsprung. Als ich Sie zum ersten Mal getroffen habe, machte ich gerade einen Tempowechsel und Sie haben gesagt, es sehe aus, als würde das Pferd hüpfen. Erinnern Sie sich?«

»Stimmt«, sagte Faith. »Stimmt. Ich verstehe. Jetzt erinnere ich mich wieder. Er hat also nicht nach jedem zweiten Galoppsprung einen Galoppwechsel gemacht?«

»Oh, so schlimm war es auch wieder nicht«, sagte John, doch er klang entmutigt und müde. »Er war nur unausgeglichen und nicht hundertprozentig gerade. An einer Stelle war er sogar spät dran. Ich weiß nicht. Entweder lag's an ihm oder an mir. Wahrscheinlich beides. Er ist heute einfach nicht in Form, genau wie ich. Wir sind beide müde.« Sie kamen an Stall B vorbei. »Ich mache mir Sorgen um sie«, sagte er plötzlich mit Nachdruck. »Ich weiß nicht, ob ich das sagen darf.«

Faith blieb stehen. John und sein Pferd blieben stehen. Sie versuchte, zu ihm hochzusehen, aber die Sonne blendete sie.

»Um wen? Um Sarah? Oder um die Stute?«

»Beide, nehme ich an. Aber ich meinte das Mädchen.«

»Natürlich dürfen Sie das sagen. Ich bin mir nur nicht sicher, wie ich daran etwas ändern könnte. Mehr Sorgen als normalerweise, meinen Sie?«

John öffnete das Kinnband, nahm den Helm ab und klemmte ihn sich auf den Sattelknopf zwischen die Beine. Er kratzte sich hinterm Ohr, während sich der Wallach das Gesicht an einem seiner muskulösen Beine rieb.

»Vielleicht, schwer zu sagen. Ich kenne sie noch nicht so lange. Sie erscheint mir nur irgendwie … ich meine, ich weiß, sie ist ein Teenager, aber … sie ist wie ein brodelnder Vulkan. Als würde sich ein Druck in ihr aufbauen. Ich verstehe die Sache mit ihr und dem Pferd und ich gebe ihr keine Schuld. In ihrem Alter wäre ich auch aufgebracht gewesen, wenn mir mein Vater so etwas angetan hätte. Trotzdem habe ich das Gefühl, dass noch mehr dahintersteckt. Aber wissen Sie was? Es geht mich nichts an. Vergessen Sie am besten einfach, dass ich das Thema überhaupt angesprochen habe.«

Sie gingen weiter und bogen in die lange Stallgasse von Stall C ein. Faith konnte die Wärme der Tacos durch die Papiertüte fühlen und ihr Magen knurrte. Sie hatte zu lange gewartet, bis sie sich in der Hitze auf den weiten Fußweg gemacht hatte, um ihr Abendessen zu holen.

»Na ja«, sagte sie und zögerte. Doch dann rückte sie ohne weiteres Nachdenken mit der Information heraus. »Es ist noch etwas passiert. Ihre Mutter ist vor zwei Monaten gestorben. Ich weiß nicht, ob sie Ihnen davon erzählt hat.«

John und sein Pferd blieben stehen. Faith blieb stehen. Sie blickte zu den beiden auf, jetzt ohne die störende Sonne in den Augen. Ein wohltuender Schatten fiel in die Gänge zwischen den Stallreihen. Es kam Faith so vor, als würden beide sie anstarren, der Mann und das Pferd.

»Ich dachte, *Sie* seien Sarahs Mutter!«, sagte John.

»Ich? Nein. Ich habe keine Kinder.«

»Sie sind nur eine alte Bekannte von Sarah?«

»Noch nicht mal das.«

»Sie kennen sie noch nicht lange?«

»Weniger als zwei Monate«, antwortete Faith. Sie hatte das Gefühl, die Ausfahrt aus dem Gespräch verpasst zu haben.

»Sie ist aber mit dem Einverständnis eines Elternteils bei Ihnen, oder? Ich meine, Sie haben sie doch nicht etwa entführt?«

Er versuchte zu lachen, aber es gelang ihm nicht.

»Ihre Großmutter weiß, dass sie bei mir ist. Ich tue ihr eine Art ... Gefallen.«

Es war eine sachliche Erklärung, doch sorgfältig konstruiert, um die Wahrheit zu vermeiden – in gewisser Weise war Sarah wirklich entführt worden. Zumindest rein sachlich, nach den Regeln des Sorgerechts.

Sie standen kurz schweigend da, dann schwang sich John mit einer gleichmäßigen Bewegung vom Pferd. Er nahm seinen Wallach am Zügel und sie setzten ihren Weg fort.

»Ihre Mutter ist also gestorben, und ihr Vater hat die Stute ohne Sarahs Wissen mehr oder weniger in derselben Woche verkauft?«

»Das ist ungefähr das Ausmaß, ja.«

»Na, das erklärt einiges. Das arme Mädchen!«

Sie erreichten die Boxen, auf denen an der Außenseite die Worte ›John Wintermeyer Dressage‹ standen. Er führte sein Pferd in eine leere Box und löste den Gurt.

»Ich mache mir trotzdem Sorgen um sie«, sagte er.

»Ich weiß«, erwiderte Faith. »Ich auch.«

* * *

Faith entdeckte Sarah in Midnights Box, was keine Überraschung war.

Während Faith das Essen besorgt hatte, war die samtschwarze Stute sorgfältig gepflegt worden. Ihr Schweif war gewaschen und gekämmt und Sarah hatte ihre Mähne zu Zöpfen geflochten, die akkurat im Abstand von ein paar Zentimetern eingerollt wie kleine Blütenknospen auf dem Hals des Pferdes saßen. Midnight hielt so still, als sei sie hypnotisiert worden.

Sarah stand in den knöcheltiefen Sägespänen und hielt den Lederriemen eines Steigbügels in der Hand, den sie aus nächster Nähe eingehend musterte.

Faith wartete, doch Sarahs Konzentration war ungebrochen.

»Ich habe Tacos mitgebracht«, sagte Faith schließlich.

Faiths Anwesenheit schien Sarah nicht zu erschrecken. Sie blickte sich nicht einmal um.

»Ich habe keinen Hunger«, sagte sie.

»Solltest du nicht etwas Energie zum Verbrennen haben, während du arbeitest?«

»Es ist so heiß. Ich glaube, ich würde mich übergeben.«

Faith glaubte, dass die Ursache für Sarahs Appetitlosigkeit eher die Nerven waren. Sie sagte jedoch nichts.

»Trotzdem danke, dass du mir was mitgebracht hast«, sagte Sarah und starrte immer noch den Lederriemen an. »Das war nett von dir. Kannst du beide essen?«

»Ich kann's versuchen. Ich habe genug Hunger für uns beide.«

Faith blieb einen Augenblick an die Boxentür gelehnt stehen. Sie sah deutlich eines von Midnights dunklen, glänzenden Augen. Es beobachtete sie, das Auge. Ihren Anblick aufnehmend, doch ohne jede Reaktion. Als spielte Faiths Existenz in der Welt der Stute keine Rolle.

»Das habe ich vermisst«, sagte Sarah plötzlich. Ihre Stimme hatte diesen tiefen, intensiven Ton angenommen, in den sie immer verfiel, wenn etwas so wichtig war, dass sie es kaum verarbeiten konnte.

Faith lachte, aber es klang mehr wie ein gezwungenes Bellen. »Ich weiß, du meinst nicht diesen Lederriemen«, sagte sie.

»Irgendwie schon. Und es ist nicht nur irgendein Lederriemen, es ist ein Steigbügelriemen. Ja, den habe ich vermisst.«

»Mehr als – sagen wir mal – den Nasenriemen vom Zaum?«

»Nein, ich habe alle Teile des Zaumzeugs gleich viel vermisst.«

»Ich dachte, es sei Midnight, die du vermisst hättest«, sagte Faith.

»Na ja, natürlich. Natürlich Midnight. Aber das wusste ich schon. Ich hatte aber keine Vorstellung davon, wie sehr ich das *alles* vermisst habe.«

Sie ließ plötzlich den Steigbügelriemen fallen und drehte sich zu Faith um. Zum wahrscheinlich ersten Mal an diesem Tag blickte sie ihr direkt in die Augen. Vielleicht sogar zum ersten Mal, seit sie zusammen von diesem Strand geflüchtet waren.

»Faith. Was, wenn es dieses Mal funktioniert? Wenn ich sie reite und sie einen so guten Eindruck macht, dass es funktioniert und jemand sie kauft? Was dann?«

»Ich … ich weiß es nicht. Tut mir leid, Sarah, aber ich habe von diesen Sachen wirklich keine Ahnung. Ich wünschte, ich hätte die Antwort auf alles, was dir im Moment auf den Schultern lastet. Aber … wenn du wirklich mal darüber nachdenkst … wäre es so viel schlimmer, wenn sie einen neuen Besitzer hätte?«

»Ja!«, rief Sarah so laut, dass Midnight etwas scheute – nur ein großes Zucken und kaum eine Fußbewegung. »Ja, es wäre viel schlimmer. Der neue Besitzer könnte sie außer Landes bringen. Oder mir nicht erlauben, bei ihr zu sein. John lässt mich bei ihr sein.«

»Ich weiß nicht, was ich dazu sagen soll, meine Kleine. Früher oder später müssen wir sowieso nach Hause gehen.«

»Ich muss mich umziehen«, sagte Sarah nur.

Sie drängte sich fast gewaltsam an Faith vorbei, als sie aus der Box stürmte.

* * *

Faith ließ sich auf der Bank vor der Arena nieder, wo bereits die Präsentation der Pferde, die zum Verkauf standen, begonnen hatte. Sie zog ihr langärmliges Hemd aus und beobachtete die Präsentation in ihrem schweißnassen T-Shirt, auch wenn es ihr weniger Schutz vor der Sonne bot. Sie strich sich das lange Haar aus dem Nacken.

Ein ziemlich ungewöhnlich aussehendes Pferd wurde gerade vorgeführt. Es hatte rötlichgraues Fell und war von stämmiger Statur. Der Ansager verkündete, dass es sich bei dem Wallach um eine Kreuzung aus einem Oldenburger und einem Quarter Horse handelte.

»Das erklärt so einiges«, sagte eine der beiden Frauen, die vor ihr saßen.

Faith warf einen Blick zu Sarah und Midnight, die sich auf einem etwa fünfzig Meter entfernten Turnierplatz mit einem Galopp aufwärmten. Sie konnte erkennen, dass die Reitjacke des Mädchens von innen mit Sicherheitsnadeln zusammengesteckt war, um sie in der Taille enger zu machen, und hoffte, dass außer ihr niemand so genau hinsehen würde.

In der Zwischenzeit informierte der Ansager die Zuschauer, dass der Oldenburger-Quarter-Horse-Wallach ein perfekter Gentleman sei, ob beim Transport, bei der Pflege, beim Anbinden oder auf der Rennbahn oder am Strand.

Faiths Aufmerksamkeit wurde von Sarah weggelenkt, als der Ansager einen Preis für den Wallach nannte. Sie glaubte zu hören, dass er achttausend Dollar sagte, was ihr unglaublich wenig erschien. Vermutlich lag es daran, dass das Pferd ein Mix war. Außerdem wurden Quarter Horses nur selten zum Dressurreiten verwendet. Trotzdem konnte sie sich nicht vorstellen, weshalb jemand sich die Mühe machen sollte, ein Pferd auf eine Schau zu schicken, um dann nur achttausend Dollar dafür zu verlangen.

Die beiden Frauen vor ihr stießen einen leisen Pfiff aus.

»Oh, wem will sie das denn weismachen?«, zischte die eine der anderen ins Ohr.

Die beiden sahen wohlhabend aus, dünn, um die fünfzig und überheblich. Die Art von Frauen, die man auf einer Dressurshow anzutreffen erwartete.

»Niemand wird ihr achtzigtausend Dollar für diesen Wallach zahlen.«

In dem Moment wurde es Faith klar, dass sie den Ansager falsch verstanden hatte.

»Hast du mitbekommen, dass sie den Ansager instruiert hat, hervorzukehren, dass er auf seine Galopppirouette eine Neun bekommen hat?«, fuhr die Frau fort. »Eine einzige Wertung. Von einer Bewegung. Gib uns die Gesamtwertung seiner letzten sechs Prüfungen oder ich muss davon ausgehen, dass es dieses eine Mal ein Glückstreffer war.«

Der Wallach und seine Reiterin verließen dic Arena.

Sarah und Midnight kamen hereingeritten.

»Als Nächstes haben wir eine wirklich schöne Hannoveraner-Stute«, sagte der Ansager. »Dies ist Falkner's Midnight Sun.«

Nach dieser Ankündigung hörte Faith dem Ansager nicht mehr zu, da sie völlig in die Unterhaltung der zwei Frauen hineingezogen wurde. Sie konnte es einfach nicht vermeiden. Es war näher. Und verlockender. Außerdem hatte sie alles, was der Ansager gerade erzählte, bereits im Verkaufskatalog gelesen.

»Oh, da ist wieder dieses ungezogene Mädchen«, sagte eine der Frauen. »Warum lässt John dieses ungezogene, schwierige Mädchen auf ihr reiten?«

»*Warum?*«, fragte ihre Freundin, als sei die Antwort auf die Frage offensichtlich. »*Warum?* Hast du mal gesehen, wie diese Stute für John arbeitet? Oder nicht arbeitet, sollte ich wohl sagen.«

»Nein, aber John ist ein guter Reiter.«

»Außer auf dieser Stute. Was glaubst du, warum er sie verkauft? Sie ist bei ihm völlig unkooperativ. Er kann sie nicht einmal an der Trense halten. Die Hälfte der Zeit ist sie vor der Senkrechten und drückt den Rücken durch. Sie ist völlig widerwillig, es sieht einfach furchtbar aus. Er bekommt ihre Wertung nicht einmal auf sechzig Punkte. Wer will dafür fünfundsiebzigtausend Dollar zahlen? Und sieh nur, wie sich die Stute mit dem Mädchen versteht. Sie kommt richtig aus sich heraus.«

»Sie wirkt tatsächlich wie ein ganz anderes Pferd. Aber was hat das Mädchen, das John nicht hat?«

»Das Vertrauen der Stute, nehme ich an. Sie ist die frühere Besitzerin. Ich weiß aber nicht, warum er glaubt, es mache einen Unterschied. Niemand gibt eine solche Summe aus, ohne ein Pferd vorher selbst zu reiten. Diese Stute wird ihn noch sein letztes Hemd kosten.«

Währenddessen ritt Sarah einen starken Trab mit dieser schönen Vorwärtsbewegung, die Faith früher als »Schreiten« bezeichnet hätte. Wie sich herausgestellt hatte, wurde dieser Begriff nur für den Gang benutzt, aber er schien trotzdem passend. Dann wechselten Sarah und Midnight geschmeidig zum Arbeitsgalopp. Sarah führte mehrere Zwanzig-Meter-Zirkel und danach Zehn-Meter-Zirkel aus, manche im Außengalopp – bei dem das äußere Beinpaar vorgriff, wie Faith jetzt wusste –, manche mit einem fliegenden Galoppwechsel bei jeder Richtungsänderung. Wie Faith wusste, demonstrierte Sarah, wie Midnight sich zurückhielt, Schritte vorwegzunehmen, und stattdessen auf die Hilfen ihrer Reiterin wartete.

Allerdings nur, wenn die Reiterin Sarah war.

Die Frauen tuschelten weiter.

»Sie ist aber auch so ein schwieriges Mädchen«, sagte die eine. »Erinnerst du dich noch, als wir so jung waren und über alles Bescheid wussten?«

Beide lachten.

»Warst du dabei, als sie wegen dieser Stutensache die Wände hochgegangen ist?«

»Nein. Welche Stutensache?«

Auf der langen Bahn führten Sarah und Midnight eine perfekte Bewegung aus (eine Passage, wie Faith gelernt hatte, mit französischer Betonung), bei der sich die Hufe der Stute atemberaubend hoch hoben und nach jedem Trabschritt in der Luft pausierten. Es war wunderschön.

Im Gegensatz zum Hintergrundgetuschel der beiden Frauen.

»Die einzige andere Stute im Verkaufskatalog … die Westfälin von Jesse Rich … in der Katalogbeschreibung stand nur, dass sie überhaupt nicht typisch für eine Stute sei und deshalb immer für einen Wallach gehalten werde. Und dieses kleine Mädchen ist deswegen die Wände hochgegangen. Sie hat überall erzählt, dass es kein Makel sei, eine Stute zu sein, und dass Leute, die ihre Stute für zu stutenhaft hielten, sie nur nicht richtig behandelten und ritten. Sie hat gesagt, dass man solche Merkmale zwar verwendet, aber seinem Pferd daran nicht die Schuld geben sollte. Sie hat allen so lange damit in den Ohren gelegen, bis es niemand mehr hören wollte.«

Sarah und Midnight gingen in einen langsamen Galopp über – ein donnerndes, aufregendes Spektakel. Sie sahen aus, als würden sie gemeinsam in den Kampf reiten. Fast schon heldenhaft.

»Das Leben ist so einfach«, sagte die andere Frau, »wenn man erst zwölf ist.«

Sie lachten wieder.

»Ehrlich gesagt«, unterbrach Faith, »... sie ist vierzehn.«

Blitzschnell drehten sich die Frauen nach ihr um, dann wandten sie eilig den Blick ab, als sie sahen, von wem der Kommentar kam. Sie kannten Faith nicht und Faith kannte sie nicht, aber sie wussten, dass Faith und Sarah zusammengehörten.

Ihre Gesichter verzogen sich zu einer gezwungen beschämten Grimasse. Sie standen leise auf und schlichen sich davon.

Faith lehnte sich zurück und atmete tief durch. Jetzt konnte sie sich auf die Worte des Ansagers konzentrieren, der gerade behauptete, es sei offensichtlich, dass die Stute für einen jungen Reiter geeignet sei. Die Reiterin, die sie vorführte, sei erst vierzehn Jahre alt und habe die Stute mit nur wenig professionellem Training bis zum vierten Level gebracht. Laut ihm sei die Stute demnach für Anfänger geeignet. Wie Faith wusste, war das von der Wahrheit weit entfernt. Midnight war nicht einmal für John geeignet.

Sarah und Midnight bewegten sich mit langen, zügigen Schritten quer durch den Platz, vollführten eine perfekte Wende und blieben mit einem präzisen Schritt am Markierungspunkt A stehen. Eine kurze Pause trat ein, dann piaffierte die Stute, indem sie die Hufe hob, ohne sich auch nur einen Schritt vorwärts zu bewegen, den Hals zu einer schönen Kurve gebeugt. Die verstreut sitzenden Zuschauer brachen in spontanen Applaus aus.

Sarah ritt mit Midnight aus der Arena und die quälende Anspannung war vorüber.

Außer, jemand entschied sich, das Pferd zu kaufen. Dann wäre es erst der Anfang.

* * *

»Schlaf nicht im Auto«, sagte Sarah. »Probier es doch auch mal aus, in der Box zu übernachten, hier mit mir. Es ist so viel bequemer als im Auto.«

Sarah war mit der schweißnassen Stute zur Abkühlung ein Stück gelaufen und hatte sie dann mit Wasser abgespritzt, eine dünne Netzdecke über sie gelegt und sie in ihre Box gebracht. Danach war sie wieder zu Faith gegangen, die auf einem hohen, mit Holzspänen gefüllten Sack in der Stallgasse saß und gerade den zweiten Taco aß.

»Da bin ich mir nicht so sicher«, sagte Faith, als ihr Mund gerade nicht so voll war.

»Warte, bis du gesehen hast, wie viel Stroh ich verwende. Du denkst, der Boden sei hart, aber das ist er nicht.«

»Es ist nicht nur das. Es geht darum, dass in der Box Pferde waren. Und du weißt, was Pferde in ihren Boxen tun. Es kommt mir einfach unhygienisch vor.«

»Nein, so ist es überhaupt nicht«, sagte Sarah. »Der Boden der Box ist aus Beton, aber auf diesem hier liegen brandneue Gummimatten, auf denen noch nie ein Pferd gestanden hat. Und das Stroh, das ich auf dem Boden verteile, kommt von einem frischen Ballen, und zum Schluss lege ich eine saubere Pferdedecke über das Stroh. Es ist hygienisch. Ich schwöre.«

Faith konnte die Verzweiflung in der Stimme des Mädchens hören. Ihre Einwilligung schien Sarah viel zu bedeuten und Faith fragte sich, weshalb. Vielleicht fühlte sich Sarah deprimiert, oder sie fürchtete sich und wollte nicht allein sein.

»Das klingt gar nicht so schlecht. Aber ich hatte mir überlegt, in die Stadt zu fahren und mir eine Nacht in einem günstigen Motel zu gönnen.«

Faith bereute sofort, was sie gesagt hatte. Das Mädchen hatte sie fast angebettelt.

Ich hätte etwas lockerer sein sollen, dachte sie. *Hätte ich doch einfach zugestimmt.*

»Mach das doch morgen. Probier es heute Nacht mal aus, bitte!«

Faith stopfte sich den letzten Tacorest in den Mund und folgte Sarah zu der Box. Immer noch kauend, breitete sie die Arme aus und ließ sich mit dem Gesicht nach unten auf das hohe Bett aus Stroh fallen. Sie wandte den Kopf in Sarahs Richtung.

»Besser, als ich dachte!«, sagte sie mit vollem Mund.

* * *

Es war kurz nach Mitternacht. Die Dunkelheit wurde vom weichen Licht der LED-Lampen durchbrochen, die in der Stallgasse hingen, damit die Pferde etwas von ihrer Umgebung sehen konnten. Durch die Lampen fühlten sich die Tiere an diesem ungewohnten Ort weniger nervös. Sicherer.

Eine leichte Brise wehte über die Boxentür herein, doch es war nicht kühl. Faith fühlte sich, als sei es noch nie kühl gewesen und als würde es auch nie mehr kühl sein.

Das Pferd auf der anderen Seite der Stallgasse, dessen Besitzer sie nicht kannten, führte einen neurotischen Tanz auf. Sein Kopf ragte über die Halbtür, und indem es mit dem Rumpf vor und zurück schwang, erzeugte es ein rhythmisches Klopfen gegen die schwere Tür aus Holz und Stahl.

Faith setzte sich auf und blickte das seltsame Pferd an. Es erwiderte ihren Blick, setzte seine Bewegungen aber ohne Unterbrechung fort.

»Du schläfst ja gar nicht«, sagte Sarah.

»Nein. Und du anscheinend auch nicht.«

»Aber es liegt nicht daran, dass es nicht bequem ist, oder?«

»Nein, das ist es nicht. Es ist in Ordnung. Es ist nur zu heiß zum Schlafen. Im Auto wäre es aber noch schlimmer.« Ein Hotel wäre himmlisch gewesen, aber das sagte sie nicht. »Gab es eigentlich irgendwelche Rückmeldungen?«, fragte Faith und wünschte sich sofort, sie hätte den Mund gehalten.

»Ich habe keine Ahnung, wovon du sprichst«, sagte Sarah.

»Macht nichts. Vergiss die Frage einfach.«

»Nein. Wirklich. Was hast du gemeint?«

»Ich meine, hat sich jemand bei John gemeldet, um sie zu kaufen?«

»Ich habe keine Ahnung«, antwortete Sarah. Ihre Stimme klang jetzt matt und kalt. »Er erzählt mir nichts. Warum sollte er auch? Sie ist sein Pferd, nicht meins. Wahrscheinlich geht es mich nichts an, was mit ihr geschieht.«

Sie verstummten wieder und blieben still liegen, während sie dem monotonen Klopfen des neurotischen Pferdes auf der gegenüberliegenden Seite der Stallgasse zuhörten.

»Ich muss dir was erzählen«, sagte Sarah plötzlich.

Faiths Magen zog sich zusammen. In diesem Augenblick wusste sie, dass Sarah ihr schon seit jenem Morgen, an dem sie sich zum ersten Mal begegnet waren, etwas hatte erzählen wollen. Oder, wenn nicht ihr, zumindest irgendjemandem. Und es ging um etwas Großes, Faith konnte es spüren. Sie wollte hinterfragen, warum ausgerechnet sie in diese Sache eingeweiht wurde, aber dafür war es jetzt zu spät.

»Solltest du das nicht deiner Großmutter erzählen?«, fragte sie und konnte die kalte Angst in ihrer eigenen Stimme förmlich hören.

»Das wollte ich ja. Glaubst du vielleicht, ich wollte das nicht? Aber sie wäre … ich weiß nicht. Ich glaube, sie würde ausflippen. Sie hält gerade so durch, verstehst du? Gerade so. Wie diese Leute in alten Filmen, die von einer Klippe fallen, und dann sieht man sie, wie sie sich an diesem kleinen, winzigen Unkraut festhalten. Und die Erde drumherum löst sich und fällt herunter und das Unkraut wird herausgezogen und immer länger, bis man die Wurzeln sehen kann, aber trotz ihrer Erschöpfung lassen die Leute nicht los. Ich will nicht diejenige sein, die ihr den letzten Halt nimmt, verstehst du?«

»Ja«, erwiderte Faith. »Ich glaube, ich weiß, was du meinst.«

»Es geht um die Nacht, in der meine Mutter gestorben ist.«

»Ist das nicht etwas, das wir vielleicht … du weißt schon. Ich sage es nur ungern …« Doch nach einer bedrückenden Pause brachte sie es heraus: »Etwas, das wir der Polizei mitteilen sollten?«

»Ich weiß nicht. Vielleicht. Ja. Aber zuerst muss ich es wenigstens jemandem erzählen, den ich gut genug kenne. In Ordnung?«

»Ja«, sagte Faith. »Das klingt vernünftig. Okay, ich höre dir zu. Leg los und erzähl mir, was du loswerden musst.«

Kapitel 2

Respekt

»Es ist nicht so gewesen, wie mein Dad erzählt hat«, begann Sarah. »Kein bisschen.«

Fast Schulter an Schulter saßen sie auf dem provisorischen Strohbett in der leeren Box und beobachteten das neurotische Pferd, das sich hin- und herwiegte. Einen kurzen Moment fragte sich Faith, ob sie dem Pferd auch gestört vorkamen.

Sie wartete darauf, dass Sarah weitersprach. Sie wollte sie nicht drängen, aber ihre Worte schienen versiegt zu sein.

»Nun, Liebes«, sagte Faith schließlich. »Ich weiß ja nicht mal, was er gesagt hat.«

»Du weißt nicht, wie meine Mutter gestorben ist?«

»Nein.«

»Ich dachte, meine Oma hätte es dir erzählt.«

»Nein. Und ich wollte nicht neugierig sein.«

»Oh. Okay. Na ja. Sie hatten sich gestritten. Was das betrifft, sind sich alle einig. Es war kurz nach Mitternacht und in ihrem Schlafzimmer lief dieser große, laute Streit ab. Und dann hat mein Vater der Polizei erzählt, er sei nach unten gegangen, hätte etwas getrunken und den Fernseher angemacht. Und dann hätte er den Schuss gehört und sei wieder nach oben gerannt. Und sie … sie hätte … du weißt schon.«

Eine Stille trat ein, abgesehen vom Klopfen ihres vierbeinigen Nachbarn. In Faiths Magen machte sich ein kaltes Prickeln bemerkbar, als versuchte jemand, sie mit ganz kleinen Stromschlägen hinzurichten. Sie begann zu ahnen, worauf das hier hinauslief.

»Okay«, sagte Faith. »Okay. Das hilft. Jetzt kenne ich schon mal die offizielle Version. Und nun erzähl du mir, was wirklich passiert ist.«

»Ich war in meinem Zimmer.« Ihre Stimme hatte sich zu einem Flüstern gesenkt. Sie beugte sich vor, damit Faith sie hören konnte. »Es war kurz nach Mitternacht. Der Streit hatte mich geweckt. Und dann hörte ich, wie ein Schuss abgefeuert wurde. Ich rannte in den Hausflur und sah meinen Vater. Er kam gerade aus dem Schlafzimmer. Und er sah mich an. Und der Ausdruck auf seinem Gesicht, er war wie … ich weiß nicht. Ich weiß nicht, wie ich es beschreiben kann.«

»Hatte er die Waffe, als du ihn gesehen hast?«

»Nein.«

»Gab es eine Pause zwischen dem Streit und dem Moment, als der Schuss fiel?«

»Nein. Es klang, als sei sie gerade mitten in einem Satz gewesen.«

»Du sagst also, dass …«

»Ich weiß es nicht«, sagte Sarah und zog sich wieder zurück. »Ich weiß nicht, was ich sage. Na ja, vielleicht schon. Ich glaube, vielleicht schon. Aber ich bin mir nicht sicher.«

»Du weißt aber, dass ich das deiner Großmutter erzählen muss?«

»Ich hasse es, ihr das anzutun.«

In dem schwachen Licht sah Faith zu dem neurotischen Pferd hinüber, das ihren Blick erwiderte. Genau in diesem Moment hielt es plötzlich still.

»Das ist keine kleine Sache, Sarah. Das ist ein Riesending. Deine Großmutter versucht, mit allen Mitteln das Sorgerecht für dich zu bekommen. Sie braucht diese Information. Und darüber hinaus … Du weißt bestimmt, dass das eine Sache ist, die man nicht für sich behalten kann. Es ist zu wichtig. Ich glaube, wenn dir das nicht klar wäre, hätten wir diese Unterhaltung jetzt nicht.«

»Stimmt. Ja. Ich weiß. Aber … nicht heute, okay? Lass mich einfach den Tag durchstehen und mich auf die Sorge konzentrieren, ob jemand Midnight kauft. Lass mir nur einfach diesen einen Tag, um mich an die Tatsache zu gewöhnen, dass ich es dir überhaupt erzählt habe. Bevor du es meiner Großmutter erzählst und sie es der ganzen Welt mitteilt. Okay?«

»Ich denke, auf einen Tag mehr oder weniger kommt es wohl nicht an«, sagte Faith.

Und damit fing das Pferd wieder an, sich hin- und herzuwiegen.

Sie blieben eine Weile schweigend sitzen.

Faith legte sich wieder auf die saubere Pferdedecke auf dem weichen Bett aus Stroh, und ein paar Minuten später legte sich auch Sarah hin. Als würden sie schlafen. Es kam Faith wie eine alberne Scharade vor, so zu tun, als könnten sie nach einer derartigen Enthüllung einfach so einschlafen.

Eine ganze Weile lagen sie hellwach da. Es hätten fünfzehn Minuten oder eine Stunde sein können, aber es war so oder so klar, dass keine von ihnen ein Auge zumachen konnte.

Faith hörte Schritte und erschrak. Wie so oft, begann ihr Herz heftig zu klopfen. Doch sie blieb still liegen und horchte und merkte schon bald, dass es wahrscheinlich nur die Person war, die nachts die Pferdeställe überprüfte.

»Ich weiß es«, sagte Sarah, als die Schritte wieder verklungen waren.

»Was? Was weißt du?«

»Der Ausdruck auf seinem Gesicht. Als er mich sah. Ich weiß, was es war. Er war … beschämt. Zutiefst beschämt.«

Faith wartete geduldig ab, ob das Mädchen noch mehr sagen würde.

Doch der Rest der Nacht kroch schweigend vorbei, ohne dass Faith auch nur das geringste bisschen Schlaf abbekam.

* * *

»Wach auf, Schlafmütze!«, ertönte unerwartet eine Stimme.

Faith setzte sich auf und sah John, der sich über die Boxentür lehnte. Sie musste gedöst haben und wäre vermutlich gerade eingeschlummert. Doch jetzt war es hell und John war hier. Und ihre Hoffnung auf etwas Schlaf war dahin.

Kam er immer vorbei, um Sarah so früh zu wecken? Faith hatte keine Ahnung.

Sie blickte zu Sarah hinunter, die trotz des persönlichen Weckrufs weiterzuschlafen schien.

Faith sah zu John, der ihren Blick erwiderte.

»Ich tue das nur äußerst ungern«, sagte er. »Aber ich habe vielleicht einen Käufer. Ich kann ihr nicht einfach Midnight wegnehmen, während sie schläft. Es könnte das letzte Mal sein, dass sie das Pferd sieht, das würde sie mir niemals verzeihen.«

Die Neuigkeit senkte sich wie ein schweres, unverdauliches Frühstück in Faiths Magen, in dem sie wegen des versäumten Schlafs ohnehin schon ein flaues Gefühl hatte.

Sie blickte auf das schlafende Mädchen hinunter und brachte es kaum übers Herz, sie zu wecken. Doch John hatte recht. Sarah hätte es ihnen nie verziehen, wenn sie die Gelegenheit verpasste, sich zu verabschieden.

»Hey.« Faith rüttelte Sarah sanft.

Sarah setzte sich kerzengerade auf und rieb sich die Augen. »Was ist los?«

Faith zeigte auf John, der mit seinem langen Oberkörper über der Boxentür lehnte. Sarahs Miene verdüsterte sich, als wüsste sie bereits, was John ihr mitteilen wollte.

»Ich will dir das wirklich nicht antun, meine Kleine«, sagte er. »Aber ein potenzieller Käufer möchte auf ihr reiten. Ich weiß, es ist gemein, dich zu bitten, sie für einen Käufer fertigzumachen. Wenn du es nicht tun willst, ist das okay. Dann mache ich es selbst.«

Langes Schweigen.

Faith spürte, wie sie in einen neuen Tag hineingeworfen wurden. Die Ereignisse überschlugen sich und sie folgten ihnen in eine unerwartete Richtung. Es schien, als hätte es die Enthüllungen der letzten Nacht nie gegeben.

»Ich tu's«, erwiderte Sarah.

* * *

Faith folgte Sarah, die die gesattelte Stute am Zügel führte. Ihr Ziel schien der Abreiteplatz an der äußersten Ecke des Geländes zu sein. John wartete dort bereits auf sie, im Gespräch mit einer viel älteren Frau – so alt, dass Faith nicht annahm, dass sie die mögliche Käuferin war.

Es war noch früh am Morgen, erst kurz nach sechs, und die Sonne war gerade aufgegangen. Ihre Strahlen verbreiteten noch keine strapaziöse Hitze. Das Sonnenlicht fiel auf Faith und erinnerte sie daran, dass dies ein völlig neuer Tag war. Er konnte alles bereithalten, und sie hatte keine Kontrolle darüber. Sie liefen an Bäumen vorbei, in denen vergnügt Vögel zwitscherten. Was wussten sie schon von all diesen Problemen?

Plötzlich sah Faith in einiger Entfernung einen Mann, und für den Bruchteil einer Sekunde hielt sie ihn für Robert. Ihr Gehirn ließ ihn zu Robert werden. Sie blieb wie angewurzelt stehen und starrte in die Richtung, bis sich der Mann wieder in sich selbst verwandelte – in einen Unbekannten. Mit hämmerndem Herzen ging sie weiter und rief sich in Erinnerung, dass niemand hier nach Sarah oder ihr suchen würde. Weder Robert noch Sarahs Vater. Es gab keinen logischen Grund, weshalb sie jemand hier vermuten sollte, und das gab ihnen Sicherheit.

John sah sie und ging auf Sarah und Midnight zu.

»Wo ist der Käufer?«, fragte Sarah.

»Na, sie steht dort drüben. Ich habe mich gerade mit ihr unterhalten.«

»Die alte Frau? Meinst du wirklich, dass das eine gute Idee ist? Was, wenn sie vom Pferd fällt, ist das nicht viel zu gefährlich? Das ist genauso unverantwortlich, wie ein Kind auf Midnight zu setzen, John. Verstehst du, was ich meine? Dieses Pferd ist ganz bestimmt nicht das Richtige für die Frau.«

John ergriff Sarah am Ärmel ihres T-Shirts und führte sie neben sich her. Midnight folgte an den Zügeln, die Sarah in der Hand hielt. So liefen sie zu dritt auf die ältere Frau zu, und als sie stehen blieben, holte Faith sie ein.

Außer ihnen schien kaum jemand wach zu sein. Nur dort, wo die Pferdeanhänger geparkt waren, die meisten davon mit einem Wohnbereich, waren vereinzelt Bewegungen zu erkennen.

»Sarah«, erklärte John förmlich, »dies ist Estelle LaMaster. Du hast vielleicht schon von ihr gehört. Sie hat bei den Olympischen Sommerspielen 1976 Kanada vertreten und in der Einzeldressur Bronze gewonnen.«

»Oh«, sagte Sarah und betrachtete die Frau jetzt mit anderen Augen. »Na ja, dann … Wahrscheinlich können Sie dann doch mit Midnight umgehen.«

Estelle lachte. Ihr Lachen hatte einen hellen, ansteckenden Klang. Überraschenderweise war sie keinesfalls beleidigt.

Sie war eine dünne, rüstige Frau in ihren Siebzigern. Ihr gebräuntes Gesicht war wettergegerbt und ihr langes weißes Haar im Nacken zu einem Zopf gebunden. Sie trug eine

Reithose und kurze braune Jodhpurstiefel, dazu ein T-Shirt mit sehr kurzen Ärmeln. Ihre Arme wirkten überraschend schlank und muskulös.

»Estelle«, sagte John, »das ist Sarah. Sie war bis vor wenigen Wochen die Besitzerin der Stute. Sarah wird Ihnen unendlich viele Ratschläge geben wollen, wie Sie Midnight zu reiten haben. Unendlich viele. Ich hoffe aufrichtig, dass Sie sich von der schieren Menge nicht abschrecken lassen. Sehen Sie es einfach als Zeichen, dass sie ihr sehr am Herzen liegt.«

»Oh, Unsinn«, sagte Estelle mit einer Leichtigkeit in der Stimme, die Faith beinahe einen Schritt nähertreten ließ – sie verströmte eine weltgewandte Sicherheit, die Faith anzog. »Warum sollte ich etwas dagegen haben? Sie kennt die Stute schließlich, im Gegensatz zu mir. Das ist viel wert. Außerdem«, fügte sie an Sarah gewandt zu, »habe ich dich bei der Präsentation der Verkaufspferde gesehen. Du bist ausgezeichnet geritten. Ich kann mich nicht erinnern, wann ich zuletzt einen Reiter so im Einklang mit seinem Pferd gesehen habe. Und noch dazu jemanden, der so jung ist. Du bist schon viel weiter als die meisten Reiter in deinem Alter. Wie alt bist du, vielleicht dreizehn?«

»Vierzehn«, antwortete Sarah. »Fast fünfzehn.«

Ihre Stimme war leise geworden und Faith wusste, warum. Sarah wollte Estelle nicht mögen, doch sie konnte ihr gegenüber keine Abneigung empfinden. Es ging einfach nicht.

Estelles klare hellblaue Augen wanderten jetzt zu Faith, die ein paar Schritte abseits stand. »Sie müssen sehr stolz auf dieses wunderbare Mädchen sein«, sagte sie.

»Das bin ich«, erwiderte Faith. Sie machte sich nicht die Mühe, den Eindruck zu korrigieren, Sarah sei ihre Tochter. In diesem Augenblick war es nicht sonderlich wichtig.

»Jetzt wollen wir uns mal dieses schöne Tier ansehen«, sagte Estelle und streckte, die Handfläche nach oben gewandt, respektvoll die Hand in Midnights Richtung aus. Als sie die Hand öffnete, lag mitten auf ihrer Handfläche ein Leckerbissen aus Getreide und Zuckerrüben. »Ich hoffe, es macht Ihnen nichts aus«, sagte sie mehr oder weniger in Johns Richtung. »Ich weiß, dass nicht jeder die Handfütterung gutheißt. Aber der erste Eindruck ist wichtig, und wenn ein Pferd eine neue Person kennenlernt, kann man es dem Tier nicht verübeln, wenn es sich fragt ›Was ist dabei für mich drin?‹. Was ich jetzt wissen möchte, junge Dame: Wie möchte diese schöne Stute geritten werden?«

Faith bemerkte, wie Sarahs Schultern leicht nach unten sanken, als die Anspannung von ihr abfloss. Unterdessen schnupperte Midnight, während sie langsam ihren Leckerbissen kaute, in Estelles leerer Handfläche herum, was ein gutes Zeichen zu sein schien.

»Sie ist sehr sensibel«, sagte Sarah. »*Sehr* sensibel. Sie zu strapazieren ist also das Schlimmste, was Sie tun können.« Über die Schulter hinweg warf sie John einen vorwurfsvollen Blick zu. Er verdrehte die Augen. »Vor allem die Schenkelhilfen. Flüstern Sie nur mit ihr, um ihr Hilfestellungen zu geben. Werden Sie nicht laut, das regt sie auf. Und Sie sitzen besser nicht auf ihrem Rücken, wenn sie aufgeregt ist, glauben Sie mir. Aber wenn Sie ihr sehr sanfte, leise Hilfestellungen geben und darauf vertrauen, dass sie Sie hört, dann wird sie fantastisch sein. Sie spürt gerne Ihre Beine am Körper, so fühlt sie sich sicherer. Was die Zügel betrifft, so mag sie einen guten, gleichmäßigen Kontakt. Aber sie sollte nicht das Gefühl bekommen, eingeengt zu werden, sonst wird sie panisch.«

John trat näher, nahm die Zügel aus Sarahs Hand und gab sie Estelle. Dann legte er die Hände auf Sarahs Schultern und führte sie weg.

»Ich glaube, es ist an der Zeit, Estelle zuzutrauen, dass sie ein Pferd reiten kann«, sagte er.

»John Wintermeyer!«, rief die ältere Frau mit einer Stimme, die selbst einem erwachsenen Mann das Blut in den Adern gefrieren lassen konnte. »Du lässt jetzt sofort das arme Mädchen los! Sie ist mir behilflich. Hör auf, dich in Details einzumischen. Ich weiß, dass du Midnight verkaufen musst, wir alle wissen es. Und glaub nur nicht, dass ich nicht wüsste, wie eigen das Tier ist und dass es dementsprechend geritten werden muss. Einige der besten Pferde, mit denen ich zu tun hatte, waren so. Also versuch nicht weiter, die Tatsache zu verschleiern, es weiß ohnehin schon jeder, und es ist auch gar keine so schlechte Sache, wie du denkst. Also, ich brauche jetzt einen Helm. Kannst du mir bitte einen ausleihen, John? In meinem Alter zahlt es sich nicht aus, ohne diese sehr günstige Lebensversicherung auf ein Pferd zu steigen. Und bring mir auch gleich eine Aufstiegshilfe mit, wenn du eine hast, die du so weit tragen kannst. Falls nicht, wird es mit deiner Hilfe auch so gehen, aber eine kleine Treppe wäre mir lieber.«

John atmete tief durch, dann eilte er davon.

Estelle drehte sich zu Faith und Sarah um, ihre Augen funkelten. »Was tut man nicht alles, um ihn loszuwerden, was?«

Sarah prustete los. Sie mochte Estelle, Faith sah es ihr an. Es war auch kaum möglich, sie nicht zu mögen. Aber Sarah schien sich noch nicht gänzlich mit der überraschenden Wendung abgefunden zu haben. Sie hatte ihr Bedürfnis, jeden potenziellen Käufer abzulehnen, noch nicht überwunden.

»Oh, er meint es gut, der arme John«, fuhr Estelle fort. »Sein Kopf ist nur voller Gedanken. Und immer macht er sich Sorgen. Ich wünschte, er könnte sich entspannen und das Leben einfach genießen, aber er tut wohl sein Bestes.« Sie wandte ihre Aufmerksamkeit wieder Midnight zu und strich mit der flachen Hand sanft die Stelle zwischen den Augen des Pferdes. »So, mein liebes Mädchen, ich weiß, du kennst mich nicht. Ich bin für dich eine Wildfremde, und weshalb solltest du mich überhaupt tolerieren? Aber ich verspreche dir, ich werde auf deine

Gefühle Rücksicht nehmen und ich werde immer darauf achten, dass dir nichts zustößt. Nimmst du mich beim Wort?«

Faith sah, dass John bereits zurückkam. Er nahm eine Abkürzung, indem er über die sehr niedrigen Geländer der leeren Arenen sprang. In der einen Hand hielt er eine große, dreistufige Aufstiegshilfe und in der anderen zwei Helme, deren Kinnriemen in der Luft hin- und herbaumelten.

Midnight bemerkte ebenfalls die Bewegung, scheute und trat einen großen Schritt zur Seite.

»Oh, mach dir keine Sorgen, liebes Mädchen«, gurrte Estelle. »Es ist nur dieser dumme Mann, du musst ihn nicht mehr lange ertragen.« Dann wandte sie sich wieder Sarah zu und fragte sie: »Also, was sollte ich noch über deine schöne Stute wissen?«

»Nichts«, sagte Sarah. »Nichts weiter. Ich bin sicher, dass Sie mit ihr gut zurechtkommen werden.«

Bevor sie den Gedanken zu Ende führen konnte, war John wieder bei ihnen. Völlig außer Atem blickte er Sarah neugierig an, als sei sie eine völlig Fremde. Doch er war klug genug, um nicht mit ihr über ihre Einschätzung zu streiten.

Faith und Sarah setzten sich auf eine Holzbank neben dem Abreiteplatz. Nach dieser schwierigen Nacht hatte Faith schon jetzt das Bedürfnis, sich auszuruhen. Sarah erging es vermutlich nicht anders, vor allem, wenn man bedachte, wie dieser Tag für sie begonnen hatte.

»Also, ich muss schon sagen«, begann Faith, als sie es sich auf der Bank bequem machten, »ich habe noch nie erlebt, dass du einem potenziellen Reiter von Midnight so wenig Ratschläge gegeben hast.«

»Sie braucht das alles nicht. Sie wird sowieso nicht diese Fehler machen, vor denen ich andere Leute warne. Sie ist sanft und respektiert Pferde. Midnight wird sie mögen, und sie werden gut miteinander zurechtkommen.«

»John respektiert Pferde doch auch, oder nicht?«

Sarah seufzte theatralisch. »John ist ungeduldig. Das ist genau das Falsche bei Midnight – Ungeduld.«

Mittlerweile war Estelle bereits auf den Rücken des Pferdes gestiegen. Sie ritt in einem lockeren freien Schritt an ihnen vorbei.

»Wir fangen einfach langsam an«, rief die ältere Frau Sarah zu. »Nicht zu früh zu viel verlangen. Alles, was es braucht, ist ein wenig Geduld, meinst du nicht?«

Sarah sagte nichts. Sie ließ den Mund offen stehen. Faith fragte sich, ob Estelle sie gehört hatte oder ob das nur ein Zufall war.

Als sie das nächste Mal an ihnen vorbeikam, sagte Estelle: »Ich glaube, meine Enkelin ist nicht so geduldig wie ich. Aber vielleicht kann ich ihr das noch beibringen.«

Sarah sprang auf. Hätte sich jemand anderes in Midnights Nähe so schnell bewegt, wäre die Stute durchgegangen. Doch da es Sarah war, lief das Pferd einfach weiter.

John kam zu ihnen gelaufen und drängte Sarah, sich wieder auf die Bank zu setzen.

»Sie kauft sie für ein Kind?«, zischte Sarah so laut, dass es beinahe komisch klang. »Midnight ist kein Pferd für ein Kind und das weißt du. Deinetwegen wird noch jemand ums Leben kommen, John Wintermeyer!«

Faith fragte sich kurz, ob Sarah diese Form der Schelte mit Vor- und Zunamen von Estelle kopiert hatte.

»Kannst du vielleicht ein bisschen leiser sein?«, zischelte John zurück. »Ihre Enkelin ist zweiundzwanzig Jahre alt und in der Intermédiaire 1 angetreten.«

»Oh«, murmelte Sarah.

Bereits zum zweiten Mal an diesem Morgen schien sie enttäuscht darüber zu sein, dass sie ihre wütende Missbilligung nicht zeigen konnte.

»Midnight ist aber nicht Intermédiaire«, sagte Sarah, sie klang verletzt. »Sie ist noch kaum Prix St. Georges. Du hast sie zu schnell zum Prix St. Georges gedrängt.«

»Wie du mir immer wieder erzählst«, sagte John. »Aber sie gelangt da schon noch hin. Estelle sagt, sie könne Grand-Prix-Level erreichen.«

»Die Enkelin oder Midnight?«

»Beide.«

Sie schwiegen einen Augenblick.

»Na ja. Selbstverständlich kann sie Grand-Prix-Level erreichen«, sagte Sarah mit einem beleidigten Ton in der Stimme. »Das versteht sich ja von selbst.«

»Was ist dann also das Problem?«

Ein weiteres unangenehmes Schweigen.

Viel zu laut sagte Sarah dann plötzlich: »Ich kann das nicht mit ansehen!«

Sie sprang von der Bank auf und stapfte zum Stall zurück.

* * *

Nach einem sehr langen Fußmarsch zur Toilette kam Faith wieder zu Stall C zurück. Sie war überrascht, als sie John im Schatten der Stallgasse vor Sarah hocken sah. In seiner sportlichen schwarzen Reithose flehte er sie förmlich auf Knien an.

Selbst in dieser knienden Haltung war er noch auf Augenhöhe mit dem sitzenden Mädchen.

Während Faith auf die beiden zuging, war die Turnieratmosphäre überall zu spüren. Hunde waren vor den Ställen angeleint. Leute fuhren auf Fahrrädern und winzigen Motorrollern vorbei. Ein Mann spritzte mehrere Boxen entfernt auf der anderen Seite der Stallgasse die Matten einer Box ab. Ein Pferd wieherte laut – und irgendwo in der Ferne antwortete ihm ein anderes Pferd.

Faith trat von hinten an John heran und bekam gerade noch das Ende seiner Bittrede mit.

»Ich weiß, du denkst, ich sei gut bei Kasse«, sagte er zu dem Mädchen. »In manchen Jahren bin ich das auch. Aber dieses Jahr stehe ich kurz vor dem Minus. Bei dem, was ich für diese Stute bezahlt habe, kann ich mir kaum noch Lebensmittel leisten. Die Kosten werden mich noch in den Ruin treiben. Bitte. Ich bezahle dich auch dafür.«

»Ich will kein Geld«, sagte Sarah.

Sie blickte an ihm vorbei zu Faith. Er schien es nicht zu bemerken.

»Nimm das Geld«, sagte Faith. »Wir können es gebrauchen. Ich zahle das hier alles aus eigener Tasche.«

John wirbelte herum und sprang auf die Beine.

»Meine Großmutter hat uns Geld gegeben«, sagte Sarah.

Sie hatte wieder eine ihrer Launen. Faith konnte es an ihrer Stimme und an der Haltung ihres Kiefers erkennen. Doch dieses Mal nahm Faith es nicht hin. Sie hatte nicht geschlafen. Ihr war heiß. Das Guthaben auf ihrer Kreditkarte würde nicht ewig reichen. Sie wollte nach Hause, war sich aber gar nicht mehr sicher, wo ihr Zuhause überhaupt war.

»Ja, nun, das haben wir ausgegeben«, erwiderte sie ebenso vehement.

»Wie?«

»Das ist gar nicht so schwer wie du denkst, meine Kleine. Die eine Hälfte haben wir für Essen ausgegeben, die andere Hälfte für Benzin. Im Moment überziehe ich meine Kreditkarten, damit wir hierbleiben können. Wenn dieser Mann dir also Geld geben will, dann nimm es!«

»Ich lasse euch das mal unter vier Augen ausdiskutieren«, sagte John mit todernster Miene. »Sarah, gib mir Bescheid, wenn du deine Entscheidung getroffen hast.«

Mit seinen erstaunlich langen Beinen schritt er davon.

»Was sollst du für ihn tun?«

»Die Dame überlegt sich, Midnight zu kaufen, aber zuerst will sie einen Testritt sehen. Aus offensichtlichen Gründen will John diesen Testritt nicht machen. Die Wertungen, die er mit Midnight bekommen hat, sind nicht gerade ein Kaufargument.«

»Er will, dass du sie reitest.«

»Er wollte, dass ich sie im Prix St. Georges reite, aber das kann ich nicht. Ich habe mit ihr jeden Tag für das vierte Level geübt. Wir sind kaum da, wo wir aufgehört haben. Ich könnte mit ihr im vierten Level der Juniorklasse reiten, aber warum sollte ich das tun? Wenn ich gut bin, verliere ich sie wieder.«

Sie stand auf und setzte sich auf einen Gartenstuhl unter Johns Zelt. Und Faith war zu müde und mutlos, um mit ihr zu diskutieren.

Sie überließ es Sarah, zu einem Entschluss zu kommen.

* * *

Faith blickte auf und sah Sarah auf ihrer Stute heranreiten. Faith hatte sich die vergangenen Stunden in der Sattelkammer aufgehalten, um der Hitze zu entkommen. Sie hatte ihr Buch gelesen und es hin und wieder benutzt, um sich Luft zuzufächeln.

Sarah spähte in die offene Box und blickte Faith erwartungsvoll an.

Auf Midnights Zaum war eine Nummer angebracht: 227. Ihre Mähne war sorgfältig geflochten. Sarah trug ihr bestes, geliehenes Reiteroutfit.

»Willst du uns jetzt zuschauen oder nicht?«

»Ich wusste nicht mal, dass du dich dafür entschieden hast«, sagte Faith und legte ihr Buch weg.

»Na, das sieht man doch wohl, oder nicht?«

»Okay«, sagte Faith. »Jetzt habe ich es auch kapiert. Müsst ihr euch nicht aufwärmen?«

»Schon passiert. Wir sind so um die drei Minuten geritten.«

»Soll ich dir den Test vorlesen?«

»Nicht nötig. Ich dachte, ich bräuchte deine Hilfe, aber ich habe ihn vorhin eingeübt. Es wird okay sein.«

Faith stand auf und begleitete Sarah und Midnight zur Arena.

»Du tust John einen großen Gefallen«, sagte sie zu Sarah, als sie sich der Arena näherten.

»Ich mache es nicht für John. Ich mache es für Midnight. Wenn sie schon verkauft werden muss, dann will ich Estelle als Käuferin. Obwohl ich ihre Enkelin nicht kenne, denke ich, dass es ihr bei Estelle gut gehen wird. Und wenn ich diese Gelegenheit verpasse, wer weiß, wer der nächste Käufer sein könnte?«

Etwa dreißig Meter von der Arena entfernt blieben sie stehen und beobachteten, wie ein kompaktes kastanienbraunes Pferd mit einer schweren Reiterin die Prüfung für den dritten Level abschloss.

»Ich habe überlegt, ob ich deine Großmutter anrufen soll«, sagte Faith.

»Jetzt?«

»Ja, jetzt.«

»Warum jetzt?«

»Ich dachte, wir könnten vielleicht einen Facetime-Anruf machen, damit sie dich reiten sieht. Weiß sie, wie das funktioniert?«

»Ja, sie kennt das. Okay … Das wäre gut. Aber erzähl ihr nicht … du weißt schon. Nichts Wichtiges. Nicht direkt, bevor ich reite. Das würde alles ruinieren.«

Faith zog ihr Smartphone aus der Tasche und rief Constance an. Sie nahm zunächst nicht ab. Fünf Rufzeichen. Als sie sich meldete, waren die schwere Reiterin und ihr kastanienbraunes Pferd schon aus der Arena geritten.

»Faith«, meldete sich Constance. »Ist alles in Ordnung?«

»Uns geht es gut. Sarah reitet Midnight jetzt gleich im vierten Level. Test Zwei. Es ist eine lange Geschichte. Ich dachte, du willst ihr vielleicht viel Glück wünschen.«

Sie reichte das Gerät an Sarah weiter, deren Gesichtsausdruck sofort weicher wurde. Sie sah so aus, als sei sie den Tränen nahe.

»Hallo, Oma«, sagte sie.

Dann: »Danke, Oma.«

Und: »Okay. Ich dich auch.«

Schließlich sagte sie: »Ich muss jetzt aufhören. Ich muss bereit sein, wenn die Jury die Glocke läutet.«

Sie gab Faith das Smartphone zurück und ritt im Galopp zur Außenarena.

Faith sprach wieder mit Constance.

»Ich dachte, du könntest vielleicht mit Facetime zurückrufen? Dann kann ich das Handy hochhalten und du kannst sie vielleicht reiten sehen. Es wird vielleicht etwas weit entfernt sein, aber …«

»Besser als nichts«, erwiderte Constance. »Die Idee gefällt mir.«

* * *

»Oh!«, sagte Constance gedehnt. »Sie macht es so gut. Diese Traversalen!«

»Ja, es ist ein schöner Ritt.«

Sarah und Midnight schlossen ihren Ritt gerade mit einem Handwechsel ab – einem diagonalen Pass quer durch die Arena, um die Richtung zu wechseln – im starken Trab, dann einem kürzeren, versammelten Trab, gefolgt von einer Wendung zur Mittellinie und einer Grußaufstellung an dem X, der Stelle genau im Roundpen. Faith stand vor der Arena am Geländer und hielt das Smartphone hoch, damit Constance alles sehen konnte.

»Und es wäre so leicht gewesen, es einfach zu lassen«, fügte Faith hinzu.

»Wie bitte?«

»Egal«, sagte Faith. »Nicht wichtig.«

Das Pferd und seine Reiterin kamen mit einem präzisen Schritt zum Stehen. Sarah nahm beide Zügelenden in eine Hand. Sie grüßte die Jury, indem sie den Kopf und ihre freie Hand senkte und die Zügel locker ließ. Sie ließ sich über Midnights Hals sinken und streichelte und lobte sie. In den dünn besetzten Rängen brach vereinzelt Applaus aus, als Midnight den Hals streckte, wieder senkte und sich mit einem entspannten, gleichmäßigen Schritt zum Ausgang der Arena bewegte.

Faith drehte das Smartphone herum.

»Lass mich bitte noch einmal mit ihr sprechen«, sagte Constance mit Tränen in den Augen. »So, dass ich sie sehen kann.«

»Sicher, natürlich.«

In diesem Augenblick, als sie die ältere Frau ansah, wurde Faith von dem Gedanken ergriffen, dass sie Constance kein Geheimnis vorenthalten sollte. Vor allem nicht so ein großes wie das, das Sarah ihr kurz nach Mitternacht, zu Beginn dieses quälend langen Tages, anvertraut hatte.

Faith ging zu der Lücke im Geländer, durch das Sarah aus der Arena ritt.

»Ich war gut«, sagte Sarah.

»Das warst du.«

»Ich hätte nicht gut sein müssen.«

»Nein«, sagte Faith. »Aber du warst es.« Einen kurzen Moment hatte sie vergessen, dass sie noch mit Constance verbunden war. »Oh«, sagte sie, als sie sich wieder erinnerte. »Deine Großmutter will noch mal mit dir sprechen.«

Sie überreichte ihr das Gerät, und das Mädchen ritt mit dem Smartphone am Ohr davon. Sie schien ein wenig Privatsphäre zu benötigen, weg von ihrer nahezu ständigen Präsenz. Faith ließ es zu, weil sie es verstehen konnte.

Kurz darauf kam Sarah wieder angeritten und gab Faith das Smartphone zurück. Das Gespräch war beendet.

»Ich will dir jetzt etwas sagen, Sarah. Zwei Dinge. Erstens, das war das letzte Mal, dass wir mit ihr gesprochen haben, ohne ihr alles zu erzählen. Zweitens, wenn irgendjemand fragt, hast du es mir erst heute Nacht erzählt. Nicht letzte Nacht. Ich will nicht erklären müssen, wie ich so etwas für mich behalten konnte. Auch wenn es nur ein Tag ist.«

Sarah nickte. Sie verstand.

Sie schwang sich von Midnights Rücken, nahm die Zügel in die Hand und blickte Faith an.

Sie öffnete den Mund, um etwas zu sagen.

Die Zügel verschwanden aus ihren Händen.

Sarah blickte auf ihre leeren Hände hinunter, als könnte sie sich nicht vorstellen, wohin die Zügel verschwunden waren.

Als sie beide aufblickten, sahen sie, wie John Midnight wegführte.

»Ich weiß, was du denkst«, rief John ihr über die Schulter zu. »Aber es ist besser so. Die langen Abschiede bringen einen um. Vertrau mir. Kurz und schmerzlos ist das Beste.«

Faith und Sarah blieben wie hypnotisiert stehen und blickten ihnen nach.

Gerade, als John und Midnight hinter einer Reihe von Anhängern verschwanden, drehte die Stute den Kopf, als ob sie etwas suchte. Wahrscheinlich Sarah.

Das Mädchen wandte den Blick ab.

ANFANG JUNI, ALS ALLES BEGANN

SECHS WOCHEN VORHER

Kapitel 3

Etwas, das man über Sarah wissen sollte

Faith wurde plötzlich wach. Es war stockdunkel. Von Panik ergriffen, setzte sie sich auf und wusste nicht, wo sie war. Oder warum sie hier war.

Es war mehr als nur ein flüchtiges Bedürfnis, sich in ihrer neuen Umgebung wieder zu orientieren. Irgendwie hatte ein Traum sie noch nicht losgelassen. Wollte sie nicht loslassen. Und in diesem Traumzustand erschien es lebenswichtig, alles zu begreifen, was sie im Moment nicht begreifen konnte, so sehr sie es auch versuchte.

Ein paar lange Sekunden später hörte sie eine Welle näher kommen und auf den Sand klatschen. Die Panik fiel von ihr ab. Sie schnappte nach Luft, als hätte sie seit Tagen keine mehr bekommen.

Das Strandhaus. Sie war im Strandhaus ihres Vaters und ihrer Stiefmutter. Sie war erst gestern Nachmittag hierhergefahren.

Ihr Herzschlag beruhigte sich. Unwillkürlich kehrten ihre Gedanken zurück zu dem, was sie aus ihrem Haus und den ganzen Weg hierher zum Strand getrieben hatte. Entschlossen lenkte sie sie in eine andere Richtung.

Faith stand auf und ging ans Fenster.

Sie war nach dem Abendessen und drei Gläsern Wein – die beiden letzten Gläser waren sehr untypisch für sie – voll bekleidet eingeschlafen. Das große Schlafzimmer befand sich im ersten Stock des zweistöckigen Ferienhauses. Faith zog den dünnen weißen Vorhang zur Seite und blickte hinaus auf den Strand. Ihre Augen gewöhnten sich allmählich an die Dunkelheit.

Am Horizont stand ein gelblicher Vollmond, dessen Ränder durch die vorbeiziehenden Nebelschwaden verschwommen wirkten. Und direkt vor dem Haus saß jemand auf dem Sand.

Für den Bruchteil einer Sekunde schien ihr Herzschlag auszusetzen, als sie dachte, dass Robert sie hier gefunden hätte. Irgendwie hatte sie es erwartet. Am Vorabend hatte sie sich beim Entladen des Autos immer wieder nervös umgeblickt. Es hätte sie nicht überrascht, ihn zu sehen. Es war nicht seine Art, etwas einfach so gehen zu lassen. Schon gar nicht sie.

Faith atmete wieder tief durch und verscheuchte die Gedanken. Die Gestalt am Strand konnte unmöglich Robert sein. Ihre Erscheinung war weiblich, und es handelte sich aller Wahrscheinlichkeit nach auch nicht um eine erwachsene Person.

Sie saß in einer Art Lotussitz auf dem Sand, nur wenige Meter von Faiths Veranda entfernt. Ihre Hände lagen mit den Handflächen nach oben auf den Knien, als würde sie meditieren. Als Faiths Augen sich immer mehr an die Dunkelheit gewöhnten, sah sie, dass das Mädchen in dem kühlen Nebel nur ein ärmelloses, kurzes T-Shirt trug.

Faith wandte sich vom Fenster ab, um wieder ins Bett zu gehen, hielt dann jedoch inne. Sie konnte nicht so tun, als hätte sie das Mädchen nicht gesehen, konnte sie nicht einfach ignorieren. Von hinten sah sie nicht älter als zwölf aus. Was tat sie mitten in der Nacht vor dem Strandhaus?

Faith zog ihre Schaffellstiefel an und stapfte die Treppe hinunter. Auf dem Weg zur Tür zog sie ihre dünne Jacke vom Haken.

Das Mädchen hörte sie, als sie über die Veranda ging – Faith bemerkte es. Bevor sie den Sand erreichte, wo man ihre Schritte nicht mehr hören würde, sah Faith, dass sie den Kopf leicht neigte, als würde sie lauschen. Doch sie blickte sich nicht um.

Mit einem respektvollen Abstand setzte sich Faith zu dem Mädchen in den kalten Sand.

»Tut mir leid, falls ich deine Meditation unterbrochen habe«, sagte sie.

»Das ist okay«, sagte das Mädchen. Ihre Stimme klang hauchdünn und unauffällig. Trotzdem merkte Faith, dass sie nicht zwölf sein konnte. Eher ein Teenager, aber wahrscheinlich ein junger Teenager. »Ich meditiere nicht.«

»Es sieht aber ganz danach aus.«

»Ich habe es versucht. Aber ich kann es nicht. Ich weiß nicht, wie meine Oma es schafft.«

»Wohnst du hier in der Gegend? Oder machst du hier Urlaub?«

Das Mädchen machte eine Kopfbewegung in Richtung der drei, vier Häuser am anderen Ende des Strandes. Faith war nicht sicher, welches Haus sie meinte, aber es spielte auch keine Rolle.

»Was machst du denn mitten in der Nacht hier draußen am Strand?«

Das Mädchen blickte Faith zum ersten Mal an. Direkt ins Gesicht, als suchte sie nach etwas. Als versuchte sie, die Absicht hinter der Frage zu erkennen, die sie offensichtlich für seltsam hielt.

Faith wurde plötzlich von dem unwillkommenen Gefühl überrascht, dass sich ihr Leben in diesem Augenblick änderte, transformiert durch diese Begegnung. Durch diesen Blick. Sie hasste es, wenn sich derartige Einblicke in die Zukunft aufdrängten. Sie wehrte sie jedes Mal ab und betrachtete sich einfach weiterhin als einen Menschen, der nur das wahrnahm, was direkt vor ihm stand, was er sehen, anfassen oder riechen konnte.

»Es ist nicht mitten in der Nacht«, sagte das Mädchen zögernd, als lote sie vorsichtig die Grenzen von Faiths Naivität aus.

»Ist es nicht?«

»Nein. Es ist fast fünf Uhr morgens.«

»Oh.«

Sie blieben einen Augenblick lang schweigend sitzen und lauschten dem Rauschen der Wellen. Oder zumindest Faith, was das Mädchen tat, konnte sie nicht beurteilen. Aus dem Augenwinkel nahm Faith ein orangefarbenes Glühen aus östlicher Richtung wahr. Es war Anfang Juni, die Tage waren lang und die Morgendämmerung würde gleich anbrechen.

»Meine Oma steht um vier Uhr morgens auf und meditiert stundenlang«, sagte das Mädchen so plötzlich, dass Faith ein wenig aufschrak. Sie schien nicht gerade eine Quasselstrippe zu sein, dieses Mädchen, und Faith hatte nicht damit gerechnet, dass sie etwas sagen würde. »Ich bin hierhergekommen, um sie nicht zu stören. Sie weiß nicht, dass ich schon aufgestanden bin.«

»Könntest du nicht mit ihr zusammen meditieren?«

»Das funktioniert nie. Ich kann nicht meditieren, das habe ich ja schon gesagt. Ich kann es einfach nicht. In meinem Kopf ist zu viel los. Meine Gedanken sind überall und ich kann sie nicht anhalten. Also bin ich am Ende immer ganz unruhig, muss mich kratzen oder rutsche hin und her, um eine bequemere Position zu finden. Sie sagt zwar nicht, dass ich sie störe, aber ich weiß es trotzdem. Ich bin hierhergekommen, weil ich dachte, es sei niemand in diesem Haus.«

»Ist dir nicht kalt?«

»Eiskalt.«

»Kannst du nicht einfach reingehen und dir eine Jacke holen?«

»Ich will sie nicht beim Meditieren stören, das habe ich doch schon gesagt.«

Das Mädchen warf einen heimlichen Blick auf Faith. Oder zumindest schien es so, als sollte der Blick heimlich sein. Offenbar wollte sie Faith nicht direkt ansehen, doch Faith begegnete dem Blick geradeheraus und das Mädchen sah schnell wieder weg.

Faith drückte sich vom Boden ab, wobei ihre Hände in den lockeren Sand einsanken, stand auf und ging ins Haus zurück. Sie wandte sich noch einmal um und sah, wie das Mädchen ihr über die Schulter nachblickte. Es schien ihr nicht zu behagen, dass sie sich entfernte. Als wäre sie noch nicht bereit, die Unterhaltung jetzt enden zu lassen.

Es war merkwürdig, denn Faith war seltsam überzeugt davon, dass dieses junge Mädchen Unterhaltungen mit Erwachsenen sonst eher vermied. Sie hatte es im Gefühl. Das Mädchen schien ihr gegenüber eine Zuneigung zu verspüren, die ihrer Natur vollkommen widersprach. Und Faith hatte keine Ahnung, warum.

Sie öffnete die Tür und nahm die Decke aus Alpacawolle von der Couch im Wohnzimmer.

Sie brachte sie hinaus an den Strand, legte sie dem Mädchen um die Schultern und setzte sich wieder.

»Danke«, sagte das Mädchen. Bevor Faith etwas erwidern konnte, fügte das Mädchen hinzu: »Das, was ich eben gesagt habe, stimmt nicht ganz.«

»Was? Was stimmt nicht?«

»Dass ich dachte, hier sei niemand. Ich habe gestern gesehen, wie Sie angekommen sind. Ich habe beobachtet, wie Sie Ihre Sachen reingebracht haben. Ich mache das normalerweise nicht. Ich sage sonst immer die Wahrheit. Aber es war mir peinlich.«

»Oh«, meinte Faith nur. Sie wusste nicht, was sie darauf erwidern konnte.

»Ich sollte jetzt gehen«, sagte das Mädchen und sprang auf.

Die Decke streifte Faith, als sie die Arme hob, um sie zu fangen.

Faith sah dem Mädchen nach. Sie ging etwa fünfzehn Häuser weit den Strand entlang, dann rannte sie zurück in die Sicherheit des Hauses ihrer Großmutter.

* * *

Faith gab sich alle Mühe, noch ein paar Stunden zu schlafen, doch es war unmöglich.

Schließlich setzte sie sich im Bett auf und blinzelte in das grelle Sonnenlicht, das von draußen hereinfiel. Sie griff nach ihrem Smartphone, das sie darüber aufklärte, dass es fast acht Uhr morgens war.

Sie hatte das Telefon auf stumm gestellt. Instinktiv strich sie mit dem Daumen über den Bildschirm, um den Ton wieder anzustellen, besann sich jedoch eines Besseren. Sie drückte auf das Keypad, um die Sperre aufzuheben.

Zwei verpasste Anrufe. Beide von Robert.

Drei SMS. Alle drei von Robert.

Sieben neue E-Mails. Eine davon von Robert.

Faith berührte das Telefonsymbol und drückte zweimal auf die grüne Anruftaste, um Ava anzurufen. Ava war die letzte Person, die Faith angerufen hatte. Ava war fast immer die letzte Person, die Faith angerufen hatte.

Ava nahm nach dem zweiten Klingeln ab.

»Alles in Ordnung bei dir da oben?«, fragte ihre Freundin sofort anstelle einer Begrüßung.

»Ja. Alles gut bisher.«

»Wie ist das Wetter am Strand?«

»Es ist sehr neblig und kühl.«

»Du Glückliche. Hier sollen es heute sechsunddreißig Grad werden.«

»Ja. Ich Glückliche. Ich habe so viel Glück zurzeit. Also, ich habe mal eine Frage ... weißt du, wie man einen Kontakt auf dem iPhone blockiert?«

»Robert?«

»Wen sonst?«

»Ja. Ja, ich weiß, wie man einen Kontakt auf dem iPhone blockiert. Ich weiß auch, dass man Siri fragen kann: ›Siri, wie blockiert man einen Kontakt auf dem iPhone?‹ Und ich weiß, dass du das auch weißt.«

»Ich wollte nicht mit Siri sprechen. Ich wollte mit dir sprechen.«

»Jetzt hab ich's verstanden«, sagte Ava. »Und außerdem ... das sollte keine Beschwerde sein.«

* * *

Es war am nächsten, vielleicht auch am übernächsten Tag, als Faith zum ersten Mal die Großmutter des Mädchens traf. Faith hatte sich gerade zu einem Morgenspaziergang am Meer aufgemacht und kam an den Häusern vorbei, die nördlich von ihrem lagen. Sie wandte instinktiv den Kopf, um den dunkelroten, einstöckigen Bungalow genauer zu betrachten, in den das Mädchen nach ihrer Begegnung gerannt war. Vielleicht würde sie sie sehen.

Stattdessen erblickte sie eine Frau, die die Großmutter sein musste, auch wenn sie nicht gerade der Omatyp war. Sie musste wohl um die fünfzig sein, hatte volles, dunkles Haar, lockig und wild, und trug einen langen, weichen Rock aus einem südamerikanischen Stoff. Sie ging im Vorgarten von einer Pflanze zur anderen – größtenteils Grünlilien und Gundelreben – und goss sie mit einer roten Metallkanne.

Faith blieb etwas zu lange stehen und erweckte die Aufmerksamkeit der älteren Frau.

»Guten Morgen«, sagte die Frau, und selbst aus der Entfernung bohrte sich ihr Blick regelrecht in Faith. Eine Stärke ging von ihr aus, eine Intensität, die Faith fast aus dem Konzept brachte.

»Guten Morgen«, erwiderte Faith. Ihre Stimme klang leichter und unbekümmerter, als sie sich wirklich fühlte – eine Imitation von jemandem, der entspannter war, als sie es in ihrer Erinnerung je gewesen war.

Faith ging weiter, doch nach wenigen Metern blieb sie wieder stehen und drehte sich um. Mit großen Schritten ging sie auf den Vorgarten der Frau zu. Sie ließ sich keine Gelegenheit, es sich noch einmal anders zu überlegen.

»Sie müssen die Großmutter des Mädchens sein, mit dem ich mich kürzlich unterhalten habe.«

Der intensive Blick der Frau kehrte zurück und Faith blieb nichts anderes übrig, als ein paar Sekunden lang diesem Blick standzuhalten. Was nicht einfach war.

»Sarah?«, erkundigte sich die Frau etwas zu neugierig.

»Ich weiß nicht. Sie hat sich mir nicht vorgestellt. Aber sie ist etwa dreizehn oder vierzehn Jahre alt. Sie saß im Lotussitz vor meinem Strandhaus, als würde sie meditieren. Aber als ich sie gefragt habe, sagte sie, sie könne nicht meditieren. Sie versuche es, aber es klappe einfach nicht. Sie hat mir erzählt, dass ihre Großmutter um vier Uhr morgens aufsteht und stundenlang meditiert.«

Die Frau kniff leicht die Augen zusammen, als stünde sie unter Anspannung. Als müsste sie im Kopf Matheaufgaben lösen.

»Das ist meine Sarah, ganz genau. Aber … es ist sehr untypisch für sie, so viel mit einer Fremden zu reden. Sie redet mit mir kaum so viel. Es würde mich schon überraschen, wenn Sie mir erzählten, dass sie Sie gegrüßt hat.«

»Wissen Sie«, sagte Faith, »ich hatte dasselbe Gefühl. Dass sie eigentlich nicht sehr gesprächig ist. Und dass sie für mich eine Ausnahme gemacht hat. Ich hatte keine Ahnung, warum. Ihr schien das etwas unbehaglich zu sein.«

»Ich weiß auch nicht, warum.«

Eine Stille trat ein, die nur vom Brechen der Wellen am Strand unterbrochen wurde. Dann der Klang von Stimmen, die lachten und sich unterhielten. Als Faith sich umdrehte, sah sie ein Paar mit einem hellbraunen Labrador Retriever am anderen Ende des Strandes. Der Mann warf einen Ball in die Gischt und Faith beobachtete, wie sich der Hund ins Wasser stürzte, aufsprang und wieder ein Stück zurückgespült wurde, als eine Welle ihn erfasste.

»Oh!«, hörte Faith die ältere Frau plötzlich sagen. Es war ein bedeutsames »Oh«, in dem etwas Wichtiges lag. Faith konnte sich nicht vorstellen, was das sein mochte. Noch nicht. »Ich weiß, warum. Jetzt sehe ich's!«

Faith blickte die Frau wieder an und diesmal sah die ältere Frau weg.

»Was? Was sehen Sie?«

»Sie sehen Sarahs Mutter ein wenig ähnlich. Meiner Tochter. Heather. Als Sie mich direkt angesehen haben, habe ich es nicht erkannt. Aber als Sie den Kopf etwas drehten … Ihre Haare. Und etwas an Ihren Bewegungen. Es hat mich gerade wie ein Blitz getroffen. Ich sage nicht, dass man Sie mit meiner Tochter verwechseln könnte, aber die Ähnlichkeit ist trotzdem frappierend. Es hat mir eben glatt den Atem verschlagen.«

»Ist Sarah irgendwie von ihrer Mutter getrennt?«

Eine lange Pause. Es war die falsche Frage, spürte Faith. Wenn ihre Wörter doch nur mit einem Griff oder einer Leine aus dem Mund gekommen wären, dann hätte sie sie festhalten und wieder zurückziehen können.

»Constance«, sagte die Frau anstelle einer Antwort.

»Faith«, stellte sie sich nun ebenfalls vor.

»Möchten Sie auf eine Tasse Tee hereinkommen, Faith?«

»Ich möchte wirklich keine Umstände machen.«

»Nein, überhaupt nicht. Ich habe meine Freunde zu Hause zurückgelassen, um mit Sarah hier an den Strand zu kommen. Es wäre schön, mal wieder eine Unterhaltung mit einer Erwachsenen zu führen.«

* * *

»Wo ist Sarah?«, fragte Faith ihre Gastgeberin, die in der Küche hantierte.

Faith saß an einem Tisch in dem winzigen Esszimmer des Bungalows. Im gegenüberliegenden Wohnzimmer mit Blick aufs Meer lag ein Meditationskissen vor einer Art buddhistischem Altar. Faith fiel es schwer, den Blick davon abzuwenden.

»Sie macht einen Spaziergang. Sie läuft stundenlang. Mir wäre es lieber, sie würde etwas mehr essen, damit sie eine solide Grundlage hat, wenn sie sich so viel bewegt. Aber was kann man einem Mädchen in dem Alter schon erzählen. Haben Sie Kinder?«

»Nein.«

Faith wandte schließlich den Blick von dem Altar ab, als Constance mit einer gusseisernen Teekanne im asiatischen Stil hereinkam und sie auf eine Bambusmatte in der Mitte des Tisches stellte.

»Wir lassen das noch ein paar Minuten ziehen«, sagte sie und nahm gegenüber von Faith Platz.

Einen unbehaglichen Augenblick lang blickten sie schweigend aus dem Fenster auf das Meer, bevor Constance plötzlich fragte: »Wollten Sie keine?«

»Verzeihung, was wollte ich nicht?«

»Mein Fehler. Ich hatte den Gesprächsfaden wieder aufgenommen, der aber schon zu weit zurückliegt. Die Rede war von Kindern.«

»Oh. Stimmt. Das. Es gab einen Zeitpunkt, da wollte ich welche. Aber das ist schon lange her. Ich hatte eine Fehlgeburt nach drei Monaten. Und dann lief es zwischen meinem Ehemann und mir nicht gut, und wahrscheinlich war mir instinktiv klar, dass es besser sei, kein Kind in diese Beziehung zu bringen.«

»Tut mir leid, falls diese Frage zu persönlich war.«

»Ich nehme an, es war meine Entscheidung, eine persönliche Antwort zu geben. Ich hätte auch einfach Ja oder Nein sagen können.«

Sie schwiegen wieder. Das sanfte Rauschen der Wellen erinnerte Faith daran, dass Geräusche immer noch existierten und die ganze Welt nicht plötzlich stumm geschaltet war.

Faith konnte spüren, dass Constance sich gerade sammelte, um etwas zu sagen.

»Sarahs Mutter ist vor zwei Wochen gestorben«, sagte Constance schließlich. »Fast auf den Tag genau zwei Wochen. Sie war meine einzige Tochter. Mein einziges Kind. Es war absolut schrecklich. Ich gebe mein Bestes, um ganz für Sarah da zu sein – ihr alles zu geben, was sie braucht, um das zu bewältigen. Aber ich habe nicht einmal genug für mich. Ich habe früher morgens und abends zwanzig Minuten meditiert. Doch sie hat recht, es sind Stunden geworden. Ich weiß, dass sie sich ausgeschlossen fühlt. Aber wenn ich mich selbst nicht mehr zusammennehmen kann, was wird ihr dann bleiben?«

Constance machte eine Pause und atmete tief ein. Der Schwung, den sie geholt hatte, schien zu verebben, sie beruhigte sich.

»Das tut mir so leid.«

Faith goss sich eine Tasse grünen Tee ein, um etwas zu tun zu haben. Sie hätte gern nach dem Wie gefragt. Wie war Sarahs Mutter gestorben? Aber das wäre vielleicht zu aufdringlich gewesen.

Also fragte sie stattdessen: »Ist es plötzlich passiert?«

»Ja. Sehr plötzlich. Niemand hat es kommen sehen.«

Ein Geräusch ließ beide aufschrecken. Ein Luftzug drang herein und das Wellenrauschen wurde um ein Vielfaches lauter, als die Haustür aufging. Sarah stand im Wohnzimmer – die Tür ließ sie sperrangelweit offen stehen – und starrte sie an.

Anders als bei ihrer ersten Begegnung betrachtete Faith das Mädchen nun bei Tageslicht.

Sarah war extrem dünn. Es war kein Wunder, dass ihre Großmutter sich Sorgen machte. Ihr hellbraunes Haar fiel ihr dünn und glatt auf die Schultern und verdeckte zur Hälfte ihr Gesicht. Sie versteckte sich, so wie sich junge Teenager gern versteckten. Sie hätte auffallend hübsch sein können, hätte sie nicht mit aller Macht versucht, auf keinen Fall bemerkt zu werden.

»Oh«, sagte Sarah. »*Sie* sind hier!«

»Deine Großmutter hat mich zu einer Tasse Tee eingeladen.«

»Das sehe ich«, sagte Sarah mit einem Anflug von Spott in der Stimme. Sie ließ die Tür hinter sich zuknallen, kam näher und schnippte mit dem Kinn in Richtung der Teekanne. »Worüber habt ihr beide geredet?«

Constance wirkte etwas überrumpelt, also übernahm Faith das Wort.

»Ich habe deiner Großmutter gerade von unserer netten Unterhaltung heute Morgen erzählt.«

»So nett war sie auch wieder nicht«, sagte das Mädchen. »Ich meine nicht … ich meine, es war nicht Ihre Schuld. Es war nur kaum eine Unterhaltung. Ich habe nur gesagt, dass meine Oma sehr viel meditiert und ich es überhaupt nicht kann.«

Eine Stille trat ein, und es kam Faith so vor, als würden sie alle drei in dieser Stille versinken und sich in ihr verirren.

Dann sammelte sich die ältere Frau und nahm den Gesprächsfaden wieder auf.

»Nach dem Tod von Sarahs Mutter …«, begann sie.

Faith wusste nicht, was Constance ihr mitteilen wollte. Und sie würde es auch nie erfahren, denn Constance konnte ihren Satz nicht zu Ende führen.

Sarah ließ den Mund offen stehen. Sie warf einen schnellen Blick auf Faith, um zu sehen, ob diese Information für sie neu war.

»Du hast es ihr erzählt?«, schrie Sarah. Faith hätte nie gedacht, dass in dieser schmalen Person so viel Kraft und ein solches Volumen steckten. »Warum erzählst du ihr das?«

Dann setzte sich Sarah in Bewegung.

Sie stampfte in eines der Schlafzimmer und schlug die Tür hinter sich zu. Mit Wucht. Der Glasschirm einer Wandleuchte klapperte, und ein Gemälde vom Meer in hellen Pastellfarben verrutschte an der Wand.

Constance nahm einen tiefen Atemzug und stieß die Luft langsam wieder aus.

»Ich bin das völlig falsch angegangen«, sagte sie. »Ich hatte immer einen guten Instinkt, auf den ich mich verlassen konnte. Jetzt kommt es mir vor, als würde ich immer genau das Falsche tun, egal was ich mache.«

»Ich überlege mir, reinzugehen und mit ihr zu reden. Könnte das eine gute Idee sein?«

»Fragen Sie nicht mich. Mein Instinkt ist immer falsch.«

Faith erhob sich von ihrem Platz und war überrascht, dass ihr Herz laut hämmerte. Sie konnte es in den Ohren hören und spüren.

Wie kann ich mich nur vor einem dünnen Teenager fürchten?, dachte sie, als sie an die geschlossene Schlafzimmertür trat. Sie entschied, dass es nicht das Mädchen war, das ihr Furcht einflößte, sondern der Verlust. Was Constance' und Sarahs Verlust über die Welt aussagte. Er nahm Faith die Möglichkeit, so zu tun, als könnte und würde die Welt nicht einfach so ohne Vorwarnung zuschlagen und einen Verlust verursachen, der jemandem den Atem verschlagen konnte. *Natürlich kann die Welt das*, dachte sie, *und du verstehst das besser als die meisten anderen Leute. Wir tun nur so, als könnte es nicht passieren, Minute für Minute, damit wir morgens überhaupt aufstehen und aus dem Haus gehen können.*

Sie klopfte an die Tür. Das plötzliche Geräusch ließ sie zusammenzucken, so wie sie manchmal im Halbschlaf ein Geräusch erschreckte.

»Geh weg, Oma!«, rief Sarah durch die Tür.

»Ich bin's«, sagte Faith.

»Oh.«

Dann … Stille. Eine unbehaglich lange Stille.

»Darf ich reinkommen?«

»Warum?«

»Ich will dir nur etwas erzählen.«

»Was?«

»Ich würde es lieber nicht durch die Tür brüllen.« Eine weitere lange, unbehagliche Stille. »Also«, begann Faith wieder. »Darf ich reinkommen?«

»Von mir aus.«

Faith öffnete die Tür und trat in Sarahs Zimmer.

Sie brauchte mehrere Sekunden, um überhaupt zu bemerken, dass Sarah mit dem Gesicht nach unten auf dem ungemachten

Einzelbett lag. Zunächst wurde ihre Aufmerksamkeit völlig von den Fotos gefesselt, die die Wände fast vollständig bedeckten. Es waren drei oder vier Dutzend, alle auf den Maßstab von acht mal zehn Zentimeter oder mehr vergrößert. Keines davon gerahmt. Stattdessen waren die Fotos laminiert und mit Reißzwecken an der Wand befestigt. Alle zeigten dasselbe Motiv: ein Mädchen und ein Pferd. Dasselbe Mädchen. Dasselbe Pferd.

Das Pferd war samtschwarz, groß, zierlich, mit langen Beinen. Es trug einen klassischen englischen Sattel. Es trabte auf eine Art und Weise, die Faith bezauberte, dabei streckte es die langen Beine nach vorne, wie sie es noch nie gesehen hatte. Und es galoppierte auf eine ähnliche Weise, die Hinterbeine unter die Hüfte gezogen, die Vorderbeine nach vorne gestreckt.

Auf den meisten Bildern hatte das Pferd eine Nummer an seinem Zaum. Für ein Turnier, nahm Faith an. Sie trat näher, um die Nummern erkennen zu können: 289, 122, 419. Die Mähne des Pferdes war schön geflochten und die Zöpfe waren zu kleinen Knöpfen zusammengefaltet worden, die wie dunkle, fest geschlossene Rosenknospen aussahen und im Abstand von ein paar Zentimetern auf dem Hals des Pferdes saßen.

Das Mädchen auf dem Rücken des Pferdes wirkte ebenso klassisch in leuchtend weiße Reithosen und hohe schwarze Lederstiefel gekleidet. Dazu trug sie eine schwarze Reitjacke, eine weiße Krawatte mit einer juwelenbesetzten Anstecknadel und einen schwarzen Helm mit breiter Krempe, der offenbar einem altmodischen Zylinder nachgebildet war.

Auf einem Foto standen das Mädchen und das Pferd vor einer Reihe von gepflegten Pferdeboxen mit Halbtüren. Neben ihnen stand auf einer Überdachung die Aufschrift: »Dressage Journeys, Moorpark, Kalifornien«.

Faith blickte zu Sarah, die sie die ganze Zeit beobachtet hatte, wie sie jetzt bemerkte.

»Bist du das auf den Bildern?«

»Wer denn sonst?«

»Du bist schwer zu erkennen mit dieser Krempe, sie wirft einen Schatten auf dein Gesicht. Also … ist das dein Pferd?«

»Es war mein Pferd«, sagte Sarah, führte ihre Antwort aber nicht weiter aus.

Faith öffnete den Mund, um noch eine Frage zu stellen, doch Sarah schnitt sie ab.

»Sie haben gesagt, dass Sie mir etwas erzählen wollten.«

»Stimmt.«

»Also erzählen Sie es mir.«

»Okay.« Faith atmete tief ein und füllte ihre Lunge mit einer großen Menge Sauerstoff, um für die Aufgabe vorbereitet zu sein. »Ich wollte dir erzählen, dass meine Mutter gestorben ist, als ich zwölf war.«

Faith blickte flüchtig zu Sarah hinüber. Sie starrte aus dem Fenster, obwohl dort außer dem Nachbarhaus nichts zu sehen war. Doch Faith merkte, dass sie zuhörte. Aufmerksam zuhörte.

»Wie ist sie gestorben?«

»Flugzeugunglück. Ein kleines Privatflugzeug.«

»Oh«, sagte Sarah, ohne den Blick vom Fenster abzuwenden. »Ihr Vater war nicht dabei?«

»Doch. Aber er hat überlebt.«

»Oh. Wenigstens war dann niemand schuld.«

»Na ja, das stimmt nicht so ganz. Der Pilot hatte getrunken.«

»Wenigstens hatten Sie jemanden, den Sie hassen konnten.«

»Das war nicht so einfach.«

»Warum nicht? Ich hätte den Piloten ganz bestimmt gehasst.«

»Der Pilot war mein Vater.«

Jetzt sah Sarah sie an. Kurz und durchdringend, als könnte sie nicht widerstehen. Bevor Faith ihrem Blick begegnen konnte, hatte sie sich schon wieder abgewendet.

»Also …«, begann Sarah. Dann stockte sie, als wären die Worte plötzlich versiegt. Als gäbe es auf der ganzen Welt keine Worte mehr. Oder zumindest keine, an die sie herankommen konnte.

Faith konnte spüren, dass Sarah sich dafür wappnete, mehr zu sagen. Sie wartete geduldig und ließ den Blick wieder zurück zu den Fotos wandern.

»Was haben Sie getan?«, fragte Sarah schließlich. Ihre Stimme war wieder leise geworden.

Faith lachte bitter.

»Ich weiß nicht. Was konnte ich tun? Die Sonne ging immer noch jeden Morgen auf. Und ich muss sagen, das kam mir in den ersten Monaten fast wie eine persönliche Beleidigung vor. Ich machte einen Schritt nach dem anderen, weil ich keine andere Wahl hatte. Ich war am Leben, ob ich es mochte oder nicht. Ich lebte weiter, weil ich musste.«

Eine lange Stille. Faith blickte wieder zu dem eindrucksvollen Turnierpferd. Der vierbeinige Tänzer mit einem Mädchen auf dem Rücken.

Keine von ihnen schien tiefer in die Unterhaltung eindringen zu wollen.

»Na ja«, sagte Faith. »Ich lasse dich jetzt mal besser allein.«

»Danke.« Und gerade als Faith zur Tür hinausschlüpfen wollte, fügte Sarah hinzu: »Danke, dass Sie mir das erzählt haben.«

»Ich weiß nicht, ob es sonderlich hilfreich war. Es ist nicht so, als könnte ich dir erklären, wie man so eine Sache verarbeiten kann.«

»Aber Sie wissen, wie ich mich fühle«, sagte Sarah.

Beim letzten Wort klang ihre Stimme rau, und Faith blickte absichtlich nicht zurück, um zu sehen, ob sie weinte.

»Ja. Ich weiß, wie du dich fühlst.«

Faith schloss sanft die Tür hinter sich. So respektvoll, wie es die Situation verlangte.

Kapitel 4

Selbstverteidigung

»Ich sollte uns noch ein Bier holen«, sagte Ava.

Sie saßen auf der Veranda des Strandhauses und beobachteten die Surfer. Es war später Samstagnachmittag und die Sonnenstrahlen fielen schräg über das Meer. Wie immer war Ava mit großer Verspätung angekommen.

»Ich kann kaum glauben, dass du dein erstes Bier schon fast ausgetrunken hast«, sagte Faith. »Du bist noch kaum eine Minute hier.«

»Ich habe Durst. Es war eine lange Fahrt, über vier Stunden in dem Verkehr.«

»Na dann, nimm dir noch eins. Bringst du mir noch ein Wasser mit? Es steht unten in der Kühlschranktür.«

Ava ging ins Haus.

In diesem Augenblick bemerkte Faith das Mädchen. Sarah. In Shorts und einem kurzen, ärmellosen T-Shirt hatte sie ihren Bungalow verlassen und ging direkt aufs Wasser zu. Sie warf einen Blick in ihre Richtung und schien Faith aus der Entfernung zu erkennen. Sie hob zögernd eine Hand und winkte.

Faith winkte zurück.

»Willst du also ganz bestimmt die Scheidung einreichen?«

Avas Stimme riss sie aus ihrer Beobachtung. Eine Dose Wasser mit Kirscharoma erschien neben ihrer linken Schulter. Faith nahm sie und genoss es, die kalten Kondensationströpfchen unter ihren Fingern zu spüren, während sie die Dose öffnete.

Als sie wieder Richtung Norden blickte, sprang das Mädchen gerade über eine Welle. Dann versank sie unter die Wasseroberfläche und schien verschwunden zu sein.

»Wem hast du zugewunken?«, fragte Ava und setzte sich mit ihrem Bier wieder in einen der Korbsessel.

Faith antwortete nicht, sie beobachtete konzentriert die Wellen. Sarah konnte doch nicht einfach so verschwunden sein. Und falls doch? An diesem Strand gab es keine Rettungsschwimmer und Faith war keine gute Schwimmerin.

»Hallo? Erde an Faith?«

»Einen Moment«, sagte Faith.

Bei der zweiten Silbe des Wortes »Moment« sah sie den Kopf des Mädchens aus dem Wasser kommen. Mit sicheren Bewegungen begann sie, Richtung Süden zu schwimmen. Faith atmete wieder aus, tief und laut vernehmbar.

»Ich habe diesem Mädchen zugewunken, das ein paar Häuser weiter wohnt«, sagte sie.

»Und ich bemerke, dass du damit meiner ursprünglichen Frage ausweichst.«

»Nein, überhaupt nicht. Ich war nur kurz abgelenkt. Ich habe die Scheidung schon eingereicht.«

Eine andächtige Stille trat ein, als Ava den Ernst der Aussage aufnahm.

»Das hast du mir noch gar nicht erzählt«, sagte sie nach ein paar Sekunden und einem großen Schluck Bier.

»Tut mir leid, ich bin mit meiner Flucht beschäftigt gewesen.«

»Wie hat er reagiert?«

»Keine Ahnung. Ich war weg, bevor er reagieren konnte. Bevor er den Brief bekommen hat.«

»Bist du dir sicher, dass du hier gut aufgehoben bist? Weiß er nicht, dass dein Vater ein Strandhaus hat?«

»Er hat keine Ahnung, wo es ist. Es ist immer vermietet gewesen. Er weiß nicht, dass mein Vater es für mich freigehalten hat. Dad und Marilyn würden ihm nicht sagen, wo es ist. Oder wo ich bin. Ich habe sie gut trainiert.«

Faith ließ den Blick wieder über das Meer wandern und erhaschte einen weiteren Blick auf Sarah. Ihr Kopf war nur ein kleiner Punkt hinter den brechenden Wellen. Parallel zum Ufer schwamm sie immer noch Richtung Süden. In Faiths Richtung. Faith fragte sich, ob sie umdrehen und denselben Weg zurückschwimmen oder ob sie vor ihrem Haus an Land gehen würde.

»Meinst du, er könnte gewalttätig werden?«

»Oh, das bezweifle ich«, sagte Faith. »Er hat mich noch nie geschlagen.«

»Du hast ihn auch noch nie verlassen«, erwiderte Ava und trank ihr Bier in einem einzigen großen Zug aus.

»Stimmt. Aber ich glaube, das Schlimmste, was passieren könnte – falls er mich tatsächlich findet –, wäre vielleicht … ich könnte mir vorstellen, dass er mich am Arm packt und versucht, mich ins Auto zu zerren, um mich nach Hause zurückzubringen oder so was. Sicherheitshalber habe ich immer Pfefferspray bei mir. Und morgen gehe ich zu einem Selbstverteidigungskurs für Frauen in Morro Bay. Aber das ist eher was für mich. Für mein Selbstvertrauen. Ich glaube, er würde mir mein Leben vor allem auf andere Weise unerträglich machen, nicht so sehr auf der körperlichen Ebene.«

»Nicht so sehr?«, wiederholte Ava. »Hoffentlich hast du recht«, fügte sie hinzu. »Ich hol mir noch ein Bier.«

»Wow. Mach mal langsam, junge Frau.«

»Ein schlechter Rat. Oder zumindest ein unerwünschter. Warum sollte ich? Es ist Wochenende und ich hab Zeit. Und genau so will ich sie verbringen.«

Sie verschwand wieder im Haus.

Faith blickte zum Wasser und sah Sarah aus dem Meer kommen. Eine Welle stürzte von hinten gegen Sarahs Beine und stieß sie vorwärts, während sie sich das Wasser aus den Haaren schüttelte. Sie blickte auf und winkte Faith wieder zu.

Das tropfnasse Mädchen trat an Faiths Veranda heran und lehnte sich an das Geländer.

»Ich wollte Sie etwas fragen«, sagte sie.

»Schieß los.«

Doch dann sagte sie eine Weile gar nichts. Sie blickte auf den Sand hinunter, als schämte sie sich für die ganze Welt und insbesondere dafür, dass sie auf dieser Welt war.

»Hassen Sie ihn?«, fragte sie schließlich leise.

Faith zuckte zusammen.

Sie hatte Sarah gegenüber bisher kein Wort über ihren Noch-Ehemann verloren, und auch nicht gegenüber ihrer Großmutter. Dass Sarah jetzt nach ihm fragte, war ausgesprochen gespenstisch.

»Woher weißt du … ich meine … wer hat dir von ihm erzählt?«

»Sie selbst.«

»Ich habe nie …«

»In meinem Zimmer. Sie haben mir von Ihrem Vater erzählt. Erinnern Sie sich nicht?«

»Oh«, sagte Faith, und der Schreck und die Verwirrung fielen von ihr ab. Sie atmete tief durch. »Mein Vater. Stimmt. Nein, ich hasse ihn nicht.«

»Aber es war seine Schuld.«

»Aber er hat nicht gewollt, dass es passiert. Es ist keine Absicht gewesen.«

Sarah zupfte an ihren tropfnassen Haaren herum, als versuchte sie, die Haare über ihr Gesicht zu ziehen. Aber wegen der Nässe waren ihre Haare dafür nicht dicht genug. Sie schien es zu bedauern, dass sie so schutzlos dastand.

»Aber es war seine Schuld.«

»Ich glaube, ich hätte ihn vielleicht gehasst, wenn er danach weitergetrunken hätte. Aber er hat danach nie wieder einen Tropfen Alkohol angerührt. Nicht mal einen Schluck Champagner auf einer Hochzeit. Nicht mal auf seiner eigenen, als er wieder geheiratet hat. Das hat mir gezeigt, wie sehr es ihm leidtat, und ich glaube, das hat geholfen. Er war kein Alkoholiker oder so was. Er trank nur so wie viele andere Leute auch. Sie waren auf dieser Party auf Marthas Vineyard gewesen. Mein Vater hatte drei Gläser getrunken, vielleicht vier. Er hatte gedacht, sie würden länger bleiben, aber dann fühlte sich meine Mutter nicht gut und wollte nach Hause. Und es war ein Flugzeug. Ein Flugzeug ist kein Auto. Er konnte ihr nicht einfach den Schlüssel geben und sagen: ›Hier, flieg du.‹ Er hat wahrscheinlich gedacht, er sei noch nüchtern oder jedenfalls nüchtern genug. Er hat die Situation falsch eingeschätzt, so wie es wahrscheinlich jedem passieren könnte.«

»Aber Sie waren wütend auf ihn, oder?«

»Oh, ich war rasend vor Wut. Die ersten zwei Jahre.« Faith verstummte und ließ sich von der Realität dieser Jahre einholen. Zum ersten Mal nach einer sehr langen Zeit. »Weißt du … jetzt, wo ich darüber nachdenke … ich habe ihn wohl zunächst gehasst. Gehasst und geliebt. Man kann jemanden gleichzeitig hassen und lieben.«

»Ich weiß«, sagte Sarah. Sie klang ausgeglichen und sicher. Merkwürdig erwachsen.

Ava erschien wieder auf der Veranda, und Sarah trat ein paar Schritte zurück.

»Ich muss gehen«, sagte sie.

»Nein, das musst du nicht. Setz dich doch zu uns.«

»Nein«, sagte Sarah. »Das kann ich nicht. Ich muss gehen.«

Und mit diesen Worten drehte sie sich um und rannte über den Strand nach Hause.

»Was war denn das?«, fragte Ava und machte es sich wieder in dem Korbstuhl bequem.

»Ein Mädchen, das gerade eine schwere Zeit durchmacht. Hat ihre Mutter verloren. Sie sucht meine Nähe und will mit mir reden, weil ich ihr erzählt habe, dass meine Mutter auch gestorben ist, als ich noch jung war.«

Ava sagte nichts.

Faith beobachtete schweigend, wie Sarah die Treppenstufen des Bungalows hinaufrannte und im Haus verschwand.

Dann drehte sie sich zu ihrer Freundin um, die sie mit einem seltsamen Gesichtsausdruck studierte, die Augenbrauen hochgezogen.

»Ich kannte dich eineinhalb Jahre, bevor du mir das erzählt hast.«

»Ich weiß. Aber sie ist mittendrin in dieser Sache und braucht Hilfe. Ich versuche, etwas Gutes zu tun.«

»Okay«, sagte Ava. »Okay. Ich glaube, ich verstehe, was du meinst.«

* * *

Ava fuhr am nächsten Nachmittag wieder nach Südkalifornien zurück, eine größere Erleichterung, als Faith sich eingestehen wollte. Ihre beste Freundin konnte anstrengend sein.

Noch wichtiger, Faith hatte sich mit einer Neugierde herumgeschlagen, die sie nicht mehr losließ, wie ein Juckreiz – genau in der Mitte ihres Rückens, der Stelle, die sie nicht richtig erreichen konnte. Schon seit das Mädchen mit dieser bedeutungsschweren

Frage zu ihr gekommen war, hatte Faith nach einer Möglichkeit gesucht, diese Stelle zu kratzen.

Faith nahm die Muffins, die Ava ihr mitgebracht hatte, obwohl die Freundin wusste, dass Faith versuchte, sich von Süßem fernzuhalten. Sie arrangierte die Muffins auf einem sauberen Küchentuch in einem Korb, den ihre Stiefmutter wahrscheinlich nur ungern aus den Händen gegeben hätte.

Sie faltete das Küchentuch über den Muffins zusammen und ging mit dem Korb den Strand entlang zu dem dunkelroten Bungalow. Sie klopfte an die Tür.

Constance öffnete sofort und Faith war erleichtert, als sie den Ausdruck in den Augen der älteren Frau sah. Dieser vielsagende Moment, wenn jemand die Tür aufmacht und sieht, wer dort steht. Faith hatte gelernt, an einem Gesichtsausdruck abzulesen, ob sie willkommen war oder nicht. Zum Glück war Constance erfreut, sie zu sehen.

»Habe ich Sie bei Ihrer Meditation gestört?«

»Nein. Nein, überhaupt nicht. Ich habe gelesen. Kommen Sie doch rein.«

Faith trat ins Wohnzimmer und hielt der älteren Frau den Korb hin.

»Ich weiß nicht, ob Sie Backwaren mögen«, sagte sie. »Ich versuche, zuckerhaltige Sachen zu vermeiden. Zucker schlägt auf meine Stimmung. Erst macht er mich ganz hibbelig und dann, wenn das vorbei ist, stürzt meine Laune in den Keller. Ich habe die Muffins geschenkt bekommen und es wäre schade, wenn niemand sie essen würde.«

»Ich mag Muffins«, sagte Constance. »Und es könnte genau das Richtige sein, um Sarah zum Essen zu motivieren.«

Faith spürte, dass der zweite Teil von Constance' Antwort eher der Wahrheit entsprach als der erste, aber Constance nahm den Korb dankbar an.

»Ist Sarah da?«, fragte Faith und ging zu ihrem Zimmer. Durch die geöffnete Tür blickte sie auf die Pferdefotos.

»Nein, sie ist wieder mal auf einem ihrer endlosen Spaziergänge.«

Die ältere Frau trat an Faiths Seite und blieb dicht neben ihr stehen. Gemeinsam blickten sie in Sarahs Zimmer.

»Sie ist ein schönes Pferd, nicht wahr?«, sagte Constance. »Zusammen waren sie ein wunderschöner Anblick.«

»Das kann man wohl sagen. Es fällt einem schwer, den Blick abzuwenden.«

»Ich würde sie an Ihrer Stelle aber besser nicht nach dem Pferd fragen. Es ist ein sehr, sehr wunder Punkt. Ich schwöre, sie würde fast lieber darüber reden, was mit ihrer Mutter geschehen ist.«

»Ist das Pferd gestorben?«

»Oh nein, nichts dergleichen. Midnight ist neun Jahre alt und gesund, wo auch immer sie gerade sein mag. Kurz nachdem Sarah und ich hier ankamen, rief ich den Stall in Moorpark an, wo sie untergebracht war. Ich wollte einen professionellen Transporteur beauftragen, sie herzubringen. Ich hatte schon einen Stall für sie gefunden, etwa zwanzig Minuten von hier. Stattdessen erhielten wir eine sehr schlechte Nachricht. Midnight war nicht mehr da. Sie war verkauft worden.«

»Moment mal … das können die tun? Hat Midnight nicht Sarah gehört?«

»Nein, *die* haben das nicht getan. Und wenn man vierzehn ist, kann man leider nichts richtig besitzen. Ihr Vater hat Midnight verkauft. Es war katastrophal für das arme Mädchen. Absolut katastrophal. Ihr das mitzuteilen, war für mich die schwerste Aufgabe in meinem Leben.«

»Haben Sie irgendeinen Anhaltspunkt, warum er das getan hat?«

»Ich kann es nur vermuten. Midnight ist ein wertvolles Pferd. Ich nehme an, er brauchte das Geld. Es könnte auch seine verletzte Eitelkeit und Wut darüber gewesen sein, dass Sarah nicht bei ihm bleiben wollte. Aber er ist ein Spieler. Spieler brauchen hin und wieder Geld und dafür tun sie alles. Wenn ich mit meinem Verdacht richtig liege, ist es sehr ironisch, denn Midnight kam durch eine Glückssträhne im Spiel zur Familie. Aber vermutlich werden wir es nie genau erfahren. Man kann seinen Worten nicht trauen.«

Sie blieben noch einen Moment schweigend stehen. Faith konnte sich nicht entscheiden, ob sie ihre Frage stellen sollte oder nicht. Doch plötzlich sprudelten die Worte einfach so heraus.

»Gibt Sarah ihrem Vater die Schuld am Tod ihrer Mutter?« Sie bereute die Frage sofort. Die Worte hingen wie Waffen in der Luft, eine schwebende Gefahr, die nur darauf wartete, jemanden bei der kleinsten Berührung blutig zu schneiden. »Tut mir leid, ich hätte das nicht fragen dürfen. Es ist nur so, dass sie gestern zu mir gekommen ist und seltsame Fragen gestellt hat. Es klang so, als würde sie ihren Vater verantwortlich machen.«

Daraufhin wurde es so still, dass Faith die betont tiefen Atemzüge der älteren Frau hören konnte.

»Ich weiß es nicht«, sagte Constance nach einer Weile. Ihre Stimme klang fest und ruhig. Seltsam gekünstelt. »Ich weiß nicht, ob Sarah ihrem Vater die Schuld an dem gibt, was passiert ist. Ich weiß nur, dass ich es tue.«

»Ich wünschte, ich hätte mich nicht eingemischt«, sagte Faith. »Tut mir leid. Ich habe nur das Gefühl, dass sie mich irgendwie um Hilfe bittet. Und ich weiß nicht, wie ich ihr helfen kann.«

»Nein«, sagte Constance. »Ich auch nicht.«

Es folgte eine längere Stille, dann sagte die ältere Frau: »Bleiben Sie doch zum Mittagessen, wenn sie möchten. Ich war gerade am Kochen.«

»Oh, vielen Dank. Aber ich kann leider nicht. Ich habe jetzt gleich einen Selbstverteidigungskurs für Frauen in Morro Bay. Ich muss in etwa zwanzig Minuten dort sein.«

»Selbstverteidigung?«

»Es klingt wohl etwas albern.«

»Nein, überhaupt nicht. Eher beunruhigend. Als hätten sie das aus irgendeinem Grund nötig.«

»Oh nein, so schlimm ist es nicht. Ich bezweifle, dass ich es je anwenden werde. Aber ich mache gerade eine Scheidung durch, und mein Ehemann … na ja, er war nie wirklich gewalttätig, aber er kann emotional ziemlich grausam sein. Und verbal. Und … da fragt man sich, ob er plötzlich nicht doch eine Grenze übertreten könnte. Aber es geht nicht einmal so sehr darum. Zumindest nicht vorrangig. Man hat mir gesagt, dass es auch für die Seele gut ist. Ein gutes Heilmittel, wenn man viel durchgemacht hat. Man spürt, dass man auf sich selbst aufpassen kann, und dadurch verändert sich auch die Haltung, mit der man durchs Leben geht.«

Eine dritte Stimme mischte sich in ihre Unterhaltung ein.

»Ich will auch einen Selbstverteidigungskurs machen«, sagte sie.

Die beiden Frauen hatten nicht bemerkt, dass Sarah ins Wohnzimmer getreten war.

»In Ordnung«, sagte Constance. »Ich finde die Idee gut. Ich melde dich zu einem Kurs an.«

»Aber sie geht *jetzt*«, jammerte Sarah mit weinerlicher Stimme. Sie strich sich mit einer ungeduldigen Handbewegung eine Haarsträhne aus dem Gesicht. »Warum kann ich nicht *jetzt* gehen?«

»Sie kann in meinen Kurs mitkommen«, bot Faith an. »Es würde mir wirklich nichts ausmachen.«

* * *

»Was glauben Sie, was passiert, wenn Sie ihn sehen?«, fragte Sarah im Auto. Die Frage kam hinter dem dünnen Haarschleier hervor.

»Meinen Mann?«

»Ja.«

Faith hatte sich gefragt, welchen Teil ihrer Unterhaltung mit Constance das Mädchen mitbekommen hatte. Jetzt wusste sie die Antwort.

Sie hatte die Ausfahrt am Morro Bay Boulevard genommen, war in einen Kreisverkehr geraten und hatte jetzt keine Ahnung mehr, wo sie sich befand und wo sie hinmusste.

»Hol mal bitte das Flugblatt aus dem Handschuhfach«, sagte sie zu Sarah. »Und es ist nicht sicher, ob ich ihn überhaupt noch mal sehen werde.«

»Müssen Sie nicht vor Gericht, wenn die ganze Sache entschieden wird?«

»Nur, wenn man sich einigen muss, wie der Besitz aufgeteilt werden soll. Ich will aber nichts. Er kann alles haben. Ich will nur von ihm weg und neu anfangen.«

Faith hielt am Straßenrand, um einen genaueren Blick auf das Flugblatt zu werfen und die Adresse ins Navigationssystem einzugeben.

Da bemerkte sie einen halben Block hinter sich ein Auto. Dasselbe Auto hatte sie schon auf der Schnellstraße hinter sich gesehen und jetzt war es ebenfalls stehen geblieben. Mit hämmerndem Herzen betrachtete sie im Rückspiegel den Fahrer, aber es war nicht Robert. Dieser Mann sah kultivierter und schlanker aus. Ihre Fantasie war wohl mit ihr durchgegangen.

Sie atmete tief aus und sah sich die kleine, handgezeichnete Karte in der Ecke des Flugblatts an.

»Oh«, sagte sie. »Es ist direkt hinter uns. Mal sehen, wo ich wenden kann.«

»Sie sollten ihn nicht alles haben lassen«, sagte Sarah.

»Mir ist nichts davon wichtig«, erwiderte Faith und vollführte eine wahrscheinlich illegale Wendung um hundertachtzig Grad. »Ich will nur, dass er mich gehen lässt.«

»Meine Oma sagt, wenn Frauen das tun, liegt es daran, dass sie denken, sie seien es nicht wert. Sie hätten nicht genug Selbstwertgefühl, um die Hälfte von allem zu verlangen, wie es ihnen eigentlich zusteht.«

»Das ist interessant«, sagte Faith.

»Warum?«

»Weil ich deine Großmutter nicht für einen voreingenommenen Menschen gehalten hätte.«

»Sie hat das nur über sich selbst gesagt, ein paar Jahre nach der Scheidung von meinem Opa.«

»Oh. Okay. Na ja, mein Selbstwertgefühl ist in Ordnung, vielen Dank. Ich will nur nicht dieses ganze Durcheinander.«

»Meine Oma sagt …« Das Mädchen unterbrach sich und blickte Faith prüfend an. »Schon gut. Es ist wohl egal, was meine Oma sagt.«

* * *

Das Gemeindezentrum teilte sich den Parkplatz mit einem Supermarkt, einem Billigladen, einem Kreditunternehmen und einem Versandzentrum. Als Faith das Auto abschloss, sah sie sich nach dem Gebäude um.

Ihr Blick fiel auf einen schlanken, kultiviert aussehenden Mann, der gerade aus seinem Wagen stieg und sich sofort wegdrehte, als sie in seine Richtung blickte. Der Wagen lugte hinter einem großen Geländewagen hervor und hatte die gleiche silberne Farbe wie das Fahrzeug, das die ganze Zeit hinter ihnen gewesen war.

»Was ist?« Sarah riss sie aus ihren Gedanken.

»Nichts.«

»Was ist dort?«

»Nichts. Wirklich, es ist nichts.«

Unterdessen hatte sie bemerkt, dass sich der Mann nur umgedreht hatte, um im Schatten auf das Display seines Mobiltelefons sehen zu können. Und sie hatte entschieden, dass es sich wahrscheinlich nicht einmal um dieselbe Person handelte. Sie kam sich ziemlich albern vor und schämte sich.

»Ich dachte nur, ich hätte was gesehen«, fügte sie hinzu. »Aber ich glaube, ich habe mich getäuscht.«

* * *

Der große Saal des Gemeindezentrums war mit dicken Sportmatten ausgelegt. Zwischen ihnen wanderte ein Mann hin und her, der eine unglaubliche Menge an Polsterung am Körper trug, einschließlich eines riesigen, ausgepolsterten Helms, der sein Gesicht vollständig verdeckte und ihn wie einen Außerirdischen aussehen ließ. Faith konnte zwar verstehen, weshalb diese Polsterung nötig war, aber ein bisschen unheimlich fand sie sie trotzdem.

Eine zierliche, auf klassische Art attraktive blonde Frau verteilte Formulare, die sie unterschreiben sollten. Faith nahm an, dass es sich um eine Einverständniserklärung handelte.

Sie war jedoch bereits völlig aus dem Konzept, da sie sich in Anwesenheit derartiger Frauen immer trampelig und unattraktiv fühlte. So war es schon seit ihrer Kindheit gewesen. Sich selbst zu ermahnen, dass sie aus diesen Gefühlen allmählich herauswachsen sollte, hatte die Situation bisher nicht verbessert.

»Sie müssen die Einverständniserklärung für Ihre Tochter unterschreiben«, sagte die unverschämt attraktive Frau. »Als ihr gesetzlicher Vertreter.«

»Ich bin nicht die Erziehungsberechtigte«, sagte Faith, ohne zu überlegen.

Sofort ärgerte sie sich über sich selbst. Sie hätte einfach das Formular unterschreiben sollen. Was machte es schon aus, solange niemand zu Schaden kam? Und selbst wenn, Sarah war mit dem Einverständnis ihrer Großmutter hier.

Doch es war zu spät. Sie hatte es gesagt.

»Oh-oh«, sagte die Blondine. »Da haben wir ein Problem.«

»Wir könnten nach Cayucos zurückfahren«, sagte Sarah, »und meine Oma das Formular unterschreiben lassen.«

»Aber dann würden wir mindestens die erste halbe Stunde verpassen«, erwiderte Faith.

»Oh«, sagte Sarah enttäuscht.

»Außerdem ist es uns lieber, wenn während des Unterrichts eine erziehungsberechtigte Person anwesend ist«, sagte die Blondine.

In der folgenden Stille blickte Faith durch die großen Spiegelglasfenster hinaus auf den Parkplatz und scannte ihn mit den Augen ab – für den Fall, dass ihr dort draußen jemand auflauerte. Doch sie sah niemanden.

»Ich kann mich einfach in die Ecke setzen und zusehen«, sagte Sarah. Sie klang bedrückt.

»Nein«, sagte Faith. »Kein Problem, das musst du nicht. Ich bringe dich nach Hause. Wir fahren beide nach Hause.«

Sie gaben der zierlichen Frau die Formulare zurück. Diese Frau schien all das zu haben, was Faith nicht hatte.

Es war eine Erleichterung. Faith hätte es vielleicht sogar zugegeben, wenn jemand sie darauf angesprochen hätte. Der Unterricht fand an einem ihr ungewohnten Ort statt, was die Sache irgendwie bedrohlich machte. Es würde dort

Gewalt nachgestellt werden, was noch Furcht einflößender war. Außerdem nahm Faith in derart großen Räumen zu viel Energie von anderen Leuten auf, was sie innerlich aufrieb und beunruhigte.

Sie führte Sarah zur Tür.

»Ich hasse es, dass Sie wegen mir den Unterricht verpassen«, sagte Sarah, als sie in das Sonnenlicht hinaustraten.

Faith schirmte die Augen ab und ließ wieder den Blick umherwandern, doch es war nichts weiter als ein ganz normaler Parkplatz mitten in einer Kleinstadt. Niemand hier hatte die Absicht, sie zu bedrohen.

»Mach dir deswegen keine Sorgen«, sagte sie. »Ich hatte sowieso gemischte Gefühle bei der ganzen Sache.«

* * *

»Oh«, sagte Faith, als sie in die Einfahrt des Strandhauses fuhr. »Ich wollte eigentlich in Morro Bay zum Supermarkt.«

»In Cayucos gibt es auch einen Supermarkt«, sagte Sarah.

Sie hielt den Blick nach unten auf ihre Hände gerichtet, als schämte sie sich zutiefst. Schon seit sie das Gemeindezentrum verlassen hatten.

»Ja, stimmt. Der örtliche Supermarkt reicht auch.«

Bei laufendem Motor blieben sie sitzen, die Schaltung nicht einmal in Parkstellung. Sarah schien gar nicht zu bemerken, dass sie aussteigen sollte.

»Oh«, sagte sie plötzlich. »Jetzt verstehe ich. Sie müssen gleich weiter.«

Beim Aussteigen machte sie einen weiteren Versuch, sich bei Faith zu entschuldigen, doch Faith wollte davon nichts wissen.

»Nein«, sagte Faith. »Ernsthaft. Hör auf, dir deswegen Gedanken zu machen. Meistens fügt sich am Ende immer alles so, wie es soll.«

* * *

Faith hatte gerade den Supermarkt betreten, als sie ihn wiedersah. Dieses Mal hatte sie keinen Zweifel daran, dass er es war.

Er hatte gerade seinen silbernen Wagen in der Nähe des Eingangs geparkt. Er stieg zügig aus und ging hinter ihr durch die automatischen Doppeltüren des Supermarkts.

Faith blieb abrupt stehen. Ihr Herz hämmerte. Der schlanke Mann blieb auch stehen – teils aus Überraschung, teils, weil sie den Eingang blockierte. Er mochte Anfang vierzig sein, trug einen Panamahut und eine dunkle Sonnenbrille, was es ihr erschwerte, ihn einzuschätzen. Doch er schien ihr einen fragenden Blick zuzuwerfen.

Gehen wir vielleicht mal weiter? Diese Art von Blick.

Sie waren so nahe an die automatische Tür herangekommen, dass sie sich mit einem leisen Geräusch geöffnet hatte und nun offen stand, während sie ihn zur Rede stellte.

»Denken Sie, ich wüsste nicht, was hier läuft?«, herrschte Faith ihn mit zitternder Stimme an. Plötzlich wünschte sie sich, sie hätte gerade an dem Selbstverteidigungsunterricht teilgenommen.

»Na, dann weiß es wenigstens einer von uns«, sagte der Mann. »Weil ich nämlich keine Ahnung habe, was hier läuft.«

Seine Stimme war ruhig und leise. Er schien amüsiert zu sein. Wie jemand, der sich seiner Sache immer sehr sicher ist. Faith hatte selbstbewusste Leute noch nie verstanden.

»Ich weiß, dass er Sie bezahlt hat, um mir zu folgen.«

»Wer soll mich bezahlt haben, um Ihnen zu folgen?«, fragte er. Etwas sarkastisch fügte er hinzu: »Andererseits ist es wohl egal, weil ich Ihnen jetzt gleich sagen kann, dass mich niemand bezahlt hat, um Ihnen zu folgen.«

Sie blieb standhaft und blickte ihn mit zusammengekniffenen Augen an. »Wenn Sie ein Privatdetektiv sind und jemand Sie direkt fragt, ob Sie ein Privatdetektiv sind, sind Sie dann gesetzlich verpflichtet, die Wahrheit zu sagen?«

Die automatische Tür zog sich langsam zusammen, hielt an und sprang wieder auf.

»Ich habe keine Ahnung«, sagte er. »Da ich kein Privatdetektiv bin, weiß ich nicht, an welche Regeln sich Privatdetektive halten müssen.«

In diesem Moment meldeten sich erste Zweifel. Bis eben war sich Faith völlig sicher gewesen. Nun akzeptierte sie die peinliche Möglichkeit, dass sie womöglich völlig grundlos einen fremden Mann anbrüllte.

»Warum habe ich Sie heute überall, wo ich war, gesehen? Ich meine, nicht wirklich überall. Aber vielleicht … dreimal. An einem Tag.«

»Weil …«, sagte er und dehnte das kurze Wort, »… es ein sehr kleiner Ort ist?«

»Oh«, murmelte Faith. Der Zweifel hatte sie umgestoßen und drückte sie jetzt nieder.

»Sie kommen nicht aus einer Kleinstadt, oder?«, fragte er. »Sie müssen aus der Großstadt sein.«

Sie wollte gerade antworten, als ihr klar wurde, dass es in diesem Augenblick ein Vorteil sein konnte, dass er ein völlig Fremder war. Sie konnte ihren furchtbaren Fehler einfach fallenlassen und würde den Mann nie wiedersehen müssen.

»Ich bitte um Entschuldigung«, sagte sie. »Ich hatte die Situation missverstanden.«

Sie trat zur Seite und machte den Eingang frei. Er tippte an seinen Hut und ging hinein. Die Tür schloss sich mit einem leisen Geräusch.

Faith zog ihr Smartphone aus der Tasche, atmete tief ein und löste die Sperre. Zum ersten Mal, seit sie ihr Zuhause verlassen hatte, würde sie Robert eine SMS schicken.

Sie wusste, dass er jetzt zu Hause war, das Mobiltelefon neben sich. Wahrscheinlich arbeitete er auf seinem Laptop am Schreibtisch, wo er auch seine Nachrichten sehen konnte.

Hast du jemanden auf mich angesetzt?, tippte sie.

Sie schickte die Nachricht ab.

Dann fügte sie hinzu: Sag mir bitte die Wahrheit oder antworte gar nicht.

Sie wartete in der warmen Sonne und fragte sich, ob es eine verrückte Idee gewesen war, diese Kommunikation zu beginnen. Sie fragte sich, welche Sturzflut gleich über sie hereinbrechen würde.

Ein kleines Piepgeräusch ließ sie wieder auf den Bildschirm blicken.

Ich habe niemanden auf dich angesetzt, stand dort.

Versprochen, dass das die Wahrheit ist?

Dann dauerte es länger. Sie sah die Gedankenblase, die anzeigte, dass Robert gerade tippte. Und tippte. Und tippte.

Piep.

Sieh mal, Faith. Ich bin nicht dumm. Ich weiß, warum du gegangen bist. Du glaubst, ich kontrolliere dich zu sehr. Also kontrolliere ich dich so wenig wie möglich. Ich will dich zurück. Also zeige ich dir, dass ich dich nicht zurückzerren werde.

Faith blieb einen Augenblick einfach stehen und atmete tief durch. Sie spürte die frische Meeresbrise auf dem Gesicht. Ihr war klar, dass sie ihn nicht einfach ignorieren konnte. Zumindest erschien es ihr nicht richtig, ihm keine Antwort zu geben. Insbesondere, nachdem seine Nachricht so untypisch vernünftig gewesen war.

Danke, tippte sie.

Mit dem Handy in der Hand betrat sie schließlich den Supermarkt. Das leise Piepgeräusch ließ sie wieder nach unten blicken.

Jetzt, wo wir wieder kommunizieren, lass uns reden.

Sie ließ das Telefon in ihre Tasche gleiten.

In der Gemüseabteilung traf sie wieder auf den schlanken Mann, der sich gerade Avocados aussuchte. Er blickte auf, sein Ausdruck eine Mischung aus amüsiert und verhalten. Er hatte die Sonnenbrille abgenommen, sodass sie ihm jetzt zum ersten Mal direkt in die Augen blickte. Diese Augen waren beinahe farblos – grau beschrieb ihre Farbe wohl am besten –, hell und klar. Faiths erster Eindruck war, dass diese Augen sowohl einschüchternd als auch schön sein konnten, je nachdem, aus welchem Blickwinkel man sie betrachtete.

»Möchten Sie mir noch etwas vorwerfen?«, fragte er.

»Nein. Ich möchte mich entschuldigen, dass ich Sie verdächtigt habe. Es tut mir leid. Es ist mir sehr peinlich. Ich mache gerade eine schwierige Scheidung durch und dachte, mein Mann hätte jemanden auf mich angesetzt, um mir zu folgen. Deshalb habe ich Sie für einen Privatdetektiv gehalten. Aber ich habe gerade herausgefunden, dass Sie keiner sind.«

»Ah«, sagte er und blieb mit einer Avocado in jeder Hand stehen. »Sehen Sie, ich bin Ihnen ein ganzes Stück voraus.

Weil ich schon die ganze Zeit gewusst habe, dass ich kein Privatdetektiv bin. Ich arbeite im IT-Bereich.«

»Wissen Sie«, sagte Faith und spürte, wie sie sich entspannte, »ich höre immer diese Abkürzung, IT. Und ich bin mir nie ganz sicher, was es bedeutet. Ich meine, ich weiß es im Allgemeinen. Ich weiß, was Sie machen. Sie arbeiten mit Computersystemen.«

»So ist es«, sagte er und legte die Avocados in seinen Einkaufswagen.

»Aber ich weiß nicht, wofür das I und das T stehen.«

»Informationstechnologie.«

»Sehen Sie, ich hätte schwören können, dass das I für Internet steht.«

»Das glauben viele«, sagte er. »Aber meine Arbeit hat fast nichts mit dem Internet zu tun. Zu meinem Job gehört das Intranet, also das interne Netzwerk bei Unternehmen und Großkonzernen. Aber ich will Ihnen das nicht alles erzählen. Es ist ziemlich langweilig.«

Faith konnte spüren, dass sie rot wurde. Sie war sich nicht sicher, weshalb. Es hatte etwas mit dem Klang seiner Stimme zu tun. Eine Wendung, die sie genommen hatte.

»Ich wollte nur noch mal sagen, dass es mir leidtut.«

»Mir auch«, sagte er. »Es tut mir leid, dass Ihre Scheidung nicht einvernehmlicher ist und Sie sich hier in diesem wunderschönen Strandparadies Sorgen machen müssen, dass Ihnen jemand schaden will.«

»Danke«, sagte sie.

Sie wandte sich ab. Aus ihrer Tasche glaubte sie den schwachen Ton einer weiteren Nachricht zu hören. Sie ging ein paar Schritte weiter.

Irgendwie schien der Mann mit den grauen Augen sie noch nicht gehen lassen zu wollen, was sie verwunderte. Er wandte sich wieder an sie, um die Unterhaltung fortzusetzen.

»Und … hatte ich recht? Sind Sie aus der Großstadt?«

Faith blieb stehen. Sie starrte auf mehrere Reihen seltsam grüner Bananen und fragte sich, ob sie ihm überhaupt etwas erzählen sollte.

»Ich komme aus Südkalifornien«, sagte sie.

»Genau wie ich!«, jubelte er, als hätten sie zusammen einen Preis gewonnen. »Also, unter uns Südkaliforniern muss ich Ihnen eine Frage stellen. Wie wählt man eine Melone aus? Zum Beispiel eine der schönen Cantaloupe-Melonen? Die sind mir ein absolutes Rätsel, so verschlossen, wie sie sind. Wie weiß man überhaupt, ob sie reif sind? Wenn man schon zu Hause ist und sie aufgeschnitten hat, ist es ein bisschen spät, um die Wahrheit herauszufinden. Meinen Sie nicht auch?«

Als sie sich den Melonen zuwandte, wich Faith seinem Blick aus. Diese Augen verunsicherten sie jetzt, andererseits fand sie sie schön. Diese Erkenntnis jagte ihr ein wenig Angst ein.

»Sie müssen nur vorsichtig gegen das Stielende drücken«, sagte sie. »Suchen Sie nach einer Melone, die jetzt bereit zum Verzehr ist?«

»Oh ja, jetzt. Ich bin sehr ungeduldig, wenn es um frisches Obst geht. Ich mag es nicht, wenn eine Melone mich warten lässt.«

Sie drückte auf das Stielende von drei oder vier Melonen, dann nahm sie eine, die sie mochte, und hielt ihm die Melone hin.

»Vielleicht diese hier.«

Er nahm sie ihr ab und seine Finger streiften ihre. Sie konnte nicht abschätzen, ob er es absichtlich getan hatte, aber ihr Gesicht flammte tiefrot auf. Sie war sich dessen sicher, als sie das kribbelnde Gefühl in ihren Wangen spürte.

»Danke«, sagte er. »Warum scheinen alle Frauen darüber Bescheid zu wissen? Und Männer so gut wie nie?«

»Ich weiß nicht«, erwiderte sie und wollte jetzt einfach nur weg. »Aber ich muss los.«

Sie eilte durch die Gemüseabteilung in Richtung Ausgang.

»Vielleicht laufen wir uns wieder mal über den Weg«, rief er ihr nach, »diese Stadt ist so klein.«

Sie eilte aus dem Supermarkt, ohne ihm zu antworten oder einen Blick zurückzuwerfen.

* * *

Als Faith nach Hause kam, saß Sarah am Strand in der Nähe ihres Hauses. Sie saß einfach nur da und starrte auf die Wellen.

Beim Geräusch der zuschlagenden Autotür wandte sie sich um, stand auf und wischte sich den Sand von den Shorts. Sie winkte und kam näher.

»Ich dachte, Sie seien zum Supermarkt gefahren«, sagte das Mädchen.

»Ja, ich war im Supermarkt.«

»Und … wo sind dann Ihre Einkäufe?«

»Oh«, murmelte Faith. Wie schon so oft an diesem Tag, war sie wieder verlegen.

Einen Augenblick lang sagte sie nichts, was sie noch verlegener machte.

»Es ist eine lange Geschichte.«

Als sie ins Haus trat, wurde ihr klar, dass sie kaum etwas im Kühlschrank hatte.

Dann erinnerte sie sich an die ungelesene Nachricht in ihrer Tasche.

Sie nahm das Mobiltelefon und las die Nachricht.

Okay, stand dort. Wenn du soweit bist.

Ohne eine Antwort schaltete sie das Telefon aus. Doch zuerst blockierte sie wieder seine Nummer.

Kapitel 5

Unheilvolle Notizen

Faith zog die Glasschiebetür zur Seite und trat mit der Kaffeetasse in der Hand auf die Veranda. Sie atmete tief ein und blickte aufs Meer hinaus. Die Luft an diesem frühen Morgen war frisch. Kühl und salzig. Es wehte bereits eine angenehme Brise.

Sie beobachtete die rauschenden Wellen, während sie in kleinen Schlucken trank. Sie blies in den heißen Kaffee, um den Dampf auf ihrem Gesicht zu spüren. Ein Gefühl der Leichtigkeit umfing sie. Zum ersten Mal, seit sie sich erinnern konnte, schien sie wirklich richtig durchatmen zu können. Sie füllte ihre Lungen ungewohnt weit. Als könnte sich jetzt alles zum Guten wenden. Oder als wäre es vielleicht schon geschehen.

Als sie sich wieder zum Haus umdrehte, fiel dieses Gefühl sofort von ihr ab.

Da war eine Notiz an der Glastür.

Es traf sie wie ein Eimer eiskalten Wassers. Sie war wie erstarrt. In ihrem Kopf drehte sich alles, und instinktiv griff sie nach der Lehne eines Gartenstuhls, um Halt zu finden.

Robert hat mich hier gefunden, war ihr erster Gedanke.

Doch es sah ihm nicht ähnlich, nur sang- und klanglos eine Notiz zu hinterlassen und sich davonzuschleichen. Sie hatte oben geschlafen. Ihr Auto, das in der Einfahrt parkte, war der

Beweis dafür, dass sie im Haus war. Warum hätte er dann nicht an die Tür gehämmert, sie aufgeweckt und darauf bestanden, dass sie redeten? Oder sogar, dass sie mit ihm zurückfuhr?

Wie in einem Traum – einem bedrückenden, unangenehmen Traum – überquerte sie die Veranda und nahm die Notiz ab. Sie war gefaltet und mit einem Klebeband versehen. Beim Öffnen zerriss sie das Papier. Die Handschrift war ihr völlig unbekannt – eine ordentliche, sorgfältige Druckschrift, die sie noch nie gesehen hatte.

Ein großer Brocken Furcht fiel von ihr ab, und sie atmete mit einem langen, hörbaren Atemzug aus.

»Hi«, begann die Nachricht. »Ich wollte Sie nicht erschrecken. Wie ich festgestellt habe, habe ich das Strandhaus direkt neben Ihrem gemietet. So ein Zufall! Aber da Sie nicht an Zufälle glauben, wollte ich Sie lieber vorwarnen. Kein Stalking beabsichtigt.«

Er hatte unterschrieben mit »Der Typ, den Sie im Supermarkt angebrüllt haben«. Und dann: »P.S.: Die Melone schmeckt hervorragend.«

Faith ließ den Zettel sinken. Sie warf einen Blick zum Nachbarhaus. Es musste das Haus südlich von ihrem sein, da sie gerade erst am Abend zuvor die Nachbarn des Hauses auf der nördlichen Seite gesehen hatte.

Soweit Faith sehen konnte, bewegte sich im Haus nichts. Sämtliche Vorhänge waren zugezogen. Es schien niemand wach zu sein.

Faith ging wieder hinein. Sie wollte auch den letzten Schrecken von sich abschütteln, doch er ließ sie nicht los. Er hatte sich bei ihr eingenistet und Faith konnte daran nichts ändern.

Wie automatisch ging sie zur Kaffeemaschine und goss sich warmen Kaffee nach, obwohl es nicht nötig war.

Dann landete ihr Blick auf der Notiz auf dem Küchenboden. Ein kleiner, hellblauer Umschlag, der anscheinend unter der Tür durchgeschoben worden war. Ihr Blut schien erneut zu gefrieren, und diesmal war sich Faith voll darüber im Klaren, wie sehr sie dieses Gefühl hasste. Wie überdrüssig sie dieser Furcht war. Doch die Erkenntnis half nicht, das Gefühl zu lindern.

Auf keinen Fall würde Robert eine Nachricht in einem hübschen, kleinen blauen Umschlag hinterlassen, dachte sie, als sie den Umschlag vom Boden aufhob. Doch falls die Nachricht von dem Typ nebenan war, wäre das auch kein gutes Zeichen. *Eine Vorwarnung war doch sicherlich genug. Wenn nicht sogar mehr als genug.*

Mit zitternden Händen riss sie den Umschlag auf.

»Faith«, stand dort in einem kaum leserlichen Gekritzel. »Ich weiß, dass ich den Kurs für Sie ruiniert habe. Es tut mir so leid. Ich ruiniere immer alles. Ich lasse Sie in Ruhe, wenn Sie das möchten. Sarah.«

Für den unwahrscheinlichen Fall, dass Sarah immer noch da war, öffnete Faith die Küchentür.

Nichts. Kein Mensch.

Mit der Kaffeetasse in der Hand trat sie wieder in die kühle Morgenluft hinaus, ging um das Haus herum zum Strand und blickte Richtung Norden. Dort sah sie Sarah auf dem Sand vor dem Bungalow ihrer Großmutter sitzen. Sie schien zu warten.

Faith wusste genau, worauf sie wartete.

Nahe am Wasser entlang, weil es sich auf dem nassen Sand besser laufen ließ, ging sie auf das Mädchen zu.

Sarah blickte auf, als sie Faith näher kommen sah. Dann wandte sie den Blick ab und ließ den Kopf hängen, sodass ihr das lange Haar ins Gesicht fiel.

»Ich möchte nicht, dass du mich in Ruhe lässt«, sagte Faith und setzte sich mit ihrem Kaffee vorsichtig in den kühlen Sand.

»Das sollten Sie aber«, kam es als kaum hörbares Flüstern hinter den Haaren hervor.

»Warum?«

»Weil ich diesen Kurs für Sie ruiniert habe. Sie konnten nicht am Selbstverteidigungsunterricht teilnehmen, und das ist alles meine Schuld. Es war einfach egoistisch von mir, dass ich mitkommen wollte. Und ich habe alles vermasselt.«

»Du hast gar nichts vermasselt. Niemand ist an der Sache schuld. Es gab nur ein Problem, das niemand hat kommen sehen. Kein großes Ding.«

Eine Stille setzte ein. Faith bemerkte, dass Sarah durch ihren Haarschleier einen verstohlenen Blick auf sie warf.

»Sind Sie sicher?«

»Absolut. Ich weiß nicht mal, ob der Kurs überhaupt eine gute Idee war. Ich glaube nicht, dass ich ihn brauche. Ich frage mich jetzt, ob es dumm von mir gewesen ist, zu denken, ich bräuchte einen Selbstverteidigungskurs. Mein Mann wird vielleicht nie versuchen, mich zu verletzen. Ich war einfach paranoid.«

»Ich halte Sie gar nicht für paranoid«, sagte Sarah. »Ich glaube, Sie brauchen den Kurs.«

Faith lauschte dem Klang der sich brechenden Wellen und hörte eine Möwe, die in einer fast menschlich klingenden Stimme schrie, als sie dicht über dem Wasser dahinsegelte. Abgesehen davon war alles still.

»Seltsam, dass du das sagst«, fügte Faith einen Augenblick später hinzu. »Du kennst ihn doch gar nicht.«

»Aber ich kenne Sie. Zumindest ein bisschen. Und ich weiß, dass Sie sich fürchten. Und wenn Sie sich fürchten, dann hat das seinen Grund.«

»So weit würde ich nicht gehen. Leute fürchten sich andauernd grundlos.«

»Nein, tun sie nicht«, erwiderte Sarah.

Diesen sicheren Klang hatte Faith bisher noch nicht in Sarahs Stimme gehört. In der Tat konnte sie sich nicht erinnern, wann zuletzt überhaupt jemand so sicher geklungen hatte. Sie wollte etwas einwenden, doch Sarah sprach weiter.

»Manchmal fürchten sich Leute vor etwas, von dem gar keine Gefahr ausgeht. Aber sie fürchten sich nicht grundlos. Sie fürchten sich nur aus einem anderen Grund, als sie glauben. Als Kind habe ich mir gerne unheimliche Filme angesehen, damit ich mich fürchten und mir einreden konnte, es sei wegen dem Werwolf oder dem Vampir. Aber die Angst war schon vorher da. Ich habe nur nach etwas gesucht, auf das ich sie beziehen konnte.«

»Das ist eine sehr reife Beobachtung«, sagte Faith und trank einen großen Schluck Kaffee. *Und auf eine Art und Weise zutreffend, obwohl ich es nicht zugeben will*, fügte sie in Gedanken hinzu.

»Das sehe ich nicht so. Es ist doch ganz offensichtlich. Sagen Sie es mir geradeheraus. Denken Sie nicht lange darüber nach. Beantworten Sie einfach meine Frage: Haben Sie einen Grund, sich vor ihm zu fürchten?«

»Vielleicht«, antwortete Faith.

»Also ja.«

»Nein. Vielleicht ist kein Ja. Es ist nur ein Vielleicht.«

»Aber wenn etwas Sie vielleicht verletzen wird, dann haben Sie einen Grund, sich davor zu fürchten. So wie wenn man Angst vor Autobahnen hat. Meine Mom hat sich immer gefürchtet, Autobahn zu fahren. Sie ist nur Landstraße gefahren, es hat immer Stunden gedauert, bis wir irgendwo ankamen. Obwohl sie gewusst hat, dass *wahrscheinlich* nichts auf der Autobahn passieren würde. Doch es hätte etwas passieren können, und das ist Grund genug, um sich zu fürchten. Verstehen Sie?«

»Ja«, sagte Faith. »Ich verstehe.«

»Also sollten Sie wieder zum Unterricht gehen, und diesmal werde ich mich raushalten.«

»Nein. Ich gehe wieder hin, aber mit dir, und diesmal nehmen wir deine Großmutter mit.«

»Wirklich?«

»Wirklich.«

Faith streckte den Arm aus, um dem Mädchen eine Hand auf die Schulter zu legen, doch das war ein Fehler. Sarah zuckte zurück.

»Warum sind Sie so nett zu mir?«, fragte Sarah, die Worte wie in einen Panzer gehüllt.

»Warum sollte ich nicht nett zu dir sein?«

»Warum sollten Sie es?«

»Weil … es besser ist, wenn Leute nett zueinander sind?«

»Sind Sie es deshalb, weil Ihre Mutter auch gestorben ist?«

»Vielleicht, zum Teil. Aber es ist einfach natürlich, jemandem helfen zu wollen, der Hilfe braucht.«

»Nicht für mich«, sagte Sarah leise.

»Okay«, erwiderte Faith. Sie hatte plötzlich genug von der Unterhaltung. »Wenn ich herausfinde, wann der nächste Kurs stattfindet, teile ich es dir mit.«

Mit ihrer freien Hand stützte sie sich auf dem Sand ab und stand auf.

Faith war gerade drei Schritte gegangen, als Sarah ihr hinterherrief.

»Danke.«

Faith blieb stehen und drehte sich um. Sarah blickte weg.

»Kein Problem«, sagte Faith.

Dann wandte sie sich wieder ab, um sich nicht anmerken zu lassen, was sie fühlte. Nur für den Fall, dass es ihr ins Gesicht geschrieben stand. In vielerlei Hinsicht war es sehr wohl ein Problem. Nicht, sie nächstes Mal mit zum Unterricht zu nehmen, aber … dass sie sich mit einem Mädchen angefreundet hatte, das einen ganzen Haufen Probleme mit sich herumtrug. Nun, da sie sich des Mädchens angenommen hatte, schien sie auch ihre Probleme bekommen zu haben. Sie fühlten sich unangenehm an, als wären es ihre eigenen.

Noch zusätzlich zu den Problemen, die sie selbst mitbrachte, fühlte sich die Last zu schwer an. Doch andererseits war es vielleicht besser, die Last zu schultern, als ihre Aufmerksamkeit wieder auf ihr eigenes Leben zu richten, da sie zurzeit eigentlich kein eigenes Leben hatte. Ihr altes Leben hatte sie hinter sich gelassen, und der Gedanke, aus dem Nichts ein neues Leben aufzubauen, war zu überwältigend, um überhaupt darüber nachzudenken.

* * *

Nach dem Abendessen, die Sonne stand bereits tief – es blieb vielleicht noch eine Dreiviertelstunde, bevor sie den Horizont erreichen würde –, beschloss Faith, eine Runde schwimmen zu gehen. Es war das erste Mal seit ihrer Ankunft im Strandhaus.

Normalerweise konnte sie sich für das Schwimmen im Meer nicht sonderlich begeistern. Als Kind war sie einmal von hohen Wellen erfasst worden und hatte geglaubt zu ertrinken, während sie nach Luft schnappte. Trotzdem zog sie jetzt ihren Badeanzug an und nahm ein Handtuch. Etwas musste abgewaschen werden, weggespült. Vielleicht die Scham des Mädchens, ihre Überzeugung, dass Faith nichts mit ihr zu tun haben wolle. Oder die kühlen grauen Augen des jungen Mannes und das Wissen, dass er nur ein Haus weiter wohnte und darauf wartete, sie wieder mit diesen Augen anzusehen. Oder vielleicht die Furcht, die sie knapp unterhalb ihrer Bauchdecke spürte und für die schon der Anblick eines Zettels an ihrer Terrassentür ausreichte, um ihr bis in den Hals zu springen und ihr die Kehle zuzuschnüren.

Das alles zusammen, dachte sie, als sie aus dem Haus trat. Sie wickelte sich in ihr großes Badetuch ein, um sich sicherer zu fühlen.

Der Mann war zu Hause und saß auf seiner Terrasse. Man konnte kaum etwas von ihm erkennen, da er wieder diesen Hut und eine dunkle Sonnenbrille trug. Tatsächlich sah sie zunächst nur seine nackten Beine in Bermudashorts, bis sie fast am Wasser war. Ein riesiger, farbenfroher Sonnenschirm war so geneigt, dass er ihn in nördlicher Richtung verdeckte. Und nördlich von ihm war Faiths Haus. Es schien seltsam, bis sie bemerkte, dass der Strand in südwestlicher Richtung lag und der Schirm mehr oder weniger in Richtung Sonne gedreht war.

Als sie ihn schließlich vollständig sehen konnte, winkte sie ihm mit einer kleinen, verlegenen Handbewegung zu. Er winkte zurück.

Dann blieb sie stehen, knöcheltief im kalten Wasser und wollte ihr Handtuch nicht ablegen. Es kam ihr merkwürdig vor, während dieser Mann sie beobachtete. Andererseits war sie ja hier, um zu schwimmen. Wäre es nicht noch merkwürdiger gewesen, wenn sie es sich jetzt anders überlegte?

Faith atmete tief durch und warf das Badetuch von sich. Sie schleuderte es so weit wie möglich an den Strand und hoffte, dass es an einer Stelle landete, wo die Wellen es nicht erfassen konnten. Sie rannte in die Brandung hinein. Eine Welle klatschte ihr fest gegen den Bauch, aber sie sprang gerade rechtzeitig hoch und konnte über sie hinwegschwimmen, ohne weit zurückgedrängt zu werden. Bibbernd vor Kälte schwamm sie angestrengt und tauchte unter der nächsten Welle hindurch. Dann war sie im ruhigeren Gewässer hinter den Sturzwellen angelangt und unsicher, wohin sie schwimmen sollte.

Einen Augenblick lang hielt sie still und paddelte auf der Stelle, ohne sich fortzubewegen. Sie schalt sich innerlich selbst. Andere Leute lebten ihr Leben doch bestimmt in einem Gefühl größerer Gewissheit. Das Leben konnte doch nicht für alle so komplex sein, dass jede mögliche zwischenmenschliche Begegnung auf sie lauerte wie ein Stolperdraht oder ein tiefes Loch, in das sie mit Sicherheit hineinfallen würden. Sie blickte zu dem Mann auf der Veranda, aber es ließ sich unmöglich sagen, ob er zu ihr herübersah.

Einen Augenblick später watete sie wieder ans Ufer. Sie nahm ihr großes Badetuch und wickelte sich ein, bevor sie zur Veranda ihres Nachbarn ging und sich das Wasser aus den Haaren schüttelte.

»Sie haben also meine Nachricht bekommen«, sagte er, als sie nur noch wenige Meter entfernt war.

»Woher wissen Sie das?«

»Weil Sie mir gar nichts vorwerfen.«

Faith blieb auf der Stelle stehen und spürte, wie ihr Gesicht warm wurde und wahrscheinlich rot anlief. Sie wollte ihm nicht näher kommen, weil er das Anzeichen ihrer Verlegenheit nicht sehen sollte.

»Das wird mich immer wieder einholen, was?«, fragte sie.

»Tut mir leid.« Das kleine Lächeln verschwand von seinem Gesicht. »Ich wollte einen Witz machen, aber in diesem Fall habe ich wohl danebengetroffen. Ich verspreche Ihnen, ich werde das Thema nicht wieder aufbringen.«

Faith trat zunächst nicht näher heran. Sie rieb sich ihr Haar mit einer Ecke des Badetuchs trocken und hoffte, sich dabei nicht zu sehr zu entblößen.

»Zeigen Sie mir, dass Sie mir vergeben«, sagte er. »Setzen Sie sich doch kurz.«

Etwas zögernd zog sie einen Gartenstuhl ein paar Zentimeter von ihm weg und setzte sich mit übereinandergeschlagenen Beinen hin. Sie versuchte, das Badetuch ein Stück weiter über ihre Beine zu ziehen, was ihr nur mäßig gelang.

Sie blickte ihm ins Gesicht, um zu sehen, ob er auf ihre Beine starrte, doch seine Sonnenbrille war so dunkel, dass sie es nicht sagen konnte. Seine Beine waren behaart und sahen kräftig aus. Breite, muskulöse Schenkel. Seine Füße waren nackt.

»Das war aber kurz«, sagte er.

»Ich schwimme nicht so gerne im Meer.«

»Es ist keine Pflicht, wissen Sie.«

Also ist es immer so mit ihm, dachte sie. Immer eine spitze Bemerkung oder ein scharfzüngiger Kommentar. Irgendeine Beobachtung, um sie aus dem Gleichgewicht zu bringen, damit sie ständig ein wenig in der Defensive blieb. Und dennoch war es kein unangenehmes Gefühl. Was auch immer geschah, sie war an diese Art von Austausch gewöhnt. Es fühlte sich vertraut an. Beinahe behaglich. Doch sie entschied, sich von ihm nicht permanent aus dem Gleichgewicht bringen zu lassen, also ging sie nicht darauf ein.

Stattdessen konterte sie: »Warum geht man überhaupt an den Strand, wenn man auf keinen Fall Sonne abbekommen will?«

»Oh, das«, sagte er und berührte seine Sonnenbrille und dann den Rand seines Hutes. »Ich bin sehr sonnenempfindlich.«

»Dann ist das hier vielleicht nicht Ihr ideales Urlaubsziel.«

»Wo sollte ich sonst hin? Kennen Sie einen Ort, wo die Sonne nicht scheint?«

»Vielleicht der nördliche Polarkreis im Winter.«

Er lachte, es klang wie ein Keuchen.

»Ich komme ans Meer, weil ich das Meer liebe«, sagte er. »Es war schon immer so, selbst als Kind. Als Kind, und ich meine als Kind, nicht als Teenager … wollte ich immer von zu Hause weglaufen. Ich bin in Orange County aufgewachsen. In Bellflower. Und ich hatte ein wenig Geld in meinem Sparschwein. Also zerschmetterte ich mein Sparschwein mit einem Hammer und nahm den Bus nach Long Beach. Ich weiß nicht einmal, woher ich wusste, welchen Bus ich nehmen musste. Ich glaube, ich habe einfach meinen Kopf in jeden Bus gesteckt, der vorbeikam, und den Fahrer gefragt, wo er hinfuhr. Ich wusste, dass ich Richtung Westen zu einem Strand kommen würde, und es war mir ziemlich egal, welcher Strand. Und als ich dann ankam, saß ich einfach nur den ganzen Tag auf dem Sand. Ich hatte keinen Plan. Ich hatte nichts eingepackt. Ich hatte nicht genug Geld für einen Telefonanruf übrig. Als die Sonne unterging, wurde es kalt. Ich lief und lief, bis ich einen Polizisten sah, der dann meine Eltern für mich anrief. Mein Vater holte mich ab und, wow, er war vielleicht wütend!« Er verstummte kurz und neigte den Kopf, als hörte er etwas. Ein akustisches Geheimnis, das nur für ihn hörbar war. »Ich frage mich, woher das jetzt kam. Ich habe seit Jahren nicht mehr daran gedacht.«

»Warum sind Sie von zu Hause weggelaufen?«, fragte Faith und bereute es sofort. »Wenn es keine zu persönliche Frage ist«, versuchte sie, den Vorstoß rückgängig zu machen, aber dafür war es jetzt zu spät.

»Es war wegen etwas, das mein Vater getan hatte, aber an die Details kann ich mich nicht mehr erinnern. Es war immer irgendwas mit ihm.«

»Entschuldigung, dass ich gefragt habe«, sagte sie und befand, dass es höchste Zeit war, einen Abgang zu machen.

»Wenn ich mir die Bemerkung erlauben darf – ich glaube, Sie verbringen zu viel Lebenszeit damit, sich zu entschuldigen.«

Die Beobachtung erstaunte sie, da sie sich schließlich kaum kannten. Doch dann konnte vermutlich jeder, der ihr begegnete, schnell zu dieser Erkenntnis kommen. Diese Einsicht nahm ihr vollends den Wind aus den Segeln und ließ sie tiefer in den Korbstuhl sinken.

Mehrere Minuten lang beobachteten sie, wie sich die Sonne zentimeterweise auf den Horizont zubewegte. Der Untergang der Sonne stand so unmittelbar bevor, dass es einen Augenblick lang nicht schmerzte, sie direkt anzusehen. Oder zumindest schmerzte es Faith nicht. Dieser Mann hier – dessen Namen sie immer noch nicht kannte – war sensibler.

Als hätte er ihre Gedanken gehört, sagte er plötzlich »Greg« und streckte ihr seine rechte Hand entgegen.

Die Hand fühlte sich warm und völlig frei von Schwielen an. Wie die eines Mannes, der noch keinen Tag seines Lebens harte körperliche Arbeit verrichtet hatte. Dann erinnerte sie sich, dass er im IT-Bereich arbeitete. Es fühlte sich außerdem unbehaglich intim an. Eine echte Berührung zwischen zwei Menschen, und Faith war darauf kein bisschen vorbereitet.

»Faith«, sagte sie und ließ die Hand schnell los.

Sie wandten sich wieder dem Sonnenuntergang zu.

»Zu meiner Verteidigung muss ich sagen«, sagte sie, »dass der Hut und die Sonnenbrille zu dem Eindruck beitragen, dass Sie ein Detektiv sind, der Leuten nachschleicht.«

»Das ist noch so eine Sache«, sagte er. »Warum verteidigen Sie sich? Sie scheinen das Bedürfnis zu haben, sich zu verteidigen. Sie haben genau so viel Vorsicht walten lassen, wie es für Sie in diesem Augenblick angemessen war. Warum sollte man sich dafür entschuldigen?«

»Vielleicht, weil ich unrecht hatte? Weil es ein Fehler war?«

»Leute machen andauernd Fehler. Mehr oder weniger ist es das, was eine Person ausmacht: Wir sind ein Haufen laufender, redender Fehlermacher. Wenn ich einen Fehler mache, obwohl ich nur mein Bestes getan habe, dann verzeihe ich mir das.«

»Ich weiß nicht, wie das geht.«

»Das sehe ich«, sagte er.

Und mit diesen Worten verstummte Faith wieder und grübelte darüber nach, weshalb sie von seiner Direktheit ständig aus dem Gleichgewicht gebracht wurde.

Schweigend beobachtete sie, wie der Rand der Sonne das Wasser zu berühren schien – und zum ersten Mal in ihrem Leben sah sie den grünen Blitz. Er war unauffälliger, als sie ihn sich vorgestellt hatte und sehr schnell vorbei. Er ließ sie mit dem unsicheren Gefühl zurück, ob es nur in ihrer Einbildung passiert war.

»Haben Sie das gesehen?«, fragte sie Greg.

»Was?«

»Den grünen Blitz.«

»Oh. Nein. Ich habe zwar davon gehört, aber gesehen habe ich ihn eben gerade nicht.«

»Meine Mutter hat mir immer erzählt, dass Leute, die den grünen Blitz gesehen haben, das Gefühl hatten, es hätte sich etwas in ihrem Leben verändert. Aber das kann auch nur so eine Geschichte sein.«

»Fühlen Sie sich anders?«

»Eigentlich nicht«, antwortete sie und spürte nach, was sie fühlte. »Ich frage mich, ob ich ihn mir nur eingebildet habe«, sagte sie und bereute sofort, dass sie es laut ausgesprochen hatte. »Da Sie ihn nicht gesehen haben«, fügte sie hinzu.

»Es lag wahrscheinlich an meiner Sonnenbrille«, sagte er.

»Sie können sie jetzt abnehmen.«

»Wie bitte?«

»Die Sonne ist untergegangen. Selbst jemand wie Sie braucht weder einen Hut, noch einen Sonnenschirm oder eine Sonnenbrille, wenn die Sonne untergegangen ist.«

»Noch besser wäre es«, sagte er, ohne die Sonnenbrille abzunehmen, »unsere Unterhaltung im Wohnzimmer weiterzuführen. Ich habe dort eine schöne Flasche Wein stehen, schon geöffnet.«

Unvermittelt sprang Faith auf. Sie stand vor ihm und bedeckte ihren Körper mit dem Badetuch so gut wie möglich. Sie wollte etwas sagen, auch wenn sie befürchtete, ihre nächsten Worte könnten ein peinliches Gestotter sein.

Doch sie riskierte es.

»Ich halte das für keine gute Idee«, sagte sie. Es war ein peinliches Gestotter, vielleicht noch schlimmer, als sie gedacht hatte. »Ich stecke gerade mitten in einer hässlichen Scheidung. Na ja, vielleicht sollte ich nicht vorschnell urteilen, denn ich habe zwar die Scheidung eingereicht, bisher aber noch keine Reaktion von ihm bekommen. Ich habe ihn verlassen, bevor ich herausfinden konnte, wie er damit umgehen würde. Aber ich kenne ihn seit neun Jahren, also kann ich mit ziemlicher Sicherheit sagen, dass die Scheidung hässlich werden wird. Es ist erst ein paar Tage her und ich habe gerade …«

Dann stockte sie. Sie wusste gar kein Ende für diesen Satz. Sie hatte keine Ahnung, was sie »gerade« hatte.

Er nahm die Sonnenbrille ab. Sie wickelte das Badetuch fester um sich und war sich ihrer nackten Beine plötzlich unangenehm bewusst. Doch er blickte ihr direkt in die Augen und fing sie mit seinem klaren, intensiven Blick ein.

»Ich glaube, Sie lesen zu viel in die Einladung hinein«, sagte er. »Es war nur eine nachbarschaftliche Geste.«

»Oh«, murmelte sie. »Entschuldigung.« Sie schloss beschämt die Augen. »Verdammt!«, fügte sie hinzu. »Schon wieder.«

»Während wir beide hier sind«, sagte er und überspielte geschickt ihr Unbehagen, »hoffe ich, dass Sie einmal auf einen Happen vorbeikommen können. Ich gehe an den Felsen von San Simeon Point angeln und habe bisher viel Glück gehabt. Ich komme oft mit Rotbarschen nach Hause und einmal hatte ich sogar einen Drachenkopf. Nachmittags werfe ich den Grill an, die Fische sind köstlich, weil sie so frisch sind. Ich verspreche Ihnen, es ist eine sehr angemessene Einladung für eine Frau, die sich erst seit ein paar Tagen in einer hässlichen Scheidung befindet. Aber nur, falls und wenn Sie bereit sind. Ich werde es nicht mehr zur Sprache bringen.«

Einen Augenblick lang stand sie wie angewurzelt da, im Bann dieser erstaunlichen Augen. Es war fast so, als könnte sie nicht weggehen, bevor er die Verbindung unterbrach und sie befreite. Sie schloss die Augen, um sich aus der Situation zu lösen, und plötzlich kam ihr das Bild von einem Fisch am Angelhaken in den Sinn.

»Danke«, sagte sie. »Ich werde vielleicht darauf zurückkommen.«

Sie wollte so schnell wie möglich zurück ins Haus, wo sie in Sicherheit war, doch schon nach dem ersten Schritt brachte er sie mit ein paar ungewöhnlich scharfen Worten zum Stehen.

»Erzählen Sie mir etwas über das Mädchen«, sagte er.

Mit zusammengekniffenen Augen drehte sie sich wieder zu ihm um.

»Ah«, rief er, bevor sie etwas sagen konnte. »Da ist wieder dieser Blick vom Supermarkt.«

»Wie konnten Sie überhaupt …« Ihr fiel kein gutes Ende zu der Frage ein.

»Ich habe Sie heute Morgen am Strand mit diesem Mädchen reden sehen und mich gefragt, woher Sie sie kennen.«

»Sie ist nur eine Nachbarin.«

»Wohnt sie in dem Haus, vor dem sie gesessen hat?«

Ihr Unterbewusstsein riet Faith, einem Mann, den sie kaum kannte, nicht den Aufenthaltsort eines jungen Mädchens zu verraten.

»Sie wohnt dort in der Nähe«, antwortete sie knapp.

»Okay«, sagte Greg. »Das verstehe ich. Ich bin mit meiner Frage gerade wieder ins Stalkerterritorium geraten, und das war natürlich nicht meine Absicht. Mir fiel nur auf, dass es anscheinend ein vertrauliches Gespräch war, und wegen des Altersunterschieds hat es mich neugierig gemacht hat, was Sie und das Mädchen zusammengebracht haben könnte.«

»Sie macht gerade eine schwere Zeit durch«, sagte Faith und entspannte sich ein wenig. »Sie hat Probleme, die ich nachempfinden kann. Ich versuche nur, ein guter Mensch zu sein und ihr nach meinen Möglichkeiten zu helfen.«

»Na ja«, sagte er, und unerklärlicherweise setzte er wieder seine Sonnenbrille auf. Vielleicht war es einfach die Macht der Gewohnheit. »Das ist auf jeden Fall ein Zeichen dafür, dass Sie ein guter Mensch sind, wofür ich Sie ohnehin gehalten habe. Tut mir leid, wenn ich Sie mit meiner Frage vor den Kopf gestoßen habe.«

Sie schenkte ihm ein kleines Lächeln, um ihm zu zeigen, dass sie es ihm nicht nachtrug.

Auf halbem Weg nach Hause schoss ihr ein Gedanke durch den Kopf. Warum war er überhaupt barfuß und in kurzen Hosen, wenn er keine Sonne vertrug?

Diese Unstimmigkeit ging ihr noch Minuten später durch den Kopf, als sie in ihrer Küche saß. Sie fühlte sich wie ein Hund, der völlig von einem Knochen oder Spielzeug besessen war. Zunächst erschien es ihr fast so, als hätte sie ihn bei einer Lüge ertappt. Schließlich entschied sie sich für die Erklärung, dass wohl nur seine Augen von der Sonnenempfindlichkeit betroffen waren und die Hutkrempe und der Sonnenschirm zum Schutz seiner Augen da sein mussten.

Sie wischte den Gedanken beiseite. Dann fragte sie sich, seit wann es ihr eigentlich so schwerfiel, jemandem zu trauen.

* * *

Nachdem sie etwa eine Stunde lang wach im Bett gelegen hatte, griff Faith nach ihrem Handy und schrieb ihrer Freundin Ava eine Nachricht.

Das ist vielleicht seltsam, tippte sie und sendete die Nachricht ab.

Sie wartete, ob ihre Freundin überhaupt noch wach war, bevor sie sie mit einer weiteren Nachricht störte. Doch sie war sich auch nicht sicher, ob sie ihr die Geschichte wirklich mitteilen wollte. Sie war sich unschlüssig, ob sie bereit war, sich anderen gegenüber – oder gar sich selbst gegenüber – zu verraten.

Mehrere Minuten lang lauschte sie der Brandung durch das geöffnete Schlafzimmerfenster, bis sie beinahe glaubte, doch einschlafen zu können.

Der Ton einer eingehenden Textnachricht bewirkte, dass sie sofort wieder hellwach war.

Sie nahm das Smartphone und las Avas Antwort.

Wann erfahre ich endlich, was seltsam ist?

Vielleicht ist es gar nicht seltsam, schrieb Faith zurück.

Okay. Wann erfahre ich endlich, was nicht seltsam ist?

Faith seufzte laut. Ein Teil von ihr wollte die ganze Sache einfach vergessen und endlich schlafen. Aber jetzt war sie zu tief in die Sache hineingeraten.

Würdest du es seltsam finden, wenn ich dir erzähle, dass ich einen Mann getroffen habe?

Kommt auf die Definition von getroffen an. Du meinst im biblischen Sinn?

Faith lachte laut los, es fühlte sich gut an. Dann tippte sie wieder.

Es gibt kein getroffen im biblischen Sinn. Du meinst erkannt.

Du weißt, was ich meine.

Es ist nichts passiert. Ich habe ihn nur getroffen.

Auf irgendeiner Ebene muss etwas passiert sein, sonst würdest du mich damit nicht wachhalten.

Faith seufzte wieder. Sie schrieb nicht sofort zurück. Passierte denn etwas? Sie war zwiegespalten, was die Antwort betraf.

Ich habe ihn nur getroffen. Das ist alles. Ende der Geschichte. Es ist nur … nur die Tatsache, dass ich einen Mann getroffen habe, durch den ich mich wieder daran erinnere, wie das ist, einen Mann zu treffen … Oh verdammt. Das klingt so verkehrt. Ich frage mich nur, ob es nicht zu früh ist.

Eine Pause. Ihr Handy machte kein Geräusch. Auf dem Bildschirm erschien nur die Gedankenblase, die anzeigte, dass Ava gerade tippte.

Dann erschien die Antwort auf ihrem Bildschirm.

Ich war dabei, dir diese lange SMS zu schreiben, aber dann fiel mir ein, dass du die Antwort selbst sehr gut kennst.

Also sollte ich ihn nicht wiedersehen?

Ich habe keine Ahnung, was du tun solltest, meine Kleine.

Einen langen Augenblick existierte in Faiths Welt nichts außer dem Rauschen des Meeres. Keine von ihnen schien zu schreiben. Faith war sich nicht einmal sicher, wer jetzt an der Reihe war. Nach einer Weile wurde sie es müde, ihr Smartphone anzustarren und auf eine Antwort von Ava zu warten.

Das Geräusch einer neuen Nachricht ließ sie aufschrecken.

Sieh mal, Faith. Du fragst genau die Falsche. Ich bleibe normalerweise nicht lange in einer Beziehung und du bleibst meistens in Beziehungen, in denen du nicht bleiben solltest. Das ist so, als würde eine Blinde eine andere Blinde führen.

Faith schloss die Augen. Als sie sie wieder öffnete, konnte sie an der Gedankenblase sehen, dass Ava wieder schrieb. Sie starrte lange auf den Bildschirm, aber ihre Freundin schien immer weiter zu tippen.

Je länger Ava schrieb, desto unwohler fühlte sich Faith. Schließlich stand sie auf, ging ans Fenster und zog den Vorhang zur Seite. Der Mond stand hoch am Himmel und warf sein sanftes Licht auf das Wasser, das an manchen Stellen zu glitzern schien. Faith blickte zu dem Nachbarhaus hinüber und fragte sich, ob Greg schlief. Ob ihr Treffen ihn genauso verunsichert hatte.

Wahrscheinlich nicht, entschied sie. Er war nicht jemand, der sich leicht verunsichern ließ. Das war allein Faiths Spezialität.

Eine neue Nachricht kam an. Erst nach einem weiteren Augenblick ging sie zurück, um sie zu lesen.

Du hast Robert gesagt, dass es vorbei ist. Also kannst du tun, was du willst. Es ist kein Betrug. Aber natürlich ist es zu früh, wir beide wissen das. Wenn du zehn x-beliebige Leute auf der Straße fragst, würden sie dir alle sagen, dass es zu früh ist. Aber du hast ihn nun mal getroffen. Also versuch, es langsam anzugehen, weil es zu früh ist. Aber dein Herz wird die Sache schnell angehen wollen, und dann wirst du mir erzählen, dass du ihm nicht nachgibst. Aber so funktionieren Herzen nicht. Sie tun, was zum Teufel sie wollen. Also sei bitte vorsichtig. Okay?

Okay, schrieb Faith zurück. Verstanden. Ich gehe jetzt schlafen.

Es überraschte sie nicht, dass sie in dieser Nacht nicht mehr einschlafen konnte.

Kapitel 6

Wut

Im Saal des Gemeindezentrums saßen sie im Schneidersitz in einem kleinen Kreis auf den Matten, Sarah ungewöhnlich nah an Faiths Seite. Sarah hatte wohl ein wenig Angst, auch wenn sie das nie zugegeben hätte.

Der Kursleiter hatte seinen gepolsterten Schild abgelegt und sich mit in den Kreis gesetzt, um sich mit ihnen zu unterhalten. Faith fand das nervenaufreibend, da er doch eigentlich die Rolle des brutalen Angreifers spielen sollte.

Die junge Kursleiterin, die es abgelehnt hatte, Sarah ohne das schriftliche Einverständnis ihrer Erziehungsberechtigten zu unterrichten, schien die Aufmerksamkeit von Constance auf sich ziehen zu wollen, die auf einem Metallstuhl in einer Ecke des Raums saß.

»Du kannst dich gern zu uns in den Kreis setzen«, wandte sie sich an die ältere Frau.

»Aber ich gehöre nicht zu dem Kurs«, erwiderte Constance.

Faith fiel auf, dass sie nicht die einzige Erwachsene hier war, die sich unwohl fühlte. Selbst gespielte Gewalt, um Frauen darin zu unterrichten, der Gewalt entgegenzutreten, war ziemlich beängstigend.

»Aber du bist hier, um Sarah zu unterstützen«, sagte die Kursleiterin. »Auch wenn du nicht am Unterricht teilnimmst, kannst du ein Teil des Kreises sein.«

Constance schien zu zögern, vielleicht fürchtete sie sich sogar ein wenig. Dennoch durchquerte sie jetzt den Saal und setzte sich an Sarahs freie Seite, nahm ihre Hand und drückte sie. Die anderen vier Frauen in dem Kreis rutschten ein Stück beiseite, um ihr Platz zu machen.

»Diesmal sind wir eine kleinere Runde«, begann die Kursleiterin. »Was seine Vorteile hat, denn dann bekommt jede Einzelne von euch etwas mehr Aufmerksamkeit. Zunächst wollen wir uns vorstellen und darüber reden, warum wir uns für den Selbstverteidigungskurs entschieden haben. Und bevor ihr beginnt, möchte ich nur kurz sagen … falls jemand eine Therapie macht, möchten wir gern mit dem Therapeuten reden, damit er oder sie den Besuch dieses Kurses sozusagen absegnen kann. Und falls jemand in einer Beziehung ist, in der es körperliche Gewalt gibt, kann dies ein Problem sein. Wer sich in einer gewalttätigen Situation befindet, muss zuerst dort herauskommen. Wir möchten, dass ihr die gefährliche Situation verlasst, bevor wir euch unterrichten. Wir wollen euch nicht mit einer Ausrüstung versehen, damit im nächsten Kampf noch mehr Schaden angerichtet werden kann. Unser Ziel ist, dass ihr nie wirklich das nutzen müsst, was wir euch beibringen werden. Ergibt das für alle einen Sinn?«

Die Frauen blickten sich in dem Kreis um, Blicke trafen sich kurz und wurden wieder abgewendet. Alle nickten, manche etwas zögerlicher als andere.

»Möchtest du anfangen, Anne?«

Eine unscheinbare, furchtsam aussehende Frau um die Dreißig zuckte leicht zusammen, als sie ihren Namen hörte. Ihre dunkle, lockige Mähne hatte vielleicht das dreifache Volumen ihres Kopfes. Ihre weiten Klamotten hingen so lose an ihr herunter, dass man nicht feststellen konnte, ob sie übergewichtig war oder nicht. Faith vermutete, dass sie ein paar Kilo zu viel hatte. Was natürlich keine Rolle spielte. Außer, dass sie alle auf der Hut waren, nur war es nicht immer äußerlich sichtbar. Es fiel schwer, nicht nach den Anzeichen zu suchen.

»Okay«, sagte Anne. Ihre Stimme passte zu ihr, denn sie klang wie eine kleine Maus. »Ich nehme an, ihr wisst, dass ich Anne bin. Ich wurde als Kind missbraucht und ich möchte lieber nicht sagen, was genau passiert ist, tut mir leid. Aber jetzt bin ich erwachsen, obwohl ich mich nicht erwachsen fühle; ich glaube, ich fürchte mich vor allem, und ich habe einfach genug davon. Ich habe genug davon, mich die ganze Zeit zu fürchten.«

Aus dem Augenwinkel sah Faith, dass Sarah leicht nickte.

»Und machst du eine Therapie?«, fragte die Kursleiterin.

»Ja. Meine Therapeutin findet, dass der Kurs eine gute Idee ist. Sie hat ihn mir vorgeschlagen.«

»Gut«, sagte die Kursleiterin. »Das sollte in Ordnung sein. Gib uns bitte nur ihren Namen und ihre Telefonnummer, bevor du nachher gehst. Wir würden uns sehr gern mit ihr unterhalten.«

Anne nickte, den Blick fest auf die Matten gerichtet. Die Kursleiterin sah zu Constance, die erschrocken die Augen aufriss.

»Wer, ich?«, fragte Constance.

»Du bist ein Teil des Kreises.«

»Ich bin nur hier, um meine Enkelin zu unterstützen. Sarah«, fügte sie hinzu und legte einen Arm um die Schultern des Mädchens.

»Und dein Name ist?«

»Constance.«

»Okay. Danke, Constance. Herzlich willkommen.«

Der Blick der Kursleiterin wanderte zu Sarah, die heftig den Kopf schüttelte.

»Ich will nicht reden«, sagte das Mädchen. »Jemand anderes soll das machen.«

»Ich mache es«, sagte Faith, um ihr zu helfen. »Ich habe erst vor ein paar Tagen meine Ehe verlassen. In der Beziehung gab es keine körperliche Gewalt. Na ja … es war an der Grenze. Auf emotionaler Ebene war es wahrscheinlich Misshandlung. Er war jedenfalls verbal gewalttätig. Sehr kontrollierend. Er hat mich nie auf eine andere Art verletzt, aber als ich es meiner besten Freundin erzählt habe, die ihn auch ziemlich gut kennt, sagte sie nur: ›Es ist das erste Mal, dass du ihn verlässt. Du weißt nicht, wie er reagiert.‹ Und ich glaube, darin liegt ein Stück Wahrheit. Einerseits denke ich, dass ich albern bin, weil er mich jetzt nicht schlagen wird, wenn er es vorher nie getan hat. Ich glaube nicht einmal, dass er weiß, wo ich bin, aber natürlich mache ich mir immer Sorgen, dass er es herausfindet. Jedenfalls sagt mein Kopf, dass es kein Problem ist, aber in meinem Bauch spüre ich die Furcht. Also hat eine Freundin von mir, eine neue Freundin, mich auf den Gedanken gebracht, dass ich vielleicht auf meine Furcht hören sollte. Selbst wenn ich nicht weiß, ob er mich wirklich körperlich verletzen würde. Es reicht schon die Möglichkeit aus, dass er es tun könnte. Also ist meine Furcht vielleicht gerechtfertigt, und ich sollte einfach aufhören, sie abzustreiten. Ich hoffe, das ergibt Sinn.«

»Das tut es«, sagte die Kursleiterin. »Danke, Faith. Und herzlich willkommen.«

Die instinktive Abneigung, die Faith gegenüber der Frau gespürt hatte, bröckelte allmählich von ihr ab.

Die Kursleiterin blickte nun zu der älteren Frau hin, die links neben Faith saß, doch in dem Moment meldete sich Sarah zu Wort.

»Ich mach's«, sagte Sarah, »um es hinter mich zu bringen. Aber ich will nicht viel erzählen. Ich will nur sagen, dass Dinge passieren, und sie passieren so schnell, dass ich keine Ahnung habe, wie ich damit umgehen soll. Und es ist wie mit ihr.« Sarah nickte in Annes Richtung. »Ich habe ihren Namen vergessen. Aber man hat einfach irgendwann genug davon, die ganze Zeit Angst zu haben. Man hat es einfach über. Aber das ist auch schon alles, was ich sagen wollte. Reicht das?«

Die Kursleiterin nickte, in ihrem Gesicht lag ein weicher Ausdruck. Faiths Abneigung gegenüber der jungen Frau ließ immer weiter nach. Faith fragte sich, warum sie diese Abneigung überhaupt je verspürt hatte.

»Das ist prima, Sarah«, erwiderte die Kursleiterin. »Vielen Dank. Wir freuen uns, dass du hier bist.«

* * *

Faith hatte sich mit dem Rücken an die Wand gelehnt und war bereit, Sarah bei ihrer Übung zuzusehen. Doch gleichzeitig war sie alles andere als bereit. In ihrem Magen brannte und surrte es noch immer von dem Schrecken ihrer eigenen Übung mit dem Kursleiter. Die Art, wie er sie von hinten in die Haare gefasst hatte. Natürlich hatte er darauf geachtet, sie nicht wirklich zu ziehen, sie nicht zu verletzen. Dies war schließlich alles nur gespielt. Aber trotzdem ließ die Erinnerung daran ihre Hände zittern.

Sarah ging über die Matten, und als der Kursleiter hinter sie trat, spürte Faith, wie sich ihr Rücken unwillkürlich von der Wand löste. Blitzschnell griff der Kursleiter nach Sarahs Haar und jeder Muskel in Faiths Körper zog sich zusammen. Ruckartig hätte sie fast einen Schritt nach vorne gemacht, um einzugreifen, doch sie konnte sich gerade noch rechtzeitig beherrschen. Dies war keine wirkliche Gefahr. Ihr Kopf wusste das, doch ihr Magengefühl drängte sie mit jeder Zelle ihres Körpers dazu, dieses junge Mädchen zu beschützen.

Faith beobachtete, wie Sarah nach hinten auf den Fußrücken des Mannes trat, wie es ihr beigebracht worden war. Dann schwang sie herum und schlug, den Arm ausgestreckt, mit der Handkante zur Nase des Kursleiters hin, der natürlich den Schild hochhielt, um sein Gesicht zu schützen. Dann schwang Sarah ihr Knie nach vorne in die Richtung seiner Leistengegend und er senkte den Schild.

»Ausgezeichnet, Sarah«, sagte er so laut, dass es die ganze Klasse hören konnte. »Sehr gut.«

Doch Sarah tat nicht, was sie sollte. Anstatt wieder zurück an die Wand zu gehen, griff sie den Kursleiter an, indem sie sich mit der Schulter gegen sein Schild warf, sodass er rückwärts auf die Matte fiel. Mit schwingenden Fäusten stürzte sie sich auf ihn, und er hielt sich schützend die Arme vor den Kopf.

Dieses Mal griff Faith wirklich ein.

Aus dem Augenwinkel sah Faith die Kursleiterin herbeieilen, doch sie war näher dran. Und schneller.

Als Faith so schnell die Matten überquerte, dass ihre Füße kaum den Boden berührten, stand Sarah über dem Kursleiter und schien mit einem brutalen Tritt auf seine Bauchgegend abzuzielen. Er hatte seinen Schild fallengelassen und bedeckte mit den Armen seinen Kopf, was seinen Magen ungeschützt ließ. Zum Glück erreichte Faith das Mädchen gerade noch rechtzeitig.

Sie packte Sarah um die Taille, hielt ihre Arme fest und drehte sie von dem Mann am Boden weg.

Einen ungewöhnlich langen Augenblick blieben sie wie erstarrt in dieser Haltung stehen. Faith umfasste immer noch Sarahs Arme. Das Mädchen machte keinen Versuch, sich von ihr loszureißen. Sarahs Körper fühlte sich angespannt an, doch sie leistete keinen Widerstand. Faith konnte durch ihre schmale Figur hindurch ihren Herzschlag und ihren schnellen Atem spüren.

Der Augenblick schien sich endlos auszudehnen.

»Ich glaube, du hast einen großen Brocken Wut entladen«, flüsterte Faith ihr ins Ohr. Es war keine Überraschung. Das Mädchen hatte eine ganze Reihe von Gründen.

Sarah stieß ein Geräusch aus, welches Faith zunächst für ein Ächzen hielt. Ein paar Sekunden später, als der Klang in ihren Ohren nachhallte, bemerkte Faith, dass Sarah »Ach was« gesagt hatte.

Sie lockerte schließlich ihren Griff und sie lösten sich ein wenig voneinander.

Die Kursleiterin stand direkt vor ihnen. Faith hatte immer noch ihre Arme um Sarah gelegt, jetzt aber nur, um sie zu stützen.

»Muss ich jetzt gehen?«, fragte Sarah die Kursleiterin leise.

»Nein«, antwortete die Frau. »Es ist nicht ungewöhnlich, dass sich bei den Übungen Wut entlädt. Wir sind nicht hier, um zu urteilen. Wir wollen dir nur zeigen, wie du mit der Wut angemessener umgehen kannst.«

* * *

»Deine Hände zittern ja«, sagte Sarah.

Auf dem Rückweg saß Sarah auf dem Beifahrersitz und Constance auf dem Rücksitz.

Ein kurzer Seitenblick verriet Faith, dass ihr das Mädchen auf die Hände starrte, die das Lenkrad fest umklammert hielten.

»Ja«, erwiderte sie. »Diese Sache mit dem Haar …« Sie führte den Gedanken nicht zu Ende.

»Es war nur gespielt.«

»Es hat mich an etwas erinnert.«

»Oh.«

Die nächsten ein oder zwei Kilometer sprach niemand. Sarah fragte nicht nach, und Faith sagte von sich aus nicht mehr dazu. Bis sich Faith einen Ruck gab. Wahrscheinlich würde sich ihr Gefühlschaos besser lösen, wenn sie es rausließ.

Sie warf im Rückspiegel einen Blick auf Constance, doch die schien in ihre eigenen Gedanken versunken zu sein.

»Vor mehreren Jahren …«, begann Faith und stockte. Sie zwang sich weiterzureden, es musste jetzt raus. »Wir waren noch nicht lange verheiratet, erst ein paar Monate. Mein Mann war sehr wütend auf mich. Der Grund spielt keine Rolle. Eine Kleinigkeit. Aber er stürzte sich plötzlich auf mich. Ich dachte, er würde mich schlagen. Stattdessen hat er mir in die Haare gegriffen, genau hier am Nacken. Er hat nicht daran gezogen, mich nur festgehalten. Und diese winzige Sache, wegen der er so wütend war, flüsterte er mir ins Ohr. Kein Gebrüll. Er klang sonderbar ruhig. Es hat mir eine Riesenangst eingejagt.«

Sie warf wieder einen Blick in den Rückspiegel. Jetzt konnte sie sehen, dass Constance ihr zuhörte.

»Ich dachte, das sei nur die Spitze des Eisbergs und ich würde mehr und mehr herausfinden, dass ich einen gewalttätigen Mann geheiratet hatte. Ich wartete darauf, dass noch mehr passieren würde, aber er hat mir nie wieder eine solche Angst eingejagt. Na ja … Irgendwie schon. Verschiedene Dinge. Aber es hat sich nie zugespitzt. Und ich habe es nie jemandem erzählt, weil ich eigentlich nicht wusste, was ich sagen sollte. Ich konnte nicht sagen, dass er mir gegenüber gewalttätig war, weil das nicht stimmte. Er hat mich nie körperlich verletzt. Aber heute ist alles wieder hochgekommen und hat mir sogar noch mehr Angst eingejagt. Und jetzt, wo ich darüber nachdenke, fühlt es sich nach Gewalt an.« Sie begegnete im Rückspiegel Constance' Blick. »Glaubst du, dass das Gewalt ist?«

»Ich glaube, es ist bedrohlich«, antwortete Constance. »Für meinen Geschmack ist es zu nah an der Grenze zur Gewalt.«

Faith konzentrierte sich wieder auf die Straße und bemerkte, dass sie fast zu Hause waren. Sie war wie benommen als eine Art Autopilot gefahren.

Kurz, bevor Faith vor dem Bungalow anhielt, sagte Sarah: »Du solltest mal zum Abendessen zu uns kommen.«

Faith hielt in der Einfahrt und wandte sich ihr zu. »Willst du nicht zuerst deine Großmutter fragen?«

»Das habe ich schon gemacht.«

»Das hat sie«, bestätigte Constance, öffnete die Tür und stieg aus. »Du bist jederzeit bei uns willkommen.«

»Ganz gleich, welcher Tag«, fügte Sarah hinzu.

»Okay. Wir machen einen Tag aus.«

Sie blieben noch einen Augenblick still sitzen und sahen der älteren Frau nach, als sie die Haustür des Bungalows aufschloss. Faith zupfte geistesabwesend an einer Ecke des Zertifikats, das sie für den Abschluss des Selbstverteidigungsunterrichts erhalten hatte.

»Dann heute Abend«, sagte Sarah.

»Heute Abend geht es nicht. Ich hab schon was vor.«

»Du hast was vor? Mit wem?«

Faith wollte gerade sagen, dass sie nicht so neugierig sein sollte, aber Sarah kam ihr zuvor.

»Tut mir leid«, sagte Sarah. »Das war ein bisschen dreist. Ich meinte nur … ich wusste nicht, dass du außer meiner Oma und mir hier noch jemanden kennst.«

»Ja, bis vor ein paar Tagen war das auch so. Aber dann habe ich noch jemanden aus der Nachbarschaft kennengelernt.«

Als sie keine Antwort erhielt, blickte Faith zu Sarah, die sie aus großen Augen ansah.

»Einen Mann?«

Faith spürte, wie sie rot wurde. »Ja, einen Mann. Aber es ist nicht, was du denkst.«

»Woher weißt du, was ich denke?«

»Es ist kein Date.«

»Bist du dir sicher?«

»Ehrlich gesagt … nein. Nicht ganz.«

Es folgte eine lange Pause, bis Sarah leise, fast im Flüsterton sagte: »Schön für dich.«

Sie schwiegen wieder. Sarah stieg nicht aus.

»Ich habe dich gesehen«, sagte sie stattdessen.

»Wobei?«

»Als der Kursleiter mir in die Haare gegriffen hat. Du hättest fast eingegriffen.«

»Oh, das. Ja.«

»Du wolltest mich verteidigen.«

»Ja, ich glaube schon.«

»Warum?«

Die Frage hing einen Moment lang in der Luft, es schien keine Antwort darauf zu geben.

»Ich weiß nicht einmal, wo ich bei so einer Frage anfangen soll«, sagte Faith. »Ich bin wohl der Meinung, dass es normal ist, wenn Leute sich gegenseitig helfen. Aber wahrscheinlich ist es das nicht.«

»Er hat auch den anderen Frauen in die Haare gefasst. Da wolltest du dich nicht einmischen, um ihnen zu helfen.«

»Ich kenne dich.«

»Noch nicht so gut.«

Faith stieß einen tiefen Seufzer aus. Auf der Suche nach einer besseren Antwort spürte sie in sich hinein.

»Manchmal glaube ich, dass wir am meisten für die Leute empfinden, die uns an uns selbst erinnern. Es ist nicht der allerbeste Teil der menschlichen Natur, aber so scheinen wir zu funktionieren.«

Sie schwiegen wieder einen Augenblick. Doch dieses Mal fühlte es sich ruhig und angenehm an, als wären sie endlich auf das Verständnis gestoßen, nach dem sie so lange gesucht hatten.

»Okay«, sagte Sarah. »Viel Spaß bei deinem *Date.*«

Sie stieg aus und ging zum Haus. Sekunden später, bevor Faith auch nur den Gang gewählt hatte, schreckte ein Klopfen am Beifahrerfenster sie auf. Mit stark pochendem Herzen ließ sie die Scheibe herunter.

»Tut mir leid«, sagte Sarah durch die Fensteröffnung. »Ich habe gerade an die Leute aus dem Kurs gedacht … Du hättest ihnen die Geschichte erzählen sollen.«

»Welche Geschichte?«

»Die Sache mit dem Haar. Und deinem Mann. Ich meine … für solche Sachen ist dieser Kreis da. Meinst du nicht auch?«

»Ja«, antwortete Faith und spürte, wie sehr sie die Sache für sich selbst hatte behalten wollen. »Ich glaube, das wäre vielleicht eine gute Geschichte für den Kreis gewesen. Ich wollte sie allerdings dort wirklich nicht erzählen.«

* * *

An der Südseite seines gemieteten Strandhauses hatte er den Grill auf dem winzigen Platz zwischen dem Küchenfenster und dem Nachbarzaun platziert.

Faith warf von Weitem einen genaueren Blick auf den Grill, um zu sehen, ob er irgendwie an diese Stelle gebunden war, zum Beispiel durch ein Stromkabel. Doch es handelte sich um einen Holzkohlegrill, mit Rädern auf einer Seite. Er stand einfach in dieser Art Gasse zwischen zwei Häusern.

Greg trug, obwohl er sich im Schatten des Dachvorsprungs befand, seinen allgegenwärtigen Hut und die Sonnenbrille.

Faith trat näher heran, um ihm zuzusehen. Ein spezieller Aufsatz hielt den Fisch zwischen zwei Netzen aus Draht über dem Grill, sodass er umgedreht werden konnte, ohne dass Stücke abbrachen und in die Kohlen fielen. In einem ähnlichen

Aufsatz grillte er marinierten Spargel, und zwischen den Kohlen lagen in Alufolie gewickelte Backkartoffeln, wie Faith annahm.

Er musste gesehen – oder gespürt – haben, dass Faith über seine Schulter blickte. Er drehte sich um und lächelte. Es war ein Lächeln, das ihr die Befangenheit nahm. Ein merkwürdiges Gefühl, weil sie gar nicht gemerkt hatte, wie befangen sie gewesen war.

»Ich muss Ihnen ein Geständnis machen«, sagte er.

Und schon wieder war sie da. Diese kalte, prickelnde, explosive Furcht, die in ihrem Bauch saß, eingekeilt unter den Rippen. Diese Furcht musste immer irgendwo dort lauern, dachte Faith, sonst hätte sie nicht wegen jeder beliebigen Kleinigkeit so schnell hervortreten können. Es war kein Wunder, dass sie so müde war.

Sie rechnete damit, dass er ihr jetzt sagen würde, er sei beauftragt worden, ihr zu folgen. Der Moment kam ihr wie eine Ewigkeit vor, obwohl es wahrscheinlich nur drei oder vier Sekunden waren.

»Sagen Sie es schon«, forderte sie ihn auf, als sie es nicht länger aushielt. Sie spürte ein Zittern in ihrer Stimme und hoffte, dass er es nicht hörte.

»Ich bin heute Morgen mit leeren Händen nach Hause gekommen.«

Sie hatte keine Ahnung, was er ihr damit sagen wollte, und dennoch fragte sie nicht nach, sondern stand nur da und fühlte sich töricht. Vielleicht fragte sie nicht, weil sie noch ihre Furcht verarbeitete. Sie ließ von ihr ab. Was auch immer er damit meinte, mit leeren Händen nach Hause gekommen zu sein, es schien jedenfalls nicht zu bedeuten, dass dieser Mann von ihrem wütenden Ex angeheuert worden war.

»Vom Angeln«, ergänzte er.

»Oh. Vom Angeln.«

»Ich hatte doch erzählt, wie viel Erfolg ich da draußen habe.«

»Jeder kann mal einen schlechten Tag haben.«

»Ja. Na ja, das hatte ich. Mein einziger Fang war eine riesige Felsenkrabbe. Sie hat sich um meinen Köder gekrallt und wollte nicht loslassen. Normalerweise lassen sie los, wenn man sie aus dem Wasser zieht. Dann merken sie, dass sie einen Fehler gemacht haben und lassen sich fallen, um sich zu retten. Aber diese war wirklich hartnäckig. Oder wirklich dumm. Ich konnte sie sogar bei den Hinterbeinen fassen. Man muss Krabben so halten, ansonsten kneifen sie einen so fest, dass man in seinem Leben nie mehr ans Meer will. Ich hätte sie beinahe mit nach Hause genommen, aber Krabben sind so verdammt schwierig zu reinigen. So viel Aufwand für so wenig Lohn. Ich habe sie am Ende zurück ins Wasser geworfen.«

Faith atmete tief durch und trat noch einen Schritt näher heran.

»Was ist dann also das hier?«, fragte sie und wies mit einer Kopfbewegung auf den Fisch auf dem Grill. »Etwas aus dem Supermarkt?«

»Oh nein, so schlimm ist es auch wieder nicht. Ich habe Ihnen frischen Fisch versprochen. Nein, ich war auf dem kleinen Fischmarkt auf dem Embarcadero in Morro Bay, wo sie Fische noch direkt vom Boot verkaufen.«

»Oh, das sollte doch gut sein.«

»Ach, ich weiß nicht. Selbstgefangen schmeckt besser. Aber wenigstens hat es mir das Reinigen erspart.«

»Na, das ist doch etwas.«

»Es ist ein Gelbflossen-Thun«, sagte er. »Also hätten Sie mich sowieso ertappt.«

»Wie meinen Sie das?«

»Gelbflossen-Thun, das ist ein Thunfisch.«

»Und?«

»Das ist ein Tiefseefisch. Ich hätte nie einen Thunfisch vom Felsen aus fangen können.«

»Oh. Also … das hätte ich nicht gewusst.«

»Man weiß nie, mit welchen Geschichten man durchkommt und mit welchen nicht.«

Und damit fand ihre Unterhaltung ein jähes Ende. Das Gewicht dieser Worte brachte jedes leichte Geplauder zum Erliegen.

* * *

»Das ist sehr gut«, sagte sie nach dem ersten winzigen Bissen.

Er hob sein Weinglas und sie stieß mit ihm an.

»Es ist zwar nicht der Felsenbarsch, der mir vorgeschwebt war – den ich in einem großen Kampf besiegen wollte –, aber ich mag einen guten Gelbflossen-Thun.«

Sie saßen an einem kleinen runden Tisch in dem winzigen Esszimmer. Es schien ihr etwas gewagt, mit ihm allein im Haus zu sein. Faith konnte nicht verhindern, dass ihre Gedanken darum kreisten. Und er war in einen flotten Small Talk übergegangen, der ihr das Gefühl gab, er würde einem anderen Thema ausweichen. Dennoch wollte sie zunächst warten, bis sie sich ausgeglichener fühlte, bevor sie weiter nachforschte.

»Sie kochen tatsächlich«, sagte sie.

Er lachte. Ein helles, leicht gezwungenes Lachen. »Nun, hier ist der Beweis.« Mit einer ausschweifenden Handbewegung zeigte er auf ihre Teller.

»Nein, ich meine richtiges Kochen. Nicht nur grillen, wie es so viele Männer machen.«

»Ich bin mir nicht sicher, wie Sie das erkannt haben, da alles hier gegrillt ist.«

»Kleine Hinweise«, sagte sie. »Der gehackte Schnittlauch für die Kartoffeln. Richtiger Schnittlauch, keine Frühlingszwiebeln. Die Art, wie Sie die Zwiebelringe und Dillzweige auf dem Fisch verteilt haben. Die Zitronenspalten. Wie Sie den Spargel mariniert und mit kleinen Stücken von Zitronenschalen belegt haben. Ich weiß nicht. Vielleicht deute ich zu viel in die Kleinigkeiten hinein. Ich könnte auch falsch liegen. Aber mein Mann hat nie gekocht. Hätte er Fisch grillen sollen, dann hätte er ihn auf den Grill gelegt, bis er gar gewesen wäre und ihn dann auf einen Teller geklatscht. Ich hätte wahrscheinlich noch Salz und Pfeffer aus der Küche holen müssen.«

Während sie redete, betrachtete sie ihn, seine klaren grauen Augen – sie konnte ihn jetzt in aller Ruhe beobachten, weil sein Blick nach unten auf den Teller gerichtet war. Doch als sie geendet hatte, sah er auf und ihre Blicke trafen sich.

»Dann war er ein Trampel, Madame, und hatte Sie nicht verdient.«

Faith wandte den Blick ab.

»Was hat Sie hierhergebracht?«, fragte sie, als sie für noch mehr Small Talk plötzlich keine Geduld mehr aufbringen konnte.

»Das habe ich doch schon erzählt.«

»Nein, ich meine nicht das Meer. Ja, das weiß ich. Ich meine, warum sind Sie nicht gerade in Südkalifornien und machen Ihren IT-Job?«

Er schien plötzlich unglaublich von der Stoffserviette auf seinem Schoß fasziniert zu sein. Mehrere Sekunden lang wandte er den Blick nicht von ihr ab.

»Ich musste einfach weg«, sagte er schließlich.

Eine Stille trat ein, die unangenehm war. Sehr unangenehm. Faith wäre am liebsten nach Hause gegangen, aber sie hatten gerade erst mit dem Essen begonnen. Also schaufelte sie sich große Portionen in den Mund, um die Sache so schnell wie möglich zu Ende zu bringen.

Hierherzukommen, war vielleicht ein Fehler, dachte sie.

Und dann trat das unvermeidliche Hin und Her ihrer Gedanken ein.

Du machst aus einem Nichts eine große Sache. Nein, du ignorierst etwas, das ganz sichtbar vor dir liegt. Nein, du behandelst ihn, als sei er Robert, und er ist nicht wie Robert. Doch irgendwas fühlt sich nicht richtig an. Nein, das bist nur du. Du hast immer dieses Gefühl. Du kannst anscheinend niemandem mehr trauen.

Er sagte etwas und schreckte sie aus ihren Gedanken auf.

»Die letzten zwei, drei Wochen waren die schlimmsten meines Lebens. Wirklich die schlimmsten. Ich werde nie verstehen, wie so viele furchtbare Dinge auf einmal auf einen einprasseln können. Man lebt einfach so vor sich hin und denkt, alles sei in Ordnung. Und dann passieren Dinge, die nie hätten passieren sollen, und man kann es nicht mal begreifen. Aber ich bin noch nicht so weit, um darüber zu reden. Es ist noch zu frisch. Ich will nur sagen, dass ich das Leben manchmal überhaupt nicht verstehe.«

Eine lange Pause.

Faith wollte wissen, was passiert war. Denn sie wollte erfahren, ob es ihm tatsächlich einfach zugestoßen war oder ob er vielleicht der Verursacher war. Sie fragte nicht nach, weil es zu persönlich schien. Sie kannte ihn nicht gut genug. Außerdem hätte es nicht geholfen. Leute können etwas, das sie selbst verursacht haben, direkt vor sich sehen und dennoch den ganzen Tag lang erzählen, es sei nicht ihre Schuld gewesen. Sie seien nur ein unschuldiges Opfer. Nein, man musste alle Umstände kennen und sich seine eigene Meinung bilden.

Unterdessen starrte er weiterhin auf seine Serviette.

»Geht es nur mir so?«, fragte er, als die Stille zu bedrückend wurde.

»Womit? Dass Sie nicht verstehen, warum das Leben so ist, wie es ist?«

»Ja, das.«

»Nein. Damit sind Sie definitiv nicht allein«, sagte sie.

* * *

»Ich sollte jetzt besser gehen«, sagte Faith.

Sie wusste, dass diese Ankündigung eine unangenehme Atmosphäre schaffen würde, und so war es auch.

Das Problem war, dass sie gerade erst das Essen beendet hatten. Es war ein lächerlicher Zeitpunkt, um zu gehen. Genauso gut hätte sie ihre Furcht und Unentschlossenheit dick unterstreichen oder mit einer Taschenlampe anstrahlen können. Sie hätte nur das Gesicht wahren können, indem sie länger geblieben wäre.

Aber sie war nicht bereit, länger zu bleiben.

Sie wagte es, ihn anzusehen. Er wirkte niedergeschlagen. Schnell sah sie wieder weg.

»Ich wollte als Nachtisch frische Melone mit Eiscreme servieren«, sagte er. »Aber in Ordnung.«

»Es tut mir leid. Ich bin nur sehr müde. Ich hatte heute einen Selbstverteidigungskurs, und der hat mich ziemlich mitgenommen.«

»Erzählen Sie mir das, damit ich weiß, dass Sie sich verteidigen können?«

Er stand vom Tisch auf und begann, das Geschirr abzuräumen.

»Nein, ich erzähle es Ihnen, damit Sie wissen, warum ich müde bin. Und es dann hoffentlich nicht persönlich nehmen.«

Bei ihren letzten Worten war er bereits mit dem Geschirr in der Küche verschwunden. Sie wartete auf seine Rückkehr, aber merkwürdig lange geschah nichts. Sie lauschte aufmerksam, um zu hören, ob er vielleicht Teller abspülte oder Geschirr in die Spülmaschine einräumte. Sie hörte absolut nichts.

Einen Augenblick lang blickte sie durch die vorderen Fenster hinaus auf die Brandung. Hinter einer dichten Nebelwand am Horizont war gerade die Sonne untergegangen.

Als sie sich wieder umblickte, stand er an den Türrahmen gelehnt da und beobachtete sie durchdringend. Mit diesen Augen.

»Aber es *ist* persönlich«, sagte er. »Auch wenn es nicht Ihre Schuld ist. Ihnen war es unangenehm zu hören, wie elend es mir in letzter Zeit ergangen ist. Ich habe Ihnen zu früh zu viel erzählt und das tut mir leid.«

Faith erhob sich und ging in Richtung Tür, während sie antwortete.

»Es war keinesfalls zu viel. Es war eigentlich kaum etwas. Sie haben kein Wort über das gesagt, was so schlimm war.«

Sie stand an der Schwelle nach draußen und er nach wie vor in der Küchentür. Er blickte jetzt aus dem Fenster. Als hätte er noch nie das Meer gesehen.

Ihr war bewusst, dass sie ihn herausgefordert hatte. Sie hatte die Angel ausgeworfen und konnte jetzt nur abwarten, was er mit ihrem Köder machen würde.

»Es unterscheidet sich nicht sehr von Ihrer Situation«, sagte er nach einem Augenblick. »Ich hatte eine Ehe. Jetzt habe ich keine mehr.«

In Faiths Magen löste sich etwas.

»Das kann jedem passieren«, erwiderte sie. »Glauben Sie mir, ich weiß es.«

»Sie wollten wissen, ob es meine Schuld war – das, was passiert ist.«

»Nein«, widersprach sie, obwohl die ehrliche Antwort Ja gewesen wäre. »Jeder macht Fehler in Beziehungen.«

»Vielleicht«, sagte er und starrte immer noch aufs Meer hinaus. »Ich nehme an, dass man also nur zusammenrechnen muss, ob es kleine oder große waren.«

»Vielen Dank für das Abendessen«, sagte sie. »Es hat köstlich geschmeckt.«

Sie öffnete die Tür, doch bevor sie einen Schritt machen konnte, sagte er wieder etwas, um sie aufzuhalten. Es schien ein seltsamer Zeitpunkt zu sein, um ein neues Gespräch zu beginnen. Aber genau das tat er.

»Wie geht es dieser Freundin von Ihnen?«

Die Türklinke in der Hand, drehte sie sich zu ihm herum. Sie spürte die Meeresluft an sich vorbeirauschen, kühl und feucht. Sie hörte das Rauschen der Wellen.

»Welche Freundin?«

»Dieses Mädchen, von dem Sie mir erzählt haben.«

Die Stelle unter ihren Rippen, wo sie zuvor die Furcht gespürt hatte, erwachte wieder zum Leben und prickelte.

»Ich habe Ihnen doch gar nichts über sie erzählt. Sie haben mich nach ihr gefragt. Und jetzt fragen Sie schon wieder.« *Was ein wenig seltsam ist*, dachte sie. »Sie haben sie noch nicht einmal getroffen. Warum fragen Sie jetzt, wie es ihr geht?«

»Weil Sie mir erzählt haben, dass sie eine schwere Zeit durchmacht. Erinnern Sie sich?«

»Oh. Stimmt, das habe ich gesagt.«

»Ist mit ihr alles in Ordnung?«

»Ich würde sagen, ihr geht es den Umständen entsprechend.«

Faith wandte sich wieder zum Gehen.

»Kann ich Sie wiedersehen? Oder habe ich es völlig vergeigt?«

»Sie haben nichts getan«, sagte sie und trat auf die Veranda hinaus. »Ich bin nur müde. Und … ich vertraue Leuten nicht mehr so leicht wie früher.«

Sie zog die Tür hinter sich zu und eilte nach Hause.

Kapitel 7

Diese Augen

Als Faith am nächsten Morgen aufwachte, blieb sie zunächst still im Bett liegen. Es schien eine ganze Weile zu vergehen, mindestens mehrere Minuten, bevor sie schließlich nach ihrem Telefon griff.

Keine SMS oder sonstigen Nachrichten. Natürlich half es, dass sie Robert blockiert hatte.

Sie schrieb eine Nachricht an Ava.

Ich bin mir über diesen Mann nicht ganz im Klaren, tippte sie und sendete die Nachricht ab.

Sie blieb noch eine oder zwei Minuten liegen und lauschte dem Gezwitscher der Vögel in den Bäumen und dem allgegenwärtigen Schlagen der Wellen.

Dann hörte sie das leise Piepen der eingehenden Antwort.

Erzähl mehr, stand dort.

Entweder stimmt mit ihm irgendwas nicht oder es liegt an mir.

Weiß nicht, warum du glaubst, dass diese zwei Sachen sich gegenseitig ausschließen.

Haha, Ava. Er trennt sich gerade von seiner Frau. Aber ich glaube, er hat angedeutet, dass er einen riesigen Fehler gemacht hat. Wahrscheinlich hat er sie betrogen. Was man nicht als einen Fehler beschreiben sollte, finde ich. Das passiert schließlich niemandem aus Versehen.

Du stellst Vermutungen an, schrieb Ava zurück.

Na ja, das machen Leute, wenn man ihnen nichts erzählt. Aber es ist nicht nur das. Manchmal fühle ich mich wirklich zu ihm hingezogen und dann schreckt er mich plötzlich wieder ab. Und ich weiß nicht, ob mit ihm etwas nicht ganz stimmt und ich mich nicht zu ihm hingezogen fühlen sollte oder ob er okay ist und die ganze Furcht nur in mir steckt und ich sie in diese neue Situation reinbringe, wo sie überhaupt nicht hingehört.

Sie wartete mehrere Minuten lang, doch Ava schien nicht zu antworten.

Du sagst ja gar nichts, schrieb Faith.

Ich war nicht sicher, ob du fertig warst.

Das war ich.

Okay. Ich weiß nicht genau, was ich sagen soll. Wenn du es nicht klären kannst, kann ich es aus der Entfernung erst recht nicht. Muss eine ziemlich verzwickte Angelegenheit sein.

Faith setzte sich im Bett auf. Sie rieb sich übers Gesicht und versuchte, tiefer zu atmen.

Du musst dich sicher gleich für die Arbeit fertig machen, schrieb sie.

Ziemlich bald.

Er fragt mich immer wieder nach Sarah.

Welche Sarah?

Das Nachbarmädchen, das du getroffen hast.

Oh. Kennt er sie?

Nein.

Warum fragt er dann nach ihr?

Genau das meine ich.

Machst du dir Sorgen, er könnte ein Pädo sein?

Den Gedanken hatte ich.

Na ja, geh auf Nummer sicher und pass auf, dass du die beiden nicht zusammenbringst.

In Ordnung, tippte Faith. Jetzt aber los zur Arbeit.

Ein lächelnder Smiley erschien auf dem Bildschirm.

Dann war wieder alles still und Faith war sich deutlich bewusst, dass sie allein war.

* * *

Faith werkelte gedankenversunken in der Küche, als es an der Tür klopfte. Sie wusste sofort, dass er es war, weil sie ihn im Augenwinkel bereits auf ihr Haus hatte zugehen sehen. Und wie immer bestand ihre unmittelbare Reaktion aus einer eiskalten, scheußlichen Furcht.

Sie öffnete und sah sein entwaffnendes Lächeln. In der Hand hielt er eine kleine braune Papiertüte, die er ihr entgegenstreckte.

»Ich weiß, ich war nicht eingeladen«, sagte er. »Sie mögen es vielleicht nicht, wenn Leute uneingeladen aufkreuzen. Wenn es so ist, gehe ich gleich wieder. Aber was vielleicht für mich spricht …« Er schüttelte die Tüte ein wenig. »Ich habe Bagels mitgebracht. Frisch aus der Bäckerei und noch ofenwarm.«

Faith blieb wie erstarrt in der Tür stehen und schwieg. Unsicher, was sie hätte sagen wollen, wenn es ihr möglich gewesen wäre.

»Und auch Frischkäse und Räucherlachs«, fügte er hinzu. »Aber das ist nicht die Hauptsache. Die Hauptsache ist, dass ich mich für gestern Abend entschuldigen muss.«

Faith atmete tief ein und fand endlich ihre Stimme wieder.

»Ich wüsste nicht, warum Sie sich bei mir entschuldigen müssten. Aber kommen Sie gerne rein.«

* * *

Sie saßen zusammen am Küchentisch und tranken Kaffee. Faith kaute an einem Bagel mit Frischkäse und Räucherlachs. Er schien ganz vergessen zu haben, dass sie hier waren. Und seit mehreren Minuten hatte er auf keine Entschuldigung mehr angespielt.

Dann tat er es plötzlich.

»Ich verstehe, warum Sie es vielleicht für seltsam halten, dass ich Sie nach diesem Mädchen frage. Ich weiß, was Sie von mir denken müssen. Aber ich kann auf Tausende von Bibeln schwören, dass ich kein Interesse an kleinen Mädchen habe. Und ich bin kein Lügner. Es ist die Wahrheit. Die Sache ist so: Ich war als Kind häufig traurig. Daher kann ich immer mitfühlen, wenn ich ein trauriges Kind sehe. Ich kann diese Kinder schon von Weitem erkennen. Und dann identifiziere ich mich wahrscheinlich zu sehr mit ihnen, weil ich nicht aufhören kann, mir darüber Gedanken zu machen, ob mit ihnen alles in Ordnung ist.«

Faith kaute schnell zu Ende, bevor sie antwortete.

»Das leuchtet mir ein«, sagte sie. »Und es tut mir wirklich leid, dass ich Ihnen nicht vertraut habe. Ich war neun Jahre lang verheiratet und begreife erst allmählich, wie weit ich mich von der Person entfernt habe, die ich damals bei meiner Hochzeit gewesen bin. Man fällt einfach in ein neues Leben hinein, in eine neue Art und Weise, Dinge zu tun, und es fühlt sich normal an. Man merkt selbst gar nicht, wie sehr man sich verändert. Und jetzt trete ich einen Schritt zurück und betrachte mich genauer, und ich merke, dass ich niemandem mehr traue. Es ist ein ziemlich unsanftes Erwachen.«

Er lehnte sich zurück, und zu ihrer Überraschung lächelte er. Ein natürliches, ungezwungenes Lächeln.

»Da ist es«, sagte er. »Sehen Sie? Wir sind ehrlich zueinander und verstehen uns gut.«

»Ja, ich glaube, so ist es.«

Sie nahm einen weiteren Bissen von dem Bagel und kaute langsam. Als sie aus dem Fenster blickte, bemerkte sie, dass sie sich durch seine Einschätzung wieder leicht unbehaglich fühlte.

»Wir sollten mal zusammen ins Kino gehen«, sagte er.

»Das würde ich gern.«

»Können Sie sie also fragen?«

Faith hörte abrupt auf zu kauen.

»Sie fragen?«, antwortete sie mit vollem Mund.

»Ja.«

»Ich dachte, Sie meinten nur uns beide.«

Avas Worte zogen durch Faiths Gedanken. Der einzige wirkliche Rat ihrer Freundin an diesem Morgen. *Geh auf Nummer sicher und pass auf, dass du die beiden nicht zusammenbringst.*

»Oje«, fuhr er fort. »Ihrem Gesichtsausdruck nach hätte ich das ganz definitiv nicht meinen sollen. Okay. Ich meine das also nicht. Sie kennen mich noch nicht gut genug und das verstehe ich. Sie werden mich besser kennenlernen. Wir lassen uns Zeit.«

Er stand auf und kam um den Tisch herum zu ihr, und Faith wusste nicht, ob das ein Grund zur Beunruhigung war oder nicht. Doch sie war beunruhigt, weil dies ihr neues Dauergefühl war.

Er gab ihr einen flüchtigen Kuss auf die Wange.

Dann ging er.

* * *

Etwa fünf Minuten später hörte sie ein Klopfen an der Tür. Es war weniger ein Klopfen als ein Hämmern – in der Art, wie die Polizei oder jemand in Not an eine Tür klopfen würde.

Faith fing sich diesen Alarm wie einen Virus ein, und mit heftig pochendem Herzen eilte sie durch das Wohnzimmer, um die Tür zu öffnen.

Auf ihrer Veranda stand mit angespannter, düsterer Miene Constance. Sofort loderte wieder die Furcht unter Faiths Rippen auf, weil sie annahm, dass Sarah etwas zugestoßen sein musste.

»Also?«, fragte Constance. Ihre Stimme war so hart, dass sie in Faiths Ohren völlig fremd klang.

»Also was?«

»Du behauptest ernsthaft, du wüsstest nicht, warum ich hier bin?«

»Nein, ich weiß es wirklich nicht«, erwiderte Faith, und ihr Herz pochte noch heftiger. Ihr wurde beinahe schwindlig davon.

»Was hatte er hier zu suchen?«

»Er hat mir Bagels gebracht.«

»Soll das ein Witz sein?«

»Nein! Mir … Mir muss da etwas entgangen sein. Ich verstehe nicht, warum du so wütend bist.«

Einen unbehaglichen Augenblick lang musterte Constance sie eindringlich.

»Du verstehst nicht, warum es mich wütend macht, dass Sarahs Vater in deinem Haus war?«

»Das war nicht Sarahs Vater! Das war Greg von nebenan.«

»Glaubst du, Sarah würde ihren eigenen Vater nicht erkennen, wenn sie ihn sieht? Sie hat gerade eben gesehen, wie er aus deinem Haus kam. Sie ist sehr aufgebracht und ich kann es verstehen. Sie will dich nie mehr sehen.«

Faith griff nach dem Türpfosten, um Halt zu finden. Die ganze Welt schien aus dem Lot geraten zu sein, und sie versuchte verzweifelt, sie wieder ins Gleichgewicht zu bringen.

»Eine Verwechslung«, sagte Faith, »da bin ich mir sicher. Er trägt immer einen Hut und eine Sonnenbrille, weil er sehr sonnenempfindlich ist. Sie hat ihn vielleicht nur kurz aus weiter Entfernung gesehen und den falschen Eindruck bekommen.«

»Würdest du deinen Vater von Weitem erkennen, selbst wenn er einen Hut und eine Sonnenbrille trägt?«

Faith antwortete nicht. Sie war wie gelähmt von Constance' Weigerung, zu akzeptieren, dass dies alles nur ein Missverständnis war, und sie hatte keine Ahnung, was sie noch sagen konnte, um alles wieder in Ordnung zu bringen.

Constance stieß einen langen, tiefen Seufzer aus.

»Okay«, sagte die ältere Frau, »wenigstens verstehe ich jetzt, dass du wirklich nicht wusstest, dass er Sarahs Vater ist, und darüber bin ich wirklich erleichtert. Und Sarah wird auch erleichtert sein. Sie fühlt sich von dir betrogen. Aber wenn du es nicht gewusst hast, ist es kein Betrug.«

»Er ist nicht ihr Vater«, sagte Faith. »Ich weiß es. Das ist ein Missverständnis. Komm, wir gehen zu ihm und ich stelle ihn dir vor, und dann wirst du sehen, dass Sarah nur einen falschen Eindruck bekommen hat.«

Constance schüttelte energisch den Kopf. Sie lachte bitter, es klang wie ein kurzes Bellen. »Ich werde mich hüten, auch nur in die Nähe dieses Mannes zu gehen. Komm mit in mein Haus, dann kann ich dir ein Bild von Sarahs Vater zeigen und du wirst es selbst sehen.«

»Okay«, sagte Faith. »In Ordnung.«

Sie trat auf die Veranda und zog die Tür hinter sich zu. Schweigend gingen sie die Stufen zum Strand hinunter und liefen über den Sand.

»Wie heißt Sarahs Vater?«, fragte Faith, als die Stille zu drückend wurde.

»Harlan Deaver.«

»Na also, siehst du? Er kann es nicht sein. Dieser Mann heißt Greg.«

»Weißt du das sicher? Oder hat er es dir nur gesagt? Hast du seinen Führerschein gesehen?«

»Nein, natürlich nicht. Man fragt einen Mann normalerweise nicht nach seinem Ausweis, bevor man mit ihm zu Abend isst.«

»Genau«, sagte Constance, ihre Stimme unverändert kühl. »Es wäre nicht seine erste Lüge.«

Während sie schweigend weitergingen, musste Faith daran denken, dass er sie immer wieder nach ihrer jungen Freundin gefragt hatte. Nur einen Moment lang, fast gegen ihren Willen, spielte sie mit der Vorstellung, dass Constance recht haben könnte. Aber der Gedanke war so verstörend und unerträglich, dass sie ihn wieder von sich schob.

Schließlich betraten sie den dunkelroten Bungalow.

»Sarah?«, rief Constance. »Sarah, Faith ist hier, mein Liebling. Aber es ist in Ordnung. Sie hat es nicht gewusst. Er hat sie genauso angelogen, wie er jeden anlügt. Es ist also nicht ihre Schuld. Komm raus und zeig ihr ein Bild von deinem Dad, weil sie immer noch nicht glauben kann, dass er es ist.«

Stille. Faith stand neben der älteren Frau im Wohnzimmer und wartete. Sie wartete und nichts passierte. Die Welt um sie herum fühlte sich in diesem Augenblick völlig irreal an, wie ein verschwommener Traum, an den Rändern verblasst und nicht deutlich genug, um tatsächlich Realität zu sein.

»Sarah!«, rief Constance so laut, dass Faith zusammenzuckte. »Es ist nicht ihre Schuld, mein Schatz. Er hat sie reingelegt. Jetzt komm schon raus und zeig ihr ein Bild.«

Eine weitere, traumartige Pause.

Schließlich wurde Sarahs Zimmertür geöffnet und das Mädchen schlüpfte heraus. Ihr Gesicht war vom Weinen mit nassen Streifen überzogen, ihre Augen waren gerötet und aufgequollen. Sie heftete den Blick fest auf die Dielenbretter am Boden, als sie Faith ihr Telefon hinhielt.

Einen angespannten Moment lang starrte Faith auf das Gerät. Es fühlte sich an, als wollte ihr das Mädchen eine Vogelspinne oder Schlange geben. Alles in Faith sträubte sich gegen diesen nächsten bevorstehenden Augenblick ihres Lebens.

Wie ferngesteuert streckte Faith die Hand aus und nahm das Telefon.

Das Display zeigte ein Foto von Sarah auf einer Geburtstagsparty. Vor ihr stand ein Kuchen, auf dem Kerzen brannten. Die beiden rechts und links von ihr mussten ihre Eltern sein. Unter anderen Umständen wäre Faith gespannt gewesen, ein Foto von Sarahs verstorbener Mutter zu sehen, doch diesen Teil des Fotos nahm sie jetzt kaum wahr. Sie konnte den Blick nicht von diesen süchtig machenden, verlockenden, einschüchternden grauen Augen lösen.

Diese Augen, die ihr so schrecklich vertraut waren.

Sie spürte in ihrem Magen nach der Furcht, aber dort schien nichts zu sein. Ihr Inneres war fest und unbeweglich, als wäre es mit feuchter, gepresster Erde gefüllt. Oder Beton.

Sie trat ein paar Schritte zurück und ließ sich auf einen Stuhl sinken. Sie starrte noch immer diese Augen an.

»Oh mein Gott«, sagte sie. Und dann, da sie jetzt keinen anderen Gedanken fassen konnte, wiederholte sie dieselben drei Worte. »Oh mein Gott.«

* * *

Zu dritt saßen sie in Faiths Auto auf dem Teil der Halbinsel, der als Coleman Park bekannt war. Hinter ihnen, im Rückspiegel sichtbar, türmte sich Morro Rock auf. Vor ihnen lag die enge Mündung des Meeresarms, die zu dem Wellenbrecher führte, mit abgelöstem Seetang und fast einem Dutzend schwimmender oder liegender Seeotter gesprenkelt. In den einzigen tiefen Kanal in der Mitte des Wassers fuhren Boote ein und aus, mit genügend Abstand zu den Ottern, die ihnen keine Beachtung schenkten.

Sie waren zusammen hergekommen, weil sie sich alle drei sofort auf eines geeinigt hatten: die Notwendigkeit, diesem Strand und diesem Mann zu entkommen.

Während einer langen Stille beobachtete Faith die Otter, die sich auf dem Rücken übers Wasser treiben ließen, und ihre niedlichen, entspannten Gesichter erinnerten an die von Welpen. Der starke Kontrast zum Leben der drei Frauen in Faiths Auto erschien fast unmöglich. Einen kurzen Augenblick lang wünschte sich Faith sehnlich, ihr Leben mit dem eines Otters tauschen zu können.

Sie schob ihren ungewöhnlichen Wunsch beiseite.

»Ich verstehe immer noch nicht, warum er das überhaupt tun würde«, sagte sie.

»Für mich ist es ganz offensichtlich«, sagte Constance vom Rücksitz aus. »Er versucht, Sarah zurückzubekommen.«

»Aber er hat gewusst, in welchem Haus sie wohnt. Wozu hat er dann mich gebraucht?«

»Er wollte eine Gelegenheit haben, sie sich zu schnappen, wenn ich nicht dabei bin«, sagte Constance. »Er weiß, dass er sich besser nicht mit mir anlegt. Ich werde mich gegen ihn wehren und das weiß er. Also wollte er sie von mir trennen.«

Einen seltsamen Moment lang wurde Faith an Kojoten erinnert. Ein Bild stieg vor ihrem inneren Auge auf. Vor ein paar Jahren hatte sie einen kleinen, älteren Hund gehabt, der mittlerweile nicht mehr lebte. Sie war mit ihm in den Hügeln spazieren gegangen und hatte ihn von der Leine gelassen. Zwei Kojoten hatten versucht, ihn von ihr zu trennen. Der eine hatte ihn von hinten verfolgt, während der andere sich hinter einem Busch vor ihnen neben dem Weg versteckt hatte. Wäre Faith an diesem Busch vorbeigegangen, ohne die Situation zu erkennen, hätten sie ihren armen, kleinen Hund flankiert und er wäre verloren gewesen. Sie hätte nur noch entsetzt zusehen können, wie sie ihren geliebten kleinen Harry davontrugen.

Es schauderte sie bei dem Gedanken, den sie so weit aus ihrer Erinnerung drängen wollte wie möglich. Er war aber dann nicht so weit entfernt, wie Faith gehofft hatte.

»Er weiß, dass ich am Strand vor ihm weglaufen würde«, sagte Sarah. »Er wollte mich an einen Ort locken, wo ich nicht weglaufen kann.«

»Aber du hast doch das Sorgerecht für sie«, sagte Faith. »Oder? Selbst wenn er sie bekommen würde, könntest du einfach die Polizei einschalten und sie sofort zurückholen.«

Eine merkwürdige Stille setzte ein. Sie hielt nur kurz an, aber Faith spürte, dass sie bedeutend war.

»Erstens«, sagte Constance, »wenn er sie schnappen und mit ihr entkommen würde, wer sagt, dass die Polizei sie überhaupt wiederfinden könnte? Und außerdem …«

Constance hielt inne, und Sarah sprach an ihrer Stelle weiter.

»Sie hat das Sorgerecht für mich nicht«, sagte sie. So kurz und knapp, als würde es sie deprimieren, es aussprechen zu müssen.

Faith begegnete kurz dem Blick der älteren Frau im Rückspiegel. Constance sah schnell weg.

»Du hast das Sorgerecht nicht? Sie ist also illegal bei dir? Hast du sie einfach zu dir genommen?«

Faith bereute ihren konfrontativen Ton, aber nicht genug, um es wiedergutzumachen. Es passierte zu viel und es war alles zu verwirrend.

»Ich habe sie nicht einfach zu mir genommen«, sagte Constance. »Er hat mich gebeten, sie zu mir zu nehmen. Es war so viel los und er konnte sich nicht richtig um sie kümmern. Und sie wollte nicht bei ihm sein, sondern bei mir. So habe ich sie mit seinem Segen zu mir genommen. Aber nach ein paar Tagen rief er mich an, weil er sie zurückhaben wollte, aber sie wollte nicht zurück. Also sind wir an den Strand gekommen. Ich arbeite daran, das Sorgerecht für Sarah zu bekommen, mit der Begründung, dass es ihre Wahl ist, bei mir zu sein. Aber ich brauche mehr Zeit.«

Sie schwiegen erneut, und Faith beobachtete einen Otter, der mit seinen kleinen, pelzigen Pfoten sein Gesicht rieb. So ein dissonantes Aufeinandertreffen von zwei Welten.

»Was ich nicht verstehe …«, sagte Faith nach einer Weile. »Wenn er noch das Sorgerecht hat und weiß, wo sie ist, warum hat er nicht einfach die Polizei gerufen, um sie abholen und zu ihm bringen zu lassen?«

»Eine sehr gute Frage«, sagte Constance. »Und ich frage mich, ob ich sie vielleicht sogar im Kampf um das Sorgerecht verwenden kann. Es scheint fast, als gestehe er sich eine Art Schuld ein.«

Wieder herrschte eine aufgeladene Stille.

Dann sagte Sarah: »Er hat Angst davor, was ich der Polizei erzählen könnte.«

Constance lehnte sich vor und versuchte, dem Mädchen eine Hand auf die Schulter zu legen. Sarah entzog sich ihr mit einem Ruck.

Also habe nicht nur ich Probleme, ihr Vertrauen zu gewinnen, dachte Faith.

»Sieh mal, wenn du solche Sachen sagst, will ich wissen, was sie bedeuten«, sagte Constance. »Was könntest du der Polizei erzählen?«

»Gar nichts«, sagte das Mädchen und klang jetzt wie ein typischer, genervter Teenager. »Erzähl ihnen einfach das, okay? Das ist alles, was du ihnen erzählen musst.«

Sie verfielen wieder in Schweigen. In den nächsten Minuten stachen ein Fischerboot, zwei Segelboote und ein Ausflugsschiff voller Touristen in See. Ein junger Mann in einem Neoprenanzug glitt auf einem Paddleboard an ihnen vorbei.

»Wir müssen wohl unsere nächsten Schritte besprechen«, sagte Faith. »Wir können nicht an den Strand zurück. Und das ist ein Problem.«

»Sarah und ich werden wegfahren«, sagte Constance. »Du kannst zurück an den Strand.«

»Ich will auch nicht mehr dorthin zurück. Wenn er mich das nächste Mal sieht, wird er sofort wissen, dass ich es weiß.

Ich habe nicht gerade das beste Pokerface der Welt. Und dann wird er sehen, dass ihr zwei weg seid. Wer weiß, was er dann macht.«

»Stimmt«, sagte Constance. »Das weiß man bei ihm nie.«

»Faith und ich sollten wegfahren«, schlug Sarah vor.

Einen Augenblick lang schienen diese Worte unbeweglich in Faiths Wagen in der Luft zu hängen, als gehörten sie nicht dorthin.

»Das ist …«, begann Constance. »Warum sagst du so was überhaupt, Sarah?«

»Weil du an der Sorgerechtssache arbeiten musst«, erwiderte Sarah. »Was bedeutet, dass du zurück nach Hause musst, nach Thousand Oaks. Und ich traue mich nicht dorthin, weil er genau weiß, wo er mich dort finden kann. So kannst du nach Hause und zum Gericht und zur Polizei und so weiter und ihnen erzählen, dass ich nicht bei ihm wohnen will. Und in der Zwischenzeit werde ich irgendwo sein, wo mich niemand suchen wird, weil keiner weiß, dass ich mit Faith unterwegs bin.«

Aber das stimmt vielleicht nicht, dachte Faith. *Zu diesem Zeitpunkt weiß er vielleicht genug, um es zu ahnen.*

Sie fragte sich, ob er sich die Mühe gemacht hatte, sich die Nummer ihres Autokennzeichens zu notieren. Sie fasste den spontanen Entschluss, bei der ersten Gelegenheit ihr Auto zu verkaufen und durch ein anderes gebrauchtes Auto zu ersetzen. Ein neues Auto konnte sie sich nicht leisten.

»Mein Schatz«, begann Constance. »Ich finde immer noch, dass …«

»Ich finde, dass es eine gute Idee ist«, sagte Faith.

»Wirklich?«, fragten Sarah und ihre Großmutter fast wie aus einem Mund.

»Ja. Ich kann jetzt nicht mehr zurück an den Strand. Und ich kann nicht nach Hause. Ich muss irgendwo ganz woanders hin und ich habe noch keine Vorstellung davon, wo das sein wird. Sarah sollte mit mir kommen. Das ist sicherer für sie. Wir bleiben in engem Kontakt. Und Constance, du solltest nach Hause zurückkehren und die Sache klären. Rechtlich klären. Lasst uns jetzt einen sicheren Ort finden, wo Sarah ein paar Minuten bleiben kann. Vielleicht in der Bibliothek. Und dann fahren Constance und ich zurück an den Strand, ich packe meine Sachen und Constance packt Sarahs Sachen, und danach hole ich Sarah in der Bibliothek ab und weg sind wir.«

Eine lange, unangenehme Stille trat ein.

Dann fragte Constance: »Ich stecke jetzt tief in dieser Sache drin, was?«

Sarah starrte nur aus dem Fenster, also antwortete Faith.

»Ich bin nicht sicher, was du meinst.«

»Zuerst nehme ich sie zu mir, ohne das Sorgerecht zu haben. Dann laufe ich mit ihr weg. Und jetzt soll ich sie einer Person anvertrauen, die ich kaum kenne? Also, nimm das bitte nicht persönlich. Ich weiß, dass ich mich auf dich verlassen kann. Ich frage mich nur gerade, wie ich das der Polizei erklären soll. Oder einem Richter. Oder … ich weiß nicht. Allen.«

Eine weitere lange Stille. Faith hatte das Gefühl, die emotionale Belastung in dieser Stille fast hören zu können.

»Ich kann diese Entscheidung nicht für dich treffen«, sagte Faith so sanft wie möglich. »Niemand kann das entscheiden außer dir selbst.«

»Sie ist mit dir besser dran als mit ihm«, sagte Constance. Ihre Stimme klang jetzt kräftiger und sicherer. »Ich weiß das, egal, was andere davon halten. Nimm sie mit und fahrt weg, bevor er sie findet. Und bevor ich Zeit habe, wieder an meiner Entscheidung zu zweifeln.«

Kapitel 8

Tagespläne

Als Faith mit Sarah vom Parkplatz fuhr, spürte sie einen Druck im Magen. Der Plan war so unausgegoren wie Furcht einflößend. Sie wusste buchstäblich nicht, in welche Richtung sie das Lenkrad wenden sollte.

»Ich habe keine Ahnung, wohin wir fahren sollen«, sagte sie zu Sarah und hörte einen Anflug von Verzweiflung in ihrer Stimme.

»Lass uns nach Paso Robles fahren.«

»Warum Paso Robles?«, fragte Faith. Sie fuhr bereits in die Richtung der Autobahn nach Norden, weil der Plan so gut wie jeder andere war.

»Keine Ahnung«, sagte Sarah. »Warum nicht?«

Während sie sich unterhielten, war Sarah mit ihrem Mobiltelefon beschäftigt. Wahrscheinlich versendete sie Textnachrichten. Sie erschien ungewöhnlich konzentriert.

»Ich frage mich nur, wie dir gerade diese Stadt in den Sinn gekommen ist.«

»Es ist weniger als eine Stunde von hier. Und er würde nicht auf die Idee kommen, uns dort zu suchen.«

»Das stimmt, aber das trifft auch auf alle anderen Städte zu, die weniger als eine Stunde entfernt sind. In alle Richtungen.«

»Wir sind an der Küste. Westlich von hier sind keine Städte.«

»Du drückst dich vor einer ehrlichen Antwort. Ich kann es hören.«

Sarah wollte gerade etwas erwidern, als das Telefon in ihrer Hand klingelte.

»Ich muss da rangehen«, sagte sie. »Sorry.«

In den nächsten Minuten fuhr Faith in Richtung Paso Robles – aus einem Grund, den sie nicht kannte – und hörte dem Telefongespräch zu. Selbst wenn sie es versucht hätte, wäre das Mithören nicht zu vermeiden gewesen. Ehrlich gesagt ergab ein Großteil des Gesprächs für Faith ohnehin keinen Sinn, da ihr ganze Abschnitte wie in einer anderen Sprache erschienen.

»Dean, ja. Hi. Ich dachte, du würdest mir einfach zurückschreiben.«

Dann eine Pause, als das Mädchen Dean zuhörte.

»Ja. Alles in Ordnung. Ich war bei meiner Oma.«

»Ja. Wir wussten es. Wir haben angerufen und versucht, sie zurückzubekommen, aber sie war schon weg.«

»Ich weiß. Ich hasse ihn. Ich könnte ihn dafür umbringen.«

Eine überdurchschnittlich lange Stille.

»Hör zu, Dean … ich meine, danke. Aber … ich kann mich jetzt nicht damit befassen. Ich kann nicht mal darüber nachdenken. Ich kann nicht mal … Na ja, das ist es wahrscheinlich. Ich kann es nicht.«

»Hast du den Tagesplan?«

»Nein, nicht für heute. Für morgen. Heute ist Freitag.«

»Nein, es ist Freitag.«

Faith wusste, dass es Samstag war.

Sarah bedeckte mit einer Hand das Telefon. »Ist heute Freitag oder Samstag?«

»Samstag«, antwortete Faith.

»Mist! Okay, für heute. Ist sie da?«

»Okay, gut. Das habe ich mir gedacht. Ich habe ihre Auftritte aber verpasst, oder?«

»Oh, um ein Uhr zweiunddreißig? Wie spät ist es jetzt?«

Faith sah auf die Uhr am Armaturenbrett. Es war 12.47 Uhr.

»Wir könnten es vielleicht gerade so schaffen. Bist du da? Ist es heiß?«

»Mist! Das ist wirklich heiß. Falls ich es verpasse, ist sie morgen wieder dran?«

»Okay, gut.«

»Bei wem ist sie? Wer hat sie jetzt?«

»Oh. Ja. Er.«

»Na ja, nein. Ich habe ihn noch nie getroffen. Ich habe nur von ihm gehört. Er kommt aus Los Alamos, stimmt's?«

»Prix St. Georges? Warum zeigt er sie beim Prix St. Georges? Er hat sie jetzt seit drei oder vier Wochen! Das geht auf keinen Fall. Er treibt sie zu schnell voran.«

»Okay, was?«

»Nein, wirklich. Was ist die andere Sache?«

Dann war es sehr lange still. Faith warf einen Blick zur Seite und sah, wie sich Sarahs Gesicht verzog. Es war nur schwer vorstellbar, dass noch mehr schlechte Neuigkeiten über das Mädchen hereinbrechen würden, aber offensichtlich war das gerade passiert.

»Okay. Danke, Dean.«

»Nein. Nein, wirklich. Ich hätte es dort sowieso herausgefunden.«

»Okay. Ich komme vorbei, wenn ich dich finden kann.«

»Okay, danke. Tschüss.«

Das Mädchen beendete den Anruf, ließ das Telefon auf den Sitz fallen und starrte lange aus dem Fenster, ohne etwas zu sagen.

»Also«, sagte Faith nach einer Weile, »wenn wir es vielleicht gerade noch zu einer Veranstaltung schaffen können, dann scheint es einen ziemlich speziellen Grund zu geben, warum wir dort hinsollten.«

»Ja«, sagte Sarah nur, ohne ihr den Grund mitzuteilen.

»Und ich würde ihn gerne erfahren.«

Sarah atmete tief ein und stieß den Atem hörbar aus.

»Mein Pferd ist dort«, sagte sie. »Ich hatte es mir schon gedacht, weil dieses Wochenende eine große Veranstaltung stattfindet, im Paso Robles Horse Park. Also habe ich meinen Freund Dean von meinem alten Stall gebeten, einen Blick auf den Tagesplan zu werfen.«

»Und ich weiß auch nicht, was ein Tagesplan ist.«

»Es ist eine Liste mit allen Reitzeiten.«

»Oh.«

»Ich dachte, wenn du den Grund kennst, warum ich nach Paso Robles will, würdest du mich vielleicht nicht dort hinfahren.«

»Warum?«

»Oh, ich dachte, du würdest die Erwachsene raushängen lassen und mir erzählen, dass sie nicht mehr mein Pferd ist und es mich nur noch trauriger machen würde, wenn ich sie sehe, und dass ich die Sache einfach vergessen sollte. Aber ich muss sie sehen, Faith. Ich muss. Ich konnte mich noch nicht einmal von ihr verabschieden. Ich habe gerade erst herausgefunden, wer sie gekauft hat. Ich muss sehen, wie er auf ihr reitet und ob sie gut zusammenarbeiten können. Sonst werde ich nie aufhören, mir um sie Sorgen zu machen. Zurzeit kann ich nicht einmal schlafen. Ich liege die ganze Nacht wach, weil ich mir so viele Sorgen mache. Bitte bring mich einfach zum Pferdepark, damit ich sehen kann, dass es ihr gutgeht.«

»In Ordnung«, sagte Faith.

»Wirklich? Du bringst mich hin?«

»Falls du es noch nicht gemerkt hast, meine Kleine, haben wir nicht die Spur eines Plans. Wir müssen irgendwohin fahren und ich habe keine Ahnung, wo das sein soll. Wenn dich also etwas im Paso Robles Horse Park glücklich machen wird, dann bin ich froh, dass wir jetzt erst mal eine Richtung haben.«

»Wow. Ich hätte nicht gedacht, dass du so nett sein würdest.«

»Ich kann nett sein.«

»Das weiß ich doch. So habe ich es nicht gemeint.«

Sie fuhren schweigend ein paar weitere Kilometer und Sarah warf hin und wieder einen Blick auf das Armaturenbrett.

»Ähm, ich will nicht meckern«, sagte sie schließlich, »aber falls du ganz besonders nett sein willst, könntest du ein kleines bisschen schneller fahren? Ihre Vorführung beginnt um ein Uhr zweiunddreißig.«

Faith seufzte. Sie warf einen Blick in den Rückspiegel, um zu sehen, ob irgendwelche Sheriffs oder die Autobahnpolizei unterwegs waren. Als sie keine sah, trat sie etwas fester aufs Gas.

»Was waren die schlechten Nachrichten?«, fragte Faith.

»Oh. Er drängt sie nur in ein zu hohes Level. Sie ist noch nicht bereit für den Prix St. Georges. Man soll das Turnier einen Level niedriger durchführen als das Training und er macht praktisch genau das Gegenteil.«

»Ich verstehe nur Bahnhof. Aber ich meinte eigentlich den Teil danach, gegen Ende des Telefonats.«

Über Sarahs Gesicht fiel wieder ein Schatten. Sie schwieg seltsam lange. Als die Stille zu belastend wurde, rückte sie endlich mit der Sprache heraus.

»Sie ist auch heute Abend bei der Präsentation der Pferde dabei, die zum Verkauf stehen. Gleich nach der letzten Vorführung, wahrscheinlich um sechs oder so.«

»Das heißt, dass sie weiterverkauft wird?«

»Ja.«

»Oh.«

»Sie stellen die Pferde bei der Präsentation potenziellen Käufern vor. Selbst wenn es ihr also bei ihm gutgeht, wird sie bald jemand anderem gehören.«

Faith überlegte, konnte aber beim besten Willen keine tröstenden Worte finden. Sie fuhren schweigend weiter.

* * *

Auf dem Rest der Fahrt wurde die Stille nur einmal unterbrochen. Durch Sarah, was Faith sehr überraschte.

»Tut mir leid, dass ich dir misstraut habe«, sagte sie.

»Wann hast du mir misstraut?«

»Als ich meine Oma zu dir geschickt habe, um dir zu sagen, dass ich dich nie wiedersehen wollte. Ich war gar nicht auf die Idee gekommen, dass du vielleicht nicht wusstest, wer er war. Aber jetzt frage ich mich, warum. Ich habe dich einfach sofort für eine große Betrügerin gehalten. Und deswegen habe ich jetzt ein schlechtes Gewissen.«

»Es ist schwer, zu wissen, wem man vertrauen kann«, sagte Faith. »Wenn jemand das verstehen kann, dann ich.«

* * *

Sie fuhren durch das große, weit geöffnete Tor in den Pferdepark hinein. Das Gelände war riesig und weitläufig. Staubig aussehende braune Hügel und Hitzewellen. In einem Abschnitt standen geparkte Autos und Pferdeanhänger und Faith konnte Reihen von Dächern erkennen, die zu Ställen gehören mussten. Dennoch war sie sich nicht sicher, in welche Richtung sie fahren sollte.

»Kennst du diesen Ort?«, fragte sie das Mädchen. »Bist du schon mal hier gewesen?«

»Du musst hier wenden und dann den Hügel runterfahren. Nein, nicht hier. Dort drüben.«

Faith fuhr den Hügel hinunter, und schon lag der Turnierplatz ausgebreitet vor ihr und sie war in der Lage, sich zu orientieren.

Sie sah drei formell aussehende Arenen mit weißen Geländern, in denen gerade Vorführungen stattfanden. Die Reiter glänzten in der heißen Sonne geradezu mit ihren hohen schwarzen Stiefeln und den blendend weißen Reithosen. Die Mähnen der Pferde waren geflochten und ihre sorgfältig gekämmten Schweife gerade geschnitten. Kurz vor den niedrigen Geländern der Arenen standen ordentlich aufgereiht weiße Schilder mit großen schwarzen Buchstaben. Faith hatte keine Ahnung, was die Bedeutung dieser Schilder war. In anderen abgezäunten Bereichen, ähnlich wie die der Arenen, wärmten sich offenbar Pferde und Reiter jeweils zu siebt oder acht auf und galoppierten dicht aneinander vorbei.

Auf dem Gelände befanden sich einige Mobiltoiletten mit einem langen Handwaschbecken davor und mehrere Reihen mit Ständen, an denen Händler Stiefel, Sättel, Reitzubehör, Pferdedecken und kalte Getränke verkauften. Ein starker Wind blies in die weißen Zelte und Zeltdächer, die den Händlern und Besuchern Schatten spendeten.

»Halt an!«, schrie Sarah plötzlich.

Noch bevor Faith das Auto vollständig zum Stehen gebracht hatte, war Sarah schon ausgestiegen und rannte quer über einen grasbedeckten Hügel direkt auf eine der Arenen zu. In dieser Arena ritt ein ungewöhnlich großer, dünner Mann auf Sarahs Pferd, das Faith von den Fotos an der Schlafzimmerwand des Mädchens wiedererkannte. Leibhaftig und in Bewegung war Midnight noch viel schöner als auf den Bildern.

Faith trat wieder aufs Gaspedal und fuhr den Hügel hinunter. Schnell parkte sie den Wagen und sprang gerade rechtzeitig heraus, um mitzuerleben, was als Nächstes geschah.

Als sich Sarah der Arena näherte, wurde sie von Midnight entdeckt, die auf der Stelle stehen blieb. Das Pferd hatte gerade in einem betont schwungvollen Trab die Arena durchquert, weshalb der Reiter durch das plötzliche Ausbleiben der Vorwärtsbewegung fast auf ihrem Hals landete. Er schaffte es nur mit Müh und Not, das Gleichgewicht zu halten und halbwegs aufgerichtet im Sattel zu bleiben.

Er drückte seine gespornten Fersen in die Seiten der Stute, damit sie sich weiterbewegte. Sie tat keinen Schritt. Stattdessen hob sie den Kopf so hoch, wie die kurzen Zügel es zuließen, und stieß ein ohrenbetäubendes Wiehern aus.

Ihr Reiter wurde beharrlicher und ließ die Gerte gegen ihre Flanke knallen. Er schlug sie nicht, machte aber deutlich, dass er kein schlechtes Benehmen duldete.

Midnight reagierte mit noch schlechterem Benehmen.

Zuerst wich sie mehrere Schritte zurück, und in einem halbherzigen Versuch, sich aufzubäumen, stellte sie sich auf die Hinterbeine. Dann landete sie laut stampfend mit beiden Vorderbeinen gleichzeitig auf dem Boden. Die Geste erinnerte an ein Kind, das einen Wutanfall hatte.

Ihr Reiter gab ihr wieder die Sporen, was zu seinem Unheil führte.

Midnight holte aus und bäumte sich wütend auf. Bei den ersten beiden Bocksprüngen hielt sich ihr Reiter noch im Sattel, doch der dritte schleuderte ihn aus dem Sattel über den Hals des Pferdes. Er führte in der Luft einen kompletten Salto aus. Faith hörte, wie die spärlich gestreuten Zuschauer alle gleichzeitig nach Luft schnappten. Dann prallte er mit voller Wucht mit der Hüfte auf dem präparierten Arenaboden auf.

Midnight preschte davon und sprang über das Geländer, das die Turnierarena begrenzte. Es wirkte nicht höher als vierzig oder vielleicht fünfzig Zentimeter, aber Midnight übersprang das Hindernis mit fliegenden Steigbügeln und Zügeln mit einem Abstand von gut siebzig Zentimetern.

Sie galoppierte auf Sarah zu, während Faith in der drückenden Hitze rannte, so schnell sie konnte, und etwa im gleichen Augenblick erreichten sie beide das Mädchen.

Midnight blieb plötzlich stehen und scharrte mit den Hufen in der Erde. Sarah nahm ihre Zügel und streichelte ihr langes, schwarzglänzendes Gesicht. Die Stute schnaubte durch ihre weit geöffneten Nüstern aus und beugte sich vor, um direkt in Sarahs Gesicht zu blasen. Sarah spitzte die Lippen und pustete zurück. Der Rumpf der Stute hob und senkte sich und glänzte vor Schweiß. An den Stellen, wo die Zügel den Hals gestreift hatten, hatte sich ein dünner Schaum gebildet.

»Ich glaube, das könnte dein Pferd sein«, sagte Faith. »Keine Ahnung, woher ich das weiß.«

Zu ihrer Überraschung antwortete das Mädchen mit einem Lachen. Faith war sich ziemlich sicher, dass sie Sarah noch nie lachen gehört hatte. Und jetzt, nachdem Midnight gerade seinen neuen Besitzer abgeworfen und seine Vorstellung ruiniert hatte – und dieser Besitzer mit einem hässlichen Erdfleck auf seiner weißen Reithose in ihre Richtung gehumpelt kam – nun, Faith fand, dass es ein unpassender Zeitpunkt für Fröhlichkeit war.

»Das ist lustig«, sagte Sarah. »Du bist manchmal richtig lustig.«

Sie klang beinahe ausgelassen. Ihr Pferd sehen und anfassen zu können, hatte ihre Stimmung offenbar völlig gewandelt – und ins Positive gewendet. Die schwierigen Umstände ihrer Wiedervereinigung schienen Sarah überhaupt nicht bewusst zu sein.

Doch das würde sich gleich ändern, denn der abgeworfene Reiter hatte sie fast erreicht.

»Ich habe keine Ahnung, was in sie gefahren ist«, rief der Mann Sarah zu und klang unter den gegebenen Umständen seltsam gut gelaunt, »aber danke, dass du sie für mich aufgehalten hast.«

»Ich habe sie eigentlich nicht aufgehalten«, sagte Sarah. »Sie ist zu mir gekommen.«

Er hatte sie erreicht, blieb stehen und blickte zu seiner neuen Stute. Der Ausdruck auf seinem Gesicht entsprach nun eher dem, was Faith erwartet hatte – befremdet und verärgert. Midnight erwiderte seinen Blick nicht. Die Stute und das Mädchen blickten sich tief in die Augen. Für die beiden schien in diesem Augenblick nichts anderes zu existieren.

»Ist alles in Ordnung mit Ihnen?«, fragte Sarah, ohne den Blick von Midnight zu wenden.

»Ich werde es überleben. Bin auf meiner Hüfte gelandet, ist aber wahrscheinlich nur eine Prellung. Ich mache mir mehr Sorgen um meinen Stolz.«

»Ja«, sagte Sarah. »Das war nicht gut. Tut mir leid.«

»Wenn ich nur wüsste, was plötzlich in sie gefahren ist. Warum sollte sie auf dich zurennen?«

»Weil sie mein Pferd ist.«

In diesem Augenblick platzte die Blase. Sarah wandte den Blick von Midnight ab. Die unerfreuliche Wirklichkeit holte sie ein. Die Ausgelassenheit war verschwunden. Wie in Luft aufgelöst.

»Na ja, sie *war* mein Pferd«, fügte Sarah nun düster hinzu.

Sie reichte dem Mann die Zügel. Zu sagen, dass sie das zögernd und verärgert tat, hätte die Situation stark untertrieben.

»Ich verstehe«, sagte er und nahm die Zügel. »Du bist also Harlan Deavers Tochter.«

»Ja.«

»Ich habe dich auf ihr reiten sehen. Deshalb habe ich sie gekauft. Weil ich gesehen habe, wie sie mit dir zusammenarbeitet.«

»Wo?«

»Nur in einem Videoclip.«

»Oh.«

Eine Stille trat ein und niemand schien zu wissen, was als Nächstes gesagt werden konnte. Faith beobachtete, wie sich der Gesichtsausdruck des Mannes veränderte. Er schien nicht mehr gut gelaunt und selbstironisch zu sein, und auch die Bewunderung, die er dem Mädchen gegenüber gerade noch ausgedrückt hatte, war verschwunden.

Er wurde zunehmend wütend.

»Oh, jetzt verstehe ich«, sagte er. »*Du* bist es, was in sie gefahren ist.«

»Wahrscheinlich, ja. Ich habe ja schon gesagt, dass es mir leidtut.«

»Nun gut, dann nehme ich das ›Danke, dass du sie aufgehalten hast‹ zurück. Jetzt sind wir eher bei ›Na, vielen Dank auch‹. Dein Timing stinkt zum Himmel. Musstest du gerade hier auftauchen, während ich mitten in einer Testvorführung war? Das ist eine weitere Eintrittsgebühr, die ich nie mehr zurückbekomme. Ganz zu schweigen von meinem Ruf. Ich versuche, diese Stute zu verkaufen, und was glaubst du, wer sie jetzt noch kaufen will, nachdem die Leute gesehen haben, wie sie einen erfahrenen Reiter mitten im Prix St. Georges abgeworfen hat?«

»Wo wir gerade davon sprechen …«, unterbrach ihn Faith. Sie zögerte, aber trotzdem mischte sie sich ein. »Wollen Sie nicht zurück und Ihr Dings … Ihre Vorführung zu Ende bringen?«

Jetzt wandte er sein wütendes Gesicht Faith zu und starrte sie so eindringlich an, als wollte er abschätzen, wie sie das meinte.

»Soll das ein Witz sein?«

»Nein, ich habe nur gemeint …«

»Er ist disqualifiziert«, unterbrach Sarah. »Weil er vom Pferd gefallen ist.« An den Mann gerichtet sagte sie: »Sie ist keine Reiterin. Sie hat es nicht gewusst.«

»Ja, ich bin disqualifiziert«, wiederholte der Mann. »Und wurde ziemlich gedemütigt.«

Er wandte sich ab und ging mit Midnight am Zügel fort.

»Es tut mir leid«, sagte Sarah, holte ihn ein und lief neben ihm her in Richtung der Ställe. Faith folgte ihnen. »Ich weiß nicht, wie viele Entschuldigungen noch nötig sind. Ich wusste nicht, dass sie das tun würde. Wie sollte das jemand ahnen? Wenn ich es wiedergutmachen könnte, würde ich es tun.«

Der Mann blieb so abrupt stehen, dass Faith fast in ihn hineingelaufen wäre.

»Midnight ist sehr erhitzt«, sagte er. »Du kannst es wiedergutmachen, indem du mit ihr läufst, bis sie sich abgekühlt hat, damit ich sie in die Box bringen kann. Wir sind im Stall C. Ich muss mir eine andere Hose anziehen.«

Immer noch leicht humpelnd stapfte er davon und ließ Faith und Sarah in der brütenden Hitze zurück. Mit einem durchgeschwitzten Pferd.

* * *

Faith saß allein auf einem Campingstuhl im Schatten unter einem Zeltdach mit der Aufschrift ›John Wintermeyer Dressage‹. Das Schutzdach war hinter der Stallreihe aufgespannt worden, wo John an diesem Wochenende seine Pferde untergebracht hatte.

Sarah war noch nicht von ihrem Spaziergang mit Midnight zurückgekommen, obwohl Faith sich nicht vorstellen konnte, dass das Pferd mittlerweile noch nicht abgekühlt war. Das Mädchen war schon seit fast einer Stunde weg.

Faith holte ihr Handy hervor und prüfte, ob sie Empfang hatte.

Dann sendete sie eine Nachricht an Ava.

Also, das wirst du mir nicht glauben.

Eine kurze Pause.

Versuch es trotzdem, antwortete Ava.

Der Mann, mit dem ich beinahe so etwas wie ein Date gehabt hätte – er ist Sarahs Vater!

Wer war noch mal Sarah?

Dieses Mädchen. Meine Nachbarin.

Okay. War das Zufall? Ich kapier's nicht. Warum hast du das nicht gewusst?

Weil er es vor mir geheim gehalten hat. Er hat mich angelogen. Und versucht, sie zurückzuholen.

Ein paar Minuten lang schwieg das Telefon. Eine ältere Frau kam mit einem großen grauen Pferd vorbei und lächelte Faith an. Faith lächelte zurück. Plötzlich erschien wie aus dem Nichts ein kleiner, zotteliger Hund und verfolgte den Grauen. Bellend versuchte er, das Pferd in die Fersen zu beißen, und hätte sich beinahe einen Tritt eingehandelt. Gerade noch rechtzeitig kam der Besitzer angerannt, ein junger Mann in einem schweißgetränkten blauen T-Shirt, der den kleinen Kläffer mit einer schwungvollen Handbewegung hochnahm.

»Bringen Sie ihn nicht zu einem Turnier mit, wenn er sich in der Nähe von Pferden nicht benehmen kann«, sagte die Frau.

Der junge Mann entschuldigte sich mehrmals und schlich davon.

Faith hörte das Piepen einer eingehenden Nachricht.

Das erklärt wirklich alles.

Meinst du? Mich verwirrt es total, tippte Faith zurück.

Ich meine, es erklärt, warum er immer wieder nach ihr gefragt hat.

Oh. Ja, das hat es aufgeklärt.

Das ist zum Kotzen.

Allerdings.

Wieder erschien die Gedankenblase, während Ava tippte. Und tippte. Faith lehnte sich in ihrem Stuhl zurück und schloss die Augen. Einen Moment lang saß sie einfach nur da und spürte, wie der Schweiß aus ihrem Körper trat.

Sarah kam wieder zurück. Sie sah verschwitzt, schmutzig und müde aus und ließ sich in den Stuhl neben Faith plumpsen.

»Du hattest recht«, sagte sie niedergeschlagen.

»Inwiefern?«

»Du hast gesagt, ich sollte nicht hierherkommen, weil es mich umbringen würde, sie wieder gehen zu lassen. Dass es alles noch schlimmer machen würde, wenn ich sie sehe, und wie könnte ich mich überhaupt jemals von ihr verabschieden. Und du hast völlig recht gehabt.«

»Ich habe das nicht gesagt. Du hast nur gedacht, ich würde das sagen.«

»Oh, stimmt.«

Faiths Smartphone kündigte an, dass die lange Nachricht endlich angekommen war.

> Die Sache ist so: Es gibt auch Aufschluss über anderes. Über dich. Das ist keine Beleidigung, ich habe nur gemerkt, dass du viel hin und her überlegt hast, ob du diesem Mann trauen solltest. Und ebenso überlegst du hin und her, ob du von Robert etwas zu befürchten hast. Und ich finde es nur seltsam, weil du mehr Einsicht hast als irgendjemand anderes, den ich kenne. Du spürst sonst immer genau, was andere Leute denken und fühlen. Also glaube ich, dass du es eigentlich weißt, aber dein Kopf es anzweifelt. Wie wäre es also, wenn du deinem Kopf sagst, dass er sich raushalten soll, und du einfach deinem Gefühl vertraust? Klingt das vernünftig?
>
> Leider ja. Absolut vernünftig, antwortete Faith.

»Wem schreibst du?«, fragte Sarah.

»Meiner Freundin Ava. Du hast sie einmal getroffen.«

»Worüber schreibst du ihr?«

Faith überlegte kurz, ob sie die Frage beantworten sollte. Es war eine persönliche, aber auch unschuldige Frage.

»Ich wollte mit jemandem über die Sache mit deinem Dad reden, weil ich deswegen immer noch ziemlich aufgebracht bin.«

Sarah schlug sich eine Hand vor den Mund. »Oh mein Gott!«

»Was?«

Sarah ließ die Hand sinken. »Ich habe es eben erst kapiert. Er war der Mann, mit dem du so etwas wie ein Date hattest. Ich meine, das wusste ich schon. Aber erst jetzt ist mir klar geworden, wie furchtbar das gewesen sein muss. Ich habe nur daran gedacht, wie es für mich war, und eben erst realisiert, wie seltsam das für dich gewesen sein muss.«

Bevor Faith etwas erwidern konnte, bemerkte sie, dass John Wintermeyer, der dünne Riese, an sie herangetreten war. Sie blickten beide auf. Seine Miene war jetzt neutral, weder wütend noch besonders ausgeglichen.

»Sie ist in ihrer Box«, sagte Sarah. »Ich habe sie abgewaschen und bin mit ihr spazieren gegangen, bis sie fast trocken war. Und ich habe ihre Hufe gereinigt. Und das Sattel- und Zaumzeug saubergemacht und zurück in die Sattelkammer gelegt. Ich weiß nicht, ob ich alles an die richtige Stelle gelegt habe, aber Sie werden es finden. Ich habe die Zöpfe dringelassen, weil Sie sie wahrscheinlich für die Verkaufspräsentation haben möchten. Die Zöpfe müssen bis dahin vielleicht etwas nachgebessert werden, aber ich kann das machen, wenn Sie möchten.«

John blickte Sarah an, als spreche sie eine andere Sprache.

»Bist du immer noch dabei, die Katastrophe im Prix St. Georges gutzumachen? Oder willst du einfach in ihrer Nähe sein?«

»Na ja«, sagte Sarah. »Beides.«

»Meinetwegen. Ich habe nichts gegen eine kostenlose Arbeitskraft einzuwenden. Ich bin ja schließlich kein Narr.« Er verstummte und runzelte die Stirn, als würde er etwas im Geist berechnen. Dann hockte er sich hin, sodass er mit ihr fast auf Augenhöhe war, ohne seine frische weiße Reithose zu beschmutzen. »Ich kann es nicht fassen, dass ich dich das frage, aber so ist es nun mal.« Er zögerte lange, dann sagte er »Aaah! Wie kann mir das überhaupt passieren? Ich bin ein professioneller Reiter und Trainer. Das ist mein Beruf. Aber vielleicht kannst du später … wenn ich sie für die Verkaufspräsentation aufwärme … vielleicht kannst du irgendwie …«

»Mein Gott, John!«, sagte Sarah, als hätte sie ihn nicht erst vor ein paar Minuten kennengelernt. »Spucken Sie's schon aus.«

»Zeig mir, was ich bei ihr falsch mache.« Er schüttelte den Kopf, als missbilligte er sich selbst. »Was geschieht mit mir? Es ist wie ein Albtraum. Ich bitte ein dreizehnjähriges Mädchen um Reittipps.«

»Ich bin vierzehn.«

»Dein Dad hat gesagt, du seist dreizehn.«

»Er passt nicht richtig auf und verliert den Überblick. Ich weiß nicht, ob Sie wirklich etwas so falsch machen. Es war nur eine komische Situation. Sie wollte unbedingt zu mir.«

»Es ist nicht nur das. Ich wünschte, es wäre nur das. Ja, das war mit Abstand das dramatischste und schmerzhafteste Beispiel, aber wir kommen einfach überhaupt nicht miteinander aus. Ihre Bewertungen sind schrecklich. Alles ist ein Kampf.«

»Es sind erst drei Wochen, John. Es braucht Zeit, bis man mit einem Pferd harmoniert. Das sollten Sie wissen. Sie sind ein Fachmann. Das ist Ihr Beruf.«

»Ich ignoriere den Sarkasmus fürs Erste und sage nur, dass es immer schlimmer wird. Und je schlimmer es wird, desto schwieriger wird es, sie zu verkaufen. Ich kann sie jetzt kaum so präsentieren, dass sie für einen Käufer interessant wird. Und wenn wir noch tiefer sinken, kostet sie mich noch mein letztes Hemd.«

»Haben Sie sie gekauft, um sie weiterzuverkaufen?«

»Nein. Vielleicht irgendwann mal, aber ich habe sie zum Reiten gekauft. Aber es klappt einfach nicht, gelinde ausgedrückt.«

»Okay, in Ordnung«, sagte Sarah und seufzte. »Ich werde kommen und sehen, ob ich Ihnen ein paar Tipps geben kann.«

»Fantastisch«, sagte John. »Jetzt bin ich komplett gedemütigt.«

Er stand auf und wanderte vor sich hin murmelnd und kopfschüttelnd davon.

Kapitel 9

Nicht zu Hause nachmachen

Sarah formte die Hände zu einem Trichter und brüllte in die Richtung, in der John und Midnight auf dem Abreiteplatz trainierten.

»Sie überfordern sie. Das ist das Problem.«

Faith beobachtete das Geschehen von einem Platz im Schatten wenige Meter entfernt. Unbekümmert darüber, dass sie der prallen Sonne ausgesetzt war, lehnte Sarah dagegen am Geländer des Abreiteplatzes. Es war schon nach halb sechs am Nachmittag, doch die Temperaturen lagen noch immer bei über fünfunddreißig Grad.

John ritt zu Sarah herüber und Faith trat ein paar Schritte vor, in die Sonne, um ihre Unterhaltung mithören zu können.

»Könntest du bitte leiser sein?«, zischte John. »Ich habe einen Ruf zu verlieren, wie du weißt. Und dieser Ruf hat heute schon genug gelitten.«

»Wenn ich leiser bin, wie sollen Sie mich dann hören? Soll ich neben Ihnen herlaufen, während Sie reiten?«

»Ich komme hin und wieder hierher, um deine Tipps zu hören. Deine *leise* ausgesprochenen Tipps.«

»In Ordnung. Das gibt Ihnen nur noch mehr Zeit, um mit ihr Probleme zu bekommen. Aber es ist Ihr Leben.«

John blieb stumm auf Midnight sitzen. Er sagte kein Wort.

»Inwiefern überfordere ich sie?«, fragte er schließlich.

»In jeder Hinsicht. Mit den Zügeln, mit den Beinen. Selbst Ihre Haltung ist zu fordernd. Wenn Sie dieser Stute die Hilfen zuflüstern, sind Sie immer noch ein klein wenig zu laut. Sie ist unglaublich sensibel. Versuchen Sie, sich die Hilfe nur vorzustellen. Stellen Sie sich vor, wie Sie die Beinbewegung machen und Ihr Bein wird etwas tun, weil Sie daran gedacht haben, aber nur ganz subtil. Dann haben Sie vielleicht eine Chance bei ihr.«

»Ich bin schon vorher auf sensiblen Pferden geritten«, sagte John und ignorierte die ungeduldigen Bewegungen von Midnight unter ihm.

»Ich glaube nicht, dass Sie jemals auf einem *so* sensiblen Pferd geritten sind.«

»Okay. Lass es mich noch einmal versuchen.«

John ritt im Trab mit Midnight zur Mitte des Abreiteplatzes, wo er einen Übergang zum Kanter versuchte. Doch Midnight stockte, beugte die Hinterbeine und trat kräftig nach hinten aus, was John im Sattel nach vorn warf. Er versuchte es noch einmal und erreichte einen ungelenken Kanter, bei dem Midnight den Kopf zu hoch hielt.

Er trabte mit Midnight zurück ans Geländer zu Sarah und Faith.

»Ich kann sie ebenso gut aus der Verkaufspräsentation streichen, wenn es so laufen wird. So was spricht sich rum. Im Dressurreiten ist es wie in einem kleinen Dorf.«

»Ach nee«, sagte Sarah nur und schirmte die Augen gegen die Spätnachmittagssonne ab, um ihre Stute ansehen zu können.

John seufzte und senkte niedergeschlagen den Kopf. Dann schwang er ein Bein über den Sattel und verlagerte kurz sein Gewicht auf den Sattelknopf, als er den Fuß aus dem zweiten Steigbügel zog. Mit einem geübten Sprung landete er auf dem Boden.

»Ich hab eine Idee«, sagte er zu Sarah. »Nur, weil ich so verzweifelt bin. Zeig mir, wie du auf ihr reitest. Vielleicht funktioniert das besser, als wenn du es mir erklärst.«

Sarah sah an sich herunter, dann blickte sie zu Midnight auf.

»Ich habe meine Stiefel nicht dabei«, sagte sie.

Sie trug ein rotes T-Shirt, Jeans und Turnschuhe.

»Ein paar Minuten lang sollte das okay sein. Du kannst meinen Helm tragen.«

»Der wahrscheinlich viel zu groß für mich ist.«

John nahm den Reithelm ab. Sein kurzes Haar glänzte vor Schweiß. Er zog aus der Innenseite seines Stiefels ein Tuch, das er zu einem langen Band zusammenfaltete, wie ein Stirnband. Er arrangierte das Band auf der Innenseite des Helmes, bevor er ihn Sarah auf den Kopf setzte.

»Immer noch ein bisschen groß«, sagte sie.

Es war eine Beschwerde, aber Faith konnte dahinter die Aufgeregtheit des Mädchens hören. Sarah wusste, dass sie gleich wieder auf ihrem Pferd sitzen würde. Zum ersten Mal seit Wochen. Lange, nachdem sie widerstrebend akzeptiert hatte, dass dies nie wieder geschehen würde.

Faith dachte an Avas Worte. *Du hast mehr Einsicht als irgendjemand anderes, den ich kenne. Du spürst immer genau, was andere Leute denken und fühlen.*

Es stimmte und Faith hatte es immer gewusst. Sie hatte bisher nur nicht darüber geredet oder bewusst darauf geachtet.

In der Zwischenzeit hatte John das Kinnband seines Helms auf Sarahs Größe angepasst und ein paar Zentimeter zusammengezogen.

»Ich glaube, das ist okay«, sagte Sarah. »Jedenfalls, solange ich nicht vom Pferd falle. Was nicht passieren wird, aber andererseits, wozu brauche ich dann einen Helm?«

Sie trat an Midnights linke Seite und John half ihr hinauf. Sie schien geradezu in den Sattel zu fliegen, als hätte sie überhaupt kein Gewicht.

»Ich habe keine Handschuhe«, sagte sie zu John. »Und meine Hände werden feucht vor Schweiß sein. Aber los geht's.«

Sarah ritt mit einem flotten Schritt los. Midnight hielt den Hals in einer eleganten Kurve und ihre Hufe bewegten sich in weiten Abständen über den Boden.

Sie gingen in einen Trab über, ohne dass Faith sehen konnte, dass Sarah das Pferd antrieb. Es war nicht der Leichttrab, den sie erwartet hätte. Sarah schien mit dem Sattel verwachsen zu sein, und keine Bewegung schien sie zum Federn zu bringen. Ihre Haltung war völlig still. Ihre Beine waren still. Ihre Hände blieben still und tief vor den Sattel gelegt, die doppelten Zügel straff gehalten.

Midnight hob Beine und Körper in einer Art und Weise, die fast wie Tanzen aussah. Die Leichtigkeit der Bewegungen raubte Faith fast den Atem.

John stieß leise einen anerkennenden Pfiff aus.

Nach Kurzem bemerkte Faith, dass sich eine kleine Gruppe von Zuschauern formiert hatte. Ein Dutzend Leute oder mehr standen nun freiwillig in der heißen Sonne, um Sarahs Ritt auf Midnight zu sehen.

Eine ältere Frau mit einem wettergegerbten Gesicht stieß John mit dem Ellenbogen in die Seite. »Darum hast du diese Stute also gekauft«, sagte sie. »Wir haben uns schon alle gewundert.«

»Richtig«, sagte er und klang entmutigt. »Ich müsste sie jetzt nur noch dazu bewegen können, mich auch so auf ihr reiten zu lassen.«

Während sie redeten, hielt Sarah die Vorwärtsbewegung an, aber Midnights Füße bewegten sich weiter. Die Stute schien auf der Stelle zu traben, mit einer seltsamen rhythmischen Bewegung bewegte sie die Hufe hoch in die Luft.

Manche der Leute in Faiths Nähe zogen hörbar den Atem ein, andere gaben ein anerkennendes Gemurmel von sich.

»Eine schöne Piaffe«, sagte jemand. »Sieh dir diese Beinhebung an!«

Dann bewegte sich Sarah mit Midnight wieder vorwärts, doch immer noch mit derselben unglaublichen Beinbewegung des Pferdes und mit einer Pause bei jeder Hebung des Beins. Es sah aus, als würde Midnight mit jedem Schritt nach dem Himmel greifen.

»Gibt es dafür einen Namen?«, fragte Faith an John gewandt.

»Das ist eine Passage«, sagte er mit der französischen Betonung auf der zweiten Silbe. »So ungern ich es zugebe, sie ist verdammt gut. Würde ich das bewerten, wäre es eine 8,5.«

Sarah ließ die Zügel locker und ritt mit Midnight in einem entspannten Gang mit langen Schritten zurück zum Geländer. Die kleine Gruppe von Leuten, die sich zusammengefunden hatte, zerstreute sich wieder, ein Mann klatschte langsam Applaus.

»Sehen Sie?«, fragte Sarah John. »Es ist gar nicht so schwer, wenn man sie kennt.«

»Okay«, sagte John. »Okay. Ich habe eine Idee. Sie ist ein bisschen verrückt, könnte mir hier aber aus der Patsche helfen. Mittlerweile würde ich alles tun. Wir leihen für dich ein paar Stiefel und Reitkleidung aus. Oder ich kauf dir was, wenn's sein muss. Und dann reitest *du* sie in der Verkaufspräsentation.«

»Das geht in Ordnung«, sagte Sarah, aber es war mehr als in Ordnung. Das Mädchen war in einer sichtlich beschwingten Laune. »Aber wir beeilen uns besser. In ein paar Minuten geht es los.«

* * *

Sarah ritt mit Midnight an das Geländer des Abreiteplatzes und sah auf Faith hinunter.

»Kannst du für mich Midnights Gamaschen abnehmen?«, fragte sie. Als Faith regungslos stehen blieb, fügte Sarah hinzu: »Bitte!«

Sarah trug ein hastig zusammengestelltes Reiteroutfit. Die hohen Lederstiefel waren ein wenig zu kurz an den Knien, aber Faith hätte das nicht bemerkt. Sie wusste es nur, weil John und Sarah es gesagt hatten. Die weiße Reithose war viel zu groß und Sarah war nichts anderes übrig geblieben, als den überschüssigen Stoff zusammenzuraffen und mit einem Gürtel befestigt unter der schwarzen Reitjacke zu verstecken. Zum Glück war die Jacke groß genug, um alles zu kaschieren. Faith hatte die Jacke von innen mit Sicherheitsnadeln an der Taille ein Stück eingezogen. Sarahs ausgeliehener Helm und die Handschuhe, die John ihr gekauft hatte, waren die einzigen Teile des Outfits, die wie vorgesehen passten.

»Wo ist John?«, fragte Faith, die keine Ahnung hatte, wie man einem Pferd die Gamaschen abnahm, und es auch gar nicht wissen wollte.

»Ich weiß nicht. Aber er ist nicht hier und ich gehe jetzt gleich rein. Und sie kann nicht mit ihren Gamaschen da rein. Na ja … es ist keine Vorschrift von der CDS oder FEI, glaube ich, also gibt es dazu wohl keine festen Regeln. Aber es würde furchtbar aussehen. Also hilf mir bitte.«

Faith trat einen Schritt zurück und sah sich die Situation genauer an.

Das Röhrbein der Stute waren mit einer Art weißer Bandagen umwickelt. Sie waren außen aus Plastik und innen mit Schafsfell gefüttert, das am unteren und oberen Rand sichtbar war.

Faith wollte Midnights Beinen nicht so nahe kommen, da sie bereits gesehen hatte, wozu die Stute in der Lage war, wenn ihr etwas nicht passte.

»Ich weiß nicht, wie …«, begann sie.

»Es ist ein Klettverschluss. Du weißt, wie ein Klettverschluss funktioniert, oder?«

Da Faith wusste, dass Sarah wegen des bevorstehenden Ritts nervös war, ignorierte sie die schnippische Bemerkung einfach.

»Bist du dir sicher, dass sie nichts dagegen hat, wenn ich …«

»Es ist nicht das erste Mal, dass ihr jemand die Gamaschen abnimmt. Bitte Faith, ich habe nicht viel Zeit.«

Mit langsamen, vorsichtigen Bewegungen, damit Midnight mitbekam, was passierte, bückte sich Faith und zog die Klettverschlüsse an einer Gamasche am Vorderbein ab. Die Stute schien es nicht zu kümmern. Faith nahm die Gamasche ab, ebenso die Gamasche am anderen Vorderbein, dann stand sie auf und blickte sich suchend nach John um, damit er sie aus dieser Situation rettete.

Er war nirgends zu sehen.

»Sie wird dich nicht treten«, sagte Sarah, die Faiths Gedanken zu lesen schien.

Faith seufzte und nahm schließlich die Gamaschen an Midnights Hinterbeinen ab.

Die Gamaschen an den Bauch gepresst, stand sie wieder auf. Sie waren noch warm und etwas feucht von der Körperhitze des Pferdes.

Sie blickte zu Sarah hoch, die den Blick erwiderte. Das Mädchen befand sich ganz offensichtlich in einem Durcheinander der Gefühle. Jeder hätte es bemerkt.

»Faith«, sagte sie kaum lauter als ein Flüstern. »Warum mache ich das?«

»Vielleicht, weil du so gern auf deinem Pferd reitest?«

»Aber ich helfe ihm, sie zu verkaufen. Warum helfe ich ihm, sie zu verkaufen?«

Faith atmete langsam ein, bevor sie antwortete. Sie suchte tief in ihrem Innern nach den richtigen Worten.

»Weil John mit ihr nicht glücklich ist und sie nicht mit John glücklich ist. Und du willst, dass sie glücklich ist. Ich weiß, ich weiß, du willst mehr als alles andere auf der Welt, dass sie bei dir ist. Aber das ist nicht möglich, also willst du, dass sie einen Reiter bekommt, mit dem sie zusammenpasst und gut auskommt. Wenn du jemanden wirklich liebst, willst du, dass die Person – oder das Pferd – glücklich ist. Selbst, wenn es nicht mit dir sein kann.«

Einen Augenblick lang saß Sarah mit leicht geneigtem Kopf auf Midnight, als würde sie immer noch zuhören. Als würden die Worte mit einer leichten Verspätung in ihrem Kopf abgespielt. Schließlich nickte sie.

»In Ordnung«, sagte sie. »Drück mir die Daumen.«

Als sie davonritt, rief Faith ihr hinterher. »Viel Glück!« Doch Sarah hatte es vielleicht schon nicht mehr gehört.

Faith ging zur Arena und setzte sich auf der Tribüne auf eine Bank, deren Metall noch warm war.

Ein Gedanke kam ihr in den Sinn. Wenn das Pferd wieder zum Verkauf stand, konnte Faith es vielleicht für das Mädchen kaufen. Sie hatte wahrscheinlich nicht annähernd genug Geld. Doch solange sie nicht wusste, um welchen Betrag es ging, würde ihr die Idee wahrscheinlich keine Ruhe lassen.

Ein paar Meter von ihr entfernt saß ein Mädchen, vielleicht ein oder zwei Jahre jünger als Sarah – in komplettem Reiteroutfit, mit dem Helm auf den Knien –, und links und rechts von ihr ihre Eltern. Das Mädchen hielt eine Broschüre in der Hand, offenbar ein Programm für die Präsentation der Verkaufspferde. Sie blätterte zu einer Seite, auf der ein Farbfoto von John auf Midnight abgebildet war.

Faith wollte gerade fragen, ob sie einen Blick auf das Programm werfen dürfe, als ihr einfiel, dass der Ansager wahrscheinlich alle Informationen, die in dem Heft standen, laut mitteilen würde. Er hatte schon die ganze Zeit geredet, aber

Faith war zu sehr mit ihren Gedanken beschäftigt gewesen, um richtig zuzuhören.

Kaum hatte sie ihm einen Satz lang zugehört – und gerade, als Sarah mit Midnight in einem atemberaubenden, starken Galopp an ihr vorbeidonnerte –, hatte der Ansager ihre Idee schon zunichtegemacht.

»Diese wunderschöne und sehr talentierte Stute ist zum Preis von fünfundsiebzigtausend Dollar ein Schnäppchen«, sagte er.

Und mit diesem Satz war der Traum vorbei.

Sie blieb still sitzen und dachte einen Augenblick lang gar nichts. Weder hörte sie dem Ansager richtig zu, noch sah sie sich aufmerksam den Ritt an.

»Sie kennen diese Stute, stimmt's?«, fragte eine unbekannte Stimme.

Aus ihrer Benommenheit erwacht, blickte Faith zur Seite und sah, dass sich das Mädchen in der Reitkleidung neben sie auf die Bank gesetzt hatte. Sarah ritt immer noch, aber Faith konnte nicht hinsehen. Die beiden sahen zu perfekt zusammen aus. Zu sehr füreinander bestimmt. Und die Tatsache, dass es nicht so bleiben konnte, war einfach zu traurig. Es war mehr, als Faith in diesem Augenblick ertragen konnte.

Das Mädchen neben ihr mochte zwölf oder dreizehn sein, hatte langes, zu einem Zopf geflochtenes Haar und einen schüchternen, hoffnungsvollen Ausdruck im Gesicht.

»Ein bisschen«, sagte Faith. »Ich kenne vor allem das Mädchen, das auf der Stute reitet.«

Faith fragte sich kurz, wie die Kleine auf die Idee kam, dass sie eine Verbindung zu dem Pferd und der Reiterin in der Arena hatte. Dann bemerkte sie, dass sie immer noch die weißen Gamaschen an sich gedrückt hielt.

»Sie würde mit mir auskommen, oder? Mein Dad sagt Nein, weil er gehört hat, dass sie diesem Mann heute Probleme verursacht hat. Aber sie ist ideal für das Mädchen, und ich bin fast genauso alt wie sie. Also wäre sie ein gutes Pferd für mich, stimmt's?«

»Ich …«, begann Faith und stockte. Sie wusste zwar, dass die Antwort wahrscheinlich Nein war. Aber sie war nicht qualifiziert, eine solche Entscheidung zu treffen. »Ich kann es wirklich nicht sagen. Ich verstehe nicht viel von Pferden. Du müsstest den Besitzer fragen.«

Faith blickte wieder auf und sah Sarah aus der Arena reiten. Sie hatte den größten Teil der Vorstellung verpasst, weil sie völlig mit anderen Gedanken beschäftigt gewesen war.

»Okay, danke«, sagte das Mädchen. »Wir fragen den Besitzer, ob ich einen Proberitt machen kann.«

Faith stand auf, die Plastikgamaschen noch immer in der Hand, und ging zu Sarah, die vor der Arena wartete. Mit jedem Schritt wuchs ihr Angstgefühl. Wie auf dem Weg zum Schuldirektor. Oder zum Galgen.

Sie und Sarah blickten sich an.

»Jetzt können wir nur hoffen, dass niemand sie kauft«, sagte Sarah.

»Ja. Hoffen wir das«, erwiderte Faith.

Sie brachte es nicht übers Herz, Sarah zu sagen, dass es vielleicht schon bald an der Zeit war, wieder Abschied zu nehmen.

* * *

»Nein, bring sie noch nicht weg«, rief John und holte sie ein. Er ergriff Midnights Zügel und wandte sich wieder zur Arena um. »Wir bringen sie wieder rein.«

»Warum?«, fragte Sarah. »Sind wir noch nicht fertig?«

Faith konnte einen Anflug von Panik in Sarahs Stimme hören.

»Es hat jemand angebissen«, sagte John.

Er entzog Sarah die Zügel. Ihnen blieb nichts anderes übrig, als ihm zu folgen.

Faith konnte schon von Weitem das Mädchen sehen, mit dem sie während der Vorführung geredet hatte. Sie stand mit ihren Eltern auf halbem Weg zwischen den Mobiltoiletten und Stall A.

John führte Midnight zu ihnen und das Mädchen streckte eine Hand aus, um das Gesicht der Stute zu berühren. Sofort riss Midnight den Kopf hoch, um sich der Berührung zu entziehen.

John drehte sich jetzt zum ersten Mal um, um nachzusehen, ob Sarah immer noch bei ihm war.

»Sarah, das ist Mercedes«, stellte er vor. »Und ihre Eltern, Dan und Mary Anne. Tu mir einen Gefallen und gib ihr ein paar Tipps, wie sie sich mit Midnight anfreunden kann.«

Faith warf Sarah einen Blick zu, die starr und bleich in der Nachmittagssonne stand.

John tippte mit dem Fuß auf den Boden und wartete ungeduldig darauf, dass Sarah zu sich kam. Schließlich wandte er seine Aufmerksamkeit wieder Mercedes zu.

»Komm«, sagte er. »Ich helfe dir hoch.«

Wie vom Blitz getroffen wachte Sarah aus ihrer Benommenheit auf, als sie sah, wie sich das Mädchen auf den Rücken ihrer Stute schwang. Sie schaltete sich schnell ein und ergriff die Zügel.

»Okay«, sagte sie mit einem leichten Zittern in der Stimme. »Sie ist sehr, sehr sensibel. Also drück ihr nicht die Sporen in die Seiten und mach keine ruckartigen Bewegungen. Gib ihr keinen Tritt, wenn du sie zum Gehen bewegen willst, sondern drück nur ein wenig mehr mit den Beinen. Du solltest die ganze Zeit über deine Beine an ihren Körper halten, weil sie sonst nicht spürt, dass du da bist, und Panik bekommt. Um einen Schritt zu ändern oder einen Übergang zu machen, brauchst du also nur einen Hauch von Druck.«

Zögernd ließ Sarah die Zügel los. Mercedes saß unbeweglich wie eine Statue auf dem Pferd. Sie sah sehr ängstlich aus.

Erst nach einer Weile verstand Faith, dass Mercedes sich darauf konzentrierte, Midnight zum Vorwärtsgehen zu bringen. Die Hilfe, die sie ausführen wollte, war so subtil, dass sie für die Zuschauer nicht sichtbar war.

»Es hat nicht funktioniert«, sagte das Mädchen zu Sarah.

»Okay, das ist ungewöhnlich. Aber du musst wahrscheinlich ein winziges bisschen mehr Druck mit den Beinen ausüben.«

Noch immer konnte Faith keine Hilfe erkennen. Und noch immer machte Midnight keine Bewegung.

»Versuch es noch mal«, sagte Sarah und ergriff die Zügel.

Als das Mädchen mit den Beinen einen so leichten Druck ausübte, dass Faith es gerade so erkennen konnte, bewegte Sarah Midnight an den Zügeln nach vorne, dann ließ sie los. Wie ein Vater, der neben seinem Fahrrad fahrenden Kind herläuft und dann zurücktritt, damit das Kind selbstständig weiterfahren kann.

Midnight machte noch ein paar Schritte und blieb dann stehen. Mercedes übte wieder Druck mit den Beinen aus, um sie zum Weitergehen zu bewegen. Doch diesmal war es zu viel. Midnight stürmte vorwärts und hätte das Mädchen beinahe aus dem Sattel geworfen. Dann wirbelte sie herum und kehrte so schnell zu Sarah zurück, ihrem sicheren Hafen, dass Mercedes völlig aus der Balance geriet und sich am Hals des Pferdes festhalten musste, um im Sattel zu bleiben.

John eilte herbei und nahm Midnights Zügel.

Mercedes' Vater war nur einen Schritt hinter ihm. »Siehst du, das hatte ich mir schon gedacht, mein Liebling«, sagte er. »Jetzt spring ab.«

Aber das Mädchen blieb wie festgewachsen sitzen und hielt immer noch Midnights Hals umklammert. Ihr Vater fasste sie schließlich um die Taille, zog sie von Midnight herunter und setzte sie sanft ab. Er sah John an und schüttelte den Kopf.

Mit einem lauten Seufzen führte John Midnight weg.

Einen Augenblick lang sahen sie alle dem Pferd hinterher. Dan ließ seine Tochter zurück und ging zu Sarah. Dicht vor ihr blieb er stehen, sein Gesicht nahe vor ihrem.

»Du kennst das Pferd besser als dieser John«, sagte er, »und ich kann spüren, dass nicht du diejenige bist, die das Geld braucht. Also verrate mir bitte eines. Ist dieses Pferd für eine Reiterin wie meine Tochter geeignet?«

Sarah schwieg, aber als sie kaum wahrnehmbar den Kopf schüttelte, war alles Nötige gesagt.

Dan nickte, als hätte er es bereits gewusst. Was wahrscheinlich auch der Fall war. »Danke«, sagte er. »Ich weiß deine Ehrlichkeit zu schätzen.«

Er ging zurück zu seiner Familie, die daraufhin die Arena verließ.

* * *

An der Rezeption eines Hotels in Paso Robles kramte Faith in ihrer Geldbörse nach einer Kreditkarte, die noch nicht überzogen war.

Nachdem sie den Preis für zwei Einzelzimmer gehört hatte, war Faith die Entscheidung für ein Zimmer mit zwei Betten leichtgefallen.

»Das wird zu teuer werden«, sagte sie. »Ich weiß nicht, wie wir das hinbekommen sollen, wenn wir jede Nacht ein Motelzimmer brauchen.«

»Ich kann im Auto schlafen«, schlug Sarah vor. Ihre Stimmung war offensichtlich in den Keller gesunken. Die Erschöpfung und Depression hatte sie eingeholt. Ihre Lippen bewegten sich beim Sprechen kaum.

»Das ist auch keine Lösung. Wir können nicht beide im Auto schlafen, dazu ist es nicht groß genug. Außerdem kannst du mit in mein Hotelzimmer, wenn ich eins habe. Aber ich kann mir nicht jede Nacht eins leisten.«

»Meine Oma hat mir ein bisschen Geld gegeben«, sagte Sarah.

»Wie viel?«

»Na ja, es war Samstag und sie konnte nicht zur Bank. Sie hatte um die siebzig Dollar bar im Haus und hat mir noch einen Scheck über sechshundert gegeben, den ich am Montag in der Bank einlösen kann.«

»Das ist sehr nützlich, um unsere Verpflegung und die Benzinkosten abzudecken«, sagte Faith. »Aber es wird nicht für eine ganze Woche im Hotel ausreichen.«

»Kann ich mir darüber morgen früh Sorgen machen?«, fragte Sarah. Ein ausgeprägter Jammerton schlich sich in ihre Stimme. »Ich bin so müde.«

»Sicher«, sagte Faith. »Du weißt aber, dass du vor dem Schlafengehen noch deine Großmutter anrufen musst.«

»Ich weiß. Das mache ich auch. Aber ich kann nicht versprechen, dass ich nicht mitten im Gespräch einschlafe.«

In diesem Augenblick wurde auch Faith von der Erschöpfung eingeholt. Sie lehnte sich an die Rezeption und beobachtete die Angestellte, die ihre Karten für das Zimmer einscannte.

»Weißt du, was seltsam ist?«, fragte Faith und die Frau blickte auf. »Nein, ich meinte meine Freundin hier.« Die Hotelangestellte wandte sich wieder ihrer Aufgabe zu. Sie trug ihre Zimmernummer auf dem Umschlag der Karte ein und zeichnete einen Wegweiser auf das Blatt mit der Zimmerübersicht.

»Keine Ahnung«, sagte Sarah und lehnte sich mit geschlossenen Augen an die Rezeption. »Was ist seltsam?«

»Diese ganze Sache mit deinem Vater. Als er mir Bagels gebracht hat und du ihn vor meinem Haus gesehen hast.«

»Und?«

»Das war erst *heute*. Das war erst heute Morgen.«

Sarah schwieg lange und Faith fragte sich, ob das Mädchen im Stehen eingeschlafen war, so wie Pferde es tun.

Dann sagte Sarah: »Wow. Das ist wirklich seltsam.«

* * *

Faith wurde mitten in der Nacht von einem Schrei aufgeweckt.

Sie setzte sich schlagartig auf und blickte zu Sarah hinüber, die jedoch tief zu schlafen schien. Sie schaltete das Licht zwischen den Betten an, aber das Mädchen wurde nicht wach. Faith konnte erkennen, dass Sarahs Augen unter den geschlossenen Lidern verzweifelt zuckten und flatterten. Tränen flossen ihr über das Gesicht und landeten auf dem Kissen. Sarah weinte im Schlaf.

Das Mädchen schrie wieder.

»Mom!«

Faith sprang aus dem Bett, und noch bevor sie sie erreichen konnte, schrie Sarah erneut.

»Mom!«

Faith hielt Sarah an den Schultern und rüttelte sie sanft. Sarah rief noch einmal nach ihrer Mutter, dann öffnete sie die Augen und blickte Faith an.

»Oh«, sagte sie.

Sie setzte sich im Dämmerlicht auf und Faith legte einen Arm um sie.

»Das war seltsam«, sagte Sarah.

»Willst du es mir erzählen?«

»Ich weiß nicht. Ich denke nach.«

Sie blieben einen Augenblick lang schweigend sitzen. Faith bemerkte, dass Sarahs Tränen noch nicht versiegt waren.

»Hast du vom Tod deiner Mutter geträumt?«, fragte Faith schließlich.

Ja, es war eine persönliche Frage. Ja, Faith drängte das Mädchen. Und vielleicht kannten sie sich nicht gut genug für diese Art von Gespräch. Aber sie waren gemeinsam in dieser Welt unterwegs, ein hastig zusammengesetztes Team. Sie hatten niemanden sonst. Falls sie sich nicht nahe genug waren, um sich einander anzuvertrauen, würden sie es schnellstens lernen müssen.

»Nein«, antwortete Sarah. »Es war ein seltsamer Traum. Nicht über etwas, das wirklich passiert ist. Wir waren am Strand, meine Mom und ich. An dem Strand, wo wir gerade waren. Und ich sagte zu meiner Mom, dass ich dachte, sie sei gestorben, dass mir jeder erzählt hätte, sie sei gestorben. Aber dort war sie. Sie sagte kein Wort zu mir und sah mir immer nur in die Augen. Und dann kam diese riesige Welle und erfasste sie und zog sie mit sich ins Meer. Aber es war nicht wie eine echte Welle. Es passierte so, wie es nur im Traum möglich ist. Sie stand aufrecht da, die ganze Zeit mir gegenüber, und sah mir in die Augen. Und ich rief nach ihr, aber sie entfernte sich nur immer weiter.« Ein lautes Schluchzen brach aus ihr hervor und Faith spürte, wie sich Sarahs Körper in ihrem Arm schüttelte. »Tut mir leid, dass ich dich geweckt habe«, brachte Sarah heraus.

»Mach dir deswegen keine Sorgen. Glaubst du, du kannst wieder einschlafen?«

»Kannst du einen Moment hierbleiben, bis ich schlafen kann?«

»Natürlich«, sagte Faith.

Sie machte es sich bequem, indem sie ein Kissen zwischen ihren Rücken und das Kopfende des Bettes schob, während sie im Halbsitz den Arm um Sarahs Schulter legte.

»Wir können immer noch morgen zum Turnier zurückkehren, oder?«, fragte Sarah.

»Ich sehe keinen Grund, weshalb nicht. Es ist ja nicht so, als hätten wir etwas Besseres vor. Versuch jetzt, ein bisschen Schlaf zu bekommen, falls es geht.«

Faith ließ vor ihrem inneren Auge die lebhaften Szenen des Reitturniers abspielen, während sie wartete.

Nach einer Weile hörte sie Sarahs ruhigen Atem – fast ein leichtes Schnarchen, aber nicht ganz. Sie versuchte vorsichtig, ihren Arm zu bewegen, doch es war nicht möglich, ohne Sarah aufzuwecken.

Also blieb Faith dort sitzen, wo sie war.

Sie bekam nur sehr wenig Schlaf in dieser Nacht.

Kapitel 10

Moonshadow Farm

Faith saß im nur wenig kühlen Schatten der Sattelkammer und las auf dem Bildschirm ihres Smartphones ein E-Book, als Sarah mit ihrer gesattelten und aufgezäumten Stute vorbeikam.

Faith sprang auf und folgte ihr zu Midnights Stall. Die ofenheiße Luft schlug ihr ins Gesicht und stieß sie fast um, als sie aus dem Schatten trat.

»Wie ist es gelaufen?«, rief sie.

John hatte gerade eine Vorstellung mit Midnight absolviert, aber Faith hatte sich nicht überwinden können, in der Sonne zu stehen und zuzuschauen.

Faith lehnte sich an Midnights Stalltür, während sie auf eine Antwort wartete. Sarah hatte die Stute in ihre Box gebracht und nahm ihr gerade das Zaumzeug ab.

»Meiner Meinung nach sah es nicht so toll aus«, sagte Sarah und löste den Sattelgurt. »Aber John sagte, es sei die bisher beste Vorstellung mit ihr gewesen.«

»Gut. Vielleicht behält er sie dann.«

»Vielleicht«, erwiderte Sarah, runzelte aber zweifelnd die Stirn.

»Also …«, begann Faith und stockte. Sarah schien die Spannung zu spüren, die zwischen ihnen in der Luft knisterte.

»Hast du dir überlegt, wohin wir vielleicht als Nächstes gehen sollen?«

Sarah nahm den Zaum ab und Faith konnte die schaumigen Stellen sehen, wo die Riemen den Kopf des Pferdes berührt hatten.

Sarah hielt eine Hand hoch und gab Faith unmissverständlich zu verstehen, dass sie nicht weiterreden sollte. Doch Faith hatte ohnehin nichts hinzuzufügen.

»Bitte«, sagte sie. »Bitte, Faith. Ich flehe dich an. Der Tag ist noch nicht vorbei. Bitte, bitte lass mich nur diesen Tag heute noch haben.«

»Okay, schon gut«, sagte Faith und trat widerwillig hinaus in die brütende Hitze, um sich etwas zum Mittagessen zu besorgen.

* * *

Als Faith mit dem Mittagessen in einer Tüte zu den Ställen zurückkehrte, bemerkte sie John und Sarah. Sie standen vor der Anzeigetafel, auf der in regelmäßigen Abständen die Bewertungen bekannt gegeben wurden.

Die beiden schienen sich zu streiten.

Faith trat näher, um zu hören, was vor sich ging.

»Es ist nicht Midnights Schuld«, brüllte Sarah. »Es ist Ihre Schuld! Sie ist nicht auf Prix-St.-Georges-Niveau. Sie ist im vierten Level. Wenn Sie sie im Prix St. Georges haben wollen, dann kann sie das. Sie wird das erreichen. Aber Sie können nicht einfach mit einem Zauberstab wedeln. Sie muss monatelang auf diesem Level trainiert werden. Wenn Sie sie zu sehr drängen, wird sie natürlich total gestresst sein.«

»Dann erklär mir mal, wie du mit ihr eine fast perfekte Piaffe und Passage hinbekommst, wenn sie kein Prix-St.-Georges-Material ist.«

»Ich habe nicht gesagt, dass sie kein Prix-St.-Georges-Material ist. Ich habe nur gesagt, dass sie nicht auf dem Niveau ist. Noch nicht. Es ist eine Sache, ein paar der fortgeschrittenen Bewegungen zu kennen, aber eine ganz andere, für ein Turnier auf diesem Level bereit zu sein.«

»Sieh mal, ich weiß, was ich tue«, sagte John etwas verhaltener, aber immer noch aufgewühlt. »Hinter meinem Wahnsinn steckt ein System.«

»Ich weiß auch, was Sie tun«, brüllte Sarah. »Jeder hier weiß es. Sie wollen sagen können, dass sie ein FEI-Pferd ist, damit Sie mehr Geld für sie verlangen können. Aber damit vermasseln Sie alles, und jetzt geben Sie ihr die Schuld für die Probleme, die Sie selbst verursacht haben.«

»Sieh mal, ich habe dich ein einziges Mal um Rat gefragt. Es war keine Einladung.«

Das Mädchen schäumte vor Wut. Sie stürmte ohne ein Wort davon.

Faith trat an John heran, der erschöpft und entmutigt an der Anzeigetafel stand. Er blickte auf.

»Oh«, sagte er nur, als er sie sah.

Einen Moment lang sahen sie zusammen auf die Bewertungen. Faith entdeckte die Spalte von John Wintermeyer und Falkner's Midnight Sun. Ihre Bewertung war 58,357.

»Ich nehme an, dass 58 keine gute Bewertung ist?«

»Das Mädchen, das gestern Abend einen Proberitt mit ihr hatte, wäre damit vielleicht zufrieden. Aber für mich ist es ziemlich peinlich. Und das war meine bisher beste Vorführung mit Midnight.«

»Was ist ein FEI-Pferd?«

»Ein Pferd, das in den Turnieren der FEI reitet. Prix St. Georges, dann Intermédiaire, dann Grand Prix. Die fortgeschrittenen Klassen. Diese Prüfungen werden von der *International Federation for Equestrian Sports* veranstaltet.«

»Pferdeleute haben also Probleme mit ihren Akronymen?«

»Wie bitte?«

»Die Initialen davon ergeben nicht F-E-I. Sie ergeben I-F-E-S.«

»Oh. Nein, wir sind ja nicht dumm. Die Abkürzung kommt aus dem Französischen: *Fédération Équestre Internationale*. FEI«.

»Ich verstehe«, sagte Faith.

Sie machten sich gemeinsam auf den Weg zu den Ställen. John ließ Schultern und Kopf hängen.

»Sagen Sie ihr, dass sie Midnights Zöpfe lösen und ihr die Transportgamaschen anlegen kann«, sagte er. »Falls sie es will. Falls nicht, mache ich es selbst. Ich rede jetzt besser nicht mit ihr. Ich hau lieber mal ab.«

»Ich dachte, Sie hätten heute Nachmittag noch eine Vorführung mit Midnight.«

»Die streiche ich. Wenn es nicht besser wird als das, gebe ich fürs Erste auf. Ich muss die Probleme in der Trainingsarena behandeln, nicht in der Showarena. Ich fahre mit ihr nach Hause.«

Sie hatten das Ende der Ställe im Abschnitt B erreicht und gingen im Schatten nebeneinander her. Dann blieb Faith plötzlich stehen und sah zu John hoch, und er blickte zu ihr herunter.

Sie dachte an die verheerenden emotionalen Folgen, die der nächste Moment nach sich ziehen würde. Aber sie hatte keine Möglichkeit, es zu verhindern, schaffte nicht einmal, es in Worte zu fassen.

John schien ihre Gedanken zu lesen.

»Sehen Sie, ich habe auch Gefühle«, sagte er. »Ich habe Mitgefühl mit dem Mädchen. Bitte glauben Sie nicht, dass ich das nicht hätte. Ich weiß, dass es für Sarah eine unglaublich schreckliche Sache ist. Ich schwöre, wenn ich mir den Verlust leisten könnte, würde ich ihr Midnight zurückgeben. Aber ich habe ein Vermögen für diese Stute bezahlt. Es wäre mir peinlich, die Höhe des Preises zuzugeben. Ich verkaufe sie bereits zu einem Preis, in den der Verlust einkalkuliert ist, den ich mir leisten kann. Und es sieht nicht danach aus, als könnte ich überhaupt so viel bekommen.«

»Niemand erwartet, dass Sie das Pferd zurückgeben.«

»Na ja, ich wünschte, ich könnte es.«

Er wandte sich zum Gehen, doch Faith hielt ihn auf.

»John.«

Er drehte sich wieder zu ihr um und wartete.

»Sie sagten, Sie hätten nichts gegen eine kostenlose Arbeitskraft einzuwenden.«

Er lächelte schief. »Ich glaube, meine exakten Worte waren ›Ich bin ja schließlich kein Narr‹.«

»Und Sie sagten, Sie müssten Ihre Probleme mit Midnight in der Trainingsarena behandeln.«

»Ich bin mir nicht sicher, worauf Sie hinauswollen«, sagte er.

»Könnten Sarah und ich nicht mit zu Ihrem Reiterhof kommen? Nur vorübergehend? Sie könnte Midnight für Sie striegeln und satteln, vielleicht auch reiten, und Ihnen helfen, Midnight so zu reiten, dass Sie bessere Bewertungen bekommen. Ich meine, es kostet Sie nichts. Und es wäre einen Versuch wert. Oder?«

Einen Augenblick lang antwortete der außergewöhnlich große Mann nicht und Faith spürte das Flattern der Angst in ihrem Magen. Angst vor der falschen Antwort, die dem Mädchen den Boden unter den Füßen wegziehen würde. Faith wusste nicht, wo sie dann landen würde und wie ein derartiger Fall aufgefangen werden konnte.

Er zuckte mit den Schultern. »Warum nicht«, sagte er. »Nur eine Sache … Teilen Sie ihr mit, dass sie mir gegenüber ein bisschen respektvoller sein soll, wenn wir miteinander reden, okay?«

»Sie hat heute große Angst. Wenn ich ihr erzähle, dass sie mit Midnight zu Ihrem Reiterhof kommen kann, wird sie Sie bis an ihr Lebensende respektieren, da bin ich mir sicher.«

* * *

»Ich habe eine nicht so gute und eine wirklich gute Neuigkeit«, kündigte Faith an. »Und das Mittagessen.«

Sarah saß zusammengesunken in einer Ecke der Sattelkammer zwischen dem Zaumzeug und hatte die Augen geschlossen.

»Ich habe keinen Hunger«, sagte sie. »Erzähl mir nur die Neuigkeiten. Die gute bitte zuerst, ich brauche eine gute Neuigkeit.«

»Wir werden John und Midnight zu seinem Reiterhof begleiten.«

Sarah sprang auf, die Augen weit aufgerissen. »Das ist ja fantastisch! Das ist … was ist die schlechte Neuigkeit?«

»Na ja, nur, dass er schon bald fährt. Aber das wäre wohl nur dann eine schlechte Neuigkeit, wenn wir nicht mitfahren könnten.«

Sarah stürzte auf Faith zu, als hätte sie vor, sie umzustoßen. Sie stoppte kurz vorher ab und umarmte Faith stattdessen so stürmisch, dass ihr fast die Luft wegblieb.

»Ich habe dich als kostenlose Pferdepflegerin angeboten«, sagte Faith.

»Kein Problem.«

»Und du wirst ihm helfen, an seinen Problemen mit Midnight zu arbeiten.«

»Absolut kein Problem.«

Sie blieben einen Augenblick lang verschlungen stehen, Faith immer noch nicht in der Lage, einen tiefen Atemzug zu nehmen.

»Dafür liebe ich dich«, sagte Sarah. Sie ließ Faith plötzlich los und wich zurück, als wäre sie einen Schritt zu weit gegangen und müsste sich jetzt zurückziehen. »Ich löse dann mal die Zöpfe aus ihrer Mähne und lege ihr die Transportgamaschen an«, sagte sie. »Ich werde sogar Johns Wallach reisebereit machen, damit er sieht, wie nützlich ich sein kann.«

Und mit diesen Worten war Sarah verschwunden.

* * *

Faith und Sarah fuhren auf der 101 in südlicher Richtung nach Los Alamos hinter Johns Anhänger her. Ein riesiges Ding – genug Platz für wahrscheinlich sechs Pferde, schätzte Faith. Der Anhänger hatte sechs individuelle Gitterfenster, damit die Pferde die vorbeiziehende Landschaft sehen konnten. Doch jetzt befanden sich in dem Anhänger nur Midnight und Johns großer niederländischer Wallach.

Sarah war wieder mit ihrem Smartphone beschäftigt, was in Faith eine Erinnerung weckte.

»Du hast ja gar nicht deine Freunde getroffen«, sagte sie.

»Welche Freunde?« Sarah schien sich nur langsam von ihrem Telefon zu lösen, als würde sie aus einem dichten Sumpf auftauchen.

»Auf der Hinfahrt hast du mit jemandem von deinem alten Stall telefoniert und gesagt, du würdest ihn besuchen.«

»Ich habe Dean getroffen«, erwiderte Sarah. Knapp, fast gelangweilt.

»Hast du?«

»Ja, ich habe ihn zweimal gesehen, und Cara und Lainie. Ich habe alles Mögliche gemacht, während du bei den Ställen im Schatten gesessen hast.«

»Oh«, sagte Faith. Es war ihr peinlich, obwohl es in der Situation vielleicht gar nicht nötig war. »Ich komme mit der Hitze gar nicht gut zurecht.«

»Du kommst aber aus L.A., oder?«

»Santa Monica.«

»Oh. Ich verstehe. In Moorpark ist es heiß. Ich bin daran gewöhnt.«

»Ich habe wohl irgendwie gehofft, ich könnte sie treffen«, sagte Faith, obwohl sie sich durch das Eingeständnis verletzlich fühlte.

»Wen?«

»Deine Freunde von deinem alten Stall.«

»Oh. Okay. Du kannst sie beim nächsten Turnier treffen.«

»Und wann wäre das?«

Sarah starrte immer noch auf ihr Mobiltelefon, während sie redeten, also dachte Faith zunächst, dass sie etwas von einer Webseite ablas oder jemand ihr die Informationen geschickt hatte.

»Am nächsten Wochenende ist das in Somis. Dann ein Turnier in Rancho Murieta, aber John will vielleicht nicht so weit fahren. Es ist in der Nähe von Sacramento. Und eins ist auf dem Veranstaltungsgelände Earl Warren in Santa Barbara. Da will er wahrscheinlich hin.«

Sarah schloss die Augen, während sie fortfuhr, und erst da merkte Faith, dass sie die Turniere auswendig herunterrasseln konnte.

»Dann Burbank. San Juan Capistrano. Und gegen Mitte Juli sind wir zurück im Paso Robles Horse Park. Aber es ist schwer zu sagen, weil das nur die Turniere sind, zu denen *ich* gehen würde. Ich habe keine Ahnung, welche John für wichtig hält. Im Sommer ist in Kalifornien immer irgendwo etwas los, aber ich weiß nicht, ob er jedes Wochenende zu einem Turnier fährt.«

Während Sarah ihre Antwort zu einem Ende brachte, nahm Johns Pferdeanhänger eine Ausfahrt, bog rechts ab und Faith folgte ihm weiter Richtung Westen auf einer von Bäumen gesäumten, schattigen Landstraße. Erlaubt waren hier neunzig Stundenkilometer, doch Faith bemerkte, dass große Lastwagen die Straße entlangrasten, als wären sie auf der Autobahn.

Faith beobachtete die Anzeige auf dem Armaturenbrett. Die Außentemperaturen waren von achtunddreißig auf sechsunddreißig Grad gefallen. Während sie weiter in westlicher Richtung fuhren, fiel die Temperatur etwa alle zwei Kilometer um ein Grad und pendelte sich schließlich auf dreißig Grad Celsius ein.

Der Anhänger vor ihr drosselte das Tempo und blinkte rechts, sodass auch Faith langsamer fuhr. Sie folgte John auf einem ungeteerten Zufahrtsweg bis an ein geschlossenes Tor.

Hinter dem Tor befand sich ein Reiterhof – so malerisch, dass ein Landschaftsmaler das Motiv auf einer Leinwand genau so hätte festhalten können: zwei lange, tiefrote Stallgebäude mit Giebeln und hohen Fenstern; eine lebensgroße Bronzestatue eines Rennpferdes mit seinem Jockey; eine Reithalle sowie ein Reitplatz zum Dressurreiten; eine Ovalbahn mit Laufspuren für Rennpferde. Überall befanden sich Bäume, die den Wegen und Stallreihen Schatten spendeten und deren Blätter und kleinere Äste in einem starken Wind wehten.

»So ein schöner Ort«, entfuhr es Faith.

»Das kann man wohl sagen.«

Faith lehnte sich aus dem Fenster, genau wie John, der seinen langen Oberkörper aus dem Fenster seines großen weißen Pritschenwagens streckte und auf einen Knopf drückte, um das Tor zu öffnen.

»Das kommt mir merkwürdig vor«, sagte Faith.

»Was?«

»Dass er einfach einen Knopf drückt und sich das Tor öffnet.«

»Was ist daran merkwürdig?«

»Normalerweise gibt es einen Code. Wenn einfach jeder hineinkommen kann, wozu hat man dann ein Tor?«

Sarah antwortete zunächst nicht. Faith warf ihr einen Blick zu und bemerkte, dass das Mädchen sie mit hochgezogener Augenbraue skeptisch beäugte.

»Es ist so offensichtlich«, sagte Sarah. »Ich warte nur, dass du von selbst draufkommst.«

Faith fuhr hinter John durch das Tor. Darauf stand »Moonshadow Farm«.

»Tut mir leid«, sagte Faith nach einer Weile. »Ich komme nicht drauf.«

»Pferde können nicht auf Knöpfe drücken. Das Tor ist dazu da, dass die Pferde nicht rauslaufen, nicht, um Leute fernzuhalten.«

»Ich verstehe«, sagte Faith. »Ich bin kein Pferdemensch. Laufen sie also da drinnen frei herum?«

»Nein, natürlich nicht. Aber Dinge passieren. Du hast ja gesehen, was John zugestoßen ist, als ich bei dem Turnier aufgetaucht bin. Pferde gehen manchmal durch.«

John parkte vor einem nahe gelegenen Stall und Faith fuhr in den Schatten hinter dem Gebäude, um den Anhänger während des Abladens nicht zu blockieren. Faith und Sarah stiegen aus. Der Wind wehte an diesem warmen Tag stark und kühl, er kam direkt vom Meer, das nur zwei oder drei Kilometer westlich von ihnen lag. Im Vergleich zu der Hitze vorher fühlten sich dreißig Grad himmlisch kühl an.

In der Zwischenzeit hatte John die Hecktür des Anhängers geöffnet.

»Hilf mir mit dem Abladen«, rief John Sarah zu. »Und dann kannst du den Rest des Tages machen, was du willst.«

»Nein«, rief Sarah zurück. Für den Bruchteil einer Sekunde war Faith über diese unerwartete Reaktion schockiert. Doch sofort fuhr das Mädchen fort: »Nein, Sie können sich jetzt ausruhen, John. Ich kann die Pferde abladen. Geben Sie mir nur die Stallnummern, dann mache ich alles. Sie hatten einen anstrengenden Turniertag. Ich kümmere mich um die Pferde, dafür bin ich ja da.«

Sarah verschwand in den Anhänger und Faith blieb neben John in der warmen Sonne stehen. Sie sah zu ihm hoch und er erwiderte den Blick.

»Na, was habe ich gesagt?«, bemerkte Faith.

»Keine Ahnung. Was haben Sie denn gesagt?«

»Über den Respekt.«

»Oh. Stimmt. Ja, damit hatten Sie recht, das muss ich zugeben.«

»Es ist unglaublich hier, John. So wunderschön. Und das gehört alles Ihnen?«

Er lachte laut prustend auf, und Faith war sich ziemlich sicher, dass sein Lachen nicht so ungehörig gemeint war, wie es klang.

»Schön wär's«, sagte er dann. »Ich logiere und trainiere und unterrichte hier. Glauben Sie mir, wenn ich dermaßen in Geld schwimmen würde, dass ich mir so ein Anwesen leisten könnte, würde ich Sarah ihr Pferd zurückgeben.«

Als sie beide zum Anhänger sahen, stand Sarah mit Midnight in der geöffneten Tür. In ihrem Gesicht war zu lesen, dass sie das Gespräch mitgehört hatte. Sie sagte nichts, sondern zog nur leicht am Führstrick und trat mit Midnight aus dem Anhänger. Die Stute trug hohe, gefütterte Transportgamaschen in einem auffälligen Dunkelblau. Sie kamen Faith steif und unnachgiebig vor, als würden sie einem Pferd das Laufen erschweren.

Als hätte sie ihren Gedanken gelesen, hob Midnight ein Hinterbein seltsam hoch und trat ungeduldig nach hinten aus, wie um die Gamasche abzuschütteln. Als sie keinen Erfolg hatte, ging sie ohne viel Aufhebens weiter.

Faith begegnete wieder Johns Blick.

»Na ja,«, sagte er. »Es ist nicht so, als hätte sie nicht gewusst, dass ich ihr das Pferd nicht zurückgeben kann. Aber trotzdem, es tut mir leid.«

»Ich glaube nicht, dass Sie an dieser Situation Schuld haben, John. Hier ist einiges an Schuld im Spiel, aber Sie sind nur ein unbeteiligter Dritter. Sie tun schon genug, indem Sie erlauben, dass Sarah hier bei Midnight sein kann.«

»Das ist kein Problem. Ich kann die Hilfe gebrauchen. Ich mache mir nur Sorgen, was passiert, wenn ich einen Käufer finde.«

»Ich auch«, sagte Faith.

Sie dachte daran, wie Sarah sie am Vormittag förmlich angebettelt hatte. *Bitte, Faith. Ich flehe dich an. Der Tag ist noch nicht vorbei. Bitte, bitte lass mich nur diesen Tag heute noch haben.* Und wieder kam es ihr schier unmöglich vor, dass diese Worte an diesem selben Tag gesprochen worden waren. Oder dass Sarahs Vater erst am gestrigen Morgen mit Bagels zu ihrem Strandhaus gekommen war. Die Erinnerungen schienen Wochen zurückzuliegen. In den vergangenen zwei Tagen hatte sich in ihrem Leben so viel ereignet, dass es genug Stoff für einen ganzen Monat bot.

»Wie auch immer«, fügte sie hinzu, »heute ist es noch nicht so weit. Im Augenblick ist erst mal alles okay.«

* * *

Faith ging neben Sarah her, die Johns großen braunen Wallach in den Stall führte. Durch die Stallgasse blies der Wind wie durch einen Tunnel, es war schattig und kühl. Das Hufgeklapper auf dem Betonboden hatte einen schönen Klang in Faiths Ohren.

Sarah führte das Pferd in einen Stall, dessen Boden von einer hohen Schicht aus hellen Holzspänen bedeckt wurde. Sie schob die Tür bis auf einen Spalt zu und öffnete die Klettverschlüsse der dunkelroten Transportgamaschen an den Beinen des Wallachs. Faith sah ihr durch die Eisengitter in der oberen Hälfte der Stalltür zu.

»Er ist ein nettes Pferd«, sagte Sarah und nahm eine Gamasche ab.

»Ja, er scheint ein gutes Pferd zu sein, was? So sanft. Ich habe von ihm noch keine schlechte Reaktion gesehen.«

»Er ist eines dieser bombensicheren Pferde«, sagte Sarah, stand auf und legte die Gamaschen ordentlich zusammen. »Das ist zwar gut, aber ich glaube, dass man in der Turnierarena dafür den Preis zahlt, weil er nicht sehr feurig ist. Man braucht dieses Feuer für das Dressurreiten auf einem höheren Level. Ansonsten verbrauchst du die meiste Energie dazu, das Pferd vorwärts zu bewegen. Aber John schafft es anscheinend, er reitet mit ihm den Grand Prix.« Sie streckte dem riesigen Kopf des Pferdes ihre Hände entgegen und der Wallach begann, mit den Lippen an ihrem T-Shirt zu zupfen. »Aber nichts gegen dich, mein Junge. Das sollte keine Beleidigung sein. Du bist ein perfektes Beispiel für das, was du bist.«

Sarah küsste das Pferd auf die flache Stelle seiner Stirn und trat aus dem Stall. Sie blickte Faith an.

»Ich würde sagen, hier ist es einfach himmlisch«, sagte sie.

»Ich habe gerade dasselbe gedacht. Wir können dieses Gefühl beide gebrauchen, also sollten wir es auf jeden Fall genießen, solange es geht.«

* * *

Faith war schon minutenlang durch die Stallgasse gewandert und hatte zwischen zwei Ställen ein Badezimmer entdeckt – sauber und funktionell, mit einer Dusche, die aussah, als sei sie seit Jahren nicht benutzt worden. Draußen vor den Ställen standen im Schatten eines vorstehenden Daches mehrere Waschstationen für die Pferde.

Faith sah sich gerade eine Waschstation näher an, als Sarah zurückkehrte. Sie trug zwei große … nun, Faith wusste nicht, welchen Inhalt die zwei grünen Stofftragetaschen mit Plastikgriffen bargen, aber sie waren groß und flach.

»Ich weiß nicht, was du davon hältst«, sagte Sarah, »aber du hast gesagt, dass Hotels uns finanziell ruinieren würden, also hoffe ich, dass dir die Idee gefällt.«

Sie wandte sich um und bedeutete Faith mit einer Handbewegung, ihr zu folgen.

Faith und Sarah gingen durch die kühle Stallgasse und betraten einen Raum, der anscheinend eine leere Sattelkammer war. Keine Fenster. Nur ein Betonboden und Holzwände, dazu eine Schiebetür aus Massivholz. Sarah betätigte einen Schalter, und eine nackte Glühbirne in der Mitte der Decke erstrahlte. An den Wänden waren Haken angebracht, wahrscheinlich zum Aufhängen von Zaumzeug, aber Faith fand, dass sie sich ebenso gut für Klamotten eigneten.

»Ist es uns eigentlich erlaubt, hier zu sein?«, fragte Faith.

»Ja. John hat es den Leuten, die hier arbeiten, mitgeteilt, und es stört niemanden. Sie freuen sich, dass er Unterstützung für Midnight bekommen hat. Sie hatten sich deswegen schon Sorgen gemacht.«

In der Zwischenzeit hatte Sarah den Reißverschluss der Tasche geöffnet, die ein Campingbett enthielt, wie Faith jetzt sehen konnte. Keine Luftmatratze, sondern ein Aluminiumgestell, das mit einem festen Segeltuch bespannt war.

»Wo hast du das denn her?«

»John hat es mir geliehen. Wer sonst? Die Dinger sind bei Turnieren sehr nützlich, wenn man zum Beispiel nachts bei den Pferden bleiben will. Leute lassen auch ihre Pferdepfleger auf den Liegen schlafen, wenn sie jemanden in der Nähe haben wollen, um nachts nach den Pferden zu sehen. Ich schlafe ja lieber in einem Stall mit Stroh, aber ich dachte, das hier könnte dir gefallen.«

Sie stellte eine Liege an die Wand und bedeutete Faith, sie auszuprobieren. Faith ließ sich vorsichtig auf dem Campingbett nieder und federte leicht ab. Es war straffer, als sie gedacht hätte, aber überraschend bequem.

»Also …«, begann das Mädchen, »ist das okay?«

»Ja, es gefällt mir«, sagte Faith.

Sie konnte förmlich sehen, wie der Atem aus Sarah entwich, als sie erleichtert ausatmete.

»Gut«, sagte Sarah. »Dann geht ja alles in Ordnung. Ich hole unsere Sachen aus dem Auto.«

Weniger als eine Minute später war sie wieder zurück. Faith blieb sitzen und beobachtete, wie Sarah ihre wenigen Kleidungsstücke an die Haken an der Wand hängte.

»Wir haben keine Decken«, sagte Sarah. »Aber ich weiß, wo ein paar saubere Netzdecken sind. Und dünne Baumwolldecken für die Pferde. Das wird ausreichen, denke ich.«

»Ich weiß nicht, ob ich ohne Kopfkissen schlafen kann, aber ich glaube, ich kann fürs Erste ein paar Klamotten zusammenrollen und als Kissen verwenden.«

»Das ist die richtige Einstellung«, sagte Sarah.

Faith war sich nicht sicher, ob Sarah nur spöttisch war oder ob sie es wirklich so meinte. Nun, da das Mädchen so glücklich schien, war alles möglich. Oder, falls nicht direkt glücklich, so war sie doch zumindest vorübergehend in einer ausgeglichenen

Stimmung. In Zukunft war ein Stimmungswechsel in jede Richtung möglich.

»Morgen fahre ich nach Santa Barbara«, sagte Faith. Sarah unterbrach ihre Tätigkeit und drehte sich um. »Ich will mein Auto bei einem Händler gegen ein anderes eintauschen.«

»Warum? Was stimmt mit deinem Auto nicht?«

»Es ist alles in Ordnung. Es gibt nur das Problem, dass dein Vater das Auto kennt. Er muss es schon ein Dutzend Mal gesehen haben. Er weiß vielleicht sogar das Kennzeichen. Ich würde mich einfach besser fühlen, ein Auto zu fahren, das er noch nie gesehen hat.«

»Oh«, sagte Sarah. Sie setzte sich ans Ende von Faiths Campingbett. »Daran habe ich überhaupt nicht gedacht.«

»Du hast mein Einverständnis, dich voll und ganz auf Midnight zu konzentrieren, während ich mir über solche Sachen Gedanken mache.«

»Danke.«

»Wenn ich schon da bin, kaufe ich dort auch gleich Kopfkissen.«

»Und zwei Handtücher«, fügte Sarah hinzu.

»Genau. Handtücher. Ist notiert.«

Sarah stand wieder auf und fuhr fort, ihr neues Wohnquartier einzurichten. Es war spartanisch, gelinde gesagt. Aber Faith wurde klar, dass diese Kammer, zusammen mit dem WC und der Dusche in der Stallgasse, alles war, was sie benötigten.

Zumindest im Augenblick.

* * *

Ein paar Minuten später überraschte Sarah Faith mit einem plötzlichen Gedankensprung.

»Wo wir gerade von meinem Vater gesprochen haben …«, sagte sie.

Jedoch war es schon eine Weile her, dass sie über ihn gesprochen hatten.

»Was ist mit ihm?«

»Du denkst nicht, dass er hier nach mir suchen würde, oder?«

»Nein, natürlich nicht. Wenn ich das denken würde, wären wir nicht hier.«

»Aber er weiß, wie sehr ich bei meinem Pferd sein will.«

»Aber warum würde jemand denken, dass John uns hierher eingeladen hat? Ich meine, das war eine Verkettung von wirklich ungewöhnlichen Umständen. Wenn ein ehemaliger Besitzer sein früheres Pferd an seinem neuen Zuhause besucht … welcher neue Besitzer würde den alten Besitzer länger als nur zu einer kurzen Begrüßung dortbleiben lassen?«

Einen Augenblick lang schwieg Sarah. Fast so, als wollte sie nichts erwidern.

»Ja, das stimmt wahrscheinlich«, sagte sie schließlich.

Sie sprachen nicht mehr darüber. Doch es hinterließ einen bitteren Nachgeschmack in Faiths Mund.

Sie schickte ihrer Freundin Ava eine kurze Textnachricht:

Mir geht es übrigens gut.

Nur, damit jemand über ihren Verbleib Bescheid wusste.

* * *

Draußen war es dunkel, doch es war noch etwas zu früh zum Schlafen, als Faith Sarah vorschlug, noch einmal ihre Großmutter anzurufen. Sarah stimmte zu und verließ den Stall, um Empfang zu haben. Faith blieb zurück. Vollständig bekleidet hatte sie sich auf das Campingbett sinken lassen und nun fühlte sich ihr erschöpfter Körper an, als sei er mit der Liege unter ihr verschmolzen.

Nach mehreren Minuten kam das Mädchen zurück und hielt Faith das Telefon hin.

»Sie will mit dir sprechen. Aber du musst dazu rausgehen, sonst wird die Verbindung ständig unterbrochen.« Sie streckte den Arm weiter aus, als müsste sie Faith einen Schubser geben, damit sie es nahm. »Hier. Beeil dich, bevor der Anruf weg ist.«

Faith seufzte so leise wie möglich und zwang ihren müden Körper zum Aufstehen. Ihre Glieder fühlten sich an, als seien sie aus Beton, doch als sie sich aufgerafft hatte, wurde sie wieder halbwegs lebendig.

Sie hatte nicht das Gefühl, dass sie in den vergangenen zwei Tagen auf dem Pferdeturnier sehr aktiv gewesen war. Sie war nur viel in der Hitze herumgelaufen. Sie fragte sich, wie es erst Sarah gehen musste, nachdem sie in dieser Zeit zusätzlich Pferde gestriegelt hatte und geritten war. Andererseits war Sarah daran gewöhnt. Sie war körperlich fit, und vor allem war sie vierzehn Jahre alt, nicht Ende dreißig wie Faith. Ende dreißig ist alles andere als alt, dachte Faith. Doch an Tagen wie diesen fühlte sie sich ganz bestimmt nicht mehr wie vierzehn.

Sie nahm das Telefon entgegen und ging durch die düstere Stallgasse, an den Pferden vorbei, die in ihren Boxen standen und vor sich hin dösten. Sie öffneten kurz die Augen, als Faith an ihnen vorbeiging, dann ließen sie sie wieder zufallen.

Faith trat in die Dunkelheit des kühlen Abends hinaus. Das Licht des fast vollen Monds schien auf die Hügel in der Umgebung, und die weißen Spuren der ovalen Pferderennbahn glitzerten. Aus drei kleinen, hüttenähnlichen Häusern schimmerte warmes Licht. Faith fragte sich, ob John in einem der Häuschen hier auf dem Pferdehof wohnte.

Sie hörte das leise Wiehern eines Pferdes in den Ställen gegenüber. Vielleicht unterhielt es sich mit einem Nachbarpferd oder führte Selbstgespräche. Oder es leistete sich einfach selbst Gesellschaft.

Ihr war bewusst, dass sie das Gespräch hinauszögerte. Sie blickte auf den erleuchteten Bildschirm. Der Anruf war noch da.

»Hallo, Constance«, sagte sie und hielt sich das Telefon ans Ohr.

»Faith. Gut. Ich wollte mich bei dir bedanken. Ich hatte gerade ein gutes Gespräch mit Sarah. Sie ist so glücklich, dass sie richtig aufgedreht ist.«

»Ja«, sagte Faith. »Es ist schön, aber es macht mir auch Sorgen. Sie ist in Hochstimmung, weil sie bei Midnight ist. Ich will mir nur nicht vorstellen, was passiert, wenn ihre Stimmung kippt. Du weißt, dass John Midnight verkaufen will, oder?«

Eine lange Stille in der Leitung. Lange und mit der Art von Vorbehalten belastet, mit denen sich auch Faith herumgeschlagen hatte.

»Nein, das hat sie mir nicht erzählt«, sagte Constance schließlich. »Nur die guten Sachen.«

»Er wird es nicht leicht haben, Midnight zu verkaufen. Sie scheint mit niemandem gut zusammenzuarbeiten, außer mit Sarah. Und das schließt auch John ein. Wenn wir unsere Karten richtig ausspielen und das Schicksal es gut mit uns meint, dann können wir vielleicht noch den ganzen Sommer mit Midnight verbringen. Wir können sie zu den Turnieren und wieder zurück zum Reiterhof begleiten.«

»Gut«, sagte Constance. »Diese Sorgerechtssache ist nämlich kompliziert und wird viel Zeit benötigen. Was wir brauchen, ist … na ja, ein Wunder, würde ich fast sagen. Niemand will hören, warum wir ihm misstrauen oder denken, er hätte etwas zu verbergen. Sie sind ziemlich faktenorientiert. Sie wollen klare Beweise.«

Faith hätte gern gewusst, ob die Behörden darauf beharrten, zu erfahren, wo sich Sarah aufhielt, aber sie wollte nicht danach fragen. Stattdessen fragte sie: »Hast du Sarahs Vater noch getroffen, bevor du abgereist bist?«

»Nein. Ich bin sofort weggefahren. Aber er beobachtet mein Haus, glaube ich. Oder lässt es beobachten.«

Eine Reihe von Flutlichtern wurden in der überdachten Arena plötzlich angeschaltet, und Faith sah aus der Entfernung zu, wie die Silhouette einer Reiterin auf die Silhouette eines Pferdes stieg. Das Paar ritt in der Halle und wärmte sich mit einem flotten Schritt auf.

Unterdessen sprach Constance weiter. »Ich glaube, er hat mein Haus schon beobachtet, bevor ich mit ihr an den Strand geflüchtet bin«, sagte sie. »So hat er uns wahrscheinlich gefunden. Er ist uns die ganze Zeit gefolgt.« Eine Pause. »Aber ich wollte dir einfach nur ganz herzlich danken«, fuhr Constance fort, als hätte sie nicht gerade eine Bombe über die allgegenwärtige Spionage von Harlan platzen lassen. »Du hast bewiesen, dass ich mich nicht in dir getäuscht habe. Nachdem ihr weg wart, hatte ich erst mal eine richtige Panikattacke, weil ich Sarah mit einer praktisch fremden Frau fortgeschickt hatte. Wieder die gleiche alte Geschichte. Es war unvermeidlich. Aber ich habe gewusst, dass du nur das Beste für Sarah willst. Ich konnte es einfach spüren.«

Die Silhouette aus Pferd und Reiterin ging nahtlos in einen Trab über und begann, Traversalen auszuführen. Oder Schenkelweichen. Faith konnte den Unterschied nicht genau erkennen.

»Ich will auf jeden Fall das Beste für sie«, sagte Faith. »Wollen wir mal die Daumen drücken, dass er nicht plötzlich einen Käufer für Midnight findet. Ich will mir gar nicht ausmalen, was dann passiert. Aber jetzt gerade geht es uns hier gut. Im Augenblick kann ich wirklich sagen, dass hier alles in Ordnung ist.«

* * *

Nachdem Faith Constance mit dem Telefonat zufriedengestellt hatte und wieder die Sattelkammer betrat, fand sie Sarah schlafend vor. Das Deckenlicht leuchtete grell, aber Sarah schnarchte leise, den Kopf nach hinten gestreckt und den Mund weit geöffnet.

Vielleicht war man auch im Alter von erst vierzehn Jahren nicht gegen enorme Erschöpfung gefeit.

Faith nahm eine der sauberen Pferdedecken, die Sarah zusammengefaltet in eine Ecke gelegt hatte – eine weiße Baumwolldecke mit blauen Kreuzstichen –, und deckte das Mädchen vorsichtig zu.

Sie schaltete das Licht aus und versuchte, auch etwas Schlaf zu bekommen.

* * *

Mitten in der Nacht wachte sie auf, weil sie auf die Toilette musste. Sie stand leise auf, um Sarah nicht zu wecken.

Als sie die Schiebetür bewegte, breitete sich ein weiches Licht in dem Raum aus. Ein Teil des Lichts kam vom Mond, der andere von den schwachen LED-Lampen in der Stallgasse, die die Pferde davor bewahrten, in stockfinstere Dunkelheit gehüllt zu werden.

In diesem Licht konnte Faith Sarahs Campingbett erkennen. Es war leer.

Ihr erster Gedanke war, dass Sarah auch zur Toilette gegangen sein musste. Doch als sie in die Stallgasse hinaustrat, hörte sie ihre leise Stimme. Beinahe ein Flüstern.

Einen Augenblick lang folgte Faith dem Klang der Stimme und fragte sich, mit wem Sarah wohl sprach. Nach ein paar Schritten sah sie den dunklen Schatten des Mädchens in Midnights Stall.

Sie sprach mit ihrer Stute.

Faith drehte sich um und ging in die andere Richtung, zur Toilette. Es ging sie nichts an, was Sarah ihrem Pferd zu sagen hatte. Es war eine Unterhaltung, aus der Faith sich heraushalten konnte. Sie ließ das Mädchen allein mit dem, was sie am meisten auf der Welt liebte, damit ihre Gedanken privat blieben.

Niemand brauchte es zu erfahren, außer Midnight – und Geheimnisse sind bei einem Pferd immer sicher.

Kapitel 11

Wie ein Wunderkind

Als Faith mit ihrem neuen Gebrauchtwagen zum Reiterhof in Los Alamos zurückkehrte, ritt auf dem gesamten Anwesen niemand außer Sarah.

Die Sonne war kurz davor, hinter den Hügeln im Westen zu verschwinden. Sarah übte auf dem Reitplatz Übergänge – von der Parade zum Galopp und vom Galopp zur Parade. Mit Drehungen im rechten Winkel bewegte sie sich mit ihrer Stute in einem unsichtbaren Kasten aus etwa zehn Quadratmetern.

Als sie aufblickte und Faith sah, winkte sie und ließ die Zügel locker. Midnight streckte den Hals hoch und ließ ihn wieder sinken.

Entspannt ritt Sarah langsam in Faiths Richtung.

»Das ist ein schönes Auto«, rief sie ihr zu, als sie in Hörweite war. »Nicht, dass ich etwas gegen dein anderes Auto gehabt hätte. Wie hast du es bezahlt?«

Sie ritt zur Beifahrerseite des Volvo und in einem Halbkreis um den Vorderkotflügel herum, um das Auto zu begutachten.

»Ich habe mein altes Auto eingetauscht«, antwortete Faith. »Keine Zahlung nötig. Die Rücksitze lassen sich umklappen. Ich dachte, das könnte für Turniere ganz praktisch sein. Vorausgesetzt, es wird noch mehr Turniere geben.«

»Oh, ganz bestimmt«, sagte das Mädchen. »Am Wochenende geht es los.«

»Und wir fahren mit?«

»Oh ja.«

»Will er wieder, dass du bei der Verkaufspräsentation auf ihr reitest?«

»Vermutlich wird es keine geben«, sagte Sarah. »Die Präsentation im Pferdepark war eine neue Sache. Ich glaube, sie machen im Juli wieder eine, aber die meisten Turniere haben das nicht. Doch die Leute wissen trotzdem, welche Pferde zum Verkauf stehen. Und er wird sich weiterhin um Käufer bemühen.«

»Oh«, sagte Faith. Das kurze Wort klang so entmutigt, wie sie sich fühlte.

Sie spürte plötzlich, wie müde sie diese Tagestour gemacht hatte – und andere Faktoren spielten möglicherweise auch eine Rolle. Midnights Nase war nur ein paar Zentimeter von Faiths Schulter entfernt. Sie sah weich aus und einen Augenblick lang hatte Faith das Bedürfnis, Midnights samtschwarzes Fell zu streicheln. Als hätte sie eine plötzliche Zuneigung zu ihr entwickelt. Es kam überraschend, denn gleichzeitig fürchtete sie sich auch vor dem Pferd.

Sie schirmte ihre Augen vor der untergehenden Sonne ab und blickte zu Sarah auf.

»Warum trainierst du sie und nicht John? Wo ist er eigentlich?«

Sarah zuckte mit den Schultern. »Ich weiß nicht. Ich glaube, er ist nach Hause gegangen. Er war frustriert. Alles sei mit den beiden immer ein Kampf und so. Er sagte, ich solle sie die ganze Woche trainieren und dann würden wir sehen, ob sie für das Turnier am Wochenende bereit ist. Ich wollte nicht mit ihm diskutieren.«

»Nein«, sagte Faith. »Das hätte ich auch nicht gedacht.« Dann fügte sie hinzu: »John wohnt nicht hier?«

»Nein. Er wohnt in der Stadt.«

»Aber du bist dir sicher, dass es in Ordnung ist, wenn wir fürs Erste hierbleiben?«

»Ja, hab ich doch gesagt. Ich werde jetzt ein bisschen mit ihr ausreiten. Ich habe gehört, dass es hier eine Stelle gibt, von der aus man direkt in die Berge reiten kann. Das heißt, wenn man es schafft, das Tor zu öffnen, während man auf dem Pferd sitzt. Oder nach dem Öffnen wieder aufzusteigen. John reitet nie mit den Pferden aus. Nie. Ich habe ihn gefragt. In der Woche trainiert er nur, und an den Wochenenden fährt er mit ihnen zu Turnieren. Das ist zu viel Arbeit und keine Entspannung, finde ich. Ein Ausritt einmal die Woche tut dem Gemüt der Pferde gut.«

»Es wird aber bald dunkel.«

»Wir kommen schon rechtzeitig zurück«, erwiderte Sarah und lenkte Midnight herum. Mit einem kaum wahrnehmbaren Druck ihrer Beine brachte sie die Stute zu einem gleichmäßigen Trab. Sie ritten Richtung Westen.

Faith sah ihnen nach, bis sie nur noch ein winziger Fleck waren. Als sie sich wieder umwandte, stand plötzlich eine Frau neben ihr, die dem Mädchen und der Stute ebenfalls nachblickte. Sie mochte in ihren Dreißigern sein, war schlank und athletisch gebaut und trug ein komplettes Reiteroutfit mit Helm, Handschuhen und Gerte. Faith hatte sie noch nie zuvor gesehen.

»Es ist beinahe unheimlich«, sagte die Frau.

»Was ist unheimlich?«

»Man erwartet das einfach nicht von einem Kind in ihrem Alter. Sie muss ein klassisches Naturtalent sein. Es erinnert mich an diese Fünfjährigen, die perfekte Klavierkonzerte spielen, und niemand weiß, wie sie das machen. Sie ist wie ein Wunderkind.«

»Oh«, sagte Faith. »Ich glaube, ich kenne mich im Dressurreiten nicht gut genug aus, um zu erkennen, wie bemerkenswert sie ist.«

»Das ist schade«, sagte die Frau. »Weil es wirklich etwas Besonderes ist.«

Sie schüttelte den Kopf und ging davon.

* * *

Faith folgte Johns riesigem Anhänger auf der Autobahn Richtung Süden. Hin und wieder warf sie einen Blick zu Sarah auf dem Beifahrersitz, die in einen grauen Ordner auf ihrem Schoß starrte. Faith konnte nicht sehen, was er enthielt.

»Tagespläne?«, fragte sie nach einer Weile.

»Nein«, sagte Sarah und seufzte. »Ich muss mir die Tagespläne nicht ansehen, da ich nicht reite. Es ist Johns Sache, den Überblick über seine Termine zu behalten.«

»Darf ich fragen, was dann so faszinierend ist?«

»Es ist nicht faszinierend«, sagte Sarah. »Es ist sehr, sehr öde.«

Sie drehte den Ordner in Faiths Richtung. Faith wandte kurz den Blick von der Straße, dann wieder zurück. Die Augen von der Straße abzuwenden, während sie dem Anhänger mit seiner wertvollen Fracht folgte, war das Letzte, was sie wollte.

Was sie gesehen hatte, war ein Foto von John mit Midnight – das Foto, das auch in dem Katalog der Verkaufspräsentation im Pferdepark gewesen war.

»Was steht in dem Text darunter?«

»Dasselbe wie im Katalog. Es ist nur ein Flugblatt mit demselben Zeug, weil es bei dieser Veranstaltung keinen Katalog gibt. Ich habe ja gesagt, dass es öde ist.«

Sarah blickte aus dem Fenster. Faith hatte das Gefühl, dass ihr etwas auf der Zunge lag, aber vielleicht irrte sie sich auch.

Plötzlich kam ihr der Rat ihrer Freundin Ava in den Sinn.

Wie wäre es also, wenn du deinem Kopf sagst, dass er sich raushalten soll, und du einfach deinem Gefühl vertraust?

Plötzlich meldete sich Sarah zu Wort.

»Er will, dass ich die Flugblätter in den Klos aufhänge. In den Frauenklos.«

»Er will Midnight nicht an einen Mann verkaufen?«

»Nein, natürlich will er das. In den Männerklos kann er die Flugblätter selbst aufhängen.«

»Oh. Stimmt.«

John fuhr auf eine kleinere Autobahn Richtung Osten ab und Faith folgte ihm.

»Waren die mobilen WCs im Pferdepark nicht geschlechterneutral?«

»Ich glaube, ja. Aber in diesem Pferdepark haben sie drei für Frauen und zwei für Männer. Zumindest war es letztes Jahr so.« Sie blickte wieder aus dem Fenster, dann fügte sie hinzu: »Wahrscheinlich würde er es gar nicht herausfinden, wenn ich es nicht tun würde.«

»Da bin ich mir nicht so sicher.«

»Er wird nicht in die Frauenklos gehen.«

»Er könnte es aber sehen, wenn eine Frau beim Rein- oder Rausgehen die Tür weit öffnet.«

»Dann würde er vielleicht einfach denken, dass jemand das Flugblatt mitgenommen hat.« Sarah verstummte. Sie stieß einen tiefen Seufzer aus. All ihre Energie schien in diesen Seufzer hineinzufließen. »Ich mache das aber nicht. John ist gut zu uns. Und selbst wenn er es nicht wäre, ich lüge nicht jemandem so ins Gesicht. Ich bin keine Lügnerin.«

»Gut«, sagte Faith. »Das freut mich zu hören.«

»Ich bin nicht wie mein Vater.«

Bei der Erwähnung dieses Mannes nahm Faith einen langen, tiefen Atemzug, als müsste sie sich wappnen.

»Wenn ich das denken würde, dann würde ich nicht mit dir reisen«, sagte sie.

Sie fuhren eine Weile schweigend weiter. Die schmale, zweispurige Schnellstraße führte an Bauernhöfen und Farmen vorbei. Pferde und Kühe grasten auf den Weiden, und auf einem Grundstück gab es sogar Lamas oder Alpakas. Faith konnte diese zwei Tierarten nicht voneinander unterscheiden.

»Ich will mich schon seit einiger Zeit bei dir bedanken«, sagte Sarah. Faith konnte spüren, dass ihr diese Worte nicht leicht von den Lippen kamen. »Dafür, dass du mit mir durch die Gegend reist. Es war einfach so viel los, als wir den Strand verlassen haben. Ich glaube, wir haben alle irgendwie unter Schock gestanden. Aber ich wollte mich bei dir dafür bedanken, dass du mich mitgenommen hast, damit ich nicht zu meinem Vater zurückmuss. Und besonders dafür, dass du mich zu Midnight gebracht hast und nicht einfach irgendwo anders hingefahren bist, wo du vielleicht lieber hingewollt hättest. Ich glaube, die meisten Leute hätten das nie für mich getan. Und ich wollte auch noch sagen, dass es mir leidtut, dass du diesen Ärger mit ihm hattest. Ohne mich wärst du schließlich nie in diese verkorkste Situation hineingeraten. Aber es war so viel los und dann gab es keine Gelegenheit, das alles zu sagen, obwohl ich es wirklich sagen wollte.«

Faith öffnete den Mund, bevor sie wusste, was sie erwidern würde.

»Oh, wir sind schon da!«, sagte Sarah in diesem Augenblick.

Und das war das letzte Mal an diesem Wochenende und darüber hinaus, dass sie eine Unterhaltung dieser Art führten.

* * *

Am späten Vormittag des folgenden Tages saß Faith auf einem Klappstuhl unter einem riesigen Zeltdach an einem Imbissstand und sah einer Frau, die sie nicht kannte, bei ihrem Testritt zu. Sie war ziemlich weit von der Arena entfernt, aber es war Faith wichtig, im Schatten zu bleiben.

Als sie aufblickte, stand plötzlich ein Mann vor ihr, der auf sie heruntersah. Sie spürte eine plötzliche Kälte im Magen, der sich vor Schreck zusammenzog.

»Tut mir leid«, sagte er. »Habe ich Sie erschreckt?«

Er mochte Ende dreißig sein, hatte flaumiges blondes Kopfhaar – wenn davon auch kaum noch etwas übrig war – und trug formelle Reitkleidung. Seine Jacke hatte Rockschöße wie ein Frack, was die FEI-Klassen der höheren Grade kennzeichnete, wie Faith mittlerweile wusste.

»Nicht Ihre Schuld«, sagte sie. »Das scheint bei mir Standard zu sein.«

»Sie sind Sarahs neue Freundin?«

»Das bin ich.«

»Dean Burwell«, stellte er sich vor und streckte ihr die Hand entgegen.

Faith gab ihm die Hand. Sie wusste immer noch nicht, in welcher Verbindung er zu Sarah stand.

»Ich bin Midnights Trainer und Sarahs Reitlehrer. Oder zumindest war ich das bis vor ein paar Wochen, in ihrem alten Reiterhof. Dressage Journeys in Moorpark.«

»Dean«, sagte Faith und entspannte sich endlich wieder so weit, dass sie sich normal fühlte. Jedenfalls so, wie es für sie seit Neuestem normal war. »Stimmt. Ich war mit Sarah im Auto, als Sie und Sarah letztes Wochenende miteinander telefoniert haben. Ich habe ihr schon gesagt, dass ich Sie gerne einmal treffen wollte.«

»Ich wollte Sie auch treffen«, sagte er. »Möchten Sie etwas trinken?«

Faith sah auf den leeren Tisch vor sich. Es musste wohl einen merkwürdigen Eindruck machen, dass sie hier saß, ohne etwas zu verzehren. Sie war wirklich ein bisschen durstig, hatte sich aber angewöhnt, Geld zu sparen, wo immer es möglich war.

»Gern«, sagte sie.

Sie gingen zusammen an den Tisch, an dem Getränke und Sandwiches verkauft wurden. Er hatte einen Arm hinter ihrem Nacken ausgestreckt, als würde er sie führen, jedoch ohne sie zu berühren. Sie hielt es für eine seltsam formelle Geste.

»Wir hatten nichts davon gewusst, dass Midnight verkauft wurde«, sagte er. In seiner angespannten Stimme lag aufrichtiger Kummer. »Wir haben es erst in dem Augenblick erfahren, als John Wintermeyer mit seinem Anhänger auf unserem Grundstück parkte und Midnight auflud. Nach unserem Wissen hatten Sarah und ihre Großmutter vorgehabt, Midnight in Los Osos unterzubringen, bis alle Probleme geklärt waren. Und wir dachten, sie würden so bald wie möglich zurückkommen. Als John mit der Kaufurkunde auftauchte, haben wir geweint. Wirklich, wir alle drei. Cara, Lainie und ich. Und ich weine normalerweise nicht so schnell. Das letzte Mal habe ich vor zwölf Jahren geweint, als meine Mutter gestorben ist.«

Faith wählte aus einer Kühlbox mit zerstoßenem Eis eine Flasche Apfelsaft. Die eiskalte Nässe fühlte sich in ihrer Hand gut an. Dean nahm sich eine Flasche Wasser und bezahlte mit einem Fünfdollarschein, ohne auf das Wechselgeld zu warten. Oder vielleicht gab es auch kein Wechselgeld.

Sie setzten sich an einen freien Tisch.

»Sie kennen Sarah also gut?«

»Ja, wenn man jemandem zehn Jahre lang Reitunterricht gibt, dann kennt man sich gut.«

»Zehn Jahre? Aber Sarah ist doch erst …«

»Ja. Ich weiß. Sie war erst vier, als ihre Mutter sie zu mir brachte. Fest entschlossen, zu reiten. Nichts konnte sie aufhalten. Wir hatten zu der Zeit ein kleines Pony – na ja, wir haben Hercules immer noch, aber er ist jetzt alt und im Ruhestand. Er geht mir nur bis zur Taille. Ihre Mutter kaufte ihr einen guten Helm und ich wollte Hercules an einer Longe führen, damit ich etwas Kontrolle hatte. Ich meine, er ist ein Engel, aber trotzdem. Das Kind war schließlich erst vier. Aber davon wollte sie nichts wissen. Sie wollte das Pony selbstständig reiten. Und niemand sollte ihr in die Quere kommen.«

»Wie ein Wunderkind«, sagte Faith.

Dean blickte sie kurz prüfend an. »Ja«, sagte er. »Ich glaube, das kann man sagen. Als ihre Mutter sah, was für ein Naturtalent sie war, machte sie sich nicht mehr solche Sorgen. Wussten Sie, dass sie erst acht war, als ihr Vater ihr diese Stute gekauft hat?«

Faith blinzelte ein paar Mal, bevor sie antwortete. Die ganze Sache warf so viele Fragen auf. Doch am Ende stellte sie keine davon.

»Das ist ein gewaltiges Pferd für eine Achtjährige«, sagte sie nur.

»Das war sie, ja. Besonders, da Midnight erst ein Baby war. Drei Jahre alt. Heather tobte vor Wut. Sie war völlig außer sich. Sie dachte, wegen seiner Entscheidung würde das Mädchen noch ums Leben kommen. Sie hätten sich deswegen fast scheiden lassen – so wütend war sie. Jetzt, im Rückblick, wünschen wir uns wohl alle irgendwie, sie hätten sich scheiden lassen, aber … na ja, egal. Sarah und dieses Pferd waren füreinander bestimmt. Zwischen ihnen bestand von Anfang an eine Verbindung. Ich will nicht sagen, dass Midnight nicht manchmal gescheut oder ihre schwierigen Momente gehabt hätte. Aber man konnte sofort sehen, dass sie sich um dieses kleine Mädchen kümmern wollte. Außerdem war dieses kleine Mädchen eine unglaubliche Reiterin. Ein Wunderkind, wie Sie schon sagten. Wir haben immer gesagt, sie hätte einen Klettverschluss am Sattel, der sie festhielt. Nichts konnte sie aus dem Sattel bringen. Sie fiel nicht ein einziges Mal runter. Aber ich glaube, das lag zum Teil daran, dass Midnight aufgepasst hat. Sie war immer vorsichtig. Sie hing sehr an Sarah und es überrascht mich nicht im Geringsten, wenn ich höre, dass sie mit niemandem außer ihr gut arbeitet.«

Faith nahm einen großen Schluck von dem kalten Saft. Die Kälte war ein Schock, aber nicht unangenehm. Ihr Kopf war wieder voller Fragen. So viele Fragen, von denen jede nach vorn drängelte.

Statt eine dieser Fragen zu stellen, hörte sie sich plötzlich sagen: »Sind alle Pferde so emotional?«

Dean lehnte sich zurück und lächelte, ohne Faith direkt anzusehen. Es schien so, als würde er in der Privatheit seiner Gedanken einen guten Witz mit sich selbst teilen.

»Mit Pferden ist es folgendermaßen …«, begann er. »In gewisser Hinsicht sind sie genau wie Menschen – jedes Pferd hat eine völlig individuelle Persönlichkeit. Leute, die Pferde nur aus der Distanz kennen, sehen das vielleicht nicht. Aber sobald man mit ihnen zusammenarbeitet, findet man es schnell heraus. Sie haben ihre eigenen Vorlieben und Abneigungen. Sie mögen bestimmte Leute und Pferde und andere nicht, und es ist vielleicht nicht immer klar, warum. Es ist einfach eine Vorliebe. Sie haben ihre eigene Meinung über Dinge. Sehr unterschiedliche Persönlichkeiten. Um es kurz zu fassen: Nein, nicht jedes Pferd ist ganz so emotional wie Midnight. Aber manche sind es. Und es ist nicht ungewöhnlich für ein Pferd, Dinge auf eine bestimmte Art und Weise zu wollen und ziemlich unglücklich zu sein, wenn es sie nicht bekommt. Tut mir leid, ich rede Ihnen wahrscheinlich die Ohren ab.«

»Das macht nichts. Ich habe versucht, etwas herauszufinden, kann es aber nicht, weil ich nicht genug über die Situation weiß. Sarah hat eine Meinung und John eine andere, und ich weiß nicht, wie ich den Konflikt zwischen den beiden schlichten kann.«

»Und worum geht es?«

»Nur darum, ob sie ein Pferd ist, das jemand sicher reiten kann. Außer Sarah natürlich.«

»Wir haben den Ausdruck ›sicheres‹ Pferd«, begann er. »Es ist wirklich nur ein Ausdruck, da kein Pferd garantiert sicher ist. Es liegt in ihrer Natur, vor Gefahren wegzulaufen, und jedes Pferd kann scheuen und dem Reiter Probleme bereiten. Was wir ein sicheres Pferd nennen, ist ein Pferd, das in sich ruhig ist und ein kleines Aufscheuen vermutlich nicht zu einem großen Desaster macht. Solche Pferde sind ziemlich dünn gesät. Die meisten Pferde, die als sicher bezeichnet werden, sind innerlich verschlossen oder gar gebrochen, beinahe innerlich tot, und man würde sie nicht im Dressurreiten verwenden. Das sind meistens Pferde, die zum Verleih stehen. In diesem Kontext würde ich Midnight nicht als sicheres Pferd bezeichnen, nein. Aber ich bin auf ihr geritten, ohne dass ich je ein Problem mit ihr gehabt hätte. Jede Unterrichtsstunde bin ich zuerst fünfzehn Minuten auf ihr geritten, bevor ich Sarah auf sie gesetzt habe. Es hat zum Training dazugehört. Andererseits habe ich sie nie ohne Sarah an einen ungewohnten Ort gebracht. Das alles war ein Teil der Routine, um Sarah das Reiten beizubringen. Ich glaube, dass ein Pferd so etwas verstehen kann.«

Sie blieben noch einen Augenblick lang schweigend sitzen. In der Arena trabte eine ältere Frau mit einem untersetzten, kastanienbraunen Pferd an der Längsseite der Arena entlang. Faith hörte, wie eine Glocke geläutet wurde.

»Aah«, sagte Dean.

Die Frau drosselte ihr Tempo und wendete. Anscheinend hatte sie die Dynamik und selbst ein wenig die Orientierung verloren.

»Was war das?«, fragte Faith Dean.

»Sie ist wieder vom Kurs abgekommen. Die Jury läutet mit der Glocke, wenn ein Reiter vom Kurs abkommt. Sie kann ihren Test immer noch abschließen, aber das war das zweite

Mal, dass sie vom Kurs abgekommen ist, also verliert sie vier Punkte. Noch einmal und sie ist disqualifiziert.«

Sie sahen der Reiterin noch ein paar Minuten lang zu. Sie hofften, dass sie nicht wieder vom Kurs abkommen würde, obwohl sie die Frau gar nicht kannten. Dann bemerkte Faith, dass Dean hier vielleicht jeden kannte.

»Kennen Sie diese Frau?«, fragte sie.

»Nein.«

»Und trotzdem sitzen wir hier und hoffen, dass sie nicht noch einen Fehler macht.«

»Nun, das ist die gute Seite der menschlichen Natur«, sagte Dean. »Daran wollen wir lieber nicht zweifeln.«

Die Frau ritt mit ihrem stämmigen Pferd die Mittellinie hinunter und führte ihre Grußaufstellung auf dem X aus.

Faith und Dean stießen beide gleichzeitig einen langen Seufzer der Erleichterung aus.

»Also, ich weiß, dass Leute Midnight für unmöglich halten«, sagte er. »Und was das angeht, habe ich mit ein paar Leuten geredet, die dasselbe von Sarah denken. Aber zu Hause haben wir Sarah einfach vergöttert. Ich meine, ja, sie ist nun mal ein Teenager. Aber wir lieben sie. Sie ist ein gutes Kind. Bevor ihre Mutter starb und ihr Vater Midnight verkaufte, sah Sarahs Leben völlig anders aus. Es war ein doppelter Schlag, der wirklich jeden in die Knie zwingen würde. Und es ist einfach …«

Er verstummte auffällig lange und Faith spürte einmal mehr diese sonderbare Gewissheit. Wieder konnte sie fühlen, dass jemand ihr etwas Bedeutendes sagen wollte. Etwas Wichtiges, Entscheidendes.

Dieses Mal vertraute sie einfach auf dieses Wissen.

»Wie kann ich es beschreiben?«, fuhr er fort. »Dieses Mädchen und diese Stute, sie gehören zusammen. Sie müssen zusammen sein. Sarah hat ihr ganzes Leben außerhalb der Schule in das Dressurreiten gesteckt. Dieses Pferd ist ihr Partner. Ihr Gegenstück. Dass sie getrennt sind, ist so verkehrt, dass wir nachts kaum schlafen können. Die Welt hätte eigentlich aus den Fugen geraten müssen, weil das, was passiert ist, so verkehrt ist und man kaum verstehen kann, wie das Leben einfach so weitergehen kann, als sei alles in Ordnung. Ich hoffe, je mehr Zeit Sie mit ihr verbringen, desto mehr werden Sie das verstehen.«

»Ich glaube, ich verstehe es ziemlich gut«, sagte Faith. »Ich weiß nur nicht, was wir dagegen unternehmen können.«

Dean sah ihr in die Augen, dann schnell zurück auf den Tisch. Er ließ den Daumen über das nasse Etikett seiner Wasserflasche gleiten, dann strich er sich mit der Hand über seine Geheimratsecken und ließ die wenigen, feinen Haare leicht feucht zurück.

Das ist es, dachte Faith. *Jetzt kommt es, was er so dringend loswerden muss.*

»Ich weiß, Sie haben bereits eine Menge für Sarah getan«, sagte er. »Und es ist ziemlich dreist von mir, dieses Thema überhaupt anzusprechen. Aber ich muss es einfach versuchen. Ich nehme nicht an, dass Sie es sich vielleicht leisten könnten, Midnight zurückzukaufen?«

Faith stieß ein Geräusch aus, das halb Lachen, halb Husten war.

»Er will für sie fünfundsiebzigtausend Dollar!«

»Ja. Ich weiß. Ich wünschte, ich könnte sagen, der Preis sei überhöht, aber das ist sie wert und noch mehr. Cara, Lainie und ich haben versucht, etwas Geld zusammenzubekommen, aber wir konnten nur knapp zehntausend Dollar aufbringen. Wir waren einfach lächerlich weit vom Kaufbetrag entfernt.«

»Selbst mit meiner Beteiligung bekommen wir niemals den Gesamtbetrag von fünfundsiebzigtausend zusammen.

Absolut nicht. Ich stecke gerade mitten in einer unangenehmen Scheidung und habe einfach alles hinter mir gelassen.«

»Vielleicht … und wenn Sie nicht alles hinter sich lassen? Also mal angenommen, dass Sie einiges zurückgelassen haben. Worüber ich natürlich nichts weiß. Haben Sie noch Zeit, Ihre Meinung zu ändern und ihm zu sagen, dass Sie die Hälfte wollen?« Dean ließ den Kopf sinken, rieb sich schnell über die Augen und blickte wieder auf. »Falls Sie sich jetzt denken: ›Weiß dieser Typ, dass er unverschämt unangemessene Dinge sagt?‹, dann ist die Antwort Ja. Er weiß es. Ich habe kein Recht, Sie so etwas zu fragen und möchte mich dafür entschuldigen. Es ist ungehörig, und so verhalte ich mich normalerweise nicht. Aber es ist so unglaublich wichtig. Ich dachte nur gerade, einen Versuch ist es wert.«

Faith lehnte sich zurück und sah, dass er ihrem Blick auswich. Ihr fiel auf, dass sie Dean nach dieser kleinen Ungehörigkeit sogar mehr mochte als zuvor, nicht weniger. Denn er setzte für Sarah viel aufs Spiel. Aus Loyalität gegenüber dem Mädchen – und dem Pferd.

»Erstens«, begann sie, »weiß ich nicht einmal, ob ich mich zurzeit in seiner Nähe sicher fühlen kann. Also traue ich mich nicht, zurückzugehen und etwas von ihm zu verlangen. Aber selbst, wenn ich einen Anwalt einschalten würde … das Geld ist einfach nicht da. Er hat nicht so gut verdient. Wir haben nicht so gut verdient, sollte ich wahrscheinlich sagen. Ich sollte nicht alles ihm zuschieben. Ich hätte arbeiten gehen können, dann hätten wir mehr Ersparnisse gehabt, aber ich habe es nicht getan. Die Hypothek auf dem Haus ist … na ja, nicht buchstäblich unter Wasser, aber das Eigenkapital ist fast Null. Außerdem wohnt er dort. Ich würde ihn nicht aus dem Haus drängen, um es zu verkaufen. Wir haben eine Altersvorsorge, aber meine Hälfte liegt weit unter dem Betrag, den ich für den Kauf von Midnight brauchen würde. Wenn John sie für fünfzigtausend

Dollar verkaufen würde, könnte ich den Betrag vielleicht aus der Scheidung pressen, wenn ich sehr starke Nerven hätte und mich meinem wütenden Ex gegenüber behaupten könnte. Aber John verlangt viel mehr, und er hat klargestellt, dass es der niedrigste Preis ist, den er sich leisten kann.«

»Ich verstehe das«, sagte Dean und nahm einen großen Schluck Wasser. »Ich verstehe das vollkommen. Wir sitzen alle im selben Boot. Ich kenne nicht allzu viele Leute, die sich mal eben fünfundsiebzigtausend Dollar aus dem Ärmel schütteln könnten. Tut mir leid, dass ich Sie in Verlegenheit gebracht habe. Sie brauchen wirklich kein schlechtes Gewissen zu haben, denn das, was Sie jetzt für Sarah tun, ist das Nächstbeste. Es ist das Beste, was jemand von uns für sie tun kann. Sie halten sie von ihrem Vater fern und geben ihr die Chance, zumindest jetzt mit ihrem Pferd zusammen zu sein. Sie bringen ein beeindruckendes Opfer. Sie sollten wirklich nicht das Gefühl bekommen, dass Sie nicht genug für Sarah tun, denn das ist ganz und gar nicht der Fall.«

»Das ist okay«, sagte sie und das war es wirklich. »Ich verstehe das.«

Dean erhob sich zum Gehen.

»Wo ist Sarah eigentlich?«, fragte Faith. »Ich habe sie den ganzen Morgen noch nicht gesehen.«

»Als ich sie zuletzt gesehen habe, hat sie Midnight weggebracht. Ein potenzieller Käufer wollte auf Midnight reiten, also hat Sarah sie rausgebracht und geholfen, damit es gut lief. Und es lief gar nicht gut.«

»Hat Midnight jemanden abgeworfen?«

»Nein, so schlimm war es nicht. Aber das wäre auch der einzige schlimmere Ausgang gewesen. Die Frau wollte ihr die Sporen geben und da ging Midnight durch. Zuerst hat sie überhaupt nicht angehalten und dann plötzlich sehr ruckartig. Viele Reiter wären zu diesem Zeitpunkt bereits abgeworfen worden, aber zum Glück saß die Reiterin gut im Sattel. Aber es genügt wohl zu sagen, dass Midnight noch nicht verkauft ist.« Er ließ die leere Wasserflasche zwischen den Fingern hin- und herschaukeln. »Na dann«, sagte er. »Es hat mich gefreut, Sie kennenzulernen. Jetzt muss ich mich aber aufwärmen gehen. Ich bin in vierzig Minuten dran.«

»Viel Glück«, sagte Faith und fragte sich, ob das der richtige Ausdruck für einen Dressurreiter auf dem Weg zu einer Prüfung war. Man würde ihm wohl sicher nicht »Hals- und Beinbruch« wünschen.

Dean ging davon. Seine elegante Gestalt – in diesem formellen Reiteroutfit – schien in der flirrend heißen Sommerluft immer weicher und verschwommener zu werden.

* * *

Faith entdeckte Sarah schließlich auf einem der Abreiteplätze, wo sie Midnight für die Vorführung mit John aufwärmte. Sarah war informell gekleidet und trug eine hellbraune, kurze Hose und ein graues T-Shirt. Die Rückseite ihres T-Shirts sowie die Stelle unter den Armen waren schweißgetränkt, als sie mit Midnight in einem sitzenden Trab ritt.

Keine Minute später tauchte John in vollem Reiteroutfit auf, und Sarah sprang vom Pferd.

Faith beobachtete sie genau. Sarah sprach sanft mit der Stute, flüsterte ihr fast ins Ohr, während John auf Midnight aufsaß.

Dann verließ das Mädchen die Arena und lehnte sich neben Faith ans Geländer. Gemeinsam schauten sie zu.

»Du scheinst nervös zu sein«, sagte Faith. Irgendwie fühlte es sich besser an, das Gefühl direkt anzusprechen.

»Das bin ich auch«, erwiderte Sarah.

»Mehr als sonst?«

»Ja.«

Sie beobachteten schweigend, wie sich John aufwärmte. Midnight schien mit ihm ziemlich entspannt zu sein. Sie wurde zwar nicht so lebendig, wie wenn Sarah auf ihr ritt, andererseits benahm sie sich auch nicht daneben. Ihr schön gerundeter Hals zeigte ihre Akzeptanz und einen guten, entspannten Gehorsam.

Überrascht fiel Faith plötzlich auf, dass sie dies alles wusste. Die Welt des Dressurreitens hatte schneller auf sie abgefärbt, als sie realisiert hatte.

»Ich habe sie angebettelt, sich für John gut zu benehmen«, weckte Sarah Faith aus ihren Gedanken. »Sie muss in dieser Prüfung besser abschneiden. Besser als letztes Wochenende. Achtundfünfzig. Das war ziemlich schlecht. Sie muss achtundfünfzig übertreffen, ansonsten befürchte ich, dass John es aufgeben wird. Wenn ich die ganze Woche mit ihr gearbeitet habe und sie dann immer noch nicht besser bei ihm ist, würde ihn das frustrieren, glaube ich, und vielleicht würde er uns dann wegschicken.«

»Das war es also, was du ihr ins Ohr geflüstert hast.«

»Oh. Du hast es gesehen? Ja.« Sarah drehte verlegen ihr Gesicht weg. »Und ich denke, es ist vielleicht am besten, wenn wir ganz in der Nähe der Arena bleiben, wo sie mich sehen kann. Oh. Er reitet rein! Komm mit! Wir müssen in ihrer Nähe sein. Komm Faith, lass uns gehen.«

Faith am Ärmel hinter sich herziehend, folgte sie John und der Stute.

* * *

»Bitte sei gut, bitte sei gut, bitte sei gut«, flüsterte Sarah wieder und wieder vor sich hin.

John und Midnight ritten ihre Prüfung in einer überdachten Arena. Das niedrige Geländer, das die zwanzig mal sechs

Meter große Arena begrenzte, wurde in einem Abstand von vielleicht zwei Metern von einem Massivholzzaun in Brusthöhe umrahmt, der den Außenteil des Bauwerks darstellte.

Faith und Sarah lehnten an dem festen Zaun und sahen zu, gebannt von jedem Übergang und jeder Bewegung. Midnight und John schienen ziemlich gut zu reiten, zumindest für Faiths ungeschultes Auge.

Plötzlich atmete Sarah scharf ein.

»Oh Mann«, sagte sie. »Das war nicht gut. Dafür gibt es zwei Punkte Abzug.«

Faith verstand nicht, welchen Makel das Mädchen gesehen hatte. Für sie sah alles gut aus.

Nur einen atemberaubenden Augenblick lang schien die Stute während des starken Trabs aus sich herauszukommen und hob die Beine so natürlich wie beim Ritt mit Sarah.

Sekunden später, beim Tempowechsel, machte sie einen Tritt nach hinten, bevor sie den fliegenden Galoppwechsel ausführte.

Sarah sog wieder hörbar die Luft ein und hielt sich die Augen zu.

»Ich kann gar nicht hinsehen«, sagte sie. »Ich kann mich nicht dazu durchringen, Faith. Sag mir, wie's läuft.«

»Für mich sieht alles gut aus. Aber ich verstehe davon nicht so viel wie du.«

»Macht sie die Wechsel?«

Faith sah ein paar Sekunden lang zu, bevor sie antwortete.

»Ja. Sie sehen gut und gleichmäßig aus.«

»Keine Tritte mehr?«

»Nein. Noch nicht. Okay, jetzt machen sie den starken Galopp. Oh. Er sieht gut aus.«

Sarah nahm die Hände vom Gesicht und öffnete die Augen.

»Schön«, sagte sie mit einem lang gezogenen »ö«. »Oh, bitte sei gut, mein Mädchen. Bitte, bitte, bitte sei gut.«

Faith blickte jetzt zu Sarah hinüber, die gespenstisch bleich geworden war. Plötzlich verzog Sarah schmerzhaft das Gesicht.

Faith sah wieder zur Arena. John schloss seine Vorführung gerade mit der Grußstellung ab. Doch anstatt den Hals schön gerundet zu halten, hatte Midnight den Kopf nach oben geworfen und kämpfte gegen die Zügel an. John bemühte sich ein paar Sekunden lang, Midnight wieder in die richtige Stellung zu bekommen, dann schien er aufzugeben.

Er grüßte die Jury, als wäre alles in Ordnung und ritt mit Midnight aus der Arena.

Sarah rannte los, um ihn am Tor einzuholen, und Faith folgte.

»An dieser Vorstellung war vieles gut«, rief Sarah ihm zu, als John in die heiße Nachmittagssonne hinausritt.

John zwang sich ein schiefes Lächeln ab. »Wenn du meinst, dass manche Teile besser als andere waren, muss ich dir zustimmen. Egal, wir werden sehen, was die Jury sagt.«

* * *

Faith und Sarah saßen zusammen im Schatten des Imbissstandes und aßen Sandwiches. Oder zumindest aß Faith ihr Sandwich, während Sarah ihres ignorierte.

»Das macht mich noch verrückt«, sagte das Mädchen.

Sie hielt den Blick fest auf die Anzeigetafel geheftet, die an der Innenseite der weit geöffneten Tür des Turnierbüros angebracht war. Von dort, wo sie saßen, konnten sie sehen, wenn neue Bewertungsbögen an die Anzeigetafel gehängt wurden. Sie warteten auf die neuesten Bewertungen.

John stand links neben der Tafel in der prallen Sonne und wartete ebenfalls.

»Er wird sagen, dass wir abhauen sollen«, sagte Sarah. »Das weiß ich jetzt schon.«

»Das weißt du nicht«, korrigierte Faith. »Dein Kopf steckt nur voller Ängste.«

»Wozu braucht er mich? Ich gehe ihm doch nur auf die Nerven. Er lässt mich doch nur hierbleiben, weil ich ihm vielleicht mit Midnight helfen kann. Aber er ist zu ungeduldig. Er will, dass alles jetzt sofort perfekt ist. Er gibt den Dingen nicht die nötige Zeit, dass sich Probleme von selbst lösen können. Wie jemand wie er glücklich über die Arbeit mit Pferden sein kann, werde ich nie verstehen.«

»Er kommt mir nicht sehr glücklich vor«, sagte Faith, »jetzt, wo du es sagst.«

Sarah schoss aus ihrem Stuhl hoch und sprintete zum Turnierbüro. Faith folgte ihr mit einem zügigen Trab. Eine Frau schrieb gerade etwas auf die Bewertungsbögen. Als ein junger Mann mit seinem Pferd vorbeigeritten kam, scheute das Pferd beim Anblick des rennenden Mädchens, bäumte sich auf und hätte beinahe seinen Reiter abgeworfen. Sarah rannte einfach weiter, ohne etwas zu bemerken.

Als Faith an der geöffneten Bürotür ankam, war die Frau schon wieder im Büro verschwunden und Sarah und John unterhielten sich leise.

Faith überflog die Liste schnell nach Johns Namen, gefolgt vom Namen des Pferdes: Falkner's Midnight Sun.

Das Bewertungsergebnis war 62,897.

»Ja, es ist eine Verbesserung«, hörte sie John sagen. »Zwar kaum etwas, mit dem man sich sehen lassen kann, aber es gibt mir Hoffnung. Wenigstens bewegen wir uns in die richtige Richtung. Diese Woche machen wir also Folgendes: Wir werden etwas anders vorgehen. Anstatt sie für mich zu trainieren, reitest du sie, sagen wir mal, zwanzig Minuten täglich. Und dann mache ich nach dir weiter. Du bleibst die ganze Zeit in der Nähe, damit sie dich während des Ritts immer sehen kann. Und dann wollen wir doch mal sehen, ob wir diese Verbesserung beim Turnier nächstes Wochenende nicht fortsetzen können.«

Ein Riesenbrocken Angst brach von Faith ab und fiel herunter wie ein Stück Eis von einem Eisberg. Der Brocken war größer, als ihr bewusst gewesen war.

Es war eine unsagbare Erleichterung, ihn loszuwerden.

MITTE JULI, WIEDER MITTENDRIN

Kapitel 12

Eine späte Erklärung

Faith saß am Steuer und ihre Hände umklammerten das Lenkrad so fest, dass ihre Fingerknöchel weiß wurden. Sie wagte einen kurzen Blick auf Sarah. Die hatte das Gesicht abgewandt, schien aber nicht aus dem Fenster zu sehen. Nicht, dass es dort viel zu sehen gegeben hätte. Das Auto stand immer noch auf dem Anhängerparkplatz des Pferdeparks.

»Ich würde jetzt losfahren«, sagte Faith. »Aber ich habe keine Ahnung, wohin.«

Von dem Mädchen kam keine Antwort.

Eine Bewegung vor der Windschutzscheibe erregte Faiths Aufmerksamkeit. Sie blickte auf und sah Estelle LaMaster schnellen Schrittes auf sie zukommen. Faith ließ das Fenster herunter.

Estelle lächelte, aber es war ein winziges, schwaches Lächeln mit einer großen Menge Traurigkeit dahinter. Sie beugte sich vor und steckte den Kopf durch das geöffnete Fenster. Faith lehnte sich zurück, um ihr mehr Raum zu geben. Sie war sicher gekommen, um mit Sarah zu sprechen.

»Meine Liebe«, sagte Estelle und wartete darauf, dass sich Sarah zu ihr umdrehen würde, aber nichts geschah. »Ich bin gekommen, um mich für John zu entschuldigen. Der arme, alte

John. Er meint es gut – das glaube ich mit ganzem Herzen. Nur macht er seine Sache nicht immer gut. Ehrlich gesagt, häufig nicht. Er verschließt sich gegenüber seinen eigenen Gefühlen, also denkt er wohl, dass jeder mit einem traurigen Abschied genauso umgehen würde wie er – also indem er Abschiede komplett vermeidet. Aber ich dachte mir, dass du deine Stute gern sehen würdest, bevor ich sie mitnehme.« Sie hielt wieder inne und wartete auf eine Reaktion von Sarah, aber nichts geschah. »Es liegt natürlich ganz bei dir.«

Eine lange Stille folgte, dann öffnete Sarah die Beifahrertür und trat aus dem Auto. Sie marschierte mit einer Entschlossenheit los, die Faith überraschte; vor allem, da Sarah nicht wissen konnte, in welche Richtung sie gehen musste.

Faith und Estelle eilten ihr hinterher, konnten sie aber nicht einholen.

Einen Augenblick später blieb Sarah plötzlich stehen und blickte sich um.

»Im Pferdetransporter«, rief Estelle ihr zu.

Sarah steuerte direkt auf ein silberfarbenes Gefährt zu, das wie ein kleines Wohnmobil aussah – es hatte vorn eine Fahrerkabine und dahinter eine große Kiste, die auf das Fahrgestell montiert war. Angesichts der Anzahl, Größe und Höhe der Fenster konnte man erkennen, dass die Kiste nicht für Menschen konzipiert war. Auf der Fahrerseite befand sich ein fast lebensgroßes Abziehbild einer Silhouette von einem Dressurpferd, sein Reiter trug einen klassischen Reithelm.

Sarah ging um das Fahrzeug herum und verschwand.

Faith und Estelle folgten.

Auf der rechten Seite des Transporters war der größte Teil der Wand heruntergelassen und formte eine Rampe mit einer Gummibeschichtung, damit Pferde beim Ein- und Aussteigen nicht ins Schlittern gerieten. Midnight stand in dem Transporter und fraß Heu von einem hängenden Behälter. Sarah rannte auf die Rampe, duckte sich unter einem dicken Querbalken an der Tür durch und ging hinein. Midnight wandte den Kopf dem Mädchen zu und wieherte zur Begrüßung leise.

»So einen Pferdetransporter habe ich noch nie gesehen«, sagte Faith. »Und ich habe den ganzen Sommer auf Pferdeturnieren verbracht.«

»Diese Transporter sind in Europa sehr beliebt«, sagte Estelle. »Manche Amerikaner bezeichnen sie sogar als ›Eurovans‹. Sie werden in Frankreich, Deutschland und Großbritannien schon seit Jahrzehnten genutzt. Hier werden sie gerade erst bekannt, aber ich glaube, sie verbreiten sich immer mehr.« Sie fasste Faith am Ärmel. »Kommen Sie«, sagte sie. »Lassen wir die beiden allein.«

Sie führte Faith einige Meter weiter, wo sie stehen blieben.

Estelle hielt Faith eine Visitenkarte hin.

»Dies ist eine Einladung«, sagte sie.

Faith nahm die Karte und war sich nicht ganz klar darüber, was sie zu bedeuten hatte.

Glücklicherweise fuhr Estelle fort. »Ich wohne im Santa Ynez Valley. Los Olivos, gar nicht weit von Johns Stall. Vielleicht fünfundzwanzig oder dreißig Kilometer südöstlich. Es ist nur ein kleines, privates Pferdegestüt. Ich biete keine Unterkunft oder Training an, also ist es ruhig. Ich habe ein Gästezimmer. Allerdings nur dieses eine, also hoffe ich, dass Sie mit einem Zimmer mit zwei Einzelbetten zufrieden sind. Sie sind herzlich willkommen, wenn Ihnen das ausreicht.«

Faith lachte laut auf. Einerseits, weil ein großer Teil der Anspannung und Traurigkeit sie gerade verlassen hatte, andererseits wegen der Vorstellung, sie könnte ein Gästezimmer mit zwei Einzelbetten als spärliche Unterkunft betrachten.

»Die letzten sechs Wochen haben wir auf zwei Feldbetten in einer Sattelkammer verbracht und unsere Decken waren

Pferdedecken. Falls wir nicht auf einem Turnier waren, denn dann hatten wir noch nicht mal diesen Luxus.«

»Ich hoffe, es waren zumindest saubere Pferdedecken.«

»Ja. So viel Luxus hatten wir immerhin.«

»Ich glaube, Sie werden es dann sehr behaglich finden«, sagte Estelle. »Und da Midnight noch neu bei uns ist und sich eingewöhnt, während meine Enkelin sie kennenlernt, na ja … wäre das doch der ideale Zeitpunkt für einen Besuch, meinen Sie nicht auch? Mit anderen Worten, sehr bald.«

»Sie können sich nicht vorstellen, wie sehr Sie ihr mit diesem Angebot helfen.«

»Für uns ist es auch wunderbar. Ich weiß, dass Sarahs Anwesenheit Midnight bei der Eingewöhnung sehr helfen wird. Und ich habe Pferdepfleger, also braucht sie für mich keine unbezahlte Arbeit verrichten – nichts gegen John. Aber Sie sind meine Gäste.«

Als Faith aufblickte, sah sie Sarah hinter Estelle stehen. Die Hände in die Hüften gestützt, erschien sie jetzt eher gereizt als traurig.

»Warum haben Sie nicht gewartet und zuerst eine Untersuchung beim Tierarzt machen lassen?«, fragte Sarah, ihre Stimme ein hartes Bellen. »Wieso zahlt jemand so viel für ein Pferd, ohne es vom Tierarzt untersuchen zu lassen?«

Estelle drehte sich zu Sarah um. »Aber ich lasse doch eine Untersuchung vor dem Kauf machen«, sagte sie. »Natürlich. Da, wo ich herkomme, nimmt man nicht mal ein Pferd geschenkt, ohne es vorher untersuchen zu lassen. Nicht nur wegen des Kaufpreises, sondern auch wegen der Tierarztkosten später.«

»Aber Sie nehmen sie mit nach Hause«, wandte Sarah ein.

Faith begriff, dass Sarah nach einem Weg suchte, den Kauf – und damit die Trennung – außer Kraft zu setzen. Als ob die Situation durch einen Makel in der Logik von Estelles Geschäftsabschluss rückgängig gemacht werden könnte.

»Aber ich habe John noch nichts bezahlt und keinen Kaufvertrag unterschrieben. Das ist abhängig von einer ordentlichen Untersuchung mit einigen Röntgenbildern. Warum? Ist dir etwas über Midnights Zustand bekannt, über das ich Bescheid wissen sollte?«

Sarah ließ zwei, drei Sekunden verstreichen, bevor sie antwortete. Viel hing von dieser Pause ab und Faith spürte die Bedeutung, die darin lag. Mit ihrer Antwort hätte Sarah Estelles Pläne durchkreuzen und alles ändern können. Jedoch nur, wenn sie bereit war, zu lügen.

Ich bin keine Lügnerin, hatte das Mädchen gesagt. *Ich bin nicht wie mein Vater.*

»Nein, Ma'am«, sagte Sarah. »Soweit ich weiß, ist sie kerngesund.«

»Gut«, sagte Estelle. »Hoffentlich wird der Tierarzt das bestätigen.«

Faith wollte sich an Sarah wenden, um ihr die gute Neuigkeit mitzuteilen. Um die qualvolle Vorstellung, sie werde Midnight nun nie mehr sehen, zu durchbrechen, indem sie ihr von Estelles Einladung erzählte. Doch bevor sie dazu kam, war Sarah schon davongestapft. Egal, wie oft Faith sie zurückrief, sie blickte sich kein einziges Mal mehr um.

»Nochmals vielen Dank für die Einladung«, sagte Faith zu Estelle. »Wir kommen bald. Morgen oder spätestens übermorgen.«

Sie drehte sich um und rannte hinter Sarah her, die auf ihr Auto zusteuerte.

Faith entriegelte die Türen, und Sarah ließ sich ohne ein Wort auf den Beifahrersitz fallen.

»Ich habe gute Neuigkeiten«, rief Faith.

Sarah hatte jedoch bereits die Autotür hinter sich zugeschlagen.

Faith setzte sich auf den Fahrersitz und ließ den Motor an.

»Hast du gehört, was ich gesagt habe?«

»Nein. Aber vielleicht liegt es daran, dass ich nichts hören will und es mir egal ist.«

»Aber es sind gute Neuigkeiten.«

»Die gibt es nicht.«

Faith fuhr den Hügel hinauf zum Tor.

»Du verstehst nicht, was ich meine, Sarah. Es sind selbst nach deinen Maßstäben gute Nachrichten. Deine Art von guten Nachrichten.«

Daraufhin blickte Sarah sie endlich an, ihre Miene hoffnungsvoll und ängstlich zugleich. Als wäre Hoffnung ein Luxus, den sie sich kaum leisten könnte.

Faith ließ Estelles Visitenkarte in Sarahs Schoß fallen.

»Sie hat uns auf ihren Pferdehof eingeladen, als Gäste. So kannst du Midnight bei der Eingewöhnung helfen und ihre Enkelin mit ihr vertraut machen.«

»Klasse! Lass uns jetzt gleich hinfahren! Wir können ihr folgen. Ich will sofort dorthin.«

»Nein«, sagte Faith. Sarah sah sie vorwurfsvoll an, sagte aber nichts. »Wir werden sie bald besuchen, aber nicht jetzt. Es gibt noch eine Sache, die du vorher machen musst. Und wenn du einen kurzen Augenblick nachdenkst, wirst du dich erinnern, was.«

Eine unangenehme Stille.

Dann sagte Sarah: »Oh. Stimmt.«

»Wo ist sie jetzt?«

»Zu Hause.«

»Wo ist das noch mal? Ich glaube, sie hat es mir erzählt, aber ich hab's vergessen.«

»Thousand Oaks. Okay. Ich rufe sie an.« Sarah zog ihr Telefon aus der Hosentasche. »Ich sollte es ihr aber nicht am Telefon sagen, oder?«

»Auf keinen Fall. Wir sollten uns irgendwo auf halber Strecke mit ihr treffen und persönlich mit ihr reden.«

Sarah drückte zweimal mit dem Daumen auf den Bildschirm, bevor sie sich das Telefon ans Ohr hielt.

»Hey, Oma. Hallo. Ja, ich bin's. Wir müssen etwas mit dir besprechen. Aber nicht am Telefon. Faith sagt, dass wir uns irgendwo auf halbem Weg treffen sollten. Es gibt da etwas, das ich dir schon viel früher hätte erzählen sollen. Tut mir leid, dass ich es nicht gemacht habe. Und ich muss es dir jetzt erzählen.«

»Sag ihr, dass sie unbedingt sicherstellen muss, dass ihr niemand folgt«, sagte Faith.

Sarah presste das Handy an die Brust und blickte Faith verwundert an. »Warum würde ihr jemand folgen? Wie sollte ihr jemand folgen?«

»Sag es ihr einfach. Bitte.«

Sarah hob das Telefon wieder ans Ohr. »Faith sagt, du sollst sicherstellen, dass dir niemand folgt.« Eine Pause, dann sagte sie: »Okay. Tschüss.« Sarah blickte Faith an. »Sie sagt, sie weiß es und sie hat einen Plan.«

»Gut.«

»Ich kapier's nicht. Ich meine, er sitzt ja nicht vor ihrem Haus und beobachtet jeden Schritt von ihr oder so was.«

Faith antwortete nicht. Während sie schwieg, bemerkte sie eine Veränderung in Sarahs Gesicht. Ihre Miene schien brüchig zu werden, und im übertragenen Sinn wurde ihre Gesichtsfarbe grünlich, als wäre sie seekrank.

»Oh Gott«, sagte Sarah. »Das hat mir niemand erzählt. Das ist ziemlich erschreckend.«

* * *

Faith saß untätig auf einer Holzbank und beobachtete durch die Brüstung des Piers das Brechen der Wellen an der Küste.

Constance hatte als Treffpunkt Stearns Wharf ausgesucht, den Pier am Ende der State Street in Santa Barbara. Die Sonne war bereits untergegangen und das letzte Tageslicht verschwand zusehends. Die Straßenlichter am Cabrillo Boulevard gingen an und gaben einer Reihe von Palmen eine Hintergrundbeleuchtung. Die Lichter der vorbeifahrenden Autos leuchteten heller und heller, während Faith dort saß. Die erhellten Geschäfte und Restaurants setzten sich von dem Halbdunkel ihrer Umgebung ab. In der Zwischenzeit verblassten die Berge hinter der Stadtszene, bis sie fast unsichtbar waren. Die ersten Sterne erschienen am Himmel.

Faith drehte den Kopf, um einen Blick auf Sarah und ihre Großmutter zu erhaschen. Mehrere Meter von ihr entfernt an die Brüstung gelehnt, blickten sie auf den Hafen hinunter. Sie hatten die Stelle ausgesucht, an der die wenigsten Touristen herumliefen. Lediglich die Umrisse eines einzelnen Fischers waren in einiger Entfernung zu sehen.

Faiths Magen verkrampfte sich, als sie die beiden dort in ihr Gespräch vertieft sah. Sie wusste, was letztendlich gesagt werden würde.

Es war so hässlich, was dieses arme Mädchen zu sagen hatte. Und das über ihren eigenen Vater. Faith fragte sich, wie jemand ein Mädchen ihres Alters in solch eine Lage bringen konnte. Aber andererseits war es wahrscheinlich nichts, was sich jemand bewusst vornahm, dachte Faith. Man tut etwas und erfährt erst später die Auswirkungen der Tat auf die Menschen um einen herum. Faith kannte das von ihrem eigenen Leben, doch ihr Fall war nur ein winziger Mikrokosmos, verglichen mit dem Ausmaß dieser Katastrophe.

Sie sah, wie sich Constance von der Brüstung entfernte und Sarah bei den Schultern fasste. Sie schüttelte sie langsam, als würde sie ihre Enkelin gleichzeitig ziehen und wegdrücken, vor und zurück. Dennoch schien es keine wütende Geste zu sein. Es sah eher danach aus, als versuchte Constance, zu dem Mädchen durchzudringen. Ihr zu helfen, die gesagten Worte aufzunehmen.

Nur Sekunden später zog sie Sarah in eine lange Umarmung.

Dann lehnten sie sich wieder nebeneinander an die Brüstung. Sarah blickte zum Hafen hinüber. Constance hatte das Gesicht in den Händen vergraben.

Faith wandte den Blick ab. Sie beobachtete das rege Treiben von Santa Barbara in der zunehmenden Dunkelheit eines sommerlichen Sonntagabends.

Sie schrak auf, als Sarah sich neben sie auf die Bank plumpsen ließ. Mit tränenüberzogenem Gesicht blickte das Mädchen ins Leere.

»Du solltest mit ihr reden«, sagte Sarah nach einer Weile. Ihre Stimme war leiser denn je zuvor. Irgendwo auf dem Weg durch diese unausführbare Aufgabe schienen ihr der Mut und ein großer Teil ihrer Lebenskraft abhandengekommen zu sein.

»Warum sollte *ich* mit ihr reden?«

»Weil ich nicht weiß, was ich noch sagen soll.«

Sie schwiegen einen Augenblick, dann stand Faith auf.

»Bleib in der Nähe«, sagte sie.

Sie ging langsam an der Brüstung entlang auf Constance zu.

Die ältere Frau warf ihr einen Blick zu, dann sah sie wieder aufs Meer. Mit nur ein paar Zentimetern Abstand zu Constance' Ellenbogen lehnte sich Faith an die Brüstung. Beide Frauen schwiegen lange, bis Constance schließlich die Stille durchbrach.

»Ein Teil von mir will sagen … zum Teil habe ich das Gefühl, dass … dass … ich es schon gewusst habe. Von Anfang an habe ich gewusst, dass er es war. Es war alles seine Schuld. Es ist immer seine Schuld. Und ein anderer Teil von mir will sagen: ›Oh mein Gott, ich hatte keine Ahnung!‹ Ich habe gedacht, er hätte sie dazu gebracht. Ich habe gedacht, es sei seine Schuld, aber trotzdem habe ich immer noch geglaubt, sie sei es gewesen, die … Und in meinem Kopf ergibt es keinen Sinn, weil ich nicht begreife, wie sich beide Ansichten gleichzeitig echt und wahr anfühlen können.«

»Jedes Mal, wenn ich mich umdrehe, konfrontiert mich das Leben mit einer Situation, in der zwei gegensätzliche Dinge gleichzeitig wahr sind. Zumindest, seit ich älter geworden bin und geheiratet habe. Je älter ich werde, desto uneindeutiger scheinen die Dinge zu sein.«

Constance wandte sich plötzlich zu ihr um – und Faith überkam fast das Gefühl, die ältere Frau würde sich gegen sie wenden. Es lag jetzt eine Wut in ihren Bewegungen, in ihrer Art. In ihrem ganzen Wesen.

»Sie hat es dir erzählt«, sagte Constance. »Sie hat es dir erzählt, nicht mir. Sie hat es mir jetzt nur erzählt, weil du es von ihr verlangt hast. Warum hat sie es dir erzählt und nicht mir? Was sagt das über die Beziehung zu meiner einzigen Enkelin aus?«

»Dass sie dich sehr liebt.«

Constance gab ein schnaubendes, bitteres Lachen von sich. In der folgenden kurzen Stille war nur das Geräusch der brechenden Wellen an der Küste zu hören.

»Woher weißt du das?«

»Sie wollte es dir erzählen, aber sie macht sich Sorgen um dich. Sie hatte das Gefühl, du wärst emotional schon am Rande des Abgrunds. Sie wollte dich nicht in die Tiefe stoßen.«

Eine Touristenfamilie trat an die Brüstung, ein Paar mit einer Tochter, alle drei in kurzen Hosen und Flip-Flops. Die Erwachsenen sahen zu Constance und Faith hin und lächelten, dann schien ihr Lächeln zu gefrieren und zu verblassen. Sie konnten die Anspannung, den emotionalen Unterton, sehen und spüren.

Der Mann fasste seine Tochter am Ärmel und gemeinsam eilten sie davon.

»Und das ist eine Theorie von dir?«, fragte Constance, ihre Stimme noch immer hart.

»Nein. Sie hat es mir gesagt.«

»Was hat sie gesagt? Was waren ihre exakten Worte? Ich muss es wissen, Faith.«

»Sie hat diese alten Western erwähnt, in denen jemand von einer Klippe fällt. Und dann schwenkt die Kamera über die Felskante und man sieht, wie die Person sich an diesem kleinen, winzigen Busch festhält. Oder Unkraut, wie Sarah es genannt hat, glaube ich. Und das Unkraut wird aus der Erde gezogen und die Situation wird immer verzweifelter. Sie hat gesagt, dass sie nicht diejenige sein will, die dir das antut, wenn du gerade versuchst, durchzuhalten.«

Constance brach in Tränen aus. Sie presste das Gesicht auf ihre Unterarme und schluchzte.

Faith machte eine Bewegung, um der älteren Frau einen Arm um die Schultern zu legen, dann erstarrte sie und zögerte. Einen kurzen Augenblick stand sie so da, mit einem erhobenen Arm, der sich in keine Richtung bewegte. Ihre Gedanken kreisten, während sie sich fragte, was in dieser Situation angemessen war.

Doch er war so ermüdend, dieser Kampf mit sich selbst. So allgegenwärtig und so furchtbar aufreibend.

Faith legte ihre Hand schließlich zwischen Constance' Schulterblätter und blieb eine Weile so stehen. Die Stille wurde vom Rauschen der Wellen und einem gelegentlichen Schluchzen nur noch betont.

Schließlich hob Constance den Kopf und richtete sich auf.

Faith kramte in ihrer Handtasche nach einem Päckchen Taschentücher und zog eines heraus, das sie Constance anbot.

»Danke«, sagte die ältere Frau. Sie wischte sich über die Augen und putzte sich vorsichtig die Nase.

»Wie hast du es geschafft, unbeobachtet wegzukommen?«, fragte Faith und warf einen Blick über die Schulter auf Sarah, die zum Glück noch immer auf der Bank saß.

»Durch die Hintertür, ich bin durch den Garten hinausgegangen. Dann zum Haus meiner Freundin Janet, deren Auto ich mir ausgeliehen habe. Mein Auto steht immer noch in der Einfahrt. Ich habe im Haus das Licht und den Fernseher angelassen.«

»Gut. Das war sehr clever.«

»Du weißt, dass ich sie mit zurücknehmen muss.«

Die Worte trafen Faith, als hätte jemand plötzlich eine Axt auf sie fallengelassen. Sie hatte schon lange dort oben gewartet, diese Axt, bereit für den Angriff. Faith hatte die Bedrohung, die von ihr ausging, beinahe vergessen gehabt.

Ich habe ihr versprochen, sie zu Estelle zu bringen, war Faiths erster Gedanke. Es war wahrscheinlich nicht der wichtigste Aspekt in diesem Augenblick oder der triftigste Grund, das Mädchen bei sich zu behalten. Aber es war der wichtigste Aspekt in Sarahs Welt. Und je schlimmer die Dinge in Sarahs Welt wurden, desto wichtiger wurde es für sie, bei ihrem Pferd zu sein.

»Muss das wirklich sein?«, fragte Faith.

»Natürlich. Sie muss bei der Polizei aussagen, was sie mir gerade erzählt hat.«

»Das macht mir aber Sorgen«, sagte Faith. Es fühlte sich an, als würden sich ihre Sorgen gerade in dem Moment bilden, als sie über sie sprach. »Er hat immer noch das Sorgerecht. Ich befürchte, dass sie Sarah zu ihm zurückschicken könnten, wenn du sie jetzt mit zurücknimmst. Das Verbrechen wird ihm nämlich nur angelastet. Gibt es denn nicht einen Weg, es besser einzurichten? Könntest du ihnen nicht erzählen, dass du eine Zeugin hast? Könntest du es nicht so einrichten, dass die Polizei ihn festnehmen kann, sobald Sarah zurückkommt, um ihre Aussage zu machen? Und dann kannst du sicher leicht eine vorübergehende Verwahrung für ihn bekommen, wenn er eines schweren Verbrechens angeklagt wird.«

Constance sagte eine Weile nichts. Sie wartete, bis Faith geendet hatte, und nickte ein paar Mal vor sich hin, als würde sie ihren Gedanken einen Schubs geben.

»Das ist tatsächlich eine gute Überlegung«, sagte sie.

Faith atmete zum ersten Mal an diesem Abend tief durch.

»Wo werdet ihr in der Zwischenzeit sein?«, fragte Constance. »Sarah hat mir erzählt, dass Midnight wieder verkauft worden ist. Und wenn ich Sarah wieder brauche, dann muss das sofort sein.«

»Das ist kein Problem. Wir sind im Santa Ynez Valley. Sarah wurde eingeladen, damit Midnight sich bei ihrer neuen Besitzerin leichter eingewöhnen kann. Solltest du sie brauchen, können wir in weniger als zwei Stunden zurück sein.«

»Okay, gut. Dann ist sie in der Zwischenzeit wenigstens einigermaßen glücklich.«

Faith drehte sich abrupt um, um sicherzugehen, dass Sarah noch auf der Bank saß, wo Faith sie zurückgelassen hatte. Ihr hatte sich plötzlich der Magen zugeschnürt bei der Vorstellung, das Mädchen könnte einfach verschwunden sein. Ein Szenario, bei dem sie den Fehler gemacht hatten, ihr den Rücken zuzukehren, und ihr Vater sie geschnappt und weggebracht hatte.

Es war das Material für einen Thriller. Dann wiederum ging es hier auch um einen Vater, der seine eigene Frau erschossen hatte.

Aber das hier war kein Film.

Sarah saß auf der Bank, genau an derselben Stelle wie vorher.

»Wir bleiben in engem Kontakt«, sagte Faith zu Constance, dann ging sie zu Sarah. »Komm«, sagte sie, »lass uns gehen.«

»Zu Midnight?«

»Ich befürchte, dafür ist es heute Abend zu spät. Wir sollten uns für heute Nacht ein Motelzimmer mieten und morgen früh zu Estelle fahren. Aber zuerst müssen wir nach Los Alamos zurück, um unsere Sachen zu holen.«

»Okay«, erwiderte Sarah. Sie schien etwas aufzuheitern.

Sarah sprang von der Bank, rannte zu ihrer Großmutter und fiel ihr um den Hals. So blieben sie einen Augenblick stehen.

Dann rannte sie zu Faith zurück, und Schulter an Schulter gingen sie gemeinsam über den Pier zum Parkplatz.

»Ich dachte, ich müsste mit ihr zurück«, sagte Sarah. »Das hat sie gesagt, als ich ihr alles erzählt habe. Um bei der Polizei eine Aussage zu machen oder so.«

»Ich habe es ihr ausgeredet«, sagte Faith.

»Danke.«

»Gern geschehen. Das gilt aber nur vorläufig. Wenn sie anruft und sagt, dass sie dich braucht, müssen wir gehen. Sofort. Keine Verzögerungen.«

»Okay. Ich verstehe.«

Den restlichen Weg zum Auto legten sie schweigend zurück.

* * *

Sarah öffnete die Tür der Sattelkammer und sie traten ein. Im Dunkeln tastete Faith nach dem Lichtschalter und der Raum aus Beton und Holz wurde hell.

Faith war überrascht, als sie spürte, dass sie diesen Ort vermissen würde – in den letzten sechs Wochen war er zu einer Art Zuhause geworden. Auch wenn dies sicher mehr auf die atemberaubende Umgebung des Reiterhofs zutraf als auf diesen beengten, kleinen, fensterlosen Stall, keimte sogar beim Ausräumen der Sattelkammer eine gewisse Nostalgie in ihr auf. Es war vielleicht nicht sehr bequem gewesen, aber ihr Aufenthalt hier hatte mit Sicherheit seinen Zweck erfüllt – Faith hatte gespürt, dass sie ganz konkret etwas Gutes für jemanden tat. Und außerdem hatte sie sich hier sicher gefühlt. Auch wenn das vielleicht naiv sein mochte. Es war auf jeden Fall ein Ort gewesen, an dem Robert nie nach ihr gesucht hätte. Und sie hatte sich darauf verlassen, dass auch Sarahs Vater nicht hierherkommen würde. Wie sie zu Sarah gesagt hatte: Wieso hätte jemand denken sollen, dass John das Mädchen bei sich wohnen ließ? Faith hatte diese Wette gewonnen, zumindest bisher.

Faith ging durch den Raum, nahm ihre Kleidungsstücke von den Haken an den Wänden und stopfte sie in ihre Tasche. Aus dem Augenwinkel sah sie, wie sich Sarah auf ihr leeres Feldbett setzte, den Rücken an die Holzwand gelehnt.

Faith wandte sich zu ihr um, bereit zu sagen: »Komm schon. Dafür ist jetzt keine Zeit. Wir müssen los.«

Als sie jedoch das Gesicht des Mädchens sah, sagte sie nichts.

Sarah sah auf und begegnete kurz ihrem Blick. Sie hatte die Knie angezogen und hielt sie mit den Armen fest umschlungen. Dann sah sie schnell wieder weg.

»Sie wird nicht zurückkommen«, sagte Sarah. »Oder?« Die Worte schwebten in die Welt hinaus wie traurige kleine Federn. Sie hatten kein Gewicht. Keine klare Richtung. Sie trieben nur irgendwie dahin, und nur ein kleiner Funke Energie bewahrte sie vor dem Stillstand.

Sarah presste das Gesicht zwischen die Knie.

Faith setzte sich neben sie.

»Wer? Midnight?«

Eine Pause, dann schüttelte Sarah leicht den Kopf, das Gesicht immer noch in diese sichere dunkle Stelle gedrückt.

»Du wirst deine Oma wiedersehen, wahrscheinlich schon bald.«

Noch während sie sprach, wusste Faith, dass es nicht darum ging.

Ein weiteres schwaches Kopfschütteln.

»Oh«, sagte Faith. Das kurze Wort blieb einen Augenblick in der Luft stehen, bis es unter seinem drückenden Gewicht auf den Betonboden sank. »Du sprichst von deiner Mom.«

Sarah hob den Kopf und blinzelte ins Licht. Sie schniefte und wischte sich die Nase am Ärmel ihres T-Shirts ab. »Es klingt unglaublich dumm, ich weiß …«

»Nein, es klingt nicht dumm. Ich erinnere mich an das Gefühl.«

»Wirklich?«

»Oh ja. Nur allzu gut. Vom Verstand her weiß man es – natürlich. Aber dann gibt es diesen anderen Teil von dir, der auf einer ganz anderen Ebene funktioniert, und dort ergibt es einfach keinen Sinn. Es fühlt sich unwirklich an. Ich hatte Träume wie den Traum, den du neulich hattest. Träume, in denen sie überhaupt nicht tot war – ich sah sie und sagte: ›Mom. Alle sagen, du seist tot.‹ Es war einfach so viel logischer, dass sie unrecht hatten, dass alles irgendwie nur ein großer Fehler war. Es ist nicht dumm. Es hat nichts mit Intelligenz oder Dummheit zu tun. Der Schock, den wir am Anfang spüren, wird begleitet von einem Nichtwahrhabenwollen, und das ist keine schlechte Sache. Es hat einen Grund. Das Leugnen schützt uns, bis wir stark genug sind, es ganz zu begreifen. Es ist okay, dass ein Teil davon gerade für dich ans Licht gekommen ist, aber erzwinge es nicht. Mit der Zeit wird sich alles finden.«

Faith stand auf und setzte sich dem Mädchen gegenüber auf ihr eigenes Feldbett. Ihr dämmerte allmählich, dass sie nicht in ein Motel gehen würden. Dass sie nirgendwohin gehen würden. Nicht heute Nacht.

Sarah streckte sich mit dem Gesicht nach unten auf ihrem Campingbett aus, die Stirn auf ihre verschränkten Arme gestützt. Kurz darauf wandte sie sich Faith zu.

»Es ist schön, dass du es verstehst«, sagte sie. »Dass du das auch erlebt hast. Also, ich meine natürlich nicht, dass es gut ist, dass du es erleben musstest. Nur, dass es gut ist, jemanden zu haben, der es versteht.«

»Ich weiß, was du gemeint hast«, sagte Faith.

Nach einer Weile stand sie auf und nahm eine der leichten Pferdedecken aus Baumwolle vom Stapel in der Ecke. Sie deckte das Mädchen damit zu.

»Ich dachte, wir müssten in ein Motel gehen«, sagte Sarah. Sie klang müde und schwach.

»Ich habe mich umentschieden. Ich glaube nicht, dass wir gehen müssen. Niemand wird kommen und uns befehlen, heute Abend sofort zu gehen. Die Leute, die hier wohnen und arbeiten, wissen wahrscheinlich nicht mal, dass Midnight schon verkauft wurde. Wir fahren morgen früh ab. Vielleicht gibt uns das auch die Gelegenheit, uns von John zu verabschieden.«

»Und dann fahren wir zu Estelle, stimmt's?«

»Genau.«

»Gut.«

Sarah drehte sich mit dem Gesicht Richtung Wand, als wollte sie einschlafen.

Faith nahm sich eine weitere Pferdedecke von dem Stapel, schaltete das Licht aus und richtete sich auf ihrem Campingbett ein. Ihr fiel auf, dass sie beide noch voll bekleidet waren, aber ihr fehlte jetzt die Energie, daran etwas zu ändern.

Gerade als Faith dachte, Sarah müsste inzwischen eingeschlafen sein, hörte sie sie plötzlich etwas sagen.

»Hattest du jemanden, der dich verstanden hat?«

»Als meine Mutter gestorben ist, meinst du?«

»Ja.«

»Eigentlich nicht. Na ja. Ja und nein. Wenn ich jetzt zurückblicke, verstehe ich, dass mein Dad gewusst haben muss, wie ich mich fühlte. Jedenfalls hatte er den gleichen riesigen Verlust erlebt wie ich. Er verstand es. Aber ich kann es nur im Rückblick verstehen. Zu dem Zeitpunkt damals war ich extrem wütend auf ihn, was diesen Abstand zwischen uns schuf, also hatte ich nicht das Gefühl, jemanden zu haben. Außerdem weiß ich immer noch nicht, ob er meine Gefühle wirklich teilen konnte, weil der Verlust einer Mutter etwas anderes ist als der Verlust einer Ehefrau. Ich versuche nicht, seinen Verlust kleinzureden. Ich bin mir sicher, dass es für ihn furchtbar gewesen sein muss. Aber eine Mutter ist etwas anderes. Man hat nur eine. Sein Leben ging weiter, und Jahre später hat er wieder geheiratet. Er konnte eine andere Frau finden, aber ich konnte keine andere Mutter finden und werde es auch nicht. Aber so ein Vortrag hilft dir jetzt wahrscheinlich nicht.«

»Doch, er hilft mir.«

»Das ist gut.«

»Aber … falls du einverstanden bist … gehe ich lieber wieder zu der Ebene zurück, wo ich eigentlich gar nicht glaube, dass es überhaupt wahr ist.«

»Keine schlechte Idee«, sagte Faith.

Faith rechnete fest damit, dass es eine dieser unruhigen, emotional anstrengenden Nächte werden würde, in denen sie sich schlaflos hin und her wälzte. Aber sie hatte falsch gelegen. Keine rastlosen Gedanken. Kein emotionaler Aufruhr. Völlig erschöpft schlief sie ein.

* * *

Sie wachte mitten in der Nacht auf, als jemand ihren Namen flüsterte.

Zunächst dachte sie, es müsse Robert sein, denn in ihrem Traum hatte sie zu Hause im Bett neben Robert gelegen, hellwach und aufgewühlt nach einem besonders schlimmen Streit.

Doch als ihr Name mehrmals wiederholt wurde, schienen sich der Ton und Tenor des Wortes zu ändern. Zunächst erschien die Stimme leiser, als würde sie sich weiter wegbewegen, dann wurde sie immer höher, bis es wirklich nicht mehr die Stimme ihres Mannes sein konnte.

Der Traum ließ sie plötzlich los und mit einem Ruck setzte sie sich im Bett auf. Nur war es kein richtiges Bett, sondern das Feldbett in der Sattelkammer der Moonshadow Farm.

»Tut mir leid, dass ich dich geweckt habe«, sagte Sarah. »Aber ich kann nicht schlafen und hatte Angst und ich muss dich etwas fragen.«

»Okay, worum geht's?«

»Muss ich vor Gericht und vor allen Leuten auf dieser Bank sitzen und ihm direkt ins Gesicht sehen, wenn ich sage, was ich in dieser Nacht gesehen habe?«

»Ähm …«

Faith rieb sich schnell die Augen. Sie fühlte sich noch so verschlafen, dass sie nicht klar denken konnte. Sie wollte Sarah keine falsche Antwort geben, und es schien kaum möglich, ihr zu sagen, was sie hören wollte.

Sie streifte die Pferdedecke ab und schwang sich mit den Beinen über die Seite des Campingbetts. Sie lehnte sich vor und stützte die Ellenbogen auf den Knien ab.

»Ich kenne mich mit diesen rechtlichen Dingen nicht sehr gut aus, aber basierend auf dem Wenigen, was ich weiß, wird wahrscheinlich eines von zwei Dingen passieren. Entweder bekennt er sich schuldig, dann werden sie ihn für einige Zeit ins Gefängnis stecken und dann werden sie deine Hilfe nicht brauchen …«

»Er wird sich nicht schuldig bekennen«, unterbrach Sarah.

In der Dunkelheit des fensterlosen Raums konnte Faith gerade so die Umrisse des Mädchens erkennen. Sarah hatte sich aufgesetzt und kauerte nach vorne gebeugt da, als müsste sie die weiche Unterseite ihres Bauchs beschützen.

»Das kannst du nicht wissen.«

»Glaub mir. Ich kenne ihn. Er kommt immer davon. Er redet sich immer irgendwie raus. Er ist nicht jemand, der sagt: ›Okay, hier bin ich. Ihr habt mich gefasst.‹«

»Na ja, wenn er sich nicht schuldig bekennt, kommt es zu einer Gerichtsverhandlung, nehme ich an. Und wenn das, was du in dieser Nacht gesehen hast, das Einzige ist, das die Annahme eines Selbstmords kippen kann … dann ja. Sie werden wahrscheinlich deine Zeugenaussage brauchen. Aber für Kinder treffen sie manchmal spezielle Vorkehrungen, damit Kinder nicht gegen ihre Eltern aussagen müssen, wenn sie direkt vor ihnen stehen.«

»Ich bin kein Kind mehr«, sagte Sarah. »Ich bin vierzehn. Fast fünfzehn.«

»Ich glaube, es trifft trotzdem noch zu.«

»Was für eine Art von Vorkehrung?«

»Zum Beispiel … Ich habe gehört, dass Kinder mit einer Vertrauensperson und vielleicht einem Therapeuten oder so etwas in einem anderen Zimmer sind und dort ihre Aussage in eine Kamera machen. Die Leute im Gerichtssaal können es sehen, aber nicht umgekehrt. Ich weiß es nicht, Sarah. Bitte nimm mich nicht beim Wort, denn ich kenne mich nicht gut genug aus, um dir Versprechungen machen zu können. Aber wenn du der Polizei oder dem Richter sagst, dass es dir schwerfällt, im Beisein deines Vaters gegen ihn auszusagen … Na ja, das werden sie wohl verstehen können.«

Mehrere Minuten lang blieben sie schweigend in der Dunkelheit sitzen. So lange, dass Faith sich fragte, ob sie fertig waren und ob sie sich endlich wieder hinlegen konnte.

Dann wurde sie von Sarah aufgeschreckt.

»Vielleicht werde ich es ihm direkt ins Gesicht sagen.«

»Du musst es nicht heute Nacht entscheiden.«

»Aber jetzt kann ich an nichts anderes mehr denken. Zuerst musste ich wachbleiben, weil ich gedacht habe, ich hätte keine andere Wahl, jetzt muss ich wachbleiben, weil ich mich nicht entscheiden kann.«

»Wie spät ist es?«

Sarah hatte eine Armbanduhr, die bei Knopfdruck aufleuchtete. Als Faith das Mädchen im Licht der Leuchtanzeige sah, bemerkte sie, dass Sarah wieder geweint hatte.

»Vier Uhr zehn.«

»Ja, definitiv zu früh, um zu Estelle zu fahren. Bevor du auf die Idee kommst, zu fragen.«

»Ja, das dachte ich mir. Wenn ich nicht wieder einschlafen kann, darf ich dich um sieben wecken?«

»Sicher, das geht in Ordnung.«

»Und dann fahren wir zu Estelle?«

»Dann gehen wir erst irgendwo frühstücken, und um eine vernünftige Uhrzeit fahren wir zu Estelle.«

»Gut. Danke.«

Faith legte sich wieder hin und versuchte, nahtlos an ihren unterbrochenen Schlaf anzuknüpfen. Doch sie lag noch mindestens eine Stunde wach. Die Zeit war in dieser Nacht eine schlüpfrige Angelegenheit und ließ sich nicht einschätzen.

»Du schläfst ja gar nicht«, sagte Sarah, »oder?«

»Nein.«

»Ich hätte es ihr gleich sagen sollen.«

»Ja.«

»Ich habe es wirklich vermasselt, weil ich es nicht allen sofort gesagt habe.«

»Sarah, hör zu. Du bist in einer Situation, in der ein Kind in deinem Alter niemals sein sollte. Niemand beobachtet oder beurteilt dein Verhalten. Du wirst nicht dafür bewertet, wie du dich in dieser Situation verhältst. Es ist eine ganz unmögliche Sache – eine schreckliche Sache. Also mach es einfach so, wie du kannst, okay? Kümmere dich nicht allzu sehr darum, wie du dich verhalten solltest.«

Kapitel 13

Kleine Geheimnisse

Das Tor zu Estelle LaMasters Pferdehof war geschlossen und ließ sich nicht mit einem einfachen Knopfdruck öffnen. Stattdessen gab es eine Ruftaste, die Faith jetzt drückte.

Dann saßen Faith und Sarah mehrere Minuten lang in der zunehmenden Morgenhitze im Auto und warteten. Es wäre falsch gewesen zu behaupten, dass es um acht Uhr morgens bereits heiß war, aber die bevorstehende Hitze des Tages hätte sich nicht deutlicher ankündigen können als in dieser stehenden Luft im Tal.

Sarah saß wie versteinert auf dem Beifahrersitz. Sie sagte nichts. Ihr Blick schweifte ins Leere.

Durch das schmiedeeiserne Tor sah Faith ein zweistöckiges weißes Farmhaus aus Holz, das schon Hunderte von Jahren alt sein musste, aber wundervoll restauriert war. Dazu ein dunkelroter Stall mit einer weißen Verkleidung, ein Reitplatz mit Buchstabenmarkierungen und einem sauberen weißen Geländer, eine Reithalle sowie ein kleiner Roundpen mit einem Dach.

Ein sportlich aussehender Mann in seinen Dreißigern kam ans Tor und Faith stieg aus dem Auto.

»Sie müssen Faith und Sarah sein«, sagte er. Faith konnte die Spur eines Akzents in seiner Stimme hören, wahrscheinlich australisch, aber es ließ sich nicht mit Sicherheit sagen.

»Ich hoffe, es ist noch nicht zu früh für einen Besuch«, sagte sie.

Der Mann lachte. Er hatte kurz geschnittenes Haar und trug Jeans und schwere Arbeitsstiefel. Sein weißes T-Shirt war schon jetzt schweißgetränkt.

»Sie kennen Miss Estelle noch nicht lange, nehme ich an.«

»Nein, wir haben sie gerade erst kennengelernt.«

»Sie steht jeden Morgen beim ersten Hahnenschrei auf. Um fünf Uhr ist sie schon im Stall. Ausgeschlossen, dass sie länger im Bett bleibt. Morgens arbeitet sie als Erstes mit den Pferden. Sie sagt, es sei wegen der Hitze, aber sie steht auch im Winter so früh auf.«

Er drückte auf einen Knopf am Tor und die schmiedeeisernen Stäbe glitten auf. Faith setzte sich wieder ins Auto und fuhr auf das Grundstück.

Sie lehnte sich aus dem Fenster, um ihn nach dem Weg zu fragen, doch er war schneller und zeigte ihr bereits die Richtung.

Rechts neben dem Stall und ein kleines Stück den Hügel hinunter sah Faith Estelle und eine viel jüngere Frau, die Midnight in den überdachten Roundpen führten. Die Stute war in einer ausgelassenen Stimmung, sie schleuderte den Kopf hoch und hob die Vorderhufe weit vom Boden ab, als sie sich mehrmals halb aufbäumte.

»Da ist sie!«, rief Sarah. »Ich kann sie sehen!«

»Sie können dort im Schatten neben dem Stall parken«, sagte der Mann und zeigte wieder in die Richtung.

Doch Sarah war bereits aus dem Auto gesprungen und rannte den Hügel hinunter zu ihrer Stute.

Faith parkte und ging zu dem Roundpen, wo die junge Frau – wahrscheinlich Estelles Enkelin – Midnight gerade longierte.

Sie stand in der Mitte des Roundpen und ließ das Pferd ohne Reiter im Kreis um sich herumlaufen. Die Longe verlief durch den Ring an der einfachen Trense des Pferdes und war an einem von mehreren Ringen an dem breiten Gurt befestigt, der um Midnights Rumpf verlief. Faith wusste mittlerweile, dass dies ein Longiergurt war. Midnight trug außerdem Laufferzügel, die an dem Trensenring befestigt waren und bis zum Longiergurt verliefen. Damit sie mit einem gerundeten Hals lief, nahm Faith an.

Die junge Frau trieb die Stute mit einer langen Reitpeitsche an, ohne sie zu berühren. Sie benutzte nur die Bewegung, die Midnight sehen konnte, um sie zur Vorwärtsbewegung anzuspornen.

Midnight führte einen guten Trab aus, bis sie die Stelle erreichte, an der Sarah und Estelle am Geländer lehnten. Dort wollte sie stehen bleiben, bei jeder Runde.

Faith konnte sehen, dass die junge Frau immer frustrierter wurde.

Midnight schien die Frustration zu spüren, denn sie explodierte förmlich. Sie sprang hoch in die Luft, trat heftig um sich und donnerte in einem starken Galopp im Kreis, wobei sie alle paar Schritte buckelte.

»Oma«, rief die junge Frau. »Es wäre hilfreich, wenn dieses Mädchen nicht dort stehen würde.«

»Unsinn, mein Liebling«, rief Estelle zurück. »Sie ist eine vertraute Person für Midnight. Deshalb habe ich sie hier, um zu helfen.«

»Na ja, bisher hilft sie nicht.«

»Mein Liebling, was Midnight tut, ist in Ordnung. Es ist ganz normal. Sie lässt nur Dampf ab. Das kann sie sicher tun, wenn sie Laufferzügel trägt und keinen Reiter auf dem Rücken hat – deshalb longiert man ja ein Pferd. Ich wünschte, ich hätte dir das von Anfang an besser angewöhnen können. Wenn du das regelmäßig getan hättest, würdest du dir jetzt keine Gedanken darüber machen. Du würdest sie es einfach selbst lösen lassen.«

Während sie ihrer Großmutter zuhörte, wandte die junge Frau den Blick von Midnight ab und ließ die Reitpeitsche sinken. Midnight nahm es als Einladung, zu Sarah zu traben und bei ihr am Geländer stehen zu bleiben. Sarah streichelte der Stute übers Gesicht.

»Pferde arbeiten ihre Ängste durch Bewegung ab«, sagte Estelle zu ihrer Enkelin.

»Als hättest du mir das nicht schon hundertmal erzählt.«

»Und ich werde es dir auch immer wieder erzählen, bis ich sehe, dass du es in dein Trainingsprogramm einfließen lässt.«

»Sie kann sich schließlich bewegen, wenn ich sie reite.«

»Ich kann mir nicht vorstellen, dass du auf ihrem Rücken sitzen willst, wenn sie sich so bewegt wie gerade eben.« Estelle verstummte und sah zu Faith und Sarah hinüber. »Tut mir leid«, sagte sie. »Ich bin furchtbar unhöflich. Das ist Julia, meine Enkelin. Julia, dies sind die netten Leute, von denen ich dir erzählt habe. Sarah und Faith. Sie werden Midnight bei der Eingewöhnung helfen.«

»Sehr erfreut«, sagte Julia. Doch sie war nicht sehr erfreut. Faith spürte zwar keine Feindseligkeit ihnen gegenüber, die junge Frau schien jedoch nicht das geringste Interesse für die zwei neuen Leute aufbringen zu können. »Wie lange soll ich sie also longieren, bevor ich auf ihr reiten kann?«

»Zwanzig Minuten«, antwortete Estelle. »Zehn Minuten auf jeder Hand. Und du wirst heute noch nicht auf ihr reiten. Wenn du mehr Zeit mit ihr verbringen willst, kannst du sie so oft und so lange ausführen, wie du willst. Zeig ihr jeden Teil des Anwesens, das sollte ihr bei der Eingewöhnung helfen.«

Julia blieb unbeweglich mitten im Roundpen stehen, die Reitpeitsche schlaff in der einen Hand, die Longe in der anderen. Sie sagte nichts. Aber sie ließ den Mund offen stehen und es war überdeutlich, dass sie über die Antwort nicht glücklich war.

»Jetzt heb die durchhängende Longe auf, mein Liebling«, sagte Estelle, »bevor Midnight sich noch darin verheddert.«

Julia seufzte und fuhr mit dem Longieren fort. Oder zumindest versuchte sie es. Doch die Stute stand mit dem Kopf dicht bei Sarah und hatte offensichtlich keine Lust, sich von ihr wegzubewegen. Julia wurde lauter mit der Peitsche und ließ sie in der Luft in Midnights Richtung knallen. Midnight stürmte vorwärts, fast gewaltsam, dann drehte sie sich mit der Hüfte zur Mitte des Roundpen hin und trat kraftvoll in die Richtung aus, in der Julia stand.

Für einen kurzen Augenblick fiel sie in einen folgsamen Trab, dann schoss sie nach vorn, drehte kurz vor dem Geländer ab, stieß wieder zurück und schließlich hatte sich die Longe über ihren Widerrist gelegt und in ihrem Longierlgurt verheddert.

»Nein, mein Liebling«, ermahnte Estelle, »nein, nein, nein. Du musst sie dazu bringen, vorwärts zu laufen, egal was passiert.«

»Na ja, das habe ich ja versucht, Oma! Du hast gut reden!«

Estelle schnalzte zweimal mit der Zunge, dann bückte sie sich unter dem Seil durch, das den Eingang zum Roundpen abtrennte. Mit ruhigen Bewegungen ging sie auf Midnight zu, besänftigte sie mit gurrenden Geräuschen und löste die verwickelte Longe.

»Gib her«, sagte sie zu ihrer Enkelin und zog an der Longe.

Julia ließ das Ende der Longe fallen und hielt ihrer Großmutter die lange Peitsche hin. Estelle stellte sich in die Mitte des Geheges.

»Warte«, sagte Julia. »Fang nicht an, bevor ich aus dem Roundpen bin.«

»Du gehst nirgendwohin, mein Liebling. Bleib direkt hinter mir stehen. Wenn ich sie gut zum Laufen gebracht habe, übernimmst du.«

Julia seufzte, und wieder war es ein so lautes Seufzen, dass Faith es von ihrem Platz aus hören konnte.

Estelle brachte das Pferd ohne Probleme in Bewegung. Midnight trabte drei Runden, dann verlangte Estelle mehr von ihr. Midnight reagierte mit einem wunderschönen Trab voller Dynamik und Energie, als sei sie nicht an die Regeln der Schwerkraft gebunden wie alle anderen Pferde.

»Wow«, sagte Julia. »Sie macht wirklich schöne Schritte.«

»Ich habe sie nicht ohne Grund gekauft, meine Liebe.« Dann rief sie Midnight zu: »Kan-ter.« Mit einem Singsang in der Stimme betonte sie die zwei Silben wie einzelne Wörter. »Kan-ter.«

Midnight ging geschmeidig in einen leichten, verhaltenen Kanter über, ehe sie wieder mit donnernden Hufen losraste, bis der Boden bebte und Faith instinktiv einen Schritt vom Geländer zurücktrat.

»So ein gutes Mädchen«, flötete Estelle der Stute zu. »Lass nur alles raus.«

Als könnte sie jedes Wort verstehen, buckelte Midnight wild auf, immer wieder, sprang in riesigen Sätzen durch den Roundpen und kam auf ihren Vorderhufen zum Stehen. Gelegentlich drehte sie sich und kämpfte mit der Longe. Estelle schien unbekümmert. Sie blieb nur ein wenig hinter dem Longiergurt und benutzte den visuellen Hinweis der Reitpeitsche, um das Pferd davon abzuhalten, sich umzudrehen, aufzubäumen oder zu lange stehen zu bleiben.

Nach ein paar wilden, aufbuckelnden Runden im Roundpen ging Midnight in einen starken Galopp über. An ihrem Hals hatte sich weißer Schaum gebildet. Nach fünf oder sechs Runden verlangsamte sie den Galopp zu einem Kanter.

»Da«, sagte Estelle. »Siehst du, du darfst dich nicht von ihrer Energie beunruhigen lassen. Lass sie sich nur austoben. Aber du musst sie in der Vorwärtsbewegung am Geländer entlang halten, egal was passiert.«

»Oma«, sagte Julia. »Bitte. Andere Leute sehen uns zu und du behandelst mich wie eine Anfängerin.«

»Na, du bist ja auch eine Anfängerin, was das Longieren betrifft, mein Liebling. Schon seit Jahren will ich, dass du es viel mehr übst, und wenn du das getan hättest, wärst du jetzt eine Expertin. Aber du überspringst diese Stufe immer wieder. Mit einem guten älteren Pferd wie Fergus kommst du vielleicht damit durch, aber jetzt nicht mehr. Es ist nicht meine Schuld, dass du eine FEI-Reiterin mit einer Lücke in deinem Trainingsregime bist.«

Sie ließ Midnight anhalten. Die Stute blieb mit gerundetem Hals und gesenktem Kopf stehen, ihre Seiten hoben und senkten sich und sie blies durch weit geöffnete Nüstern aus.

»Oma, du blamierst mich vor unseren Gästen.«

»Unsinn. Kein Mensch weiß, wie etwas funktioniert, wenn er es nicht geübt hat. Unsere Gäste gehen nicht davon aus, dass du allwissend geboren wurdest.« Estelle drehte sich zu Sarah um und rief: »Sarah, meine Liebe. Hast du sie regelmäßig longiert?«

»Ja, Ma'am«, rief Sarah zurück. »Einmal pro Woche, komme, was wolle. Und zusätzlich jedes Mal, wenn sie aufgekratzt war, zum Beispiel nach einem reitfreien Tag oder nach stürmischem Wetter.«

»Komm her und arbeite mit ihr. Ich möchte sehen, wie sie für dich läuft.«

»Aber, Oma«, warf Julia beleidigt ein, »du hast gesagt, die Stute gehört jetzt mir.«

»Sie gehört auch dir, mein Liebling. Das heißt, sie wird dir gehören, wenn der Tierarzt nachher keine Probleme feststellt.

Ich hätte gedacht, dass dir genauso viel daran liegt wie mir, diese Eingewöhnung gut hinzubekommen.«

Julia schüttelte den Kopf und ging mit gesenktem Kopf schweigend, aber gereizt, aus dem Roundpen. Faith vermutete, dass Julia sich an das Geländer lehnen und zusehen würde, doch sie lief einfach weiter Richtung Haus.

»Beachte sie einfach gar nicht«, sagte Estelle zu Sarah, als ihre Enkelin außer Hörweite war. »Sie ist es gewöhnt, mit Fergus zu arbeiten, meinem alten Grand-Prix-Warmblut. Er hat es ihr zu einfach gemacht, also befürchte ich, dass sie gar nicht weiß, wie viel sie nicht weiß. Nun, da Fergus neunzehn ist und in den Ruhestand geht, wartet ein böses Erwachen auf sie. Sie würde dir jetzt vermutlich erzählen, dass sie sehr gut weiß, dass nicht alle Pferde so sind wie Fergus. Vom Verstand her weiß sie das. Aber ich glaube, es wird sie ziemlich überraschen, wenn sie sieht, was alles dazugehört, um mit einem Pferd so zu arbeiten, dass man zusammenpasst und miteinander verschmilzt, bis man wirklich ein Team ist. Ich glaube, dass sie der Aufgabe gewachsen ist, und wir sollten alle die Daumen drücken, dass ich mit meiner Einschätzung richtig liege. Aber jetzt komm und arbeite mit diesem wunderbaren Mädchen, Sarah. Es wird ihr guttun, an ihrem ersten Tag an einem ihr unbekannten Ort. Es sollte helfen, ihre Ängste abzubauen.«

Sarah duckte sich unter der Seilabsperrung durch. Sie blieb kurz bei Midnight stehen und legte ihr beruhigend die Hand auf die Stirn, bevor sie sich neben Estelle in die Mitte des Roundpen stellte.

»Der Tierarzttermin ist heute um zehn Uhr dreißig«, sagte Estelle und gab Sarah die Reitpeitsche und die Longe. »Ich wäre dir sehr dankbar, wenn du uns begleiten könntest. Es würde sicher einen großen Unterschied machen, um Midnight ruhig zu halten.«

* * *

Faith packte ihre Tasche aus und räumte die letzten Kleidungsstücke in den Schrank und die Kommode. Anschließend blieb sie mitten im Gästezimmer stehen und nahm ihre Umgebung in sich auf. Das Zimmer erschien fast übertrieben luxuriös im Vergleich zu dem, woran sie sich in der Moonshadow Farm gewöhnt hatte. Zwei Himmelbetten mit dekorativen Kissen und gerüschten Decken. Ein weicher, sauberer Teppichboden. Ein Badezimmer mit Duftkerzen, Gästeseifen und Handtüchern sowie eine Badewanne im Retro-Stil mit Greiffüßen.

Sie setzte sich auf eines der Betten und wippte ein wenig auf und ab. Zufrieden schloss sie die Augen und seufzte.

Nur für einen kurzen Augenblick stellte sie sich vor, diesen Ort wieder zu verlassen. Sie fragte sich, wie lange sie wohl hierbleiben konnten und wohin sie gehen würde, wenn dieser seltsame Abschnitt ihres Lebens vorbei war. Sie hatte gerade ein Leben hinter sich gelassen, als sie Sarah und ihrer Großmutter begegnet war. Ein Leben, das nun völlig in der Vergangenheit lag – und sie hatte noch kein neues Leben für sich aufgebaut. Die Vorstellung, in ihr eigenes Leben zurückzukehren, fühlte sich bestenfalls schwammig an und schlimmstenfalls bedeutungslos. Wie hätte sie zu einem Leben zurückkehren können, das noch nicht existierte?

Dieses Sammelsurium von Gedanken und Gefühlen beunruhigte sie. Also riss sie sich zusammen, verließ das Zimmer und ging nach unten, um etwas Gesellschaft zu suchen.

Estelle war in der Küche und füllte gerade einen altmodischen Pfeifkessel mit Wasser.

»Ah, da sind Sie ja«, sagte Estelle. »Ich wollte Sie gerade fragen, ob Sie eine Tasse Tee möchten, bevor wir uns auf den Weg zum Tierarzt machen.«

»Das wäre großartig«, sagte Faith und setzte sich an den Tisch.

»Wollen Sie mitkommen oder würden Sie lieber hierbleiben?«

»Ich dachte mir, dass ein Nickerchen in Ihrem schönen Gästezimmer jetzt genau das Richtige wäre.«

»In Ordnung, machen Sie das nur. So ein Tierarztbesuch ist ziemlich langweilig. Man steht nur rum, während das Pferd von jeder Seite geröntgt wird. Man muss ein Pferd schon sehr lieben oder ein riesiges finanzielles Interesse an ihm haben, um den Vorgang interessant zu finden.«

Estelle stellte den Kessel auf den Herd und zündete den Gasbrenner an, dann setzte sie sich zu Faith an den Tisch.

»Wo ist Sarah eigentlich?«, fragte Faith, obwohl sie eine ziemlich gute Vorstellung davon hatte, wo sie sein konnte.

»Ich kann es zwar nicht mit Sicherheit sagen, aber ich habe eine wohlbegründete Vermutung. Zuletzt war sie mit Midnight im Stall und ich könnte wetten, dass sie immer noch dort ist. Ich hoffe, dass ich meine Grenzen hier nicht übertrete, aber ich würde Ihnen gern eine persönliche Frage stellen. Ist Ihr Mädchen irgendwie mit dem Gesetz in Konflikt geraten? Ich hoffe, Sie verstehen, warum es für mich wichtig ist – immerhin ist sie ein Gast in meinem Haus.«

»Nein«, sagte Faith schockiert. »Nein, keinesfalls. Wie kommen Sie darauf?«

»Ich habe gehört, wie sie mit jemandem telefoniert hat. Ich habe sie natürlich nicht absichtlich belauscht, aber wir waren zusammen im Stall, jeder in einer anderen Box, und Stimmen dringen durch die Wände. Es klang so, als wollte die Polizei mit ihr reden, aber sie wollte unbedingt warten, bis die tierärztliche Untersuchung abgeschlossen ist. Sie musste ziemlich hart darum kämpfen, aber ich glaube, sie kommt nach wie vor mit.«

»Oh«, murmelte Faith. »Oh. Ihre Großmutter muss angerufen haben. Sarah hat mir versprochen, dass wir nach dem Anruf ihrer Großmutter sofort losfahren.«

»Ich glaube, sie war besorgt, weil sie auch mir ein Versprechen gegeben hat. Und sie sorgt sich natürlich um Midnight. Wie traumatisch das alles für sie sein muss. Für ein Pferd ist ein Umzug an einen neuen Ort mit lauter neuen Pferden und Leuten wirklich schwierig. Pferde sind von Natur aus Herdentiere. Sie verlassen sich auf ihre Herde, um sich sicherer zu fühlen. Ebenso gibt die Vertrautheit ein Gefühl der Sicherheit. Selbst bei Menschen ist das so, aber für Pferde ist es zehnmal so schwer, glauben Sie mir. Aber zurück zu meiner ursprünglichen Frage.«

Der Kessel begann zu pfeifen, aber Estelle stand nicht auf.

»Sarah hat keinen Ärger mit der Polizei«, sagte Faith.

»Es freut mich, das zu hören«, sagte Estelle laut, um den pfeifenden Kessel zu übertönen.

»Lassen Sie uns einen Tee trinken«, sagte Faith. »Dann kann ich es in Ruhe erklären.«

* * *

»Ich werde nicht zu sehr in die Details gehen«, sagte Faith und blies in ihren Tee. Es war ein starker English Breakfast, der in einem Tee-Ei an einer Metallkette in ihrer Tasse zog. »Aber nur, weil ich annehme, dass das meiste von dem, was Sarah mir erzählt, vertraulich ist. Jedenfalls ist es so: Sarah wurde als Einzige Zeugin eines Verbrechens. Zuerst hat sie es niemandem erzählt, weil … na ja, das gehört wohl zu den vertraulichen Einzelheiten. Ich kann nur sagen, dass es ein schweres Verbrechen war und sie ziemlich aufgebracht darüber ist, wie es jeder andere an ihrer Stelle auch wäre.« Faith trank einen Schluck Tee, dann fügte sie hinzu: »Es hat mit dem Tod ihrer Mutter zu tun.«

Estelle hatte die Augen weit aufgerissen.

»Sie sind nicht ihre Mutter?«

»Nein.«

»Ich habe die ganze Zeit angenommen, Sie seien ihre Mutter.«

»Das ist vermutlich eine logische Folgerung, wenn Sie ein Mädchen ihres Alters und eine Frau meines Alters zusammen sehen.«

»Oh nein, es ist viel mehr als das. Sie bemuttern dieses Mädchen. Merken Sie gar nicht, dass Sie das tun? Ich meine das überhaupt nicht negativ. Aber Sie kümmern sich um Sarah und helfen ihr. Und Sie unterstützen sie. Und Sarah wendet sich an Sie, wenn sie Ihre Fürsorge braucht. Sie haben eine sehr mütterliche Rolle angenommen.«

»Oh«, murmelte Faith. Sie trank noch einen Schluck und fragte sich, ob sie das bereits gewusst hatte. Ja und nein war die beste Antwort, die ihr einfiel. »Na ja. Es ist wahrscheinlich ganz einfach ... Sie braucht eine Mutterfigur. Also übernehme ich diese Rolle.«

»Ja«, sagte Estelle und nickte. Sie rührte einen Löffel Zucker in ihren Tee. »Ich glaube, wir tun sehr oft im Leben für andere etwas Wichtiges, nur weil wir gebraucht werden. Und wirklich, wenn man darüber nachdenkt ... Welcher Grund ist auch sonst nötig?«

Sie schwiegen kurz und Faith spürte, dass Estelle noch weitere Fragen stellen wollte. Wer hätte das nicht gewollt? Aber zunächst sprach keine der beiden Frauen.

»Also ...«, begann Estelle, »... hat sie ihre Mutter und ihr Pferd verloren. Was für eine schreckliche Zeit im Leben eines Mädchens. Und die eigene Mutter durch ein schweres Verbrechen zu verlieren?«

Es war eine Frage und auch wieder nicht. Es konnte beides gleichzeitig sein.

»Und auf eine andere Weise hat sie auch ihren Vater verloren«, sagte Faith, »weil sie jetzt auf keinen Fall bei ihm sein will.«

Estelle nickte gedankenvoll. So wie es aussah, machte sie sich ihren Reim auf die Geschichte.

Faith bemerkte aus dem Augenwinkel eine Bewegung, und als sie aufblickte, sah sie Sarah, die in der geöffneten Küchentür stand. Faith hatte keine Ahnung, wie lange sie schon dort gestanden oder was sie gehört hatte.

»Worüber redet ihr?«, fragte Sarah. Misstrauisch und verhalten, dachte Faith.

Für den Bruchteil einer Sekunde war Faith versucht zu lügen, ertappte sich jedoch gerade noch rechtzeitig. Sie hatte schließlich nichts Falsches getan. Und es war fast immer besser, sich für die Wahrheit zu entscheiden.

»Du hast mir gar nicht erzählt, dass deine Großmutter angerufen hat. Warum nicht?«

»Woher weißt du, dass sie angerufen hat?«

»Weil Estelle im Stall war und gehört hat, wie du mit ihr geredet hast.«

»Oh.«

Sarah verstummte und schien in Gedanken durchzugehen, was sie in diesem Anruf alles enthüllt haben konnte.

»Warum hast du es mir also nicht erzählt? Wir hatten eine Abmachung, erinnerst du dich? Wir wollten nach dem Anruf deiner Großmutter sofort losfahren.«

»Ich hätte es dir ja erzählt. Es war erst vor ein paar Minuten. Ich war im Stall. Jetzt bin ich gerade reingekommen, um es dir zu erzählen.«

»Was ist mit unserer Abmachung, sofort loszufahren?«

»Es ist okay. Es ist in Ordnung, Faith. Sie wollte nicht, dass ich warte, aber ich habe Estelle versprochen, mit ihr zum Tierarzt zu fahren. Also habe ich sie gebeten, den … du weißt schon … den Typen zu fragen, der mit mir sprechen will. Und er hat gesagt, es sei okay, wenn wir dort heute ein bisschen später hinkommen.« Sarah ließ den Blick zu Estelle wandern, als hätte sie einen Themenwechsel dringend nötig. »Wie lange dauert die Fahrt zum Tierarzt?«

»Nur fünfzehn oder zwanzig Minuten.«

»Dann sollte ich ihr trotzdem schon mal die Transportgamaschen anlegen, oder?«, fragte Sarah. »Damit ich sie in zehn Minuten oder so zum Anhänger bringen kann?«

»Mein Liebling«, sagte Estelle, »ich habe Angestellte. Stan kann das machen.«

Sarah sah niedergeschlagen aus. Und mit jeder verstreichenden Sekunde schien ihre Enttäuschung tiefer in sie einzusinken.

»Meinen Sie nicht, dass sie sich mit mir sicherer fühlen würde?« Ihre Stimme klang leise und schwach.

»Ich will nur, dass du weißt, dass du nicht meine Sklavin bist«, sagte Estelle. »Nichts gegen John, aber er hat dich zu hart arbeiten lassen, und das ohne Bezahlung. Er hat seinen Vorteil daraus gezogen, dass du so leidenschaftlich gern bei Midnight bist. Ich will dich nicht ausnutzen. Aber wenn du mir sagst, dass es dich wirklich glücklicher machen würde, Midnight selbst in den Anhänger zu bringen, dann nur zu – tu, was dich glücklich macht. Aber denk dran, dass du mir nicht ständig deine Nützlichkeit beweisen musst, um hier willkommen zu sein. Ihr seid meine Gäste, du und deine … du und Faith.«

»Danke!«, rief Sarah. Sie klang wie voll neuer Kraft und Elan. »Ich mache sie dann mal bereit.«

* * *

Faith stand gerade mit den Schlüsseln in der Hand am Auto, als Estelle mit dem Pferdeanhänger durch das Tor fuhr und parkte.

Sarah sprang heraus, um die Rampe an der Seite des Anhängers zu entriegeln, aber Stan schaltete sich ein. Genau, wie Faith es verlangt hatte.

»Ich bringe sie weg«, sagte er.

»Nein, ich mach das schon«, sagte Sarah und stieß ihn fast aus dem Weg.

»Tut mir leid«, sagte er beharrlich und wich nicht von der Stelle. »Anweisung deiner Mutter.«

»Sie ist nicht meine Mutter.«

»Na ja, wer auch immer sie ist«, sagte Stan, »du sollst jetzt sofort zu ihr gehen.«

»Ich bringe nur gerade Midnight weg«, rief Sarah in Faiths Richtung.

»Nein. Lass Stan das machen. Wir fahren jetzt.«

»Ich kann sie doch vorher noch wegbringen«, jammerte Sarah.

»Das kann Stan auch. Wir haben ein Versprechen gegeben. Und wir haben es bereits einmal zu oft aufgeschoben.«

Sarah blieb stehen. Als sie den Kopf hängen ließ und seufzte, wusste Faith, dass sie sich durchgesetzt hatte.

Während Sarah langsam auf das Auto zuging, merkte Faith, dass Estelle recht gehabt hatte. Sie war, ohne es zu merken, in eine Art Mutterrolle geschlüpft.

»Ich habe Hunger«, jammerte Sarah. »Kann ich nicht mal was essen, bevor wir losfahren?«

»Wir können unterwegs anhalten und etwas kaufen.«

»Wo ist der Unterschied? Das geht nicht mal schneller.«

»Du warst zweieinhalb Stunden beim Tierarzt, Sarah. Deine Großmutter muss die Warterei wahnsinnig machen.«

»Das ist nicht meine Schuld. Es hat so lange gedauert!«

»Wie auch immer. Ich rufe jetzt Constance an und sage ihr, dass wir auf dem Weg sind. Und das muss die Wahrheit sein.«

* * *

Mehrere Kilometer später, auf der 101 Richtung Süden, brach Faith das Schweigen.

»Wie ist die Untersuchung beim Tierarzt gelaufen?«

»Gut.«

»Keine Probleme?«

»Nichts Großes, nein. Nichts, was wirklich ein Problem wäre. Jedes Pferd hat irgendeine kleine Sache. Aber ihre Hufrollen sind gut, genauso wie ihre Sprunggelenke. Sie hat nur diesen einen Knochensporn, aber der Tierarzt sagte, er sei inaktiv und keinen kritischen Strukturen zugewandt. Er sagte, es sei nur ein Schönheitsfehler. Also kein Zeichen von Brüchigkeit.«

»Na ja, nach dem, was ich verstanden habe, hättest du mir das genauso gut auf Griechisch erzählen können. Aber ich habe den Eindruck gewonnen, dass sie in guter Verfassung ist.«

»Ja«, bestätigte Sarah.

Faith glaubte, eine Spur von Enttäuschung in Sarahs Stimme zu hören, tat es jedoch als ein Produkt ihrer Einbildung ab.

»War Julia beim Tierarzt ziemlich nervend?«

»Sie war nicht da.«

»Oh. Wie merkwürdig. Ich frage mich, warum.«

»Keine Ahnung«, sagte Sarah.

Sie versanken wieder in unangenehmes Schweigen.

Nach ein paar Kilometern meldete sich Sarah plötzlich wieder zu Wort.

»Was hast du Estelle erzählt?«

»So wenig wie möglich. Nur, dass du die einzige Zeugin eines Verbrechens wurdest.«

»Warum hast du ihr überhaupt so viel erzählt?«

»Weil sie dachte, du seist eine Straftäterin. Und wir wollen schließlich weiterhin in ihrem Haus willkommen sein. Verstehst du das?«

»Oh«, murmelte Sarah. »Ja, ich verstehe. Hey, kann ich dir ein Geheimnis anvertrauen?«

»Sicher.«

»Ich habe gehofft, dass mit Midnight irgendwas nicht in Ordnung ist. Und jetzt fühle ich mich deswegen richtig schlecht. Aber wenn sie einen verborgenen Knochenbruch gehabt hätte oder so was … oder schlechte Sprunggelenke … oder den Beginn einer Hufrollenentzündung … dann wäre sie kaum etwas wert gewesen. Estelle hätte sie nicht gekauft und John hätte sie quasi verschenken müssen. Alle diese Leute, John und Estelle und Julia, die wollen sie nur wegen ihres Talents. Wegen der Zukunft, die sie im Dressurreiten haben kann. Aber ich liebe sie auch ohne das. Ich würde sie selbst dann lieben, wenn ich nicht mehr auf ihr reiten könnte. Ich würde mich trotzdem für den Rest ihres Lebens um sie kümmern und ich würde sie immer noch wollen. Aber später habe ich mich für meine Gedanken geschämt, weil ich natürlich nicht will, dass sie Schmerzen hat. Und sie liebt es, geritten zu werden. Sie wurde dafür gezüchtet, dafür geboren. Und ich sollte ihr das nicht wegnehmen wollen. Also glaube ich jetzt, dass es wirklich schlecht von mir war, so etwas zu wünschen. Was meinst du? Findest du, es ist etwas Schlechtes?«

»Ich finde, es ist etwas sehr Menschliches«, sagte Faith.

»Ich weiß nicht genau, was du meinst, aber okay.«

»Ich meine, dass jeder an deiner Stelle so fühlen würde.«

»Oh. Okay. Was ist, wenn meine Oma will, dass ich bei ihr bleibe? Was ist, wenn ich meine Aussage mache und sie ihn dann verhaften? Wenn wir vor ihm sicher sind und er mich nicht wegnehmen kann, will meine Oma bestimmt, dass ich bei ihr wohne. Und dann können wir nicht zurück zu Estelle.«

»Das können wir immer noch sehen, wenn es soweit ist.«

»Diese Antwort reicht mir nicht, Faith. Es ist mir wichtig.«

»Ich weiß, meine Kleine, ich weiß. Ich werde versuchen, ihr beizubringen, wie wichtig es für dich ist. Vielleicht könnte sie ja für ein paar Tage mit dir zu Estelle kommen.«

»Das würde sie nicht wollen. Sie hasst neue Orte.«

»Sie ist mit dir in das Strandhaus gezogen.«

»Nur, weil es ein Notfall war. Jetzt ist sie einfach erleichtert, wieder zu Hause zu sein. Das hat sie mir erzählt. Sie würde nicht wieder wegwollen, nur damit ich mein Pferd sehen kann. Bitte, Faith. Ich muss zu Estelle zurück. Du musst mir helfen, wieder zu ihr zu kommen.«

»Ich werde mein Bestes tun«, sagte Faith. »Mehr geht leider nicht.«

Sie wartete, bekam aber keine Antwort mehr. Sarah blickte jetzt aus dem Beifahrerfenster und verweigerte den Kontakt.

»Wir halten demnächst an, um etwas zu essen«, sagte Faith nach einer Weile.

»Ich habe keinen Hunger.«

»Vorhin hast du aber was ganz anderes gesagt.«

»Ja gut, aber jetzt, wo wir dorthin fahren, wo ich mit der Polizei reden muss, ist mir der Appetit vergangen.«

Eine Weile fuhren sie schweigend weiter, bis Sarah plötzlich hinzufügte: »Außerdem … Ich habe vielleicht versucht, es ein klein wenig hinauszuzögern.«

»Das habe ich gespürt«, sagte Faith.

»Warum muss ich das tun? Ich hasse es.«

»Ich glaube, du weißt, warum.«

»Ja. Wahrscheinlich habe ich nicht wirklich *warum* gemeint. Wahrscheinlich habe ich gemeint … dass ich wünschte, es nicht tun zu müssen.«

»Ich weiß. Ich verstehe das.«

»Warum müssen Leute Sachen tun, die sie so sehr hassen? Und die so schwer sind?«

»Ich wünschte, ich wüsste es«, sagte Faith. »Wirklich, meine Kleine. Du hast keine Vorstellung davon, wie gerne ich das wüsste.«

Den restlichen Weg nach Thousand Oaks legten sie schweigend zurück.

Kapitel 14

Eine teuflische Sache

»Kann Faith mit mir reinkommen?«, fragte Sarah.

Die Stimme des Mädchens klang dünn vor Angst. Regelrecht von Angst durchtränkt.

Faith, Constance und Sarah saßen auf einer harten Bank im Polizeirevier, Sarah in der Mitte. Constance hielt Sarahs Hand eisern umklammert.

Alle drei blickten sie zu dem Polizisten, Kriminalbeamten oder was auch immer er war. Er war ein Riese von einem Mann, in Zivilkleidung, groß und breitschultrig und etwas übergewichtig. Nicht unbedingt dick, aber trotzdem schätzte Faith sein Gewicht auf etwa hundertdreißig Kilo. Er hatte ein pockennarbiges Gesicht und sein Haar war nach hinten gegelt, sodass es direkt fettig aussah.

Der Polizist sah Faith an. »Gehören Sie zur Familie?«

Faith schüttelte den Kopf. »Nein«, sagte sie. »Wir sind nicht verwandt. Ich bin nur eine Freundin der Familie.«

»Dann lass uns erst mal nur deine Großmutter mitnehmen«, sagte er zu dem Mädchen.

Faith konnte hören, wie Sarah neben ihr tief ein- und ausatmete. Es klang zittrig.

Sarah sprang auf und zog Constance an der Hand mit sich. Sie folgten dem Polizisten und ließen Faith auf der Bank zurück.

Drei weitere Polizeibeamte saßen mit ihr in dem Vorzimmer an ihren Schreibtischen, eine Frau und zwei Männer. Jedes Mal, wenn sich Faith nervös umblickte, lächelten sie sie an, sobald sich ihre Blicke trafen.

Nachdem sie das einige Male durchgespielt hatten, blickte Faith aus dem Fenster.

Ein paar Minuten später kam Constance zurück und setzte sich neben Faith.

»Hat er dich rausgeschickt?«, fragte Faith entsetzt. Sie glaubte, irgendwo gelesen zu haben, dass bei Befragungen von Minderjährigen immer ein Elternteil oder ein anderer Erziehungsberechtigter anwesend sein sollte.

»Nein. Sarah wollte es.«

Diese einfache Äußerung blieb einen Augenblick in der Luft hängen, bevor Faith es wagte, darüber zu sprechen.

»Wie hast du dich gefühlt?«

»Es ist okay. Ich habe darüber nachgedacht. Ich habe viel darüber nachgedacht, was du auf dem Pier zu mir gesagt hast. Und ich verstehe es. Es passt zu ihr. Sie versucht nur, mich zu schützen. Der Kripobeamte ist auf eine Menge Details dieser Nacht eingegangen und sie hat immer wieder zu mir gesehen. Wenn sie etwas gesagt hat, versuchte sie jedes Mal einzuschätzen, ob es mich sehr treffen würde. Also habe ich sie allein gelassen, damit sie tun kann, was sie tun muss.«

Sie schwiegen eine Weile, bis Constance plötzlich sagte: »Ich habe etwas Interessantes erfahren. Nicht gerade eben, sondern letztes Mal, als ich hier war. Er sagte, es gebe eine Abweichung im gerichtsmedizinischen Gutachten. Ich nehme an, er hat sich den Fall noch mal genauer angesehen, nachdem ich hier war und ihm Sarahs Geschichte erzählte. Und da gab es eine Abweichung.«

»Was für eine Abweichung?«

»Er sagte, es seien keine Pulverrückstände auf Heathers Hand gewesen.«

»Pulver?«

»Schießpulver.«

»Oh. Ich bin mir immer noch nicht sicher …«

»Hätte sie die Waffe abgefeuert, dann wären auf ihrer Hand Pulverrückstände gewesen. Alles andere schien zu passen. Der Schusswinkel. Und die Waffe war direkt auf ihren Kopf gerichtet worden, aber … da war nur diese eine Sache. Keine Pulverrückstände.«

»Warum haben sie dann nicht …?« Wieder schien Faith ihren Gedanken nicht zu Ende führen zu können. Verstandes- und gefühlsmäßig kam es ihr so offensichtlich vor, all die Sachen, die sie hätten tun müssen. Doch sie schien nicht die Worte dafür zu finden.

»Ich habe gefragt«, sagte Constance. Sie klang erschöpft und verzweifelt. »Ich habe gefragt und gefragt und gefragt und nie eine klare Antwort erhalten. Mein Eindruck ist, dass die meisten Fälle nicht perfekt sind und dass sie sich daher nach den Indizien richten, die überwiegen. Also … müssen sie einfach eine Entscheidung treffen. Und in diesem Fall war niemand da, um seiner Version des Tathergangs zu widersprechen. Bei der Sammlung der Indizien ist ein Fehler aufgetreten, der unserer Situation nicht geholfen hat. Die Polizisten, die in dieser Nacht die Spuren gesichert haben … sie hätten die Hände meiner Tochter eigentlich in Plastikhüllen stecken sollen. Wahrscheinlich war einer der Polizisten neu oder einfach zu schnell. Jedenfalls wurde dieser Schritt ausgelassen. Wenn also etwas fehlt, das sie haben sollten, wirft das Zweifel auf.

Vielleicht fehlt es nicht wirklich. Vielleicht wurde das Indiz nur nicht richtig aufbewahrt. Und alles, weil sie …«

Constance verstummte. Faith hatte gerade zum Fenster hinausgesehen und ein paar Vögel in einem nahe gelegenen Baum beobachtet. Als Constance nicht weitersprach, wandte sie den Blick und sah, dass der älteren Frau Tränen über die Wangen liefen. Dass sie kurz vor einem Zusammenbruch war.

»… die Hände meines Babys nicht in Plastik gesteckt haben!«, flüsterte sie, gefolgt von einem tiefen, gequälten Schluchzer. »Meine einzige kleine Tochter!«

Constance erklärte nicht, warum sie gerade dieses gedankliche Bild so heftig traf. Andererseits war es auch nicht nötig.

Faith schlang die Arme um Constance und drückte sie fest an sich.

»Das ist trotzdem eine gute Sache«, flüsterte Faith. »Ich meine … ich weiß, dass es schwer ist. Aber es gibt jetzt mehr Zweifel an seiner Geschichte. Mehr als nur Sarahs Zeugenaussage. Und das ist doch gut, oder?«

Bevor Constance antworten konnte, bemerkten sie, dass Sarah und der Kriminalbeamte hereingekommen waren. Sie setzten sich schnell auf. Constance wischte sich die Tränen aus den Augen. Als wären sie ein Geheimnis. Als könnte man nicht verstehen, warum ihr in diesem Moment die Tränen kamen.

Der Kriminalbeamte blickte auf Faith hinunter.

»Haben Sie eine Minute Zeit?«, fragte er.

»Okay«, sagte sie zögernd und folgte ihm. Sie konnte sich nicht vorstellen, warum er mit ihr sprechen wollte.

Sein kleines Büro war ein nasskalter, staubiger Raum mit nur einem schmalen Fenster, durch das nicht genügend Licht drang. Auf dem Fensterbrett und seinem Schreibtisch standen mehrere leere Kaffeebecher. Faith fragte sich, was ihn davon abhielt, sie wegzuwerfen.

Sie setzte sich gegenüber von dem Schreibtisch auf einen harten Stuhl ohne Armlehnen. Zwischen ihnen türmte sich ein hoher Berg von Unterlagen auf.

»Sie waren also die Erste, der Sarah alles erzählt hat«, sagte er. Es war keine Frage.

»Ja.«

»Hat sie Ihnen gesagt, warum sie so lange damit gewartet hat?«

»Ja. Sie war sehr aufgebracht. Vor allem wollte sie ihre Großmutter schützen. Ihr war klar, dass sie es erfahren musste, aber sie hatte das Gefühl, ihre Großmutter würde emotional gerade eben noch durchhalten und sie wollte ihr nicht den Rest geben. Und ich bin sicher, Sie werden verstehen … ich meine, was auch immer sie ihrem Vater gegenüber gerade empfindet, er ist immer noch ihr Vater. Es ist eine sehr komplizierte Situation für ein Kind.«

Sie verstummte und wartete ab, während der Kripobeamte sich Notizen machte. Er benutzte Stift und Papier und Faith fragte sich, ob er noch nicht im digitalen Zeitalter angekommen war. In einer Ecke seines Schreibtisches befand sich ein Computer, der jedoch ausgeschaltet zu sein schien.

»Okay«, sagte er. »Hat Sarah jemals etwas gesagt oder getan, um Sie zu der Annahme zu verleiten, dass sie … nicht immer völlig wahrheitsliebend sein könnte?«

Ein unangenehmes Gefühl stieg in Faith auf. Sie brauchte einen Augenblick, um zu begreifen, dass es Wut war. Es prickelte im Genick, und ihre feinen Nackenhaare stellten sich auf.

»Nein! Wie kommen Sie auf diese Frage? Sarah ist sehr ehrlich. Selbst wenn sie durch Lügen etwas erreichen könnte, würde sie nicht lügen. Erst vor Kurzem hat sie zu mir gesagt ›Ich bin nicht wie mein Vater‹, um mir zu erklären, warum sie die Wahrheit sagt. Weshalb würden Sie an ihr zweifeln?«

»Ma'am«, sagte er mit einem Ton, der sie in ihre Schranken weisen sollte. Er hatte eine bestimmte Art, war aber nicht respektlos oder beleidigend. »Ich versichere Ihnen, dies ist nur unser Standardverfahren. Ich habe keinen besonderen Grund, an Sarahs Aussage zu zweifeln. Ich mache nur meine Arbeit. Wenn sie vor Gericht geht und diese Geschichte erzählt, na ja … man kann nie wirklich wissen, wie ein Richter oder die Geschworenen entscheiden werden, aber es ist ziemlich wahrscheinlich, dass dieser Mann für eine lange Zeit ins Gefängnis kommt. Ich will nur wissen, ob Sie glauben, dass sie die Wahrheit sagt.«

»Ja«, sagte Faith. »Ich glaube, dass sie die Wahrheit sagt. Es war etwas, das mitten in der Nacht irgendwie plötzlich … aus ihr herausgebrodelt kam. Ich konnte spüren, wie sehr es sie bedrückt hatte. Und sie hätte nichts dabei zu gewinnen, wenn sie so etwas behaupten würde, wenn es nicht wahr wäre.«

»Es sei denn, sie wollte nicht zu ihrem Vater zurück.«

»Stimmt, aber das ist genau der Grund, warum sie nicht zurückwill. Und ja, ich glaube fest daran, dass sie die Wahrheit sagt. Und nachdem ich ihren Vater kennengelernt habe, glaube ich, dass alles, was er sagt, bestenfalls zweifelhaft ist.«

»Okay. In Ordnung. Ich habe keinen Zweifel an Ihnen oder dem Mädchen. Ich mache nur meine Arbeit und prüfe den Fall von allen Seiten. Das ist alles, was ich von Ihnen wissen wollte. Zumindest für den Augenblick.«

»Was passiert jetzt als Nächstes?«

»Ich glaube, es ist am besten, wenn Sie Sarah noch ein paar Tage bei sich behalten. Wir werden uns auf die Suche nach ihrem Vater machen und ihn hierherbringen. Aber es ist vielleicht sinnvoll, wenn sie an einem sicheren Ort ist, bis wir ihn ausfindig gemacht und ihn erfolgreich unter Anklage gestellt haben. Wir werden den Richter bitten, zu Sarahs Sicherheit keine Kaution zu bewilligen. Aber, wie ich eben schon sagte … man weiß nie, wie sich ein Richter entscheidet.«

»Das ist in Ordnung«, sagte Faith. »Wir sind im Santa Ynez Valley, wenn Sie uns brauchen.«

* * *

Als sie auf der 101 über den kurvenreichen, schmalen Bergpass bei Gaviota fuhren – nur ein paar Minuten südlich der Abzweigung des San-Marcos-Pass, die sie nehmen mussten, um zu Estelle zu gelangen –, meldete sich Sarah zum ersten Mal wieder zu Wort.

»Ähm …«, murmelte sie und blickte aus dem Fenster. »Danke. Das wollte ich sagen. Nur … danke.«

»Wofür?«

»Dass du sie überredet hast, dass ich wieder mit dir zu Estelle fahren kann.«

»Oh. Das. Das hat sich irgendwie von selbst erledigt. Der Polizist … oder Kripobeamte … hat vorgeschlagen, dass du am besten bei mir bleibst, bis sie sich sicher sind, dass sie deinen Vater unter Anklage stellen können. Und vorher müssen sie ihn natürlich erst ausfindig machen.«

»Ich verstehe«, sagte Sarah und schwieg wieder.

Sie verließen den schmalen Bergpass und kamen schließlich in einen kleinen Ort namens Buellton. Sarahs Telefon klingelte.

Sie starrte das Gerät in ihrer Hand an, als wäre es vergiftet.

»Meine Oma«, sagte sie. »Ich frage mich, was sie will.«

»Ich weiß, wie du es herausfinden kannst.«

Sarah verdrehte die Augen und nahm den Anruf an.

»Hallo, Oma.«

Sie hörte lange zu, dann sagte sie schließlich: »Oh. Okay. Ich werde es ihr sagen.«

Eine kurze Stille, dann: »Ja. Okay. Tschüss.«

Faith spürte, dass Sarah sie ansah, und erwiderte den Blick kurz, dann musste sie sich wieder auf die Straße konzentrieren. Sie stellte keine Fragen und wartete einfach ab.

»Sie haben meinen Vater festgenommen.«

»Das ging aber schnell.«

»Ja. Er war zu Hause. Sie mussten nur zu seinem Haus gehen. Und dort war er. Und sie haben ihn festgenommen.«

»Na ja … gut. Das ist gut, oder? Will sie, dass du sofort zurückkommst?«

»Nein. Sie hat dasselbe gesagt wie du gerade. Dass ich mich eine Weile nicht vom Fleck rühren soll, bis sie sicher sind, dass sie ihn unter Anklage stellen können. Und dass er nicht auf Kaution freikommt.«

»Das könnte zeitlich genau hinhauen. Noch ein paar Tage bei Estelle, dann kannst du nach Hause zu deiner Großmutter.«

Es war Faith klar, dass es eine traumatische Erfahrung für Sarah sein würde, ohne Midnight zu ihrer Großmutter zurückzukehren. Ein harter Schlag. Aber sie konnte diesen Schlag nicht aufhalten. Und soweit sie wusste, konnte es auch niemand sonst verhindern. Sie versuchte nicht, diese bittere Wahrheit in ihr Gespräch einzubringen, denn sie war zu schwer in Worte zu fassen. Außerdem hatte sie mit Sarah die stillschweigende Vereinbarung getroffen, diese Realität so weit wegzuschieben wie möglich.

»Er bekommt keine Kaution bewilligt«, unterbrach Sarah Faiths Gedanken.

»Woher weißt du das?«

»Weil niemand ihm das Geld geben würde. Selbst seine Mutter hat genug von ihm, vor allem, wenn es um Geld geht.«

Sie fuhren ein paar Minuten lang schweigend weiter. Faith nahm die Abfahrt auf die 154. Der San-Marcos-Pass. Sie blickte auf das Thermometer am Armaturenbrett, als die

Außentemperatur stetig anstieg und bei vierzig Grad Celsius stehen blieb.

Als sie auf die kurze Straße abbogen, die zu Estelles Anwesen führte, meldete sich Sarah wieder zu Wort.

»Sie haben meinen Vater festgenommen. Weil ich ihn verraten habe. Das ist ein Riesending, oder?«

»Ja«, sagte Faith. »Da stimme ich dir zu. Das ist ein Riesending.«

* * *

Als sie Seite an Seite in ihren Himmelbetten lagen, schien ein heller Vollmond durch das Fenster herein, von dem aus man den Stall sehen konnte. Faith warf hin und wieder einen Blick auf das andere Bett, um zu sehen, ob Sarah schlief. Jedes Mal konnte sie sehen, dass Sarahs Augen langsam blinzelten.

»Bist du wach?«, fragte Sarah nach einer Weile.

»Ja. Hellwach.«

Faith nahm an, dass Sarah über ihren Vater reden wollte oder über ihren Besuch im Polizeirevier. Was sie dann sagte, überraschte Faith.

»Ich bin so eifersüchtig auf sie.«

»Auf wen?«

»Ich dachte, das könntest du erraten.«

»Noch nicht.«

»Julia.«

»Oh. Julia.«

»Warum bekommt sie so viel? Warum bekommt sie alles, was sie will? Sie hat es nicht verdient.«

»Na ja … um fair zu sein, Sarah … Wir kennen sie kaum. Es könnte mehr hinter ihr stecken, als wir bisher gesehen haben.«

»Ich finde nicht, dass sie mein Pferd verdient hat. Findest du, dass sie mein Pferd verdient hat?«

Faith seufzte. Sie dachte über eine positive Antwort nach, aber ihr fiel keine ein.

»Wahrscheinlich nicht. Nein.«

»Ich kann verstehen, dass sie eine Oma mit einer Menge Geld hat, die ihr alles gibt. Und damit kann ich umgehen. Ich liebe meine Oma und ich würde sie nie gegen eine Oma mit mehr Geld eintauschen. Ich wünschte, sie hätte es sich leisten können, Midnight für mich zurückzukaufen, aber ich liebe sie trotzdem, so wie sie ist. Also gut, Julias Oma kauft ihr schöne Sachen, aber ich will einfach wissen, warum sie ihr ausgerechnet meine schöne Sache kaufen musste. Midnight ist natürlich keine Sache, aber du weißt schon.«

»Ja, ich weiß. Aber ich habe gedacht, es sei gut, dass Estelle sie gekauft hat. Weil du wusstest, dass es ihr bei Estelle gutgehen würde.«

»Das habe ich gedacht, ja. Jetzt bin ich mir nicht mehr so sicher. Ich habe gedacht, Estelles Enkelin wäre ein wirklich netter Mensch. Wie Estelle. Und … oh, es fällt mir irgendwie schwer, das zu sagen, weil ich mich dadurch wie ein schlechter Mensch fühle, aber … ich hasse es so oder so. Ich hasse den Gedanken, dass es Midnight hier total gut gefällt und sie sich leicht eingewöhnt, dass sie ihre neue Reiterin mag und mich überhaupt nicht vermisst. Das fühlt sich wirklich schlimm an. Das ist für sich genommen furchtbar. Andererseits will ich auch nicht, dass sie unglücklich ist. Ich weiß nicht, was ich will. Ich weiß nicht einmal mehr, was ich selbst will, Faith.«

Sie verstummte und ließ eine Stille eintreten. Vielleicht in der Hoffnung, dass Faith diese Stille füllen würde. Doch Faith hatte keine Ahnung, was sie sagen sollte. Auch sie wusste nicht, was Sarah wollte. Nach einer Weile sprach Sarah weiter.

»Warum geschehen in dieser Welt Dinge, die einfach so ungerecht sind? Und wenn du jetzt sagst ›Das ganze Leben ist ungerecht‹, dann gehe ich.«

»Ich hatte nicht vor, das zu sagen.«

»Gut. Mein Vater hat das immer gesagt. Ich habe es gehasst.«

Faith bemerkte, dass Sarah den Blick zum Fenster wandte, in die Richtung des Stalls im Mondlicht. In die Richtung der »Sache«, die sie wie nichts sonst auf der Welt liebte.

»Was wolltest du dann sagen?«

»Nur, dass ich es nicht weiß. Tut mir leid. Ich merke, dass ich in solchen Dingen völlig nutzlos bin.«

»Nein, bist du nicht. Ich mag das an dir.«

»Dass ich von nichts eine Ahnung habe?«, fragte Faith mit einem bitteren kleinen Lachen.

»Dass du es zugibst, wenn du etwas nicht weißt. Die meisten Erwachsenen versuchen, einem etwas vorzumachen.«

»Ja. Das ist wahr. Sie wissen es auch nicht unbedingt.«

»Oh, das habe ich schon vor langer Zeit herausgefunden«, sagte Sarah.

Dann drehten sich beide auf die andere Seite, die Rücken einander zugewandt, und stellten sich schlafend.

* * *

Am nächsten Morgen ging Faith nach draußen, nachdem sie im ganzen Haus keine Menschenseele angetroffen hatte.

Sie entdeckte die anderen vor dem Stall – Sarah, Estelle und Stan. Sie hatten drei Pferde bei sich, die an einer Anbinderstange standen, eines davon war Midnight. Alle waren da, außer Julia.

»Ah! Da sind Sie ja«, rief Estelle ihr zu. So hellwach und fröhlich, dass es fast unerträglich war. »Guten Morgen! Wir wollten gerade reingehen und Sie holen. Wir machen ein Pferd für Sie fertig. Wir reiten ein bisschen aus.«

»Ein Pferd für mich?«

»Genau«, sagte Estelle.

Faith blickte zu Sarah, die gerade Midnight sattelte. Sie versuchte, Sarahs Aufmerksamkeit auf sich zu ziehen, doch das Mädchen schien mit den Gedanken ganz woanders zu sein, in ihrer eigenen kleinen Welt. Ihre Miene wirkte angespannt und eine schwere, depressive Energie ging von ihr aus. Sie schien weder bereit noch fähig zu sein, mit einer anderen Person außerhalb ihres eigenen Selbsts Kontakt aufzunehmen. Selbst Midnight schien nicht ihre volle Aufmerksamkeit zu bekommen.

»Ich reite aber nicht«, sagte Faith.

»Für Reggie ist keine Erfahrung nötig«, erwiderte Estelle knapp, als sei das Thema damit erledigt.

Sie zeigte auf das größte Pferd, das Faith je gesehen hatte, zumindest leibhaftig. Ein kastanienbraunes Pferd mit massiver Statur, weißen Beinen und einer breiten weißen Markierung auf dem Gesicht. Er drehte sich zu Faith um, als wüsste er, dass über ihn geredet wurde. Sein Blick war sanft und wirkte fast amüsiert.

»Er ist riesig!«

»Aber so sanft wie ein Kätzchen«, sagte Stan. »Sie werden mit ihm keine Probleme haben.«

Während er sprach, nahm er das Halfter von Reggies riesigem Kopf und legte es dem Pferd um den Hals. Dann legte er den Zügel über den Pferdekopf und befestigte die Trense.

»Wie groß ist dieses Pferd?«, fragte Faith und trat näher heran. Sie spürte ein nervöses Kribbeln im Magen bei dem Gedanken, auf das Tier zu steigen.

»Knapp unter einem Meter achtzig.«

»Das ist groß«, sagte Faith.

Wie sie wusste, war Midnight nur eins zweiundsechzig groß. Und das war ihr bisher mehr als groß genug vorgekommen.

»Na ja, das konnten Sie ja schon mit eigenen Augen sehen«, sagte Stan und untermalte seine Worte mit einem ironischen Lächeln.

»Ich dachte nur gerade, dass es ein weiter Weg ist, wenn man herunterfällt.«

»Dass es dazu kommt, ist sehr unwahrscheinlich. Aber wirklich, auf ihm sitzt man nur fünfzehn Zentimeter weiter vom Boden entfernt als auf Sarahs Pferd.« Er warf einen Blick zu Estelle, die ihn nicht gehört zu haben schien. »Ich meinte natürlich Julias Pferd. Aber es ist so, Miss Faith. Ich würde mir nicht so viele Gedanken darüber machen, wie weit die Entfernung vom Boden ist. Ich würde mir eher Gedanken darüber machen, ob ein Pferd Sie dorthin befördern will. Und Mr Reggie hat das nicht vor.«

Er führte das Pferd zu einer Aufsteighilfe mit drei Stufen.

»Oh, einen Augenblick«, sagte er. »Ich muss noch einen Helm für Sie holen. Hier. Halten Sie ihn bitte mal.«

Zögernd nahm Faith den Zügel, den er ihr hinhielt. Reggie stieß einen tiefen Seufzer aus und blies durch seine riesigen Nasenlöcher, dann ließ er den Kopf sinken, als hätte er vor Stans Rückkehr reichlich Zeit für ein Nickerchen. Seine Augen waren halb geschlossen.

»Das sollte funktionieren«, sagte Stan. Er setzte ihr einen Helm auf und schnallte den Kinnriemen fest. »Los geht's. Die anderen warten schon. Ich helfe Ihnen hoch.«

»Aber ich ...« Faith stockte, unsicher, mit welchem ihrer vielen Einwände sie beginnen sollte.

»Ich halte ihn. Machen Sie sich erst mal keine Gedanken um den Zügel. Greifen Sie nur diesen Riemen.«

»Diesen hier?«

Faith deutete auf einen schmalen, straff gezurrten Ledergurt, der an beiden Seiten des Sattelknopfes befestigt war und quer über Reggies knochigen Widerrist verlief.

»Genau richtig«, sagte Stan. »Miss Estelle hat mich gebeten, diesen Gurt anzubringen, damit Sie sich sicherer fühlen. Sie sagte: ›Ich weiß nicht, ob Miss Faith schon viel oder überhaupt jemals geritten ist, also besorgen Sie ihr einen Ave-Maria-Riemen.‹«

Faith lachte laut auf, jedoch mehr aus Nervosität als aus echter Fröhlichkeit.

»So wird das wirklich genannt?«

»Oh, das ist nicht der Fachbegriff, nehme ich an. Wenn sie einen kaufen wollen, würden sie nach einem Haltegurt oder Handgurt fragen. Aber wir nennen ihn so … na ja, aus offensichtlichen Gründen.«

»Ja«, sagte Faith. »Offensichtlich.«

»Steigen Sie auf, Ma'am.«

Schon auf der obersten Stufe der Aufsteighilfe hatte Faith das Gefühl, zu weit vom Boden entfernt zu sein. Sie ergriff den Gurt fest mit der rechten Hand. Ihre Fingerknöchel streiften Reggies Hals und er zuckte, als würde er eine Fliege abschütteln.

»Den linken Fuß in den Steigbügel. Schwingen Sie sich hoch und über seinen Rücken.«

Er hielt die Arme hinter ihr ausgebreitet, ohne sie zu berühren. Nur für den Fall, dass sie ihr Gleichgewicht verlieren sollte.

Schon saß Faith auf dem Sattel, immer noch fest an den Gurt geklammert. Vor ihr warteten Sarah und Estelle geduldig auf ihren Pferden. Stan hielt ihr den Zügel hin, den sie mit der linken Hand nahm, weil sie den Gurt nicht loslassen wollte. Er drehte die Steigbügel um, sodass sie bequem mit ihren Füßen hineinschlüpfen konnte.

»Wir nehmen Faith in die Mitte«, rief Estelle Sarah zu, als die Pferde sich in Bewegung setzten.

Sarah ritt hinter Faith und sie machten sich zu einem gemächlichen Spazierritt auf. Reggie schien wirklich die ganze Arbeit selbst zu leisten und brauchte keine Anleitung von Faith.

Erleichtert atmete sie ein paarmal tief durch und versuchte, ihre Ängste loszulassen.

Sie ritten zu einem Tor, das in den weißen Bretterzaun um Estelles Reiterhof eingelassen war. Die Sonne stand halbhoch am Himmel und es war bereits heiß, obwohl es erst Vormittag war. Faith wurde von den Sonnenstrahlen geblendet und hatte keine Hand frei, um ihre Augen abzuschirmen. Sie war wirklich nicht bereit, den Zügel oder den Ave-Maria-Gurt loszulassen, also blieb ihr nichts anderes übrig, als die Augen zusammenzukneifen.

»Warum reitest du auf Midnight?«, fragte Faith Sarah. Sie wandte den Kopf um, damit Sarah sie hören konnte. Es löste auch das Problem mit der blendenden Sonne. »Warum reitet Julia nicht auf ihr?«

»Julia hatte einen kleinen Unfall.«

»Oh. Oje. So ein Pech. Ist alles in Ordnung mit ihr?«

»Sie hat sich das Handgelenk verstaucht. Ziemlich übel«, sagte Sarah, »aber es ist nichts gebrochen.«

»Wie ist es passiert?«

»Sie ist vom Pferd gefallen«, antwortete Sarah und schien es dabei belassen zu wollen.

»Von welchem?«

»Midnight.«

Sie ritten an das Tor heran und Estelle lehnte sich hinunter, um es zu öffnen. Sie ritt als Erste hindurch und wartete auf Faith und Sarah, dann schloss sie das Tor hinter ihnen.

»Heute Morgen?«, fragte Faith. Sie sprach mit Sarah, bemerkte aber, dass nun auch Estelle zuhörte. »Sie hatte schon heute Morgen einen Unfall auf Midnight?«

»Nein«, antwortete Estelle. »Gestern Nachmittag, als ihr zwei in Südkalifornien wart.«

Sie ritten wieder los, Estelle übernahm die Führung und Faith war in der Mitte. Die sicherste Position, nahm Faith an.

Sie ritten einen steilen Hügel hinauf, das Gras war trocken und goldbraun von der Sommersonne.

»Ich dachte, sie sollte gestern nicht auf Midnight reiten«, sagte Faith.

Sie hatte diesen Satz nur denken wollen und bereute es sofort, als sie die Worte laut und deutlich aussprach. Sie erfüllten die warme Morgenluft mit etwas, das besser ungesagt geblieben wäre.

»Ja«, antwortete Estelle. »Na ja, jedenfalls habe ich es dem Mädchen geraten. Der Frau, sollte ich wohl sagen. Sie ist wirklich kein Mädchen mehr, obwohl sie mir manchmal so vorkommt.«

Schweigend ritten sie bis zum Gipfel des Hügels. Oben angekommen, blickte Faith in alle Richtungen über das Tal. Unter einem tiefblauen, wolkenlosen Himmel breiteten sich Hügellandschaften aus, die entlang ihrer Senken und Kurven mit Zäunen durchzogen waren. Die Landschaft war gesprenkelt mit Ställen, und hier und dort weideten vereinzelt Pferde, von denen manche Netzdecken zum Schutz vor Fliegen oder dünne Sommerdecken trugen. Auf einer abgezäunten Wiese weideten Pferde und Kühe gemeinsam mit Straußen oder Emus. Die Tiere schien das bunte Miteinander nicht im Geringsten zu stören.

»Ich hoffe, ich habe mit ihr keinen Fehler gemacht«, sagte Estelle. »Ich habe geglaubt, sie würde die Herausforderung annehmen. Na ja, jedenfalls dachte ich, dass sie sie annehmen sollte. Aber ich habe wohl ›sollte‹ mit ›würde‹ gleichgesetzt. Hoffentlich habe ich sie nicht völlig falsch eingeschätzt. Bei der eigenen Verwandtschaft fällt es schwer, die Dinge immer klar zu sehen.«

Sie ritten den Hügel auf der anderen Seite hinunter, und Faith bemerkte, dass sie ihre Furcht vor dem Reiten verloren hatte, weil das Pferd so gleichmäßig und ohne zu mucken weiterlief. Trotzdem hielt sie sich weiterhin an dem Ave-Maria-Gurt fest.

Zehn Minuten oder länger ritten sie in einer friedlichen Ruhe.

»Meine Oma hat heute Morgen angerufen«, unterbrach Sarah die Stille.

Als Estelle leicht den Kopf drehte, wusste Faith, dass die ältere Frau sie hören konnte.

»Okay«, erwiderte Faith. »Was hat sie gesagt?«

»Er hat am Donnerstag eine Anklageverlesung. Sie möchte, dass wir hinkommen.«

»Welcher Tag ist heute?«

»Dienstag«, warf Estelle ein, als Sarah nicht gleich antwortete.

»Okay«, sagte Faith. »Wir fahren morgen am späten Nachmittag los.«

In der folgenden Stille hatte Faith das Gefühl, dass eine Frage in der Luft lag. Vielleicht war es aber auch nur die Frage, die sie sich selbst stellte.

Sie fragte sich, ob sie dieses Mal wieder zurückkommen würden. Oder würden sie nach ihrem kurzen Auftritt vor Gericht irgendwo anders hinfahren?

Sie hatten immer gewusst, dass dieser seltsame Zeitabschnitt, in dem sie Midnight von einem Ort zum anderen folgten, zu einem Ende kommen würde. Es verstand sich von selbst, dass diese Phase begrenzt war. Die einzige Frage war, wann sie enden würde. Und diese Frage hatten sie beide vor sich hergeschoben, so gut sie konnten.

»Und danach kommen wir wieder zurück?«, fragte Sarah.

»Ich weiß es wirklich nicht«, sagte Faith. »Es ist gut, dass es dir nichts ausmacht, wenn ich das zugebe. Es hängt davon ab, ob Estelle uns noch länger bei sich aufnehmen will …«

»Ich wäre für ein paar weitere Tage dankbar«, warf Estelle ein.

»Klasse!« Sarah brüllte beinahe. »Abgemacht!«

»Nichts ist abgemacht«, sagte Faith und fühlte sich wieder wie eine Mutter. »Es hängt auch davon ab, ob deine Großmutter es zulässt. Wir waren sechs Wochen lang weg, weil es notwendig war. Wenn es zu einer Anklageverlesung kommt und der Richter ihm keine Kaution gewährt, gibt es diese Notwendigkeit nicht mehr. Ich nehme an, dass deine Großmutter dich dann zurückhaben will. Sie hatte nicht geplant, dass wir länger fortbleiben als nötig.«

»Vielleicht wird ihm eine Kaution gewährt«, sagte Sarah, die sich offenbar an den kleinsten Strohhalm klammerte, »und dann müssen wir wegbleiben und abwarten, ob er das Geld bekommen kann.«

»Vielleicht«, sagte Faith. »Mehr wissen wir im Augenblick nicht.«

Kapitel 15

Ave Maria

»Halt dich am Sattel fest, mein Liebling«, rief Estelle ihrer Enkelin zu. »Du kannst wenigstens deine unverletzte Hand benutzen.«

Die ältere Frau stand in der Mitte des überdachten Roundpens und longierte Midnight mit einer langen Reitpeitsche. Midnight trug jedoch einen Sattel. Und eine Reiterin. Julia saß auf ihrem Rücken, die zu einem Knoten gebundenen Zügel lagen auf dem Hals des Pferdes, ihr rechtes Handgelenk war mit einer Schiene ruhiggestellt. Ihre linke Hand balancierte unbehaglich in der Luft, als wüsste sie, dass sie eine Aufgabe hatte, könnte diese aber nicht finden und ausführen.

»Ich brauche mich nicht festzuhalten, Oma«, blaffte sie zurück. »Ich habe einen Sattel, wie du weißt.«

Faith blickte zu Sarah, um ihre Reaktion zu sehen. Das Mädchen lehnte nur ein paar Zentimeter von ihr entfernt am Geländer des Roundpen, ihr Blick schien losgelöst und weit von dem Geschehen entfernt. Faith war sich nicht einmal sicher, ob sie überhaupt zugehört hatte.

Es war gerade einmal sechs Uhr am Mittwochmorgen. Der Tag, an dem sie wieder nach Südkalifornien aufbrechen mussten, weil die Anklageerhebung am Donnerstag in aller Frühe stattfand. Faith gab ihr Bestes, um in der Gegenwart präsent zu sein, Südkalifornien aus ihren Gedanken fernzuhalten und das Gericht nicht zu erwähnen.

»Ich weiß, dass du einen ordentlichen Reitsitz hast, mein Liebling«, rief Estelle zurück. »Und ich bin mir sicher, dass er völlig ausgereicht hat, um dich auf Fergus zu halten. Aber dies ist nicht Fergus. Und du willst deine Verletzung doch nicht noch verschlimmern.«

Mit einem Winken mit der Reitpeitsche und einem Zungenschnalzen brachte Estelle Midnight zu einem geschmeidigen Trab. Julia blieb eine volle Runde sitzen und hielt ihre Stellung erstaunlich gut, dann griff sie zum Sattel.

»Warum ist es so schwer, ohne die Zügel das Gleichgewicht zu halten?«, fragte sie laut und ein wenig jammernd.

»Weil die Zügel zu deinem Organismus gehören, mein Liebling. Sie helfen dir, das Gleichgewicht zu halten. Ohne sie gerät dein Körper aus dem Lot. Aber es ist eine gute Gelegenheit, unabhängig von allem anderen an deinem Sitz zu arbeiten. Jetzt.« Estelle trat einen Schritt vor und brachte die Stute durch eine fast unmerkliche Geste zum Stehen. »Lass uns eine Reihe von Übergängen machen. Vom Trab zum Halt. Vom Halt zum Trab.«

Julia blickte ihre Großmutter mit zusammengekniffenen Augen an, als müsste sie jedes Wort erst im Geiste für sich übersetzen.

»Und du wirst sie anhalten?«

»Nein, mein Liebling. Das machst du.«

Julia nahm den verknoteten Zügel mit ihrer linken Hand.

»Keine Zügel«, sagte Estelle mit fester Stimme.

»Zügel sind zum Anhalten nützlich, Oma.«

»Aber sie sollten nicht notwendig sein. Ehrlich, meine Liebe, wenn ich dir das Reiten beigebracht hätte, würdest du nicht im Intermédiaire auftreten, ohne zuerst diese Grundlagen aufgeschlüsselt und an ihren Bestandteilen gearbeitet zu haben. Jetzt sag mir nur eins. Jeder Narr kann an einem Paar Zügel ziehen. Aber du bist eine FEI-Reiterin. Was tust du also, wenn du ein Pferd zum Anhalten bringen willst?«

Julia verdrehte die Augen, als sei dieser Test zu einfach.

»Hochstrecken. In den Sattel setzen. Knie schließen.«

»Selbstverständlich. Warum brauchst du also mich, um Midnight anzuhalten? Ich bin nur für den Notfall da, mein Liebling, weil du eine Verletzung hast. Versuch jetzt diesen Übergang. Halt zum Trab.«

Julia drückte mit den Beinen gegen die Seiten der Stute und Midnight bewegte sich vorwärts. Sie lief ein paar Schritte und ging dann zu einem ungleichmäßigen Trab über.

»Das war schlecht«, sagte Sarah leise. Sie flüsterte es fast in Faiths Ohr.

»Sie hat sie zum Traben gebracht«, flüsterte Faith zurück. »Immerhin. Ohne einen größeren Zwischenfall oder Weltkrieg.«

Sarah lachte kurz und bitter auf und verstummte, als Julia mit Midnight an ihr vorbeitrabte.

Dann lehnte sie sich zu Faith und flüsterte: »Es sollte vom Halt zum Trab sein. Nicht vom Halt zum Schritt zum Trab.«

»Halt, Liebling«, rief Estelle.

Midnight unterbrach den Trab und machte ein paar ungleichmäßige Schritte. Sie wäre fast stehen geblieben, doch dann schoss sie plötzlich so heftig vorwärts, dass sie beinahe ihre Reiterin abwarf.

Sarah rief in den Roundpen: »Wenn man die Knie schließt, bleibt sie stehen. Wenn sie mit den Schenkeln gedrückt wird, dreht sie durch. Das hasst sie.«

Julia brachte Midnight zu einem einigermaßen ruhigen Halt. Sie wandte sich zu Sarah um und öffnete den Mund, um etwas zu sagen.

Estelle hob warnend einen Finger und Julia ließ den Mund wieder zuklappen.

»Genau dafür ist Sarah hier«, sagte Estelle. »Sie kennt Midnight schließlich gut. Also stell deinen Stolz mal einen Augenblick zurück und hör zu. Ich hatte in meinem Leben mehrere Pferde, die auf Spannung in den Beinen des Reiters schlecht reagierten. Sie ist ein sensibles Pferd und du musst die Art und Weise, wie du reitest, darauf einstellen. Sie wird sich für dich nicht ändern.«

»Sie ist nur so …«, begann Julia. Sie presste die Augen zusammen, öffnete sie wieder und warf einen kurzen Blick auf Sarah. »Schwierig. Warum muss ich ein Pferd haben, das so schwierig ist?«

»Weil sie sehr talentiert ist, mein Liebling. Und das hast du gewollt. Es ist nicht so, dass sich diese Stute ungewöhnlich schwer reiten lässt. Sie ist nur sensibel. Was in der Turnierarena ein Segen ist, denn deine Hilfen werden absolut unsichtbar sein. Hör auf zu fragen, warum du lernen musst, ein Pferd zu reiten, das mehr Anstrengung erfordert, und erkenne endlich an, dass Fergus es dir viel zu lange viel zu einfach gemacht hat. Er absorbiert deine Fehler. Er kennt seine Aufgabe so gut, dass er jeden kleinen Fehler von dir einfach überbrücken kann. Die meisten Pferde werden das nicht für dich tun, mein Liebling. Es ist Zeit, die Herausforderung anzunehmen.«

»Ich habe für heute genug«, sagte Julia. Sie wurde rot.

»Warum, du hast doch gerade erst begonnen!«

»Mein Handgelenk tut weh. Ich gehe ins Haus.«

Estelle stieß einen tiefen Seufzer aus, dann wickelte sie die Longe auf, als sie auf Midnight zuging. Sie hielt die Zügel fest und Julia sprang ab und stampfte davon.

Estelle bedeutete Sarah mit einer Kopfbewegung, dass sie in den Roundpen kommen sollte, und sofort wurde das Mädchen munter. Sie duckte sich unter dem Geländer durch und trabte zu Estelle und Midnight.

Wortlos verschränkte die ältere Frau ihre Finger, damit Sarah sich mit einem Knie auf ihren Händen abstützen und in den Sattel schwingen konnte.

Während Sarah den Knoten in den Zügeln löste, stellte Faith eine Frage, die ihr auf der Zunge gelegen hatte.

»Sie haben Julia nicht das Reiten beigebracht?«, fragte sie laut, damit es Estelle in der Mitte der Arena hören konnte.

»Nein. Ich wünschte, ich hätte es. Leider waren ihre Reitlehrer zu nachgiebig. Sie wollte einfach immer weiterkommen, aber es zahlt sich nicht aus, zu schnell von einem Level zum anderen zu springen. Nicht, wenn man die Grundlagen nicht absolut beherrscht. Normalerweise zeigt es sich irgendwann, wenn das Schulungsprogramm Lücken hinterlassen hat, und ich glaube, das trifft in einem gewissen Grad auch auf Julia zu. Ihre Bewertungen waren nichts, worauf ich stolz gewesen wäre. Aber Fergus hat sie nach außen hin als eine bessere Reiterin erscheinen lassen, als sie war. Meine Tochter wollte einen anderen Reitlehrer für sie. Sie war der Meinung, ich würde zu hart mit dem Mädchen umgehen. Dabei bin ich mit ihr genauso umgegangen wie mit meinen anderen Reitschülern. Ich wollte nur, dass sie es richtig macht. Dass sie Spitzenleistungen erbringt. Warum sollte man überhaupt etwas machen, wenn man nicht nach Spitzenleistungen strebt?«

Während die ältere Frau sprach, führte Sarah mit Midnight die Übergänge aus, die Estelle von ihrer Enkelin verlangt hatte. Vom Trab zum Halt. Vom Halt zum Trab. Faith konnte keine der Hilfen wahrnehmen. Keine Spur ihrer Anweisungen an die Stute war für das bloße Auge sichtbar. Und Midnight machte beim Übergang vom Trab zum Halt nicht einen einzigen falschen Schritt.

»Meine Tochter hat mich an die Zeit erinnert, als ich ihr das Fahren beibringen wollte«, fuhr Estelle fort, »um ihr Argument über Julia und den Reitunterricht zu verdeutlichen.

Diese ganze Episode war … na ja. Belassen wir es dabei, dass sie ihre zweite Stunde mit einem professionellen Fahrlehrer hatte. Oh, und ich will hinzufügen, dass wir unsere Beziehung wieder kitten konnten, aber es hat ein wenig Zeit gebraucht. Ich denke, es ist eine kluge Entscheidung, diese verdammten Familienbeziehungen nicht zu verkomplizieren. Das Dumme ist nur, dass man den richtigen Lehrer braucht, jemanden, der nicht zur Familie gehört.«

Estelle schwieg einen Augenblick und beobachtete Sarah und Midnight.

»Das ist ausgezeichnet, meine Liebe«, sagte sie. »Sie bewegt sich so wunderschön für dich. Ich glaube, du solltest mit ihr in der Reithalle für eine gute Dreiviertelstunde diszipliniert trainieren. Ich werde morgen dasselbe machen, während du weg bist. Die Stute hat sich das schlechte Verhaltensmuster angewöhnt, neue Reiter erst einmal abzulehnen. Ich würde gern sehen, dass diese Gewohnheit nicht darüber hinausgeht. Es ist Zeit, dass sie wieder das tut, was sie so gut kann.«

* * *

Schweigend fuhren sie an der Küste entlang Richtung Süden. Sarah schien ungewöhnlich zappelig zu sein. Obwohl … Faith dachte darüber nach und beschloss, dass »zappelig« ein zu schwaches Wort war. Irgendetwas schien Sarahs Körper dazu zu bringen, in einem fort die Haltung zu ändern, als tobte in ihrem Innern ein Sturm, der ihre Muskulatur durch plötzliche Blitzschläge stimulierte.

Faith fiel es schwer, nicht ständig hinüberzusehen, während sie sich auf die Straße konzentrierte.

Sarah blickte auf.

»Was?«, fragte sie. Defensiv, als bestehe das einzige Problem darin, dass Faith ihre Unruhe bemerkt hatte.

»Ich habe kein Wort gesagt«, sagte Faith. Ein paar Sekunden später fügte sie hinzu: »Ich hoffe nur, dass mit dir alles in Ordnung ist.«

Diese Worte brachen den Damm, und die Worte flossen nur so aus Sarah heraus.

»Nein, mit mir ist nicht alles in Ordnung. Natürlich nicht, Faith. Wie könnte es? Warum fragst du das überhaupt? Ich wünschte mir nur, ich müsste das nicht tun. Warum muss ich es überhaupt? Ich will nicht vor Gericht für eine Anklageverlesung, ich will ihn nicht sehen und ich will nicht, dass er mich sieht. Und ich verstehe noch nicht einmal, warum ich da sein muss, weil ich ja schließlich nicht gegen ihn aussage oder so etwas. Jedenfalls nicht morgen. Vielleicht danach. Aber morgen steht er nur vor Gericht und wird entweder zugeben, dass er es getan hat, oder er wird lügen und sagen, er hätte es nicht getan. Aber wir wissen, dass er lügen wird, und ich verstehe nicht, warum er mich dafür überhaupt braucht. Warum irgendjemand mich dafür braucht. Er kann sehr gut alleine lügen. Er hat es schließlich sein ganzes Leben lang getan.«

Faith atmete einige Male tief ein und aus und wartete. Nur um sicherzustellen, dass Sarah geendet hatte.

»Hast du deine Großmutter gefragt, warum es ihr so wichtig ist, dass du morgen da bist?«

»Ja.« Sarah gab diesem kurzen Wort einen beinahe streitlustigen Klang. Den Kopf abgewandt, blickte sie durch das Fenster aufs Meer.

Faith hätte beinahe gefragt »Was hat sie gesagt?«, doch die Frage war zu naheliegend. Es war offensichtlich, dass sie auf diese Information wartete.

Nach einer Weile drehte Sarah den Kopf ein wenig vom Fenster weg. Nicht weit genug, um Faith anzublicken. Nur gerade weit genug, um ihr zu vermitteln, dass sie Faith und ihre Unterhaltung wahrnahm.

»Sie will unbedingt dort sein«, sagte Sarah. Ihre Stimme war leiser geworden. Leiser und weniger wütend. »Ich glaube, irgendwie *muss* sie es. Ich meine … die Polizei hat zwar nicht gesagt, dass es nötig sei. Aber sie muss da sein. Sie ist jetzt irgendwie ganz … besessen von dieser Sache, verstehst du? Sie will dafür sorgen, dass er gefasst wird. Na ja, er wurde bereits gefasst. Sie will, dass er bestraft wird, nehme ich an. Und sie kann das jetzt nicht loslassen, also muss sie dort sein, damit sie alles genau sieht und hört, in dem Augenblick, in dem es passiert. Und sie will nicht alleine hingehen, was ich verstehen kann …«

Sarah verstummte. Faith wartete ab, doch sie schien nichts mehr hinzufügen zu wollen.

»Vielleicht musst du ihn gar nicht sehen, und möglicherweise entdeckt er dich im Publikum gar nicht. Wir könnten uns unauffällig in eine Ecke setzen, dann merkt er vielleicht nicht einmal, dass wir da sind.«

Faith hatte ein unbehagliches Gefühl im Magen. Es war schon seit einer Weile immer größer geworden, aber sie hatte es ignoriert. Doch jetzt, als sie sich darauf konzentrierte, war die Nachricht deutlich. Auch sie wollte Sarahs Vater nicht sehen.

Als sie zu dem Mädchen blickte, spürte Faith, dass Sarah innerlich mit sich zu kämpfen schien, auch wenn es dafür keine sichtbaren Anhaltspunkte gab.

»Was ist los?«, fragte sie Sarah. »Gibt es noch etwas?«

»Es gibt noch einen weiteren Grund. Meine Oma hat gesagt, dass er mich dort sehen sollte. Sie will, dass er mir direkt ins Gesicht sieht. Sie glaubt, dass er ein Gewissen hat. Na ja, wahrscheinlich hat fast jeder ein Gewissen. Es ist nur eine Frage, ob man weiß, wo man es hingelegt hat. Aber sie glaubt, dass er sein Gewissen finden wird, wenn er mir ins Gesicht sieht. Ich bin mir nicht so sicher, ob sie recht hat.«

»Oh«, sagte Faith. »Dann können wir uns wohl nicht einfach in einer Ecke verstecken.«

Was bedeutete, dass auch Faith den Mann zu Gesicht bekommen würde. Doch sie verdrängte den Gedanken wieder, da Sarahs Probleme weitaus schwerwiegender waren. Außerdem war Faith erwachsen, sie sollte mit ihren eigenen Emotionen umgehen können.

»Hast du gewusst, dass sein Vater ein Bankräuber war?«, fragte Sarah plötzlich.

»Der Vater deines Vaters?«

»Ja.«

»Nein. Ich hatte keine Ahnung. Das ist sonderbar.«

»Es ist wirklich sonderbar, oder?« In Sarahs Stimme steckte jetzt wieder Energie. »Ich meine, die meisten Leute kennen Bankräuber nur aus Filmen.«

»Na ja, das habe ich nicht gemeint. Man liest ständig von Banken, die ausgeraubt werden.«

»Wahrscheinlich«, wandte Sarah ein. »Aber man denkt eigentlich nicht daran, dass die Bankräuber Kinder und Enkel haben.«

»Das ist wahr.«

Sie schwiegen kurz und Faith bemerkte die Erdölbohrtürme entlang der Küste. Als sie noch ein kleines Mädchen gewesen war, hatte die Mutter einer Freundin die Türme immer als Piratenschiffe bezeichnet. Wahrscheinlich, um die Bohrtürme mit einem anderen Gefühl zu betrachten und sie nicht als einen solchen Schandfleck am Horizont wahrzunehmen.

»Ist dein Großvater im Gefängnis?«

»Nein. Er lebt nicht mehr.«

»Oh. Tut mir leid.«

»Er war im Gefängnis, ist aber geflüchtet. Sie waren zu fünft. Die anderen vier wurden wieder gefasst und eingesperrt. Mein Opa blieb draußen, auf der Flucht, etwa sieben Monate lang. Ich glaube, es waren sieben Monate. Dann raubte er eine andere Bank aus und wurde von einem Wächter erschossen, den er nicht gesehen hatte. Das ist alles vor meiner Geburt passiert. Aber man hört natürlich davon.«

»Das ist eine ziemlich ungewöhnliche Familiengeschichte, meine Kleine.«

»Ja, das kannst du laut sagen.«

»Wie alt war dein Vater, als das alles passiert ist?«

»Ich glaube, er war dreizehn, als sein Vater zum ersten Mal ins Gefängnis kam. Und etwa siebzehn, als er erschossen wurde.«

»Es würde mich interessieren, warum du das gerade jetzt ansprichst.«

Sarah zuckte mit den Schultern und blickte zu den Piratenschiffen. Die für sie aber wohl doch nur Erdölbohrtürme waren.

»Nur so«, sagte sie.

»Hast du vielleicht gedacht, dass solche Dinge in seiner Familie liegen?«

Kaum hatte sie die Worte ausgesprochen, wünschte Faith verzweifelt, sie hätte sie wieder zurücknehmen können. Zu spät begriff Faith, dass sie versehentlich angedeutet hatte, durch die Familiengene könnte sich dieses Verhalten bis zu Sarah vererben. Was sie weder gemeint hatte noch glaubte.

Doch zum Glück schien Sarah nichts dergleichen in die Frage hineinzuinterpretieren.

»Nein. Ich habe nur gedacht, dass es wirklich schwer gewesen sein muss, so aufzuwachsen.«

»Oh«, murmelte Faith.

Der Rest der Fahrt bis nach Santa Barbara verlief schweigend.

Dann an Carpinteria vorbei.

Fast bis Ventura.

Faith biss sich auf die Lippen und grübelte darüber nach, warum Sarah nach einem Grund suchte, weshalb ihr Vater so war, wie er war. Sie schien ihn menschlicher machen zu wollen. Weil er immer noch ihr Vater war, trotz allem. Nach allem.

Außerdem musste sich Faith eingestehen, dass das Mädchen wahrscheinlich recht hatte. Menschen waren meistens aus einem bestimmten Grund so, wie sie waren.

»Das mit Julia und Midnight wird nicht funktionieren«, riss Sarah Faith aus ihren Gedanken. »Das weißt du, oder?«

»Ich würde wahrscheinlich sagen, dass es nicht gut aussieht.«

»Es ist hoffnungslos.«

»Ich weiß nicht, ob alles hoffnungslos ist. Vielleicht behält Estelle Midnight für sich.«

»Das wäre schön. Also *das* könnte wirklich funktionieren. Aber ich bezweifle es. Sie ist schon achtundsiebzig.«

»Das habe ich nicht gewusst. Ich hatte keine Ahnung, dass sie so alt ist. Bist du dir sicher? Wer hat dir gesagt, dass sie achtundsiebzig ist?«

»Stan. Sie nimmt nicht mehr an Turnieren teil. Von Zeit zu Zeit gibt sie eine Art Reitvorstellung bei einem großen Turnier, normalerweise bei einem Meisterschaftsturnier. Aber der Trainingsplan, den man einhalten muss, um ein Pferd im Grand Prix zu reiten … also, damit man selbst und das Pferd für dieses Level fit ist … na ja, das ist eine Menge Arbeit. Und davon hat sie sich zurückgezogen.«

»Sie kann Julia vielleicht trotzdem noch beibringen, wie sie auf Midnight besser reitet.«

»Nein«, sagte Sarah. Die Antwort war endgültig und ließ keinen Platz für Zweifel. »Nein, sie kann Julia zwar das Reiten beibringen, aber sie kann ihr nicht beibringen, eine andere Person zu sein. Julia ist bereits so, wie sie ist, und Estelle kann daran nichts ändern.«

* * *

Als Constance die Haustür öffnete, erschrak Faith beim Anblick der älteren Frau. Ihr Gesicht wirkte eingesunken und fahl, auch faltiger, als Faith in Erinnerung hatte. Sie schien seit Tagen nicht geschlafen zu haben. Ihr Haar war ungekämmt.

Sie zog Sarah in ihre Arme und eine Weile standen Großmutter und Enkelin umschlungen im Türrahmen.

»Kommt rein«, sagte sie. »Kommt rein. Es gibt Spaghetti und Knoblauchbrot, ich hoffe, das ist in Ordnung. Und natürlich Salat. Es muss ja wenigstens etwas Grünes auf unseren Tellern sein.«

»Das klingt prima«, sagte Faith.

»Ich habe keinen Hunger«, sagte Sarah. »Ich bin nur müde. Ich gehe in mein Zimmer und lege mich hin.«

Sarah verschwand ins obere Stockwerk.

Faith sah Constance an, die ihren Blick kurz erwiderte. Dann blickte die ältere Frau weg.

»Sie ist sehr aufgeregt wegen morgen«, sagte Faith.

»Natürlich ist sie das. Wir alle sind aufgeregt. Ich meine, wir beide.«

»Nein«, korrigierte Faith. »Wir alle.«

Ein suchender Blick aus Constance' müden Augen traf sie. Es dauerte einen Moment, dann begriff Constance.

»Ach du meine Güte, ja!«, sagte sie. »Tut mir leid. Ich hatte die Sache mit dir und Sarahs Vater ganz vergessen. Du dachtest, du hättest einen netten Mann kennengelernt.«

»Nur für einen kurzen Augenblick. Es ist ja nicht viel passiert.«

»Oh, es ist einiges passiert«, wandte Constance ein. »Er hat dir falsche Tatsachen vorgespiegelt und sich dein Vertrauen erschlichen. Es war Betrug. Wie alles, was er tut. Wie alles, was er je getan hat.«

Sie standen kurz verloren da, unsicher, was sie mit sich anfangen sollten. Unsicher, ob es noch etwas zu sagen gab.

Dann sagte Constance: »Komm mit in die Küche. Ich muss die Soße umrühren.«

»Ich habe dir auf der Couch ein Bett eingerichtet«, fuhr sie fort, als sie in die Küche gingen. »Ich hoffe, das reicht dir aus.«

»Das ist völlig in Ordnung, vielen Dank. Tut mir leid, dass es so spät geworden ist. Es gab viel Verkehr und auf dem Bergpass waren Bauarbeiten.«

Faith hatte gerade einen Blick auf die Uhr an der Mikrowelle geworfen und überrascht festgestellt, dass es schon fast acht Uhr abends war.

»Darüber mache ich mir keine Gedanken«, sagte Constance und maß mit den Händen die trockenen Spaghetti portionsweise ab, bevor sie sie in den Topf mit kochendem Wasser gab. »Ich bin nur so erleichtert, dass Sarah wieder zu Hause ist. Das wird mir eine große Hilfe sein. Also angenommen, dass der Richter nicht etwas Verrücktes tut und ihn bis zum Gerichtsverfahren gegen Kaution freilässt.«

Faith atmete gegen die Furcht an, die in ihrem Brustkorb aufgestiegen war. Diese Furcht schien sich wie ein Ball in den freien Raum zwischen ihren Lungen verkeilt zu haben. Es schmerzte, als sie versuchte, tief einzuatmen.

»Was das betrifft …«, begann Faith.

Sofort spürte sie, wie Constance' Ängste sich aufbäumten, um sie gegen ihre Worte zu schützen. Sie konnte es im Gesicht der älteren Frau sehen, es aber auch förmlich fühlen. Die Luft knisterte zwischen ihnen, als wäre sie elektrisch aufgeladen.

»Sie kann nicht ewig bei dem Pferd bleiben«, sagte Constance.

»Ich weiß. Sie weiß es auch. Aber sie wurde eingeladen, noch ein Weilchen dort zu bleiben. Nur, um mit dem Übergang in den ersten Tagen zu helfen. Es sind erst knapp zwei Tage und bisher läuft es nicht gut. Midnights neue Reiterin wurde schon abgeworfen und hat sich das Handgelenk verstaucht. Falls Sarah jetzt hierbleibt und nicht mal für ein paar Tage zurückkommt, um zu helfen … na ja, ich mache mir Sorgen, dass es nicht funktioniert und sie sich dann immer die Schuld dafür geben würde.«

Constance warf eine kleine Handvoll Salz in das kochende Wasser und es sprudelte auf, als sie es hineinrührte.

»Es kann bei dieser Sache wirklich kein Happy End geben«, sagte Constance. Ihre Stimme klang hart und so unfreundlich, dass Faith einen Knoten im Magen spürte. »Seitdem sie das Pferd wiedergesehen hat, ist für sie alles ein Trauma, egal wie es endet. Ich glaube, an deiner Stelle hätte ich sie erst gar nicht zu Midnight gebracht. Ich weiß nicht, ob das eine kluge Entscheidung war.«

Sie hielt mit dem Rühren inne und blickte Faith an. Faith hatte den Mund geöffnet, brachte aber kein Wort heraus. Der Blick der älteren Frau wurde plötzlich weicher, die Wut fiel von ihr ab.

Sie trat schnell zu ihr und umarmte Faith, die zu schockiert war, um die Umarmung zu erwidern.

»Oh, Faith, es tut mir leid. Ich bin furchtbar aufgebracht, aber ich will es wirklich nicht an dir auslassen. Du hast so viel für Sarah getan. Und für mich. Du hast dich wunderbar verhalten.«

Sie ließ Faith los und trat einen Schritt zurück. Beide Frauen blickten zu Boden.

Faith atmete zum ersten Mal seit langer Zeit tief durch.

»Es war fantastisch für sie, Midnight zu sehen«, sagte Constance. Eilig hervorgestoßen, überschlugen sich ihre Worte. »Ich glaube, es hat ihr geholfen, den Sommer durchzustehen. Es hat ihr durch diese schwerste Zeit geholfen, nachdem ihre Mutter … Ich mache mir nur Sorgen, was passiert, wenn die zwei wieder getrennt werden. Allein die Vorstellung macht mir Angst. Und ich habe keine Lösung. Ich weiß nicht, ob es gut oder schlecht für sie war, diese Zeit mit Midnight zu verbringen. Aber ich weiß, dass du versucht hast, in ihrem besten Interesse zu handeln.«

Sie blieben unsicher beieinander stehen und blickten sich immer noch nicht an.

Schließlich sagte Faith: »Noch ein paar Tage, Constance. Gib ihr nur noch ein paar Tage, damit sie das Gefühl hat, alles getan zu haben, damit sich Midnight in ihrem neuen Zuhause einleben kann. Egal, wie schwer der Abschied werden wird, ich glaube wirklich, dass es so besser ist, als sie jetzt wegzureißen.«

»Du hast wohl recht«, sagte Constance. »Vielleicht bin ich egoistisch. Wenn ihr ein paar Tage helfen, dann solltest du das versuchen. Ich bin schon so lange ohne sie ausgekommen, dass ich ein paar Tage mehr verkraften kann. Ich hole sie mal zum Abendessen runter.«

»Sie hat doch gesagt, sie hätte keinen Hunger«, rief Faith Constance hinterher.

»In meinem Haus kommt man zum Abendessen«, erklärte Constance über die Schulter hinweg und ging weiter die Treppe hinauf. »Sie muss nicht mitessen, aber sie soll sich mit uns an den Tisch setzen.«

Faith ließ sich auf einen Küchenstuhl sinken. Sie beobachtete, wie der Dampf aus dem Topf mit den kochenden Spaghetti und dem kleineren Topf mit der Soße aufstieg. Sie sah draußen vor dem Haus ein Eichhörnchen über die hohen Äste eines Baumes flitzen, doch der Dampf ließ die Fensterscheiben beschlagen und es wurde immer schwerer, das Eichhörnchen zu erkennen. Es erschien fast so, als würde das Leben außerhalb dieses Hauses voller Sorgen immer trüber werden und schließlich ganz verschwinden.

»Das musst du dir ansehen«, riss Constance Faith aus ihren Gedanken. »Ich brauche deine Hilfe, um etwas zu entscheiden.«

Faith stand auf und folgte Constance ins Obergeschoss. Gemeinsam sahen sie in Sarahs Schlafzimmer.

Sarah lag mit geschlossenen Augen auf dem Bett, als würde sie schlafen. Doch sie weinte. Ihr Körper wurde von lauten Schluchzern geschüttelt und Tränen strömten über ihr Gesicht.

»Schläft sie?«, fragte Faith leise.

»Tief und fest. Zuerst habe ich gedacht, sie sei wach und wolle mich nur nicht sehen. Doch sie schläft und jetzt weiß ich nicht, was ich tun soll. Ich bin mir nicht sicher, ob ich sie aufwecken sollte.«

»Ich würde mir nicht zu viele Gedanken darüber machen, ob sie zum Essen kommt oder nicht. Was für einen Unterschied macht es am Ende schon?«

»Das meine ich nicht. Ich meine … Sollte ich sie aufwecken? Wenn ein Kind einen Albtraum hat und sich im Schlaf zu fürchten scheint, weckt man es auf. Man küsst es wach, um es vor dem bösen Traum zu beschützen. So weiß das Kind, dass es sich vor nichts zu fürchten braucht. Aber was tut man, wenn die Welt, in der ein untröstliches Kind aufgeweckt wird, kein bisschen besser ist als der Traum?«

»Wow«, murmelte Faith. »Das ist schwierig.«

Sie hielt kurz inne, für den Fall, dass es eine rhetorische Frage gewesen war. Doch sie konnte spüren, dass Constance auf eine Antwort wartete. Sehnsüchtig nach einem Rat.

»Wahrscheinlich … würde ich sagen … lassen wir sie ausweinen. Ich habe sie schon ein paarmal weinen gesehen und man spürt, dass noch mehr kommen muss. Es muss raus. So dringend, dass es sie im Schlaf überfällt. Ich glaube, wir sollten sie ausweinen lassen. Wir können es sowieso nicht verhindern. Sie kann es höchstens unterdrücken. Oder eben nicht.«

»Gut«, sagte Constance jetzt etwas gefestigter. »Guter Gedanke. Gehen wir nach unten zum Abendessen.«

In völliger Stille aßen sie die Spaghetti und das Knoblauchbrot. Falls es noch irgendetwas auf der Welt gab, worüber die beiden Frauen hätten reden können, so schien keine der beiden jetzt dazu in der Lage zu sein.

Kapitel 16

Besser spät als nie

Nervös saß Faith auf der Kante einer harten Bank im Gerichtssaal, Sarah zu ihrer Rechten und Constance einen Platz weiter.

Sie warteten schon seit fast einer halben Stunde. Sarahs Vater war noch nicht hereingeführt worden und sie hatten keine Ahnung, wann es so weit sein würde.

Der Gerichtssaal war sauber und vornehm und verfügte über große Fenster, deren zugezogene, dunkelbraune Jalousien die Welt dort draußen ausblendeten. Männer in dunklen Uniformhosen und hellbraunen, kurzärmeligen Hemden standen herum, manche unterhielten sich. Ein Polizist in blauer Uniform lehnte mit dem Rücken an der Wand. Eine Frau im adretten Hosenanzug saß gegenüber dem Richtertisch und dem kleineren Schreibtisch des Protokollführers und Faith fragte sich, ob sie die Anwältin von Harlan Deaver war.

Faith schloss die Augen und versuchte, durch bloße Willenskraft ihren unteren Bauch zu besänftigen. Als das nicht klappte, gab sie sich alle Mühe, sich geistig an einen anderen Ort zu versetzen. Jeder andere Ort war ihr recht.

Sonderbarerweise landeten ihre Gedanken in der kühlen Sattelkammer der Moonshadow Farm. Dort waren sie sicher gewesen. Dort hatten sie nicht kurz davor gestanden, alles zu verlieren. Na ja … abgesehen von Midnight. Und in diesem Augenblick schien Midnight alles zu sein. Dieses Pferd zu verlieren, war in Faiths Gedanken gleichbedeutend damit, alles zu verlieren.

Sie öffnete die Augen wieder und beugte sich über Sarah, um Constance etwas zuzuflüstern.

»Es ist also schon drei Tage her, dass sie ihn festgenommen haben?«

Constance blinzelte, als hätte Faith sie gerade aufgeweckt.

»Was? Nein, ich glaube nicht. Es muss vor zwei Tagen gewesen sein.«

»Sie haben ihn am Montag festgenommen.«

»Nein«, flüsterte Constance zurück. »Sie haben ihn am Montagabend für die Befragung reingebracht. Am Dienstag haben sie ihn verhaftet und angeklagt.«

»Oh«, sagte Faith. »Oh. Okay. Das erklärt einiges.«

Das Mädchen musste beim Weitergeben der Informationen ein paar Details durcheinandergebracht haben. So ergab das Ganze mehr Sinn, denn Faith hatte irgendwo gehört oder gelesen, dass ein Angeklagter innerhalb von achtundvierzig Stunden nach der Verhaftung vernommen werden musste, Wochenenden oder Feiertage ausgenommen.

Faith schloss die Augen und versuchte wieder, sich geistig an einen anderen Ort zu versetzen.

Doch sie kam nicht weit.

»Mir ist schlecht«, flüsterte Sarah. Es blieb unklar, ob diese Worte für Faith oder Constance bestimmt waren.

Faith öffnete die Augen und blickte zu dem Mädchen und zu Constance. Sarah sah etwas fahl im Gesicht aus. Constance war weit entfernt in einer anderen Welt. Weiter weg als die Moonshadow Farm in Los Alamos. Sie schien Sarah überhaupt nicht gehört zu haben.

»Wirklich?«, fragte Faith leise. »Musst du dich übergeben?«

»Vielleicht. Ich weiß nicht genau. Vielleicht habe ich etwas Falsches gegessen.«

»Du hast überhaupt nichts gegessen.«

»Oh. Stimmt. Das muss es dann sein.«

Faith fiel plötzlich ein, dass sie vergessen hatte, dem Mädchen von der Unterhaltung mit Constance am Vorabend zu erzählen. Über die paar Tage bei Estelle, die Faith Constance mühsam abgerungen hatte. Es war wichtig, aber Faith war an diesem Morgen so nervös und beschäftigt gewesen, dass sie an den Teil ihrer Erinnerungen noch nicht herangekommen war.

Auch wenn dies nicht der richtige Zeitpunkt war, wollte sie Sarah zumindest die Kurzversion erzählen.

Doch noch bevor sie etwas sagen konnte, flüsterte Sarah erschrocken drei gedehnte Wörter.

»Oh. Mein. Gott.«

Faith wandte den Kopf und sah … ihn. Ihr erster Gedanke war »Greg«, aber er hieß nicht Greg. Er war Harlan Deaver, ein Fremder. Er war bereits von zwei Polizisten an ihnen vorbei durch die Gangreihe geführt worden. Er schien sie nicht bemerkt zu haben, aber vielleicht hatte er nur nicht reagieren wollen. Sein Blick war starr nach vorn gerichtet, er blickte sich nicht um. Er trug zweiteilige, orangefarbene Gefängniskleidung. Die Hände schien er vor dem Körper zusammenzuhalten, aber Faith konnte von ihrem Platz aus nicht sehen, ob er Handschellen trug.

Sie warf einen Blick zu ihren zwei Freundinnen. Sarah biss sich auf die Unterlippe, ihre Augen wirkten fast völlig ausdruckslos. Constance dagegen hatte den Blick wie einen Laserstrahl auf den Mann gerichtet. Sie erinnerte Faith an eine Katze, die fasziniert ein bewegliches Objekt fixierte.

Die Richterin trat aus der Kammer am Ende des Saals, und auf die Anweisung einer lauten, männlichen Stimme erhoben sich alle Anwesenden.

»Aufstehen, bitte.«

Die Richterin war eine ältere Frau, dem Anschein nach an die achtzig. Ihr schwarzes Haar war an den Schläfen und am Haaransatz völlig weiß. Als sie Platz nahm, setzten sich auch alle Anwesenden im Gerichtssaal wieder.

Fast alle Anwesenden. Harlan Deaver setzte sich nicht.

Seine Anwältin und er blieben stehen. Jemand las ihm etwas vor, doch Faith konnte nicht hören, was, da außer der Richterin niemand ein Mikrofon hatte.

Faith verfolgte das Geschehen aufmerksam und sah, dass Harlan die rechte Hand hob. Sie nahm an, dass er vereidigt wurde. Und es war schwierig und unangenehm für ihn, die rechte Hand zu heben, da er tatsächlich Handschellen trug. Also hielt er seine linke Hand ein paar Zentimeter unterhalb der rechten, bis er sagte: »Ich schwöre.« Unterdessen bot er allen Anwesenden im Gerichtssaal einen guten Blick auf seine Handschellen, als wollte er sie absichtlich zur Schau stellen.

»Ich muss mich übergeben«, zischte Sarah ihr ins Ohr.

Sie drückte sich an Faith vorbei und rannte auf den Ausgang zu.

Faith sah zu Constance, aber die ältere Frau schien gar nicht bemerkt zu haben, dass das Mädchen weg war, also eilte Faith Sarah hinterher.

Gerade, als sie die Türen erreichte, durch die Sarah gerade verschwunden war, hörte sie hinter sich das Klopfen eines Hammers und eine Frauenstimme, wahrscheinlich die der Richterin, durch das Mikrofon: »Könnten wir Ruhe im Gerichtssaal haben?«

Faith vermutete, dass sie und Sarah die damit angesprochene Störung waren.

Sehr leise öffnete sie die Tür und trat in den Flur hinaus.

Keine Spur von Sarah.

Weiter hinten auf der rechten Seite befand sich eine Damentoilette, auf die ein Plastikschild an der Wand deutlich hinwies. Faith ging den leeren Flur entlang, stieß die Schwingtür auf und trat ein.

Eine Toilettentür war geschlossen, durch die schreckliche Würgegeräusche nach außen drangen. Ein schmerzhaft klingendes, verzweifeltes Aufbäumen von der Sorte, die das Innere einer Person nach außen zu kehren drohte.

In eine kurze Pause hinein sagte Faith leise: »Ich bin da. Nur damit du Bescheid weißt.«

Keine Antwort.

Eine lange Stille trat ein, ganz ohne die furchtbaren Geräusche des Erbrechens.

Schließlich sagte Sarah: »Ich habe gehört, dass du reingekommen bist.« Ihre Stimme klang schwach. Erschöpft.

»Woher hast du gewusst, dass es nicht vielleicht deine Großmutter war?«

»Weil sie so starr wie eine Statue ist. Ich konnte überhaupt nicht zu ihr durchdringen. Glaub mir, ich hab's versucht.«

Eine weitere lange, glücklicherweise ununterbrochene Stille.

Die Toilettentür wurde geöffnet und Sarah trat heraus, ihr Gesicht erschreckend weiß. Auf dem Weg zum Waschbecken schwankte sie, als würde sie ohnmächtig werden. Faith eilte zu ihr, aber Sarah hatte sich bereits mit beiden Händen am Waschbecken abgestützt.

Sie drehte den Wasserhahn auf, ließ Wasser in ihre Handflächen laufen und spülte sich den Mund aus. Dann trocknete sie sich mit einem Papiertuch ab und blickte in den Spiegel.

»Waren es die Handschellen?«, fragte Faith.

»Was waren die Handschellen?«

»Lag es daran, dass du deinen Vater in Handschellen gesehen hast?«

»Wie ich schon gesagt habe, mir war schon übel, bevor er überhaupt reingekommen ist.«

»Oh, stimmt.«

»Es lag vielleicht an etwas, das ich nicht gegessen habe.«

Und bei diesem Satz lächelte das Mädchen überraschenderweise. Nur ein winziges Lächeln. Es war nur ein kleines ironisches Hochziehen der Mundwinkel, doch Faith war froh und dankbar, Sarahs Sinn für Humor durchscheinen zu sehen, der sie offenbar noch nicht ganz verlassen hatte.

»Aber ich glaube, es könnte auch an all dem hier liegen«, fügte Sarah hinzu. Sie blickte sich mit einem Stirnrunzeln im Spiegel an. »An der Anspannung und so. Es ist wirklich seltsam, den eigenen Vater in Handschellen zu sehen. Besonders, wenn man sie ihm selbst angelegt hat. Nicht im wörtlichen Sinn, aber … du weißt schon, was ich meine.«

»Du hast genau das getan, was notwendig war, Sarah.«

»Ich weiß. Es ist nur seltsam.«

»Ja. Ich weiß. Na ja, nein, eigentlich nicht. Nicht wirklich, aber ich kann es mir vorstellen.«

Sarah verzog plötzlich das Gesicht, als kehrte die Übelkeit zurück.

»Oh-oh«, murmelte sie.

Sie drehte sich plötzlich um und stürzte wieder vor die Toilettenschüssel.

Faith trat hinter sie und hielt ihr die langen Haare aus dem Gesicht. Ihre freie Hand presste sie gegen Sarahs Stirn und hielt sie dort, genau wie ihre Mutter es früher bei ihr gemacht hatte, wenn sie sich übergeben musste. Sie hatte diese Geste völlig vergessen gehabt. Sie war erst in diesem Augenblick zu ihr zurückgekommen.

Sie hielt den Blick abgewandt und versuchte an nichts zu denken, bis das Mädchen das trockene Würgen einstellte.

»Ist das alles?«, fragte Faith sanft.

»Ich glaube, ja«, antwortete Sarah und spuckte ein letztes Mal.

Faith nahm die Hand von Sarahs Stirn und betätigte die Toilettenspülung, ohne einen Blick dorthin zu werfen.

»Sobald du kannst, sollten wir zurückgehen. Deine Großmutter ist ganz allein da drinnen. Und sie hat sehr deutlich gemacht, dass sie das nicht will.«

»In Ordnung«, sagte Sarah und kam mühsam auf die Beine.

Faith half ihr auf.

Sie begleitete sie zum Waschbecken, wo sich Sarah noch einmal den Mund ausspülte und Wasser ins Gesicht spritzte.

»Okay«, sagte Sarah, als sich ihre Blicke im Spiegel begegneten. »Ich weiß nicht, wie mein Magen das findet, aber ich versuch's.«

Sie traten auf den Gang hinaus. Faith hatte nach wie vor einen Arm um Sarah gelegt, damit das Mädchen nicht das Gleichgewicht verlor. Als sie vor der Schwingtür zum Gerichtssaal standen, öffnete Faith mit einer Hand die Tür und führte mit der anderen Sarah hinein.

Sie stießen fast buchstäblich mit Sarahs Vater zusammen.

Er wurde gerade von zwei Polizisten aus dem Gerichtssaal geführt, die ihn an den Ellenbogen gefasst zwischen sich in der Mitte hielten. Die drei Männer nahmen viel Platz ein und es war nicht einfach, zwischen den Bänken an ihnen vorbeizukommen. So steckten sie alle kurz fest und blickten sich an.

Die Ränder von Faiths Sichtfeld verschwammen und färbten sich weiß, als hätte sie ihre Wahrnehmung nicht mehr im Griff. Wie sich das Mädchen erst fühlen musste!

Harlan Deaver blickte Faith nicht an. Er sah seiner Tochter in die Augen. Und seine Tochter erwiderte den Blick.

Drei, vier Sekunden lang, die wie eine Ewigkeit erschienen, standen sie so da.

Dann drückte sich Sarah an einem der Beamten vorbei und eilte zwischen den Reihen hindurch zu ihrer Großmutter. Faith folgte ihr.

»Wir haben die ganze Sache verpasst«, flüsterte Faith Constance zu, als sie sich wieder setzte, immer noch etwas zitterig. Sie lehnte sich über Sarah, um mit ihren Worten nicht wieder eine Ermahnung inklusive Hammerklopfen zu provozieren. »Was ist passiert?«

Zum Glück schien Constance aus ihrer Trance erwacht zu sein.

»Sie haben die Anklage verlesen«, sagte sie. »Mord mit bedingtem Vorsatz und eine Falschaussage gegenüber einem Polizisten. Und die Dauer der Strafe für jeden Anklagepunkt. Er hat auf nicht schuldig plädiert, wie wir ja bereits wussten. Oh, und die Richterin hat den Antrag auf Kaution abgelehnt. Und etwas darüber verlauten lassen, dass sie Wind davon bekommen hätte, er könnte einen Zeugen einschüchtern. Sie hat nicht viel zu den Einzelheiten gesagt, aber ich glaube, wir wissen, was sie meinte. Die Polizei hat bei der Verhaftung wohl den Antrag gestellt, eine Kaution abzulehnen. Um Sarahs willen. Soweit ich verstanden habe, muss die Richterin nicht darauf eingehen, was sie verlangen, aber in diesem Fall hat sie es getan.«

Sarah starrte über die Schulter zum hinteren Ende des Gerichtssaals, also drehte sich Faith ebenfalls um, weil sie sehen wollte, was dort so interessant war.

Er war immer noch da.

Harlan Deaver stand mit den zwei Polizeibeamten und seiner Anwältin dicht zusammen an der Tür. Seltsam lange hielten sie die Köpfe zusammengesteckt und redeten. Für den Geschmack der Richterin wahrscheinlich zu laut, doch nicht laut genug für Faith, die die einzelnen Worte nicht verstehen konnte.

»Was tun sie da?«, fragte Faith leise. Sie sah dabei niemanden an. Sprach die Frage einfach nur hörbar aus.

In diesem Augenblick löste sich die Anwältin aus der Gruppe und ging zurück vor die Richterin.

»Frau Vorsitzende …«, begann sie.

Die Richterin brachte sie mit ihrem Hämmerchen zum Schweigen.

»Wir sind mit Ihrem Mandanten fertig, Frau Anwältin«, sprach die Richterin – zu nahe – ins Mikrofon, und das laute Pfeifen der Rückkopplung ließ Faith zusammenzucken. »Wir sind so weit, den nächsten Angeklagten hereinzurufen.«

»Mit Verlaub, Frau Vorsitzende«, sagte die Anwältin. »Es ist mir bewusst, dass dies ungewöhnlich ist, aber mein Mandant möchte seine Antwort ändern.«

»Er kann das bei der nächsten Anhörung tun. In drei Wochen.«

»Er kann, Frau Vorsitzende. Aber ich habe nur gedacht … um dem Gericht Zeit und den Steuerzahlern Geld zu sparen …«

Sie verstummte.

Die ganze Welt verstummte. So erschien es jedenfalls Faith.

Die Richterin stieß einen tiefen Seufzer aus.

»In Ordnung. Ich lasse es zu. Aber machen wir es schnell.«

Sie hob den Blick zum hinteren Teil des Saals und nickte.

Harlan Deaver wurde wieder durch den Gang geführt. Faith sah über die Schulter. Constance und Sarah wandten sich nicht um. Diesmal blickte er Faith direkt in die Augen. Zog sie mit seinen unwiderstehlichen grauen Augen in seinen Bann.

Faith wusste genau, was sie sehen würde.

Jedes Mal, wenn sich ihre Blicke gekreuzt hatten, hatte sie eine Kombination aus Anziehung und Furcht gespürt, sowie

Verwirrung darüber, ob sie der Anziehungskraft dieser Augen trauen konnte.

Dieses Mal erwartete sie, dass die positiven Aspekte des Gefühls völlig ausblieben. In seinen Augen würde sie nichts als Bösartigkeit und Rechtfertigung für ihre Furcht sehen. Sie wartete darauf, dass alles wegfallen würde, bis auf die Gefahr, die von ihm ausging.

Aber es geschah nicht.

Vielmehr sah er hilflos und demoralisiert aus, was keine Überraschung hätte sein sollen. Schließlich trug er Handschellen und war in Polizeigewahrsam. Aber da war noch etwas anderes, das Faith nur schwer einordnen konnte.

Ihr ging plötzlich eine Erinnerung durch den Kopf. Sarah, in einem sauberen Stall voller Stroh im Pferdepark mitten in der Nacht, als sie sagte: »Er war … beschämt. Zutiefst beschämt.«

Aber das traf es nicht ganz.

Es hatte mehr Ähnlichkeit mit Reue. Als hätte er nie beabsichtigt, in seinem Leben in eine solche Lage zu geraten. Und dennoch, jetzt war er hier.

Dann ging er an Faith vorbei.

Er blickte sich nicht um.

»In Ordnung«, sagte die Richterin. Sie klang verärgert, als fühlte sie sich ausgenutzt. »Harlan Jeffrey Deaver, Ihnen wurden die Anklagepunkte gegen Sie vorgelesen. Teilen Sie es nun dem Gericht mit … bekennen Sie sich schuldig?«

»Ja, Frau Vorsitzende.«

»Ich verstehe«, sagte die Richterin.

Sie nahm einen langen, tiefen Atemzug.

Dann stellte sie eine Reihe von Fragen, denen Faith nur teilweise folgen konnte, weil sie so überrascht war, dass ihr alle möglichen Gedanken ziellos durch den Kopf kreisten. Doch jede Frage schien darauf abzuzielen, Sarahs Vater bestätigen zu lassen, dass er wusste, dass er mit dem Schuldeingeständnis bestimmte Rechte aufgab, und sicherzustellen, dass er jeden der Punkte verstanden hatte und sicher war, dass er das auch wirklich machen wollte.

Jede Frage beantwortete er leise und demutsvoll mit »Ja, Frau Vorsitzende«.

»Also gut, Mr Deaver. Erzählen Sie bitte dem Gericht mit Ihren eigenen Worten, was in der besagten Nacht passiert ist.« Sie nahm ein Blatt Papier von ihrem Schreibtisch, hielt sich ihre Lesebrille vor die Augen und überflog schnell den Inhalt des Dokuments. »Die Nacht des neunzehnten Mai.«

»Ja, Frau Vorsitzende«, sagte er wieder.

Ein paar Sekunden lang atmete er nur tief ein und aus, als müsste er seinen Körper mit dem Mut füllen, den er gleich brauchen würde. Faith konnte sehen, wie das tiefe Atmen seinen Rücken und seine Schultern bewegte.

»Ähm … es war gerade nach Mitternacht, also war es eigentlich der Morgen des Zwanzigsten … aber das ist wohl egal. Jedenfalls hatten meine Frau und ich uns gestritten, was ziemlich regelmäßig vorkam, aber dieses Mal war es anders. Ich bin mir nicht sicher, inwiefern. Na ja, ich weiß es, ich bin mir nur nicht sicher, ob ich es richtig beschreiben kann. Es lässt sich nicht einfach mit Worten ausdrücken, aber ich werde es versuchen. Es war, als wäre sie … nicht im Geringsten von mir betroffen – als hätte sie sich irgendwie zurückgezogen. Ich versuchte, sie mit meinen Worten zurückzuholen, wusste aber nicht einmal, wo ich sie finden konnte. Das machte mir Angst. So etwas war vorher noch nie passiert. Und dann schleuderte sie mir plötzlich diese wirklich schlimmen Beleidigungen entgegen. Ich … ich kann sie nicht einmal wiederholen. Ich würde es nicht aussprechen wollen, aber es fühlte sich an, als würde sie mit einem Messer auf mich einstechen, doch es war kein Messer, es waren nur Worte. Sie sah aus dem Fenster, während sie herumbrüllte. Sie blickte mich nicht einmal an. In der Nachttischschublade hatten wir eine Waffe. Nur zur Selbstverteidigung, verstehen Sie – für den Fall eines Einbruchs. Ich wollte nur, dass sie aufhörte. Ich dachte, ich könnte sie mit einer Drohung zum Schweigen bringen. Also ging ich zu ihr ans Fenster, hielt ihr die Waffe an den Kopf und sagte ›Genug jetzt‹. Sie sollte nur aufhören. Und sie sah mich an mit diesem Ausdruck im Gesicht …«

Er schwieg lange. So lange, dass Faith damit rechnete, dass die Richterin ihn gleich zum Weiterreden drängen würde. Doch als hätte er seinen Leerlauf selbst gespürt, nahm er plötzlich wieder den Faden auf.

»… als würde ich sie abstoßen. Als hätte sie keinerlei Respekt vor mir. Als sei ich ein Wurm, den sie sich mit Abscheu vom Schuh kratzen würde. Sie lachte mich aus. Ich konnte es einfach nicht glauben. Ich hielt ihr eine Waffe an den Kopf und sie lachte mich aus. Ich war einfach … machtlos. Ich konnte nichts tun, um an sie heranzukommen. Ich weiß, es klingt unglaubwürdig, aber ich schwöre bei Gott, dass ich nicht wusste, dass ich den Abzug betätigte, bis ich den Schuss hörte. Ich habe in keinem Moment gedacht: *Ich werde jetzt abdrücken.* Dieser Gedanke kam mir überhaupt nicht in den Sinn. Ich sage nicht, dass es ein Unfall war – ich weiß jetzt, dass ich es getan habe, aber ich stand völlig neben mir … als sei ich außerhalb meines Körpers. Ich tat es, ohne zu wissen, dass ich es tun würde. Ich weiß nicht einmal, ob das einen Sinn ergibt, aber ich schwöre, dass ich es so gut erkläre, wie ich kann.«

Die Richterin nickte, dann wartete sie. Für den Fall, dass noch etwas folgte.

Den Mund nahe am Mikrofon, sagte sie schließlich: »Und dann haben Sie die Waffe in die Hand Ihrer Frau gelegt, damit es nach Selbstmord aussah?«

»Na ja … Ja und nein, Frau Vorsitzende.«

»Eins von beiden muss es sein, Mr Deaver. Haben Sie es getan oder nicht?«

»Ich habe es getan. Aber nicht gleich. Ich rannte zuerst aus dem Zimmer in den Flur. Ich hatte vor, den Notruf zu wählen. Ich weiß nicht, was ich gesagt hätte, ich wollte einfach nur einen Rettungswagen holen, obwohl ich eigentlich wusste, dass es dafür zu spät war. Aber ich stand wahrscheinlich unter Schock und konnte die Dinge nicht klar sehen. Ich konnte nicht klar denken. Und im Flur stieß ich dann mit meiner Tochter zusammen. Nicht wörtlich, aber … sie war dort. Ich nehme an, sie hat alles gehört. Oder zumindest genug. Und ich sah sie an und sie sah mich an, und ich dachte: *Sie hat wahrscheinlich keine Mutter mehr, und wenn ich ihr die Wahrheit sage, wird sie auch keinen Vater mehr haben.* Es brach mir einfach das Herz. Also habe ich dann ein paar Dinge … abgeändert. Was den … Ort betraf.«

»Mehr Details bitte, Mr Deaver«, sagte die Richterin. »Das Recht funktioniert nur mit Genauigkeit.«

»Okay. Ich … ging wieder hinein. Ins Schlafzimmer. Was ich natürlich wirklich nicht wollte. Ich hatte die Waffe auf das Bett fallen lassen, bevor ich aus dem Zimmer gerannt war. Ich nahm sie mit einem Zipfel meines Hemdes und wischte mit einem Taschentuch meine Fingerabdrücke ab, dann legte ich sie in ihre Hand. Dann ging ich wieder zurück nach unten und wählte den Notruf. Als die Polizei kam, erzählte ich, dass wir uns gestritten hätten und ich nach unten gegangen sei, um etwas zu trinken, als ich den Schuss hörte. Oh, und ich schrubbte zuvor noch meine Hände mit einem Haushaltsreiniger ab, weil ich dachte, die Polizei könnte auf meinen Händen Rückstände vom Schießpulver finden. Ich glaube, das habe ich mal im Fernsehen gesehen.«

»Und Sie glaubten nicht, dass Ihre Tochter der Polizei ihre eigene Version des Vorfalls erzählen würde?«

»Ich …« Und damit war Harlan Deaver anscheinend über eine weitere verbale Klippe getreten. Die Frage schien bei ihm einen Kurzschluss verursacht zu haben. Es dauerte unangenehm lange, bis er sich zusammenriss und fortfahren konnte. »Ich weiß nicht, Frau Vorsitzende. Ich weiß nicht, wie ich diese Frage beantworten soll. Ich konnte nicht klar denken, um es gelinde auszudrücken. Ich wusste nicht, was sie tun würde.«

»Ich verstehe«, sagte die Richterin. »Sie haben also nicht nur am Tatort Beweismaterial verfälscht und diesen Polizeibeamten gegenüber eine falsche Aussage gemacht. Sie haben darüber hinaus vor nur ein paar Minuten unter Eid vor Gericht wissentlich eine weitere Falschaussage gemacht. Sie haben gesagt, Sie seien nicht schuldig, was die Verbrechen betrifft, die ihnen zur Last gelegt werden, aber jetzt sagen Sie, dass es Ihnen bewusst war, dass Sie schuldig waren.«

Harlan Deaver ließ den Kopf sinken, als sei er es müde geworden, ihn hochzuhalten, und wolle sich ausruhen. Er murmelte etwas Unverständliches.

»Wie bitte?«, fragte die Richterin laut ins Mikrofon.

»Ich sagte: ›Ja, Frau Vorsitzende‹.«

»In Ordnung. Ich glaube, wir sind hier fast fertig. Der Antrag auf Kaution wird weiterhin abgelehnt. Der Verkündungstermin wird auf heute in drei Wochen festgelegt, falls möglich. Bevor Sie weggeführt werden und wir zu unserem nächsten Angeklagten kommen, wie wir es schon vor fünf oder zehn Minuten hätten tun sollen, habe ich nur noch eine weitere Frage an Sie, Mr Deaver. Würden Sie dem Gericht bitte erklären, was Ihren plötzlichen Sinneswandel herbeigeführt hat?«

Wieder murmelte Harlan Deaver leise etwas Unverständliches.

»Etwas lauter bitte, Mr Deaver.«

»Meine Tochter, Frau Vorsitzende.«

»Was ist mit Ihrer Tochter?«

»Ich habe sie gesehen. Gerade eben, als ich den Gerichtssaal verlassen wollte. Und ich dachte an den Prozess und daran, dass sie hier vorne würde aussagen müssen. Dass sie erzählen müsste, was sie in dieser Nacht gesehen hat. Nein, das stimmt nicht ganz. Ich dachte nicht nur daran. Es fiel mir wie Schuppen von den Augen. Es war einfach plötzlich da. Wir hätten gegeneinander aussagen müssen, und wenn ich meine Version immer noch aufrechterhalten hätte … dann hätte ich … dann hätte ich sagen müssen, dass sie lügt. Ich hätte meine eigene Tochter als Lügnerin bezeichnen müssen, obwohl sie keine Lügnerin ist. Ich habe in meinem Leben schon einige Geschichten erzählt, wahrscheinlich weil ich dachte, ich müsste es – weil ich mich in chaotische Situationen gebracht habe, aus denen ich nicht anders herauskam, wie ich dachte. Also habe ich gelogen, um meine Haut zu retten. Aber wahrscheinlich hat jeder irgendwo eine Grenze. Ich wusste nicht, wo meine Grenze ist, aber ich habe es gerade herausgefunden. Ich hätte meine eigene Tochter nicht zu Unrecht als Lügnerin bezeichnen können. Ich liebe meine Tochter. Was auch immer sie jetzt von mir hält und was auch immer ich getan habe, ich liebe dieses Mädchen. Das hat sie nicht verdient. Das hätte selbst meine Grenze überschritten. Was glauben Sie, warum ich ihr gefolgt bin und versucht habe, sie zurückzubekommen? Ich hatte nicht vor, sie zu verletzen. Ich wollte sie zurückhaben. Sie war alles, was mir noch geblieben war.«

Faith kam es so vor, als blickte die Richterin ihn mitleidig an. Oder zumindest lag in ihrem Ausdruck etwas, das Mitleid sehr nahe kam.

Harlan Deaver blickte beschämt zu Boden. Auch wenn Faith sein Gesicht nicht sah, konnte sie seine Schande spüren. Sie offenbarte sich in seiner Körpersprache. Sie war dort mit ihnen im Saal. Sie erfüllte die Atmosphäre so vollkommen, dass für nichts anderes Platz zu sein schien.

»Du wolltest ihr eine Gehirnwäsche verpassen«, zischte Constance leise.

Mit einem »Pst!« brachte Sarah ihre Großmutter zum Schweigen.

»Das Gericht dankt Ihnen für Ihre Ehrlichkeit, Mr Deaver«, sagte die Richterin. »Dass sie viel zu spät kam, versteht sich von selbst, aber besser spät als nie. Die Anklageverlesung ist jetzt abgeschlossen, und es ist Zeit, den nächsten Angeklagten hereinzuführen. Allerhöchste Zeit.«

Und damit war alles vorbei.

Harlan Deaver wurde von zwei bewaffneten Polizeibeamten aus dem Gerichtssaal geführt.

Diesmal wurden keine Blicke gewechselt.

* * *

»Ich muss wieder zu Estelle zurück«, sagte Sarah zu ihrer Großmutter. An Faiths Auto gelehnt, starrte sie hinunter auf den Asphaltboden des städtischen Parkplatzes. »Es tut mir leid, aber ich muss wirklich. Ich weiß, dass du mich bei dir haben willst, Oma, aber es ist so wichtig. Vielleicht könntest du mit zu Estelle kommen.« Beim letzten Satz hob sie hoffnungsvoll den Blick.

»Nein, mein Schatz«, sagte Constance. »Ich kann nicht mitkommen. Du weißt, wie viel mir daran liegt, zu Hause zu sein, besonders in solchen Zeiten. Aber du kannst gern mit Faith noch einmal hinfahren.«

Ungläubig blickte Sarah ihre Großmutter an.

»Wirklich? Du erlaubst das einfach so?«

»Wir haben gestern Abend darüber gesprochen«, sagte Faith, »während du geschlafen hast. Constance hat freundlicherweise zugestimmt, dass du noch ein paar Tage länger bei Estelle bleiben kannst.«

»Ich dachte, wir hätten zwei Tage gesagt«, warf Constance ein.

»Ich bin mir ziemlich sicher, dass wir von ein paar Tagen gesprochen haben.«

»Na gut. Wie auch immer. Wenn du erst mal dort bist, kann ich dich sowieso nicht zurückzwingen. Ich vertraue dir, dass du zurückkommst, sobald du weißt, dass mit Midnight alles in Ordnung ist.«

Faith beobachtete, wie Sarah ihre Großmutter zum Abschied umarmte, und wusste, dass dieser Zustand, dass alles in Ordnung war, nie eintreffen würde. Zwischen Julia und Midnight würde wohl nie etwas in Ordnung sein, und »alles« war völlig unerreichbar.

Aber sie würden zurückkommen.

Es würde erneut Sarahs Herz brechen, aber sie würden zurückkommen. Weil sie es mussten. Soweit Faith sehen konnte, war kein anderer Ausgang möglich.

* * *

»Also, ich habe eine Frage«, sagte Faith, als sie fast bei Estelle angekommen waren.

Um schneller zu sein, hatten sie die 154 von Santa Barbara aus genommen, den San-Marcos-Pass aus südöstlicher Richtung. Die Strecke war direkter, aber die zulässige Höchstgeschwindigkeit niedriger. Sie überblickten gerade von oben den Cachuma Lake.

Sarah schien sich zu sammeln – als müsste sie ihr Bewusstsein erst zurück ins Auto bringen. Vielleicht hatte sie vor sich hin gedöst, vielleicht war sie auch in Gedanken nur sehr weit weg gewesen.

»Okay«, sagte sie.

»Glaubst du alles, was er heute vor Gericht gesagt hat?«

»Eigentlich nicht. Nicht alles. Aber er war ziemlich ehrlich. Ich glaube, so viel Ehrlichkeit habe ich noch nie aus seinem Mund gehört, seit … na ja, noch nie. Ich habe schon gewusst, dass es kein Vorsatz oder so war. Er hat sie geliebt. Ich habe gewusst, dass er nicht wollte, dass es so endet. Jedenfalls weiß ich, wann er lügt. Immer. Er verrät sich. Es ist gut, dass ihm das nicht bewusst ist, sonst würde er es ändern. Er hat ein wirklich gutes Pokergesicht, das leuchtet ein, weil er es beim Poker spielen gelernt hat. Aber wenn er lügt, verrät er sich dadurch, dass er schneller redet und seine Stimme höher ist. Es ist nicht total offensichtlich, und wenn man ihn nicht kennt, bemerkt man es vielleicht gar nicht. Ich könnte wetten, dass die Richterin es nicht bemerkt hat. Aber wenn man ihn gut kennt, so wie ich …«

Sie verstummte und Faith wartete ab, ob sie noch mehr sagen würde.

Es überraschte sie, dass Sarah so gesprächig war. Doch vielleicht war es gar nicht so verwunderlich, war Faiths nächster Gedanke. Natürlich musste Sarah das alles mit jemandem besprechen. Faith war erleichtert und fühlte sich geehrt, diese Vertrauensperson zu sein.

»Wann hat er heute also gelogen?«

»Als er sagte, er hätte den Tatort nur meinetwegen manipuliert, damit ich nicht beide Eltern verlieren würde. Das hat er sich vielleicht später einfallen lassen. Aber diese ganze ›Ich habe es für meine Tochter und nicht für mich getan‹-Geschichte war für die Richterin. Er hatte einfach Angst und wollte nicht ins Gefängnis.«

»Und trotzdem ist er jetzt dort«, sagte Faith. »Im Gefängnis.«

»Ja. Das habe ich auch gerade gedacht. Dieser ganze Aufwand, um nicht ins Gefängnis zu kommen. Um nicht für das zahlen zu müssen, was er getan hat. Und trotzdem ist er jetzt dort. Ich an seiner Stelle hätte einfach den Notruf gewählt und erzählt, was passiert ist. Ich hätte nicht noch alle diese Falschaussagen und Strafen für den Eidbruch riskiert.«

»Wärst du an seiner Stelle gewesen, wäre es erst gar nicht passiert.«

»Oh«, sagte Sarah. »Das ist auch ein guter Punkt.«

Kapitel 17

Absolution

Bei Estelle am Frühstückstisch trank Faith eine zweite Tasse Kaffee und beobachtete Sarah, die ihre Rühreier mit der Gabel auf dem Teller hin und herschob, anstatt sie zu essen.

»Ich möchte dich heute Morgen um einen Gefallen bitten«, sagte Estelle.

Sarah starrte nach wie vor auf ihr Rührei und schien gar nicht richtig zuzuhören. Nach einem kurzen, schweigsamen Augenblick hob sie den Kopf.

»Wen? Mich?«

»Ja, mein Liebling, dich. Ich würde Julia gern noch einmal an der Longe unterrichten. Es geht wohl nicht anders, da sie im Moment nicht beide Zügel richtig halten kann und dies scheint die einzige sichere Methode zu sein. Ich dachte, du könntest heute Morgen vielleicht die Longe nehmen und ihr eine Unterrichtsstunde auf Midnight geben, damit sie sicher ist. Du kannst Midnight an einer Longe kontrollieren, stimmt's?«

»Ja, Ma'am«, antwortete Sarah.

»Gut. Und gib ihr bitte die Tipps, die sie benötigt. Aber hier kommt der wichtige Teil meiner Bitte. Du müsstest deine Einstellung gegenüber Julia ein wenig ändern. Warte. Lass mich das umformulieren. Ich möchte, dass du es mit einer anderen Herangehensweise probierst. Julia denkt, dass du auf sie herabschaust. Dass du dich für die bessere Reiterin hältst. Deshalb geht sie so in die Defensive. Und ich gebe dir nicht die Schuld dafür, mein Liebling. Die Wahrheit ist, und das darfst du niemandem erzählen: Du bist einfach die bessere Reiterin, obwohl du acht Jahre jünger bist als Julia und in der Dressurwertung zwei Stufen hinter ihr liegst. Du hast ein besseres Verständnis der Grundlagen, du bist erfolgreicher und du siehst im Sattel besser aus. Aber ich hätte gern, dass du das alles heute hinter dir lässt und versuchst, Julia auf Augenhöhe zu beraten. Klingt das plausibel? Und noch wichtiger: Kannst du das?«

»Ja«, sagte Sarah. »Ich bin mir nur nicht sicher, ob sie mich lässt.«

»Das wird sie. Während du weg warst, habe ich mit ihr ein langes Gespräch geführt. Sie weiß, dass sie Hilfe braucht, wenn sie jemals eine Zukunft mit dieser schönen Stute haben will. Sie kann nur nicht das Gefühl ertragen, dass du auf sie herabschaust. Und ich werde nicht dabei sein, weil ich glaube, dass ich ihr auf emotionaler Ebene nur in die Quere kommen würde. Sie kann mir später erzählen, wie es gelaufen ist. Und du auch.«

Sarah stieß einen tiefen Seufzer aus. Und überraschenderweise schob sie sich eine gehäufte Gabel Rührei in den Mund. Sie kaute langsam, bevor sie schluckte.

»Wenn sie bereit ist, es zu versuchen, bin ich es auch«, sagte sie.

* * *

Julia wartete vor dem Stall auf sie, ohne Pferd. Sie trug teure, hohe Stiefel, eine braune Reithose und dazu ein kurzärmliges Reitertrikot mit roten Streifen an den Ärmeln. Natürlich war an ihrem Handgelenk noch die Verbandsschiene.

»Ich habe Stan gebeten, Sol zu holen und zu satteln«, sagte sie, sobald Faith und Sarah in Hörweite waren.

Einen Augenblick lang schien Sarah das Offensichtliche nicht aufzufallen.

Sie sagte nur: »Ich hätte sie satteln und herbringen können.«

»Lass es Stan tun. Er arbeitet schließlich hier.«

Eine kurze Stille trat ein und Faith fragte sich, ob sie die Einzige war, die sich wunderte.

Schließlich schien Sarah gedanklich zu der Stelle zurückzuspulen und über die Information zu stolpern, die ursprünglich an ihr vorbeigezogen war.

»Moment. Du hast ihn gebeten, *wen* zu holen?«

»Sol. Es ist ihr neuer Stallname.«

»Warum braucht sie einen neuen Stallnamen?«

»Ich weiß nicht. Hast du nie ein neues Pferd bekommen, dem du selbst einen Namen geben wolltest?«

»Eigentlich nicht«, sagte Sarah. Faith bemerkte, wie Sarah sich bemühte, sich zusammenzureißen. »Ich habe nur einmal ein Pferd bekommen. Und sein registrierter Name ist Falkner's Midnight Sun, warum sollte ich ihn also ändern? Ich meine, Midnight ist ein Teil ihres Namens. Es ist nur eine kürzere Version.«

»Aber Sol bedeutet Sonne. Wie in Falkner's Midnight Sun. Ich fand das sehr clever.«

Sarah wippte auf ihren Zehenspitzen, als ob Stillstehen überhaupt nicht infrage käme.

»Ich verstehe einfach nicht, was an Midnight falsch sein soll«, sagte sie.

»Oh, es ist nur so …« Julia schwieg kurz, um die richtigen Worte zu finden. Entweder hatte sie gerade keine passenden Worte griffbereit oder sie mochte die Worte nicht, die sie hatte. »Midnight für ein schwarzes Tier. Ich weiß nicht. Er klingt wie ein Name, den ein kleines Kind einer schwarzen Katze geben würde, wenn es selbst entscheiden könnte.«

»Na ja, ich war erst acht, als ich sie bekommen habe«, sagte Sarah und hob die Stimme. »Aber ich habe den Namen nicht einfach erfunden. Er steht in ihren Unterlagen.«

»Ich wollte dich nicht kränken«, sagte Julia, doch ob es völlig aufrichtig gemeint war, ließ sich bezweifeln. »Ich sage ja nur, dass sie jetzt, wo sie mir gehört, einen Stallnamen haben soll, der mir gefällt.«

Sarah stellte sich auf die Zehenspitzen und neigte sich vor. Sie öffnete den Mund, doch es kamen keine Worte heraus. Faith dachte, dass ihr Gesicht ein wenig zu rot war.

Stan kam mit der gesattelten Stute aus dem Stall und führte sie zwischen die beiden Mädchen, womit er wirksam die Pattsituation zwischen den beiden beendete.

»Hier ist Midnight«, sagte er.

Faith vermutete zunächst, dass Stan noch nichts von der Namensänderung mitbekommen hatte. Doch als Julia mit ihrer unverletzten Hand die Stute an die Aufsteighilfe führte, drehte Stan sich zu Sarah um und blinzelte ihr verschwörerisch zu, bevor er wieder in den Stall verschwand.

* * *

»Okay, hier ist eine Übung«, rief Sarah Julia zu.

Sie stand mit der langen Peitsche und der ebenso langen Longe in der Hand inmitten des Roundpen. Julia saß in der Nähe des Geländers in Haltstellung auf der Stute, die Zügel lagen verknotet und ungenutzt auf Midnights Hals.

»Erinnerst du dich daran, wie deine Oma mit dir geübt hat, Midnight ohne Zügel anzuhalten? Dadurch kannst du dich besser auf die anderen Hilfen konzentrieren, die zum Halt gehören. Ich würde jetzt gerne einen stärker gerundeten Hals bei ihr sehen. Sie kann den Hals viel mehr runden als so. Ich weiß, dass du normalerweise mit der Trense arbeiten würdest, aber sie kann es auch nur mit deiner Beinhilfe und Haltung. Also versuche, deine Körpermitte einzubeziehen und ihr mit den Beinen eine winzig kleine Hilfe zu geben. Sie wird vielleicht denken, dass sie nach vorne gehen soll, aber ich werde deine Zügel übernehmen. Ich werde dafür sorgen, dass sie am Platz stehen bleibt. Okay?«

»Okay«, sagte Julia. »Versuchen wir's.«

Sie setzte sich sehr gerade im Sattel auf. Wahrscheinlich gab sie eine kleine Beinhilfe, die für Faiths Augen nicht sichtbar war.

Midnight bewegte sich vorwärts.

Sarah hielt sie nach nur einem Schritt an.

»Versuch es noch mal«, sagte Sarah.

Sie stand ein wenig vorgebeugt in Midnights Sichtfeld und gab der Stute mit einem Handsignal zu verstehen, dass sie stehen bleiben sollte.

Soweit Faith sehen konnte, bewegte sich Julia nicht, doch Midnight senkte den Kopf und rundete in einer schönen Bewegung den Hals.

»Gut gemacht!«, rief Sarah. »Siehst du? Das war genau die richtige Portion Hilfestellung.«

Faiths Mobiltelefon klingelte.

Sie zog es aus der Tasche und sah auf das Display. Ventura County Gefängnisbehörde.

Faith nahm den Anruf an, weil sie davon ausging, er sei von Constance. Aus irgendeinem Grund war sie wohl heute im Gefängnis, dachte Faith. Vielleicht hatte sie Neuigkeiten. Vielleicht hatte sie schon versucht, Sarah zu erreichen, die möglicherweise ihr Handy im Haus liegen gelassen hatte. Der Anruf konnte dringend sein.

»Hallo?«, meldete sie sich.

Nichts geschah. Es schien niemand in der Leitung zu sein.

Dann hörte sie ein Klicken, gefolgt von einer Aufnahme. Eine weibliche Maschinenstimme informierte sie, dass sie ein R-Gespräch von einem Insassen des Bezirksgefängnisses Ventura habe. Die Stimme sagte, welche Ziffern sie drücken musste, um den Anruf anzunehmen oder abzulehnen, und nannte ihr die Kosten.

Unsicher, was sie tun sollte, hielt Faith kurz inne.

Sie dachte immer noch, der Anruf müsse von Constance sein, die im Gefängnis aus irgendeinem Grund keine andere Wahl hatte, als das automatisierte R-Gespräch-System zu nutzen, um ein Telefonat führen zu können. Oder vielleicht wollte jemand von der Gefängnisverwaltung mit Sarah sprechen.

Faith drückte auf die 1.

»Hallo?«, meldete sich eine Männerstimme zögernd.

Faith spürte ein kaltes Prickeln im Nacken, das ihr die Wirbelsäule hinunterströmte wie Eiswasser. Am anderen Ende der Leitung war Harlan Deaver. Eindeutig. Ihr erster Impuls war, einfach aufzulegen. Sie hätte es fast getan, doch sie wollte eines wissen. So sehr, dass sie schon erwogen hatte, ihm einen Brief zu schreiben oder ihn sogar im Gefängnis zu besuchen, um die Antwort zu erhalten. Vielleicht war jetzt die Gelegenheit dazu. Dann musste sie zeitlebens nicht mehr in seine Nähe kommen, nicht mal telefonisch. Und wenn sie dafür ihre Telefonnummer ändern lassen musste.

»Woher haben Sie meine Nummer?«, fragte sie wahrscheinlich etwas zu laut.

Sie wandte sich ab und entfernte sich schnellen Schrittes von dem Roundpen und Sarahs Reitunterricht.

»Das wollen Sie gar nicht wissen«, sagte er. »Das wollen Sie wirklich nicht wissen.«

Faith blieb an dem großen Reitplatz stehen.

Estelle unterrichtete gerade Reggie, den großen, kastanienbraunen Wallach mit den weißen Beinen, auf dem Faith so sicher geritten war. Der Ausritt lag erst zwei Tage zurück, aber alles, was vor der Anklageverlesung lag, fühlte sich wie etwas aus tiefster Vergangenheit an.

»Was wollen Sie?«, fragte sie und unterdrückte nicht die Wut, die ihr durch den Hals bis in die Stimme hochstieg. Um sich zu schützen. »Und bevor Sie überhaupt antworten, will ich eines ganz deutlich sagen. Ich habe diesen Anruf nur angenommen, weil ich nicht wusste, dass er von Ihnen ist. Sie haben wahrscheinlich recht damit, dass ich gar nicht wissen will, wie Sie an meine Nummer gelangt sind. Aber ich gebe Ihnen diese eine Chance, mir zu sagen, was Sie wollen. Und ich will eine Information von Ihnen, und danach werden Sie diese Nummer vernichten und mich nie wieder kontaktieren. Können Sie mir das versprechen?«

»Ja«, antwortete er. »Ich verstehe.«

»Gut. Machen Sie schnell. Ich zahle für diesen Anruf.«

»Ich wollte nur sagen, dass es mir leidtut.«

»Was genau?«

»Was … mit uns passiert ist. Ich war nicht völlig ehrlich darüber, wer ich war und was ich wollte.«

»Nicht *völlig* ehrlich? Soll das ein Witz sein? Sie haben gesagt, Ihr Name sei Greg.«

»Okay. Okay. Sie haben gewonnen. Überhaupt nicht ehrlich.«

An beiden Enden der Leitung herrschte Schweigen. Estelle führte mit ihrem Wallach eine Traversale quer durch die Arena aus, die Beine des Pferdes überkreuzten sich harmonisch in einer perfekt choreografierten seitlichen Bewegung. Es kam Faith fast schmerzhaft schön vor. Aber vielleicht war es nur schön und hatte mit Schmerz nichts zu tun. Oder vielleicht schmerzte es, in einem Augenblick wie diesem solcher Schönheit beizuwohnen.

»Ich kann das mit Fremden normalerweise ziemlich gut«, sagte Harlan. »Ich denke immer, dass ich damit durchkomme.

Aber plötzlich waren Sie keine Fremde mehr und ich mochte Sie. Ich wollte Sie nicht mehr täuschen, aber zu dem Zeitpunkt fand ich keinen Ausweg mehr. Ich wollte nur sagen, dass ich Sie nicht angelogen hätte, wäre ich noch einmal in der Situation gewesen, denn Sie sind zu gut, um angelogen zu werden.«

Faith spürte von einer Stelle direkt unterhalb des Magens eine weitere Welle der Wut in sich aufsteigen.

»Falls Sie sagen …«

»Was? Was habe ich jetzt wieder Falsches gesagt?«

»Falls Sie sagen, dass Sie mich besser kennenlernen wollten, zwei oder drei Wochen, nachdem Ihre Frau gestorben war …. weil Sie sie *erschossen* haben …«

»Nein«, sagte er, frustriert und verzweifelt. »Nein, das habe ich nicht gemeint. Natürlich habe ich nicht nach einer Romanze gesucht nach allem, was passiert ist. Ich bin ja kein Monster. Ich habe nur gemeint … Ich habe Sie mit Sarah beobachtet und gesehen, wie gut Sie mit ihr umgegangen sind und wie Sie sich um sie gekümmert haben. Und wie Sie sich eingeschaltet haben, um ihr zu diesem Zeitpunkt das zu geben, was sie von ihrer Mutter nicht mehr bekommen konnte. Und daher tut es mir leid, dass ich Sie ausgenutzt habe.«

»Oh«, murmelte Faith. Weil es so schön aussah, hielt sie kurz inne und beobachtete, wie Reggie eine Galopppirouette ausführte. »Diese Entschuldigung kann ich wohl akzeptieren.«

»Gut«, sagte er. »Dann ist meine Aufgabe hier erfüllt. Und wie Sie schon gesagt haben, Sie zahlen für diesen Anruf.«

»Moment«, sagte Faith. »Einen Moment, bevor Sie auflegen. Es gibt da eine Sache, die ich wirklich wissen will.«

»Okay …« Doch er klang zurückhaltend.

»Warum haben Sie ihr Pferd verkauft?«

»Oh«, sagte er. »Das.«

»Sie müssen gewusst haben, dass es ihr das Herz brechen würde. Vor allem so unmittelbar nach dem Verlust ihrer Mutter.«

»Verstehe. Okay. Mein Dilemma war folgendes: Ich hatte die Wahl, Sarah in übertragenem Sinn das Herz zu brechen, indem ich das Pferd verkaufe, oder mein Leben zu riskieren, indem ich es nicht verkaufe. Ich habe jemandem Geld geschuldet. Einem Typen, dem man wirklich kein Geld schulden will.«

»Ich glaube nicht, dass er Sie umgebracht hätte.«

»Sie kennen diesen Typen nicht. Er ist alles andere als ein Musterbürger.«

»Das glaube ich gern, aber wenn er Sie umgebracht hätte, wäre er nie an sein Geld gekommen.«

»Lassen Sie mich erklären, wie diese Dinge laufen, da Sie in der glücklichen Lage sind, es nicht zu wissen. Es gibt zwei Kategorien von Schuldnern. Die einen haben das Geld nur im Augenblick nicht und die anderen werden es nie haben. Wenn man es nur im Augenblick nicht hat, verliert man vielleicht einen Finger. Oder die Fähigkeit, je wieder sein Knie benutzen zu können. Aber wenn der, dem man das Geld schuldet, glaubt, dass man zur zweiten Kategorie gehört, dann muss man vielleicht als abschreckendes Beispiel für andere herhalten.«

»Und wie hätte er wissen sollen, ob Sie das Geld jemals gehabt hätten oder nicht?«

»Eine reine Ermessensentscheidung. Aber ich kann Ihnen sagen, wenn Ihre eigene Mutter Sie aufgegeben hat, dann erwarten Sie kein Vertrauen von einem Kredithai, wenn es um Geld geht.«

Faith fiel ein, dass sie im Gerichtssaal keine Angehörigen von Harlan gesehen hatte. Keine Mutter. Kein einziges anderes Familienmitglied.

»Also«, sagte er, »Sie wollen hören, dass ich mich wegen Midnight schlecht gefühlt habe? Natürlich habe ich mich schlecht gefühlt. Aber ich habe darüber nachgedacht und angenommen, dass Sarah mit einem toten Elternteil und einem verkauften Pferd besser dran wäre als mit zwei toten Elternteilen.«

Harlan hielt inne und gab ihr Zeit, zu antworten.

Reggie flog mit einem auffälligen, starken Trab förmlich am Geländer vorbei und zermalmte mit weit vorgestreckten Beinen den gepflegten Boden des Reitplatzes. Faith beobachtete ihn und bemerkte, dass sie sich besser fühlte. Harlans Erklärung zu der Sache mit Midnight hatte ihr geholfen. Denn nur einen Augenblick zuvor, als er ihr eine aufrichtige Entschuldigung angeboten hatte, hätte sie beinahe akzeptieren müssen, dass selbst er irgendwo ein anständiger Mann war. Und das ergab für Faith keinen Sinn. Es hätte die Frage aufgeworfen, wie ein im Grunde anständiger Mann seiner Frau eine Pistole an den Kopf halten und abziehen konnte. Aber jetzt war Harlan wieder dort angekommen, wer und was er war. Bedauerlicherweise konnte der winzige Funken Anständigkeit, den sie gesehen hatte, nicht völlig abgetan werden. Er war aufgeblitzt und er war real. Irgendwo in seinen Worten war Anständigkeit zu finden, auch wenn es nur ein dünner Hauch war. Aber zum größten Teil war diese Anständigkeit immer noch von Spielschulden, voreiligen Handlungen und Lügen überzogen.

»Das klingt vielleicht harsch«, sagte Faith zu ihm. »Aber ich glaube, Sarah wäre mit Midnight und ohne Sie besser dran gewesen.«

»Wow«, sagte er mit belegter Stimme. »Sie haben recht.« Einen kurzen Moment lang dachte Faith, er würde ihr einen weiteren Einblick in seinen knappen Vorrat an Anständigkeit geben, doch dann sagte er: »Das ist wirklich harsch.«

»Rufen Sie mich nie wieder an«, sagte sie.

»Verstanden«, erwiderte er.

Und sie legte auf.

Estelle galoppierte in Faiths Richtung und hielt direkt vor ihr am Geländer an. Von ihrer erhöhten Position aus blickte sie auf Faith herunter.

»Ist alles in Ordnung?«

»Oh. Sie haben das gehört?«

»Nein, kein Wort. Alles, was ich hören konnte, war der Wind in meinen Ohren. Aber Sie haben während des Telefonats sehr aufgebracht gewirkt.«

»Das war Sarahs Vater«, sagte Faith. »Er hat vom Gefängnis aus angerufen.«

»Oje. Ich kann verstehen, wie verstörend das sein muss. Was wollte er von Ihnen?«

»Schwer zu sagen. Vielleicht eine Absolution. Nicht für sein Verbrechen. Er weiß, dass er das nicht verlangen kann, und ich wäre dafür sowieso nicht die richtige Ansprechpartnerin. Absolution für etwas anderes. Etwas, das zwischen uns passiert ist. Ja, es war seltsam, aber es ist in Ordnung. Ich habe ihm keine Zugeständnisse gemacht, die er nicht verdient hat, und sehr deutlich klargestellt, dass wir nicht mehr miteinander reden werden.«

Zu Faiths Überraschung streckte Estelle ihr eine Hand entgegen, die Handfläche ihr zugewandt. Erst nach einem Moment begriff Faith, dass Estelle ihr ein High Five anbot.

Sie schlug mit der flachen Hand ein.

»Gut gemacht«, sagte die ältere Frau und galoppierte mit Reggie davon.

* * *

Faith holte Sarah ein, als sie Midnight in den Stall brachte.

»Was war das denn gerade?«, fragte Sarah. »Wer hat dich angerufen?«

»Sonst stellst du nie so persönliche Fragen«, erwiderte Faith und hoffte, einer Antwort ausweichen zu können. Welchen Nutzen sollte es Sarah bringen? Und hatte das Mädchen nicht schon genug Sorgen?

»Tut mir leid. Ich wollte nicht zu neugierig sein. Ich habe nur gerade gehört, dass du jemanden gefragt hast, wie er an deine Nummer gekommen ist. Und du hast auch total aufgeregt geklungen. Ich dachte, es sei vielleicht dein Ex gewesen oder so.«

»Nein, es war nicht Robert.«

Sie traten in den kühlen Schatten des Stalls.

Faith beschloss, die Entscheidung ihrem Bauchgefühl zu überlassen. Dieser Stelle, der sie laut Ava vertrauen sollte.

»Es war dein Vater.«

»Mein Vater?«, wiederholte Sarah. Mit Midnights Zügeln in der Hand blieb sie inmitten der Stallgasse stehen und blickte Faith an. »Kann er von dort überhaupt telefonieren?«

»Ja, mit R-Gesprächen.«

»Was hat er gewollt?«

»Er wollte mich um Entschuldigung bitten«, sagte Faith nur.

»Für … wie kann man einfach um Entschuldigung bitten, wenn man jemanden *umgebracht* hat? Und warum würde er dann *dich* anrufen?«

»Nein, nicht das. Ich glaube, er weiß, dass sich das nicht entschuldigen lässt. Es ging nur um diese seltsame Sache, die zwischen uns am Strandhaus passiert ist.«

»Oh. Verstehe.«

Sarah löste ihre Füße wieder vom Boden. Sie führte Midnight in ihre Box, schob die Tür ein Stück zu und nahm stirnrunzelnd dem Pferd den Sattel ab.

Faith lehnte sich an die Tür und sah ihr zu.

»Ich habe deinen kleinen Trick benutzt«, sagte sie.

»Welchen kleinen Trick?«

»Den Trick, mit dem du herausfindest, wann er lügt. Ich habe genau zugehört, und es hat wirklich funktioniert.«

»Worüber hat er gelogen?«

Faith antwortete nicht sofort und wog ab, ob es ein Fehler gewesen war, das Thema aufzubringen.

»Ich bin mir einfach nicht sicher …«, begann sie. »Ich müsste dir erzählen, worüber wir geredet haben, und ich weiß nicht, wie du dich dann fühlen würdest.«

Sarah runzelte wieder die Stirn. Sie griff durch die halb geöffnete Stalltür und hängte das Zaumzeug ohne hinzusehen an den Halter.

»Es wäre schon irgendwie seltsam, wenn du über diese Sache etwas wüsstest, das ich nicht wüsste, meinst du nicht?«

»Oh«, murmelte Faith. »Ja. Wahrscheinlich. Also, ich habe ihn gefragt, warum er Midnight verkauft hat.«

»Das hätte ich dir auch sagen können«, erwiderte das Mädchen. »Er hat einem Kredithai Geld geschuldet.«

»Das wusstest du? Wie hast du das erfahren?«

»Weil er ständig irgendeinem Kredithai Geld schuldet. Aber egal, inwiefern hat er gelogen?«

»Er hat gesagt, er hätte diese Entscheidung deinetwegen getroffen, weil er dachte, du seist ohne Pferd immer noch besser dran als ohne Vater. Es hat mich daran erinnert, was er der Richterin erzählt hat. Aber ich habe es anders herausgefunden. Du hast mir ja erzählt, wie er sich verrät, und daher habe ich auf seine Stimme geachtet. Und ich konnte heraushören, dass er gelogen hat. Er hat nur an sich selbst gedacht, nicht an dich.«

»Ja«, sagte Sarah. »Das hätte ich dir auch sagen können. Was hast du geantwortet?«

»Es klingt vielleicht harsch.«

»Ich will es trotzdem wissen.«

Sie trat mit dem Sattel in der Hand aus der Pferdebox und zog die Tür zu.

»Ich habe zu ihm gesagt, dass du mit Midnight besser dran gewesen wärst als mit ihm.«

»Hm«, meinte Sarah. »Ich wette, das hat ihm nicht gefallen.«

»Ich glaube, es war mir egal, ob es ihm gefällt oder nicht.«

Faith folgte Sarah in die Sattelkammer. Sarah ließ sie nicht wissen, ob sie ihr zustimmte oder nicht. Andererseits, dachte Faith, sollte sie das auch gar nicht entscheiden müssen.

»Wie ist der Unterricht gelaufen?«, fragte Faith.

»Irgendwie … war es seltsamerweise in Ordnung. Nicht umwerfend, aber auch gar nicht so schlecht. Und ich weiß wirklich nicht, ob ich darüber froh sein soll.«

* * *

Auf dem Weg zurück zum Haus blieb Faith im Schatten einer riesigen, knorrigen alten Eiche stehen. Sie lehnte sich an den dicken Baumstamm und zog ihr Handy aus der Tasche.

Ava war immer noch der letzte Kontakt in der Verlauf-Anzeige.

Hey, tippte sie und sendete die Nachricht ab. Nur um zu sehen, ob Ava überhaupt erreichbar war.

Während sie wartete, beobachtete sie, wie die Hitzewellen in der Luft ihre Sicht auf den Horizont verschwimmen ließen. Eine warme Brise aus westlicher Richtung ließ die Blätter über ihrem Kopf rascheln. Sie schloss die Augen und seufzte zufrieden, denn der Tag würde jetzt allmählich kühler werden.

Hey, antwortete Ava.

Ich muss mich bei dir entschuldigen.

Nein, musst du nicht.

Ich denke schon. Also, hier ist die Entschuldigung.

Für was?

Für das Ignorieren unserer Freundschaft.

Nein, antwortete Ava im typisch knappen Stil.

Nein? Nein, es tut mir nicht leid? Oder nein, es braucht mir nicht leidzutun?

Eher das Letztere. Du hast mir jeden Tag getextet, damit ich weiß, dass alles in Ordnung ist. Was häufiges Chatten betrifft, haben wir eine Freundschaft, die Pausen aushalten kann. Wenn wir eine Pause brauchen, nehmen wir sie uns einfach. Komm bloß nicht auf die Idee, mich wie diese Leute zu behandeln, die ständig Bestätigung brauchen.

Faith musste schmunzeln.

Sie hätte Ava beinahe den ganzen Grund dafür geschrieben, weshalb sie an sie gedacht hatte. Um ihr mitzuteilen, dass ihr Rat, sich selbst zu vertrauen, sehr nützlich gewesen war. Aber Ava brauchte diese Bestätigung nicht oder wollte sie vielleicht nicht einmal. Oh, Faith würde es ihr trotzdem erzählen. Ein anderes Mal. Ob Ava es hören wollte oder nicht. Aber besser zu einem anderen Zeitpunkt und unter vier Augen.

Verstanden, schrieb sie zurück.

Wie geht es mit dir und dem Mädchen?

Komplexe Frage.

So ist das Leben. Wann immer du bereit bist. Alles klar, meine Freundin.

Faith steckte das Telefon wieder ein und machte sich in der Hitze auf den Weg hinauf zum Haus.

* * *

»Faith«, flüsterte Sarah. »Schläfst du?«

Faith war wach.

Sie setzte sich im Bett auf und wartete, bis ihre Augen sich an die Lichtverhältnisse gewöhnt hatten. Sarah setzte sich ebenfalls auf, schwang die Beine über die Bettkante und berührte mit den Füßen den geflochtenen Teppich, der zwischen den beiden Einzelbetten in Estelles Gästezimmer lag.

»Ich glaube, ich will einfach …«, begann Sarah.

Dann verstummte sie und führte den Gedanken nicht zu Ende.

»Was?«, fragte Faith nach einer Weile.

»Ich glaube, wir sollten einfach …«

Immer noch kein Satzende. Kein Hinweis darauf, was es war, das sie einfach tun sollten.

»Tut mir leid«, sagte Faith. »Wenn ich den Gedanken für dich zu Ende bringen könnte, würde ich es tun. Aber ich habe keine Ahnung, worauf du hinauswillst.«

»Nach Hause fahren«, sagte das Mädchen schließlich.

»Oh. Es überrascht mich, dass du das sagst.«

»Ich weiß.«

»Zu deiner Großmutter?«

»Ja.«

»Gibt es dafür einen bestimmten Grund?«

Ein, zwei Minuten lang saßen sie schweigend im Dunkeln. Wenn Faith das Licht angeschaltet hätte, wäre es vielleicht möglich gewesen, mehr zu erfahren. Sie hätte es vielleicht im Gesicht des Mädchens ablesen können. Aber Sarah erschien ihr in diesem Augenblick nur als eine Silhouette, die keine Hinweise gab und nichts offenbarte.

»Ich kann es einfach nicht ertragen«, sagte Sarah schließlich.

Faith hätte nachfragen können, was sie meinte, aber sie wartete ab und vertraute darauf, die Information zu bekommen.

»Seit ich Midnight wiedergesehen habe, ist sie mit niemandem ausgekommen. Nicht mit John und nicht mit den Leuten, die sie kaufen wollten. Na ja … nur mit Estelle. Aber das ist etwas anderes. Wer könnte Estelle nicht mögen? Besonders Pferde mögen sie. Aber heute schien es irgendwie so, als sei sie bereit, mit Julia auszukommen. Und ich hasse es so sehr, Faith. Ich will es nicht sehen müssen. Es ist, als müsste man jemanden, den man liebt, beim Händchenhalten mit einer anderen sehen. Es ist eine Qual. Die ganze Zeit über dachte ich daran, wie schlecht es wäre, wenn sie nie mit Julia zurechtkommen würde. Oder wenn sie wieder verkauft würde. Oder nur der furchtbare Gedanke daran, sich von ihr verabschieden zu müssen und allein nach Hause zu fahren. Und ich hätte nie geglaubt, es könnte etwas noch Schlimmeres geben. Aber heute Morgen ist sie ziemlich gut mit Julia ausgekommen und ehrlich, das war schlimmer, als sich von ihr zu verabschieden und es nicht mit ansehen zu müssen. Also will ich jetzt einfach nur nach Hause.«

»Okay«, sagte Faith. »Die Entscheidung hat immer bei dir gelegen. Wenn du magst, können wir morgen früh fahren.«

»Ja«, sagte Sarah.

Ihrer Stimme nach zu urteilen, hatte Sarah angefangen zu weinen. Oder sie war kurz davor. Genau an dem Punkt, wo die Gefühle so stark sind, dass sie den Mund verziehen und ein Wort zittrig und seltsam klingt. In der Dunkelheit war es jedoch nur schwer zu sagen.

»Sogar bevor du Julia noch eine weitere Stunde Reitunterricht gibst?«

»Nicht unbedingt. Ich könnte ihr noch eine Stunde geben. Aber nicht ihretwegen. Für Estelle. Weil sie so nett zu uns war.«

»Okay«, sagte Faith. »Wenn es wirklich das ist, was du willst, können wir direkt danach fahren.«

Sarah legte sich wieder hin.

Gerade, als Faith davon überzeugt war, dass Sarah gleich einschlafen werde, sagte sie wieder etwas, plötzlich und seltsam laut.

»Und diese ›Sol‹-Sache. ›Sie gehört jetzt mir und sie soll einen Stallnamen haben, der *mir* gefällt.‹ Wirklich, was sollte das, Faith?«

»Ja«, erwiderte Faith. »Ich weiß. Das ging etwas zu weit.«

Kapitel 18

Verirrte Sterne

Faith war im Gästezimmer mit dem Packen ihrer Sachen beschäftigt. Sie hatte Sarah versprochen, gleich nach der Reitstunde abfahrbereit zu sein.

Mit beiden Taschen über der Schulter ging sie nach unten.

Estelle stand in der Küche am Fenster. Offenbar beobachtete sie fasziniert etwas, das draußen vor sich ging.

Faith stellte die Taschen vor der Küchentür ab und trat neben die ältere Frau, um zu sehen, was so interessant war. Wie sich herausstellte, hatte man von hier aus freie Sicht auf den Roundpen. Es befand sich in einiger Entfernung, war aber noch gut erkennbar.

»Wie läuft's?«, fragte Faith.

»Ich will mir keine falschen Hoffnungen machen, aber … überraschend gut. Es kommt mir fast wie ein Durchbruch vor. Aber hoffentlich habe ich es nicht gerade mit meinem Optimismus vermasselt. Oh. Und eine Nachricht von Sarah. Sie hat darum gebeten, dass Sie nachher bitte am Vordereingang des Stalls mit dem Auto auf sie warten. Sie will alleine sein, wenn sie sich von Midnight verabschiedet, und danach will sie mit niemandem sprechen, kein Wort. Sie war in diesem Punkt ziemlich eindeutig. Vehement, könnte man auch sagen. Sie will einfach nur so schnell wie möglich wegfahren. Kann ich Ihnen vorher noch einen Tee machen?«

»Das wäre wunderbar«, sagte Faith.

Sie setzte sich an Estelles Tisch, wahrscheinlich zum letzten Mal. Wieder spürte Faith einen Anflug von Bedauern, weil sie einen Ort verließ, der sich nicht wie ein Zuhause hätte anfühlen sollen. Jedenfalls nicht nach so kurzer Zeit. *Ein eigenes Zuhause würde vielleicht dieses Problem lösen*, dachte sie.

»Sie waren sehr großzügig zu uns«, sagte sie zu Estelle.

»Unsinn, meine Liebe, es hat mich gefreut, Sie und Sarah hier zu haben. So ungern ich es sage, aber ich genieße Ihre Gesellschaft mehr als die meiner eigenen Enkelin. Das erzählen Sie natürlich niemandem weiter.«

»Natürlich nicht«, versicherte Faith.

Estelle setzte sich ihr gegenüber, während der Kessel heiß wurde.

»Sarah ist ein bemerkenswertes Mädchen. Sehr stark.«

»Das hoffe ich«, sagte Faith. »Sie wird es brauchen.«

»Sie kann gelegentlich vorbeikommen und Midnight besuchen, wenn sie mag. Wir könnten ein Datum vereinbaren, wenn Julia nicht da ist.«

»Das ist ein großzügiges Angebot«, sagte Faith. »Aber ich glaube nicht, dass sie das will. Ich glaube nicht, dass sie es ertragen könnte.«

»Na gut«, sagte Estelle. »Aber falls sie ihre Meinung ändern sollte, das Angebot steht.«

* * *

Faith saß bei laufendem Motor im Volvo, weil es ohne Klimaanlage im Auto zu heiß war. Hin und wieder blickte sie durch das Fenster zum Stall hin, konnte aber nichts sehen.

Wenige Minuten später wurde die Autotür geöffnet. Doch als Faith den Kopf zur Seite wandte, saß niemand neben ihr auf dem Beifahrersitz. Sie drehte sich ganz herum und erblickte Sarah, die die Hintertür zuschlug und sich mit dem Gesicht nach unten auf den Rücksitz warf.

»Was machst du da hinten?«, fragte sie.

»Bitte fahr einfach. Bitte.«

»Tut mir leid, aber ich fahre nicht auf der Autobahn, wenn du nicht angeschnallt bist. Ich weiß, dass dir das gerade nicht passt, aber es muss einfach sein.«

Sarah seufzte und setzte sich auf. Faith sah, dass sie geweint hatte. Sarah zog den Schultergurt so weit heraus wie möglich, passte die Länge des unteren Teils des Gurtes an, befestigte den Gurt im Halter und ließ sich wieder mit dem Gesicht nach vorne über den Rücksitz plumpsen. Es sah unbequem aus, aber sie schien in dieser Position bleiben zu wollen.

Faith fuhr durch das Tor und verließ Estelles Anwesen.

Die kurze, ruhige Landstraße auf die 154 hinunter.

Richtung Nordwesten auf die 101.

Richtung Süden nach Südkalifornien.

Sie warf im Rückspiegel einen Blick auf Sarah, die sich keinen Zentimeter bewegt hatte.

»Alles in Ordnung da hinten?«

Einen Augenblick nur Stille.

Dann sagte Sarah: »Ich habe das mit dem Reden wirklich so gemeint.«

»Sorry.«

»Ich will nicht kalt klingen. Wollte ich mit jemandem reden, dann wärst du das. Aber ich will mit niemandem reden.«

»Verstanden«, sagte Faith.

* * *

An Constance' Haus angekommen, sprang Sarah ohne ein Wort aus dem Auto. Sie rannte die Verandatreppe hinauf, wo ihre Großmutter bereits an der Tür stand, um sie zu begrüßen.

Sarah begrüßte ihre Großmutter nicht. Sie drückte sich an ihr vorbei und rannte ins Haus.

Faith hievte ihre Taschen aus dem Kofferraum und trug sie zur Haustür. Constance lächelte sie traurig an.

»Ich würde es nicht persönlich nehmen«, sagte Faith.

»Das tue ich nicht. Wie wunderbar wäre es, wenn ich ein Pferd wäre. Dann könnte ich ihr sicher viel mehr helfen. Aber ich bin nun mal kein Pferd und werde es auch nie sein.«

»Ja«, sagte Faith. »Ich kann ihr in dieser Hinsicht auch keine Hilfe sein.« Sie betrat Constance' Haus. Die Klimaanlage lief und es war wunderbar kühl. »Wo ist sie denn hin?«

»Dreimal darfst du raten.«

»Sie ist in ihr Zimmer gerannt und hat die Tür hinter sich zugeschlagen.«

»Genau. Ich weiß nicht, ob ich hochgehen sollte.«

»Ich würde ihr etwas Zeit geben«, sagte Faith.

Schweigend standen sich die beiden Frauen im Hausflur gegenüber. Keine von beiden schien zu wissen, was als Nächstes geschehen würde. Oder sollte.

»Ein Glas Wein?«, fragte Constance.

»Ist es nicht gerade erst kurz nach Mittag?«

»Ich glaube nicht, dass es ein Tag wie jeder andere ist.«

»Ich verstehe, was du meinst«, erwiderte Faith. »Wir können uns ruhig mal eine Auszeit von den üblichen Lebensregeln gönnen.«

* * *

Sie setzten sich in den Wintergarten am hinteren Ende des Hauses, der von Bäumen beschattet wurde. Eine Weidenart, dachte Faith. Es war kühl und der Wein schmeckte gut.

Seit mehreren Minuten hatte keine von ihnen etwas gesagt. Das Gefühl, das Sarah Worten gegenüber hatte, schien ansteckend zu sein.

»Es fällt mir schwer, ihn nicht zu hassen«, sagte Constance plötzlich.

»Das ist verständlich.«

»Ich will dieses Gefühl aber nicht haben. Es ist wie Gift.«

Faith nippte an ihrem Wein und nahm den Gedanken in sich auf. Sie fragte sich, ob sie irgendwie helfen konnte. Wer war sie schon, um zwei Frauen zu beraten, die so viel verloren hatten? Es war ja schließlich nicht so, als hätte sie ihr eigenes Leben völlig im Griff.

»Kann dein Buddhismus in dieser Hinsicht eine Hilfe bieten?«

»Oh ja«, antwortete Constance. »Auf jeden Fall. Aber man muss bereit sein, es anzuwenden. Ich bin noch nicht so weit. Nicht mal annähernd. Ich habe das Gefühl, überhaupt keinen Fortschritt gemacht zu haben.«

»Es ist noch nicht sehr lange her.«

»Das stimmt.«

»Ich hatte einen Freund …«, begann Faith, »… na ja, eigentlich einen Bekannten, der ein westlicher Buddhist war. Er betete immer für die Leute, mit denen er die meisten Schwierigkeiten hatte. Er sendete Sätze der liebenden Güte an sie.«

»Ich kann mir das mit Harlan einfach nicht vorstellen. Wie könnte ich das nur? Und weshalb sollte ich? Er hat es nicht verdient, glücklich zu sein, kein bisschen. Warum sollte ich ihm etwas wünschen, das er nicht verdient hat?«

»Na ja«, sagte Faith und verstummte. Sie ließ sich einen Gedanken durch den Kopf gehen, den einzigen Ort, an dem der

Gedanke je gelebt hatte. Um sicher zu sein, dass er es wert war, ausgesprochen zu werden. Um sicher zu sein, dass er überhaupt einen Sinn ergab und sich richtig anfühlte. »Ich fand Folgendes an der Idee interessant. Sagen wir mal, du würdest Harlan Sätze der liebenden Güte senden. Ich sage natürlich nicht, dass er dann unmittelbar von liebender Güte erfüllt wäre. Aber nur um gerade diesen abstrakten Gedanken zu Ende zu führen: Wäre er voller liebender Güte, würde er keine Bedrohung für diese Welt mehr darstellen. Wäre er schon immer glücklich gewesen, dann würde deine Tochter noch leben. Das alles wäre nie passiert.«

»Das ist eine interessante Sichtweise«, sagte Constance. »Ich muss darüber nachdenken. Weil ich so nicht weiterleben kann. Er ist immerzu in meinen Gedanken. Es bringt mich noch um.«

»Er hat diesen Platz in deinen Gedanken nicht verdient.«

»Nein, das hat er nicht.«

Faith hätte ihr beinahe von Harlans Anruf erzählt. Von seiner aufrichtigen Entschuldigung. Doch sie tat es nicht, weil Constance im Moment dafür keinen Platz in ihrem Herzen hatte. Nur die winzigste Andeutung von einem Funken Anstand in diesem Mann hätte Constance ins Schleudern gebracht.

Schweigend tranken sie den Wein aus.

* * *

Etwa um sieben Uhr abends, als Constance nach dem Abendessen das Geschirr spülte, kündigte Faith an, dass es für sie an der Zeit sei, zu gehen.

»Wenn sie mit mir reden wollte, würde ich bleiben«, sagte Faith. »Oder wenn ich im Moment von irgendeinem Nutzen für sie wäre. Aber sie ist nur auf ihrem Zimmer und hat die Tür hinter sich geschlossen. Und ich habe das Gefühl, dass ich zum Strandhaus zurückkehren sollte. Ich habe ganz vergessen, wie es ist, ich selbst zu sein – nur ich, ohne all das andere. Ich würde gern tagelang schlafen, einfach allein sein und herausfinden, wie es weitergehen soll.«

»Ich glaube, du hast für uns mehr als genug getan«, sagte Constance. »Und ich kann gar nicht sagen, wie dankbar wir dafür sind.«

»Ich verabschiede mich jetzt von ihr.«

Faith ging durch den kühlen Flur, die Treppe hinauf und klopfte vorsichtig an die geschlossene Tür des Mädchenzimmers.

»Geh weg«, drang es durch die Tür.

»Genau das habe ich vor. Ich will mich nur verabschieden.«

Die Tür wurde abrupt geöffnet, auch wenn es nur einen Spaltbreit war, und Faith sah in Sarahs rot geweinte, verschwollene Augen.

»Du gehst?«

»Ja, ich denke schon.«

»Geh nicht.«

»Ich habe mir nur gedacht … du willst nicht reden. Du willst allein sein, was völlig in Ordnung ist. Ich verstehe das. Aber dafür brauchst du mich nicht. Du weißt nicht einmal, ob ich überhaupt hier bin.«

»Aber ich habe gedacht, du seist hier. Und du würdest hierbleiben. Und das war gut. Ich mochte das. Einfach zu wissen, dass du da bist. Bitte bleib hier.«

»Wie lange?«

»Ich weiß nicht. Solange du kannst.«

Faith seufzte. Sie stellte ihre innere Uhr zurück und schob das Strandhaus, den Schlaf, das Alleinsein und die Reflexion ein Stück weiter von sich weg.

»Ich bleibe über Nacht«, sagte sie. »Und morgen früh sehen wir dann, wie der Stand ist.«

* * *

Faith wachte am nächsten Morgen auf, als ihr die Sonne in die Augen schien. Und genau wie an diesem ersten Morgen im Strandhaus schreckte sie auf, als sie nicht sofort wusste, wo sie war.

Sie setzte sich auf und blickte sich um, konnte aber – immer noch unter dem Einfluss ihres Traums – lediglich erkennen, dass sie sich auf einer Ausziehcouch befand, in einem Zimmer, das ihr nicht vertraut war.

Dann fiel ihr Blick auf ein Foto von Sarah mit Midnight und Dean, das in einem silbernen Rahmen auf dem Kaminsims stand. In ihrem Turnieroutfit saß Sarah auf der Stute, Dean stand daneben. Beide lächelten strahlend für die Kamera. Midnight trug am Zaum eine Schleife in zwei Blautönen.

Faith ließ sich auf die Couch zurückplumpsen und atmete tief ein.

Sie war in Constance' Haus.

Und genau in dem Moment, als sie das realisierte, wurde ihr klar, wie nötig sie es hatte, an einem anderen Ort zu sein.

Faith musste zurück nach Hause. Bis sie ein neues Zuhause hatte, das sie ihr Eigen nennen konnte, würde sie zum Strand zurückkehren. Wenigstens hatte sie dort ein Haus, das ihrer Familie gehörte und das sie benutzen durfte. Ihre Geduld für den Zustand, als Gast ohne feste Adresse hier und dort zu übernachten, hatte sich erschöpft und der Faden war gerissen … ganz plötzlich.

Sie stand auf, zog sich an, putzte sich die Zähne und bürstete sich die Haare. Die wenigen Dinge, die sie am Vorabend ausgepackt hatte, legte sie zurück in die Tasche.

Constance war nirgends zu sehen, also ging sie die Treppe hinauf und klopfte leise an Sarahs Zimmertür.

»Du kannst reinkommen, Faith«, rief das Mädchen.

Faith öffnete die Tür.

Die Fotos, die sie damals an Sarahs Zimmerwänden im Strandhaus gesehen hatte, waren jetzt hier. Constance hatte alle

Besitztümer aus dem Ferienhaus mitgenommen, während Faith mit ihr unterwegs gewesen war.

»Woher wusstest du, dass ich es bin und nicht deine Großmutter?«

»Sie meditiert gerade.«

»Oh. Stimmt, das hatte ich ja ganz vergessen.«

Faith trat ein und setzte sich auf die Bettkante. Sarah hatte sich die Bettdecke bis über die Hüften gezogen und lehnte mit dem Rücken an der Wand. Sie trug einen weißen Schlafanzug, der zwei oder drei Größen zu groß für sie war, mit aufgedruckten roten Herzen. Faith legte dem Mädchen einen Arm um die Schulter. Zu ihrer großen Überraschung schmiegte sich Sarah an sie und ließ den Kopf an Faiths Schulter liegen.

»Ich hoffe, dass du verstehen wirst, was ich dir gleich erzähle«, sagte Faith.

»Du musst nach Hause zurück.«

»Wie hast du das erraten?«

»Na ja … wer muss das nicht? Wir waren fast zwei Monate unterwegs. Ich kann es immer noch nicht glauben, dass du das alles für mich getan hast, wie könnte ich also hier sitzen und nicht verstehen, dass du nach Hause willst? Tut mir leid wegen gestern, ich war einfach super emotional.«

»Das ist in Ordnung«, sagte Faith. »Ich fahre sowieso besser, wenn ich gut ausgeruht bin.«

»Ich hätte nicht gedacht, dass es so enden würde«, sagte Sarah.

»Es endet nicht. Wir werden uns oft sehen. Gib mir nur zwei oder drei Tage, um erst mal zu mir selbst zu finden. Danach könnt ihr, du und deine Großmutter, mich jederzeit in meinem Strandhaus besuchen kommen.«

»Das wäre schön«, sagte Sarah. »Aber das habe ich eigentlich gar nicht gemeint. Ich meinte das mit mir und Midnight. *Diese* Geschichte. Ich dachte, es würde damit enden, dass ich sie zurückbekomme. Obwohl das gar nicht möglich war. Aber es ist mir einfach nicht in den Kopf gegangen. Die Trennung von Midnight und mir schien einfach zu falsch zu sein, um Realität werden zu können. Als könnte das Universum sehen, wie falsch es ist, und dafür sorgen, dass es nicht so endet. Aber es hat schon bei meiner Mutter nicht funktioniert, warum sollte es also bei meinem Pferd funktionieren.«

Sie saßen kurz schweigend beieinander, Sarah noch immer an Faith gelehnt.

»Wirst du klarkommen, bis wir uns das nächste Mal sehen?«, fragte Faith.

»Eigentlich nicht. Aber … versteh mich nicht falsch … mir würde es auch nicht besser gehen, wenn du hier wärst. Ich hoffe, du verstehst, wie ich es meine.«

»Ja. Ich wünschte, wir könnten besser für andere da sein, die leiden. Auf eine Art, die tatsächlich Probleme lösen würde. Aber ich glaube, wir sind die meiste Zeit ziemlich machtlos, wenn es darum geht, uns gegenseitig zu helfen.« Ein weiterer stiller Moment, dann fügte Faith hinzu: »Sagst du deiner Großmutter, dass ich mich verabschiedet habe?«

Sarah nickte stumm und rückte von ihr ab, damit Faith aufstehen konnte.

An der Tür warf Faith noch einen Blick zurück.

»Danke«, sagte Sarah.

»Keine Ursache. Es war auch für mich eine gute Erfahrung.«

»Inwiefern?«

»Ich habe ein paar Dinge über mich herausgefunden. Ich rufe dich morgen oder übermorgen an, um zu hören, wie's dir geht.«

Dann verließ Faith das Haus.

* * *

Faith hatte den halben Weg zur Autobahn zurückgelegt, als ihr Telefon klingelte. Sie hielt am Straßenrand an, um zu sehen, wer sie anrief. Die Nummer war ihr unbekannt. Die Ortsvorwahl war 805, die gleiche wie in Cayucos. Andererseits galt diese Vorwahl für ein riesiges, merkwürdig geformtes Gebiet, viele Quadratkilometer groß – wahrscheinlich, weil die Gegend nur dünn besiedelt war.

Sie nahm den Anruf entgegen.

»Oh, gut, dass Sie da sind, meine Liebe«, meldete sich eine vertraute Stimme.

»Estelle. Was für eine Überraschung.«

»Ich hoffe, ich störe nicht. Waren Sie gerade beschäftigt?«

»Ich bin im Auto, habe jetzt aber am Straßenrand gehalten.«

»Wo sind Sie? Ist Sarah noch bei Ihnen?«

»Thousand Oaks. Und nein, sie ist wieder bei ihrer Großmutter. Wir haben uns gerade vor ein paar Minuten voneinander verabschiedet. Es ist mir schwergefallen.«

»Das kann ich mir vorstellen. Fahren Sie etwa gleich hier in der Nähe vorbei?«

»Ja, so ziemlich. Warum?«

»Ich wollte anbieten, zu Ihnen zu kommen, aber wenn Sie sowieso gleich hier in der Gegend sind … könnte ich Sie vielleicht auf einen Tee einladen? Ich möchte gern etwas mit Ihnen besprechen.«

* * *

Faith fuhr an das Tor heran, das ihr mittlerweile so vertraut war, ließ das Fenster herunter und drückte den Anrufknopf. Überrascht bemerkte sie, dass Estelle auf der anderen Seite des Tors bereits auf sie wartete.

Als sich das Tor öffnete, fuhr Faith auf den Hof und parkte wie gewohnt im Schatten des Stalls.

Seite an Seite gingen Estelle und Faith die Anhöhe zum Haus hinauf. Langsam, als wollten sie Zeit schinden.

»Wo ist Julia?«, fragte Faith. »Ich hatte damit gerechnet, sie auf Midnight reiten zu sehen.«

»Sie ist zu Hause bei ihrer Mutter«, antwortete Estelle.

Hier war eine Botschaft versteckt, Faith konnte es hören und auch spüren. Irgendetwas brodelte hinter diesen Worten der älteren Frau.

»Sie ist heute gar nicht geritten?«, fragte Faith und kitzelte vorsichtig heraus, was sich dort verstecken mochte.

»Hängt davon ab, was Sie als Reiten bezeichnen. Sie war zwei, drei Minuten lang auf Midnight. Dann führte sie einen ziemlich schönen Halt aus, wenn man bedenkt, dass sie keine Zügel hatte, und sprang ab. Und wissen Sie, was sie zu mir gesagt hat? ›Es ist zu schwer, Oma.‹ Wie sich herausgestellt hat, hatte sie bereits mit ihrer Mutter darüber gesprochen, ein anderes Pferd zu kaufen. Was meine Tochter natürlich tun wird. Sie wusste schon, dass sie *mich* besser nicht darum bittet, ihr ein anderes Pferd zu kaufen. Ich habe genug!«

Sie hatten die Holztreppe zur Veranda erreicht und Faith blieb kurz stehen.

»Oh nein!«, sagte sie. »Midnight steht wieder zum Verkauf? Kein Wunder, dass Sie mich gefragt haben, ob Sarah bei mir ist. Sie wird untröstlich sein, wenn sie es herausfindet.«

Faith blickte der älteren Frau ins Gesicht und erkannte, dass Estelle vom Verhalten ihrer Enkelin tief gekränkt war. Sie war ziemlich aufgebracht. Aber wie es ihre Art war, ging sie mit diesen Emotionen beeindruckend anmutig um.

»Kommen Sie doch auf einen Tee herein«, sagte die ältere Frau nur.

Faith folgte ihr ins Haus und setzte sich an den vertrauten Küchentisch.

»Ich dachte, zwischen Julia und Midnight wäre es gut gelaufen.«

»Ich auch«, sagte Estelle, als sie am Herd herumwerkelte. »Ich auch.«

»Sie hatten doch so etwas wie einen Durchbruch.«

Estelle zündete den Gasherd unter dem Wasserkessel an und setzte sich dann zu Faith an den Tisch. Sie stieß einen tiefen Seufzer aus.

»Es klingt vielleicht seltsam, aber ich glaube, der Durchbruch war unser Problem. Noch vorgestern schien die Beziehung zwischen Julia und Midnight mehr in die Kategorie ›Katastrophe‹ zu fallen. Und meine Enkelin kennt sich mit Katastrophen aus. Sie bringen ihre Sturheit zutage, die eigentlich eine Qualität ist, die ich an ihr bewundere. Ich habe bisher vieles an Julia bewundert, aber ich befürchte, diese Qualitäten nehmen immer mehr ab. Als Midnight sie nicht wollte, hatte sie etwas, wofür sie kämpfen konnte. Sie war fest entschlossen, ihren Willen zu bekommen. Dann hat Midnight sie plötzlich akzeptiert. Als das ganze Drama wegfiel, hatte sie plötzlich eine Menge harter Arbeit vor sich. Nichts als Arbeit, Tag für Tag. So ist das Dressurreiten. Ich glaube nicht, dass meine Enkelin sich je mit dieser Realität abgefunden hat. Dressurreiten ist ein Weg und Julia ist nur an Zielen interessiert.«

Sie schwiegen, bis der Kessel zu pfeifen anfing.

»Sie wollen sie also wieder verkaufen?«, fragte Faith, als Estelle zum Herd ging und die Flamme abstellte.

»Mir bleibt wohl keine andere Wahl. Wäre ich zehn Jahre jünger, würde ich Midnight für mich selbst behalten. Ein Pferd wie sie trifft man nur einmal im Leben. Ich kenne sie noch nicht lange, aber ich denke, dass ich genug Erfahrung habe, um das einzuschätzen. Sie hat eine Zukunft im Dressurreiten. Ich würde es sogar Schicksal nennen. Ich würde ihre Qualitäten nur verschwenden. Ich kann es nicht ertragen, wenn das Talent eines Pferdes nicht genutzt wird.«

Sie stellte zwei Tassen Tee auf den Tisch, setzte sich Faith gegenüber und stützte ihr Kinn auf den Händen ab.

»Ich weiß, Sie sind kein Pferdemensch«, sagte sie. »Weder von Natur aus noch durch Erfahrung, aber dieser Sommer war wohl ein Crashkurs im Dressurreiten für Sie. Können Sie erkennen, was für ein magisches Paar das ist, dieses Mädchen und dieses Pferd?«

»Ich glaube schon«, antwortete Faith. »Aber ich erkenne es, weil ich es mit dem Blick anderer Leute gesehen habe, die sich damit auskennen.«

»Das könnte reichen.« Estelle nahm ein kleines, dünnes Lederetui vom Tisch und spielte damit herum, während sie sprach. »Ich hatte einen Bruder«, sagte sie. »Er lebt jetzt nicht mehr. Er spielte klassische Gitarre, sobald er groß genug war, eine Gitarre überhaupt halten zu können. Noch bevor er überhaupt eine Stunde Gitarrenunterricht hatte, konnte er schon wie ein Engel spielen. Die Leute hörten ihm atemlos zu, wenn er spielte. Als er sechzehn war, verlor er bei einem Arbeitsunfall eine Hand. Und das war's. Danach ist es mir immer so vorgekommen, als sei die Welt ohne seine Musik irgendwie verkehrt. Als würden die Sterne am Himmel nicht an ihrem richtigen Platz stehen. Ich wollte, dass er komponiert oder etwas in der Richtung, aber er hat sich verbittert von der Musik abgewendet. Das Gefühl, dass die Sterne sich verirrt hätten, ist mir geblieben. Und das will ich nicht noch einmal erleben. Ich kann das nicht ein zweites Mal durchmachen.

Doch bevor Sie sich zu große Hoffnungen machen, Faith, muss ich die Sache relativieren. Ich bin finanziell recht gut abgesichert, aber Pferde sind ein teures Hobby. Ich bin nicht vermögend genug, um Midnight einfach so zurückzugeben. Aber ich habe mir Folgendes überlegt.«

Sie nahm eine leere Karteikarte aus dem dünnen Lederetui und zog einen silbernen Kugelschreiber aus ihrer Rocktasche.

»Wenn jemand Midnight kaufen wollte, wäre der Preis nicht höher als der, den ich gezahlt habe. Es ist ein fairer Preis. In ein paar Jahren werden Leute über diesen Betrag lachen, wenn sie daran zurückdenken. Sie könnte dann Hunderttausende wert sein. Doch dazu ist ein regelmäßiges Training nötig. Und außerdem muss ich keinen Profit erzielen. Ich möchte nur den Verlust ausgleichen, der mir entstanden ist, als ich meine verwöhnte Enkelin für immerhin fast eine ganze Woche bei Laune gehalten habe.«

Estelle schrieb etwas auf die leere Karte. Es war kurz, nur ein paar Federstriche. Dann legte sie die Karte mit der beschriebenen Seite nach unten auf den Tisch.

»Sagen wir nun, Sie würden jemanden kennen, der Midnight nicht für sich selbst, sondern für Sarah kaufen wollte. Um die Sterne wieder an ihren richtigen Platz zu bringen. Oder sagen wir sogar, Sie selbst wären diese Person. Dann würde mein Verkaufspreis beträchtlich sinken.«

Estelle schob die Karte über den Tisch.

Mit zitternden Händen nahm Faith die Karte und drehte sie um. In kastanienbrauner Farbe war am oberen Rand der Karte der Name »Estelle LaMaster« eingeprägt. Mit einer beeindruckend sauberen Handschrift hatte Estelle einen Betrag daruntergeschrieben.

35.000 $

Faith starrte auf die Karte, während ihre Gedanken gleichzeitig ein Dutzend verschiedener Richtungen nahmen und in der Eile übereinanderstolperten. Und egal in welche Richtung ihre Gedanken rannten, sie stießen immer wieder an dieselbe Mauer. Sie hatte keine fünfunddreißigtausend Dollar.

»Das ist ein sehr großzügiges Angebot«, sagte sie. »Es ist weniger als die Hälfte des Preises, den Sie gezahlt haben.«

»Nein, es ist genau die Hälfte. Ich habe John nicht den vollen Preis gegeben, den er gefordert hat.«

»Es ist trotzdem sehr großzügig.«

Faith spürte, dass sie das Wort »aber« vermied. Sie redete sich um die Tatsache herum, dass sie diesen Betrag einfach nicht hatte.

»Ich bin keineswegs perfekt, Faith, aber ich liebe Pferde wirklich. Ich arbeite so gern mit Pferden, weil mir viel an ihnen liegt. Wenn Pferde zu häufig den Besitzer wechseln, geraten sie in eine Art Teufelsspirale nach unten. Je öfter sie verkauft werden, desto verbitterter werden sie, und je verbitterter sie werden, desto häufiger werden sie verkauft. Mir liegt einfach zu viel an diesem schönen Tier, um das zuzulassen. Und mir liegt nicht nur viel an Pferden, sondern auch an den verletzbaren jungen Mädchen, die Pferde lieben. Insbesondere denjenigen, die so bescheiden und dankbar sind, dass sie es zu schätzen wissen, wenn sie ein gutes Pferd haben. Bitte, Faith. Wenn nicht für mich, dann für das Mädchen. Sagen Sie, dass Sie es möglich machen können.«

Faith starrte noch einen Moment auf die Karte, dann öffnete sie den Mund, um Estelles Herz zu brechen. Verdammt, jedes Herz. Selbst die Sterne würden von ihrer Antwort verletzt sein. Denn sie konnte es nicht möglich machen.

Sie wurde plötzlich von einer Erinnerung eingeholt und schloss den Mund wieder. Dean Burwell hatte ihr erzählt, dass er zusammen mit diesen zwei Frauen vom Stall fast zehntausend Dollar aufgebracht hatte. Vielleicht könnten sie das immer noch. Dann würden nur noch fünfundzwanzigtausend fehlen. Vielleicht könnte Constance etwas beisteuern. Vielleicht könnte Faith sich Geld von ihrem Vater und seiner Frau leihen.

Oder … was hatte Dean noch mal gesagt, als sie ihm erzählt hatte, dass sie mit nichts als einem Koffer mit ein paar Kleidern ihre Ehe verlassen hatte? »… und wenn Sie nicht alles hinter sich lassen?« Sie hatte den Gedanken verworfen, weil sie keine fünfundsiebzigtausend Dollar hatte, egal wie mutig sie sich einem wütenden Robert entgegenstellen würde.

»Wie viel Zeit habe ich?«, fragte sie.

»Sagen Sie mir einfach, wie viel Zeit Sie brauchen, dann bekommen Sie die. Ich möchte Sie nur bitten, mir die Wahrheit zu sagen, wenn Sie merken, dass Sie es nicht schaffen. Aber wenn es wirklich anders ausgehen könnte, dann warte ich gern.«

* * *

Faith fuhr von der Straße, die von Estelles Haus wegführte, auf den Seitenstreifen, bevor sie die 154 erreichte. Sie öffnete die Nachrichten-App auf ihrem Smartphone, schloss sie wieder und entschied sich, Ava auf der Arbeit anzurufen.

»Was gibt's?«, fragte ihre Freundin statt einer Begrüßung. »Du rufst sonst nie an. Alles in Ordnung?«

»Ja. Aber damit es auch so bleibt, brauche ich deine Hilfe.«

»Ich kann dir nicht folgen.«

»Ich werde mich mit Robert treffen. Nein, sag noch nichts. Es geschieht aus einem guten Grund. Ich habe meine Meinung darüber geändert, ihn alles behalten zu lassen. Ich will meine Hälfte.«

»Dann musst du dir ein gutes Team von Anwälten besorgen.«

»Nein, das kann ich nicht. Er würde nur seine Spiele mit den Anwälten spielen und es monatelang hinauszögern. Du weißt ja, wie er ist.« Durch die Windschutzscheibe beobachtete sie die Autos und Lastwagen, die auf der 154 vorbeirauschten. Plötzlich erblickte sie einen Pferdeanhänger. Für den Bruchteil einer Sekunde gönnte sie sich den Gedanken, dass dieser Laster ein irrtümlicherweise verkauftes Pferd wieder zu seinem richtigen Besitzer brachte, damit die verirrten Sterne wieder an ihren richtigen Platz kämen. »Ich muss das selbst tun«, sagte sie. »Aber ich werde auf meine Sicherheit achten, versprochen. Ich treffe mich mit ihm an einem öffentlichen Platz, in einem Restaurant zum Beispiel. Ich sage dir Bescheid, wann und wo. Und dann lasse ich mein Telefon auf dem Tisch oder auf meinem Schoß, als würde ich einen wichtigen Anruf erwarten, und alle fünf oder zehn Minuten schicke ich dir einen hochgestreckten Daumen, damit du weißt, dass alles in Ordnung ist. Und dann rufe ich dich an, wenn ich aus dem Restaurant komme.«

»Und du wirst irgendwo parken, wo er dein neues Auto nicht sehen kann?«

»Ja, das auch.«

Daran hatte Faith gar nicht gedacht, aber es wäre ihr vielleicht später noch eingefallen.

Eine lange Stille am anderen Ende der Leitung. An diesem Morgen waren viele Autos nach Santa Barbara unterwegs. All diese Menschen hatten ein Leben, das so viel einfacher war als ihres. Doch vielleicht erschien es auch nur von außen so.

»Ich habe es schon immer für einen Fehler gehalten, ihm alles zu überlassen«, sagte Ava. »In Ordnung. Halte mich auf dem Laufenden.«

Nachdem sie sich voneinander verabschiedet hatten, starrte Faith auf ihr Telefon. Sie entsperrte ihren Ex und versuchte, die Nummer seines Arbeitstelefons zu wählen, konnte sich aber nicht dazu überwinden. Die Furcht, die ihren Magen fest im Griff hatte, schien die ganze Welt aus dem Gleichgewicht zu bringen.

Sie öffnete wieder die Nachrichten-App.

Möchte mich gern sehr bald mit dir treffen, um über Finanzen zu sprechen, schrieb sie.

Sie lehnte sich im Sitz zurück und wartete. Die Antwort kam nach wenigen Sekunden.

Ich verstehe, schrieb er. Ich sehe in meinem Terminplan nach.

Je früher, desto besser. Vielleicht gleich heute, wenn du von der Arbeit kommst?

Faith wartete und ihre Nervosität stieg. Sie konnte sehen, dass Robert tippte. Und es dauerte lange. Als seine Nachricht kam, ließ das Geräusch sie aufschrecken.

Also lass mich das klarstellen. Du hast mich vor über zwei Monaten sitzengelassen. Ich höre nichts von dir. Ich weiß nicht, was du machst. Ich habe keine Adresse, wo ich dich erreichen kann. Du beantwortest keine Anrufe oder SMS. Du sperrst meine Nummer. Lässt mich monatelang warten. Und jetzt willst du plötzlich etwas und es muss sofort sein.

Faith atmete gegen die kribbelnde Furcht in ihrem Bauch an und versuchte, sich eine Antwort zurechtzulegen. Ihr war bewusst, dass sie sich entschuldigen sollte, denn sie konnte seine Kritik verstehen. Aber auf die Entschuldigung musste ein überzeugendes Argument folgen, warum er sich an ihren Zeitplan zu halten hatte. Und sie war sich nicht sicher, wie sie dies geschickt anstellen konnte. Und noch dazu erfolgreich.

Bevor sie auch nur ein Wort tippen konnte, ging eine weitere Nachricht ein.

Okay, in Ordnung. Wo wollen wir uns treffen?

Ich dachte an das Restaurant, das wir so gern mochten.

Welches?

Das mit dem Blick aufs Meer.

Eduardo's?

Ja, das.

Ich kann gegen sieben da sein.

Faith atmete tief durch. Ein weiterer Pferdeanhänger kam vorbei, ein kleiner Anhänger für zwei Pferde. Es war ein ermutigendes Zeichen.

Danke, tippte sie. Bis nachher um sieben.

Kapitel 19

Kein freudiges Wiedersehen

»Wo bist du?«, fragte Ava.

Faith hielt das Handy mit der Schulter ans Ohr gepresst, zog ihr Schminktäschchen aus dem Koffer und ging damit ins Badezimmer.

»In dem Hotel, in dem ich war, als ich Robert gerade verlassen hatte. Während mein Vater die Vermietungen des Strandhauses storniert hat. Ich treffe mich um sieben mit Robert im Eduardo's. Warte mal einen Augenblick.«

Faith blickte auf das Schminktäschchen in ihrer Hand. Weshalb wollte sie sich für Robert schminken? Sie hatte kein Make-up mehr benutzt, seit sie gegangen war. Sie hatte nicht das Ziel, auf ihn anziehend zu wirken. Mit einem Schwung schleuderte sie das Täschchen auf das Hotelbett.

»Worauf? Was hast du vor, Faith?«

»Nichts. Ich habe nur gerade nachgedacht. Ich habe mir ein Zimmer genommen, weil ich schon am Vormittag hier war und unsere Verabredung in Santa Monica erst um sieben ist. Ich wollte nicht den ganzen Weg zum Strandhaus in Cayucos fahren und dann wieder zurück. Ich muss mich in der Zwischenzeit irgendwo aufhalten. Außerdem wird es wahrscheinlich nach dem Abendessen zu spät für den langen Rückweg sein. Aber ich muss jetzt los. Ich sende dir eine Nachricht, sobald ich im Restaurant bin.«

»Warte.«

»Worauf, Ava?«

»Hast du Angst?«

Es war bedauerlich, dass ihre Freundin diese Frage gestellt hatte. Denn nun konnte Faith nicht mehr herumeilen, weder in ihrem Hotelzimmer noch in ihren Gedanken. Und in dem Moment, in dem sie anhielt, holte es sie ein.

»Natürlich habe ich Angst.«

»Gut. Das zeigt, dass du verstehst, was dich erwartet.«

* * *

Er war bereits da, als Faith das Restaurant betrat. Er saß an einem Fenstertisch mit Blick aufs Meer.

Er sah schrecklich aus. Das war Faiths erster Gedanke. Er hatte sich einen Bart wachsen lassen, der aber nicht gepflegt aussah. Der Bart war mit grauen Haaren durchsetzt, obwohl sein Kopfhaar noch immer braun war. Er hatte abgenommen und sein Gesicht wirkte faltiger, seine Augen tiefer eingesunken. Seit sie ihn verlassen hatte, schien er um zehn Jahre gealtert zu sein.

Mit heftig klopfendem Herzen trat sie an den Tisch.

Er blickte auf und ihre Augen trafen sich. Er erhob sich wie ein Gentleman, doch es erinnerte Faith nur daran, dass er riesig war. Dass er sie überragte. Es ließ sich unmöglich einschätzen, welchen Eindruck Robert auf sie machen wollte. Vielleicht ein bisschen von beidem.

Sie setzten sich.

»Du siehst ja schlimm aus«, sagte er.

Seltsamerweise spürte Faith eine Welle der Dankbarkeit und Erleichterung in sich aufsteigen. Denn sie war mit ihm fertig. Sie hatte es geschafft, von ihm wegzukommen. Wie viele Male hatte er das getan? Wie viele Male hatte Faith aus Höflichkeit Gedanken unterdrückt, die seine Gefühle verletzen konnten, während er ihr Beleidigungen wie Steine ins Gesicht schleuderte?

»Ich trage kein Make-up mehr«, sagte sie.

»Ich verstehe nicht, weshalb.«

»Das verstehst du nicht? Du kommst auch ohne Make-up hier rein. Du zeigst der Welt auch einfach dein Gesicht, so wie es ist, und alle akzeptieren es. Aber es wäre bescheuert, jetzt darüber zu streiten.«

»Da stimme ich zu«, erwiderte er.

Er öffnete die Speisekarte und Faith tat es ihm gleich. Ein junger Kellner kam vorbei und fragte sie, ob sie Wein oder Cocktails bestellen wollten. Robert bestellte einen Bourbon und Faith eine Tasse Tee.

»Ich will die Hälfte von dem, für das wir so hart gearbeitet haben«, sagte sie, als der Kellner weg war.

»Das habe ich mir schon gedacht, als du sagtest, du wolltest über Finanzen reden. Ich werde das Haus nicht verkaufen. Dafür werde ich kämpfen, wenn's sein muss. Ich wohne darin und wir haben nicht genug Eigenkapital, damit es sich lohnen würde. Also bleibt nur noch unsere Altersvorsorge.«

»Die etwa hundertfünftausend beträgt?«

»Nein. So viel nicht. Nachdem du mich verlassen hast, musste ich darauf zurückgreifen.«

»Wie viel ist also übrig? Du hast doch nicht alles ausgegeben, oder?«

»Natürlich nicht. Es sind etwas über fünfundneunzigtausend, glaube ich.«

»Gut. Denn ich brauche mindestens fünfunddreißig.«

Faith verstummte und wünschte, sie hätte weniger gesagt. Sie hätte nicht durchblicken lassen sollen, wie viel sie brauchte und dass sie das Geld dringend benötigte. Sie hätte einfach bei der unspezifischen Forderung bleiben sollen, dass die Hälfte der Ersparnisse ihr gehörte.

Robert lehnte sich in seinem Stuhl zurück und musterte sie mit einem Blick, der ihr das Gefühl gab, er habe sie bei etwas ertappt.

»Ja«, sagte er. »Ich habe mir schon gedacht, dass es so etwas sein muss. Plötzlich brauchst du Geld. Ich will wissen, was hier los ist. Ich habe ein Recht, zu erfahren, warum du mit einem Mal so viel Geld brauchst. Wenn ich unsere Ersparnisse aufbrauchen muss, habe ich ein Recht, zu erfahren, weshalb.«

Faith spürte Wut in sich aufsteigen, öffnete den Mund und ließ die Wut heraus. »Nein, das hast du nicht, Robert. Nein, du …« Sie bemerkte, dass sie lauter geworden war, und spürte die Anspannung des Paars am Nachbartisch, dem es kaum möglich war, wegzuhören. Sie senkte die Stimme und bremste einen Kraftausdruck ab, der ihr beinahe entwischt wäre. »Nein, das … das geht dich überhaupt nichts an. Du bist nicht mein Vater und ich bin kein Kind mehr. Es ist unser gemeinsames Eigentum, und die Hälfte des Geldes gehört mir, egal wofür ich es will.«

Als der Kellner kam und ihre Getränke brachte, verfielen sie in Schweigen, bis er wieder verschwunden war. Faith wartete auf Roberts Reaktion, aber er starrte nur mürrisch in sein Glas.

»Willst du wissen, warum ich dich verlassen habe, Robert?«, fragte sie leise. »Willst du es wirklich wissen? Deshalb. Das ist der Grund.«

Er lachte schnaubend. Es war ein höhnisches Lachen, das Faith das Gefühl geben sollte, dass sie albern war und völlig falsch lag. »Das … ist doch noch nie passiert.«

»Machst du Witze? Ist das wirklich dein Ernst? Das ist jeden Tag passiert. Jeden verdammten Tag, Robert. Du hast mich nicht mein eigenes Auto kaufen lassen. Du hast gesagt, wir hätten nicht genug Geld und bräuchten kein zweites. Du könntest mich zur Arbeit fahren und wir könnten Geld sparen. Also hast du immer genau gewusst, wo ich war, sobald ich zur Arbeit ging. Und jedes

Mal, wenn ich irgendwohin fahren wollte – ob zur Bücherei oder zu Ava, dann hattest du ›ein Recht darauf zu wissen, wo dein Auto ist‹. Das hast du gesagt. *Dein* Auto. Nicht *unser* Auto. Und natürlich hattest du ein Recht zu wissen, wo ich mit deinem Auto hinfuhr. Du bist ein sehr kontrollsüchtiger Mann, Robert, und ich verstehe, dass du das nicht selbst erkennst. Du bist nie freiheraus kontrollsüchtig. Du hattest immer eine gute Ausrede, weshalb du jede Bewegung von mir überwachen musstest. Du kannst glauben, was du willst. Es interessiert mich nicht mehr und es geht mich nichts an. Aber lass mich dir eines sagen. Ich habe unter dieser Kontrolle gelebt. Ich weiß, wie sich das anfühlt. Du kannst es nennen, wie du willst, aber ich war diejenige, die es abbekommen hat. Und jetzt sitzt du hier und erzählst mir, ich könnte nicht meine Hälfte unserer Ersparnisse haben, solange du nicht weißt, wofür ich das Geld brauche und du der Verwendung nicht zustimmst. Verstehst du wirklich nicht, wie verkehrt das ist?«

Faith machte sich auf eine Explosion gefasst, doch Robert starrte nur in sein Glas. Schon wieder, oder vielleicht immer noch. Sie hatte ihn während ihrer Rede kein einziges Mal angesehen.

Da sie sich durch die Erwähnung von Ava an ihre Freundin erinnerte, griff sie nach ihrem Smartphone, das auf ihrer Stoffserviette lag, und sendete ihr eine Textnachricht mit einem »Daumen hoch«-Symbol.

Als sie aufblickte, bemerkte sie, dass Robert sie mit zusammengekniffenen Augen beobachtete.

»Was war das? Was du gerade getan hast?«

»Du tust es schon wieder, Robert.«

»Du schickst jemandem Nachrichten wie ein SOS-Zeichen. Oder das Gegenteil. Du hast für unser Treffen mit jemandem eine Art Sicherheitscode vereinbart.«

»Und was, wenn es so ist?«

»Ich verstehe das nicht, Faith. Was habe ich je getan, dass du mich behandelst, als sei ich so gefährlich? Musstest du jemals die Polizei rufen oder ins Krankenhaus gehen? Wie kommt es, dass ich so furchtbar bin, dass du einen Notfallkontakt brauchst, nur um mit mir zu Abend zu essen?«

Faith blickte durch das Fenster auf das Meer, unsicher, ob sie antworten sollte oder nicht. Sie sah wieder zu Robert. Er bewegte wieder einmal seinen Unterkiefer auf diese typische Art und Weise. Er knirschte mit den Backenzähnen. Nichts hätte ihn rasender gemacht, als keine Antwort zu bekommen.

»Okay. Mal sehen … Da war dieses eine Mal, als du mich an den Haaren festgehalten hast, während du gesagt hast, wie wütend du auf mich seist, weil ich mit deinem Auto zwanzig Minuten zu spät nach Hause gekommen war. Oder, als du mich an den Oberarmen gepackt und geschüttelt hast und dein Griff so fest war, dass er blaue Flecken hinterlassen hat. Ich musste im Fitnessstudio zwei Wochen lang Oberteile mit langen Ärmeln tragen. Und nachdem ich dir erzählt habe, dass meine Oberarme schnell blaue Flecken bekommen, hast du das noch häufiger getan, nicht seltener. Dann dieses Mal, als ich das Haus verlassen wollte, um einem deiner Wutanfälle zu entkommen, und du gedroht hast, meinen Hund auf die Straße zu setzen, wenn ich ginge. Und als ich ihn holen wollte, hast du mir damit gedroht, mich auszusperren und nie wieder reinzulassen. Und einmal hatte ich gerade dieses Buch gelesen, das mein Vater mir geschenkt hatte, und du hast es mir aus den Händen gezogen und zerrissen. Oder als ich über eine Stunde lang dieses aufwendige Abendessen gekocht habe und du den Topf weggenommen und den Inhalt ins Spülbecken geschüttet hast. Soll ich weitermachen, Robert? Denn ich könnte noch weitermachen. Und das alles ist passiert, als wir zusammen waren, uns geliebt und geehrt haben und all diese guten Sachen, die wir dem Pfarrer gelobt haben. Jetzt, da ich dich verlassen habe, wirst du mir den Gedanken gestatten müssen, dass ich noch nie jemanden erlebt habe, der heftiger reagiert als du.«

Robert starrte in seinen Bourbon und sagte eine Weile nichts. Sein Unterkiefer bewegte sich nicht mehr. Wie Harlan im Gerichtssaal umfing ihn die Beschämung wie eine Aura, nur in geringerem Maß. Nicht genug, um jedes Milligramm Sauerstoff im Raum aufzubrauchen.

»Ich habe mich nur aus Sorge um dich erkundigt, wofür du das Geld brauchst«, sagte er. »Ich dachte, du steckst vielleicht in Schwierigkeiten.«

»Nein, hast du nicht. Aber ich sage es dir trotzdem. Nicht, weil ich muss, sondern weil ich nichts zu verbergen habe.«

Der Kellner kam an ihren Tisch und prallte einen Schritt zurück, als ihre Energie ihm entgegenströmte.

»Wir brauchen noch eine Minute«, sagte Robert.

Der Kellner eilte davon.

»Ich muss ein Dressurpferd kaufen.«

Sein Blick traf ihren. Er schätzte sie ab, als würde er den Grad ihrer Aufrichtigkeit messen. Er schien den Satz als einen Witz wahrgenommen zu haben und prüfte nun nach, ob er so gemeint war.

»Ein Dressurpferd.«

»Ja.«

»Diese kleinen, zimperlichen Pferde, die Ballett tanzen?«

»Es sind überwiegend große Pferde, und sie sind ganz gewiss nicht zimperlich. Es ist eine sehr anspruchsvolle Sportart.«

»Du hast also beschlossen, in deinem Alter eine neue, anspruchsvolle Sportart zu lernen.«

»Nein. Das Pferd ist nicht für mich.«

Robert ließ sich mit einem dumpfen Schlag gegen die Stuhllehne plumpsen. »Ich hab's gewusst. Du hast einen Kerl kennengelernt, der auf dein Geld aus ist.«

»Ich habe keinen Kerl kennengelernt. Es ist für eine junge Frau.«

»Bitte sag mir nicht, dass du eine junge Frau kennengelernt hast.«

»Ich habe niemanden kennengelernt, Robert«, sagte sie. Zu laut. Das Paar am Nachbartisch verkrampfte sich wieder. Faith senkte die Stimme. »Kannst du das in deinen Kopf bekommen? Ich habe mich mit einem Mädchen im Teenageralter und ihrer Großmutter angefreundet. Das Mädchen ist eine Dressurreiterin. Sie hat ihr Pferd verloren und ich versuche, es für sie zurückzubekommen.«

Robert sah ihr lange ins Gesicht und fand offensichtlich nicht das, wonach er suchte.

»Das verstehe ich nicht.«

»Ich weiß. Und weißt du was? Du brauchst es auch nicht. Ich habe die Wahrheit gesagt und dir erklärt, warum ich die Hälfte unserer Ersparnisse verlange. Jetzt musst du mir nur sagen, ob wir uns hier am Tisch gütlich einigen können. Oder falls nicht, was ich unternehmen muss, um zu bekommen, was mir zusteht.«

Er nahm wieder die Speisekarte in die Hand. Faith schickte Ava eine weitere »Daumen hoch«-Nachricht, bevor sie sich schnell für frischen Mahi-Mahi entschied. Sie erregte die Aufmerksamkeit des Kellners und gab ihm ein Zeichen, sich wieder ihrem Tisch zu nähern.

»Das Prime-Rib-Steak«, sagte Robert zu dem Kellner. »Muschelsuppe. Knoblauchbrot statt Kartoffeln. Und für meine Frau …«

Faith wurde an eine Zeit in ihrer Beziehung erinnert, als er sich einfach erlaubt hatte, für sie mitzubestellen. Mittlerweile würde er es doch hoffentlich besser wissen. Doch um sicherzugehen, unterbrach sie ihn.

»Mahi-Mahi«, bestellte sie. »Und einen Salat mit dem Hausdressing.«

Der Kellner nahm ihre Speisekarten und entfernte sich.

»Und ich bin nicht mehr deine Frau«, fügte sie leise hinzu.

»Du kommst also nicht zurück.«

»Nein.«

»Das überrascht mich. Ich dachte, du würdest zurückkommen.«

»Nein«, wiederholte sie.

Ein, zwei Minuten lang saßen sie da und blickten auf das Meer. Zwischen ihnen schien jetzt mehr Frieden zu herrschen. Vielleicht verstanden sie einander nun endlich. Faith fragte sich, ob genug Zeit verstrichen war, um Ava eine weitere Nachricht zu senden. Um sicherzugehen, tat sie es einfach.

»Du wirst etwas unterschreiben müssen«, sagte er. »Ich lasse mir von unserem Anwalt eine Vereinbarung aufsetzen, die festlegt, dass sich alles erledigt hat, wenn ich dir die Hälfte unserer Ersparnisse gebe. Damit du nicht später wiederkommst, weil du irgendwo ein weiteres Kind aufgegabelt hast, das auch ein zimperliches Pferd will, das tanzen kann.«

»Das ist kein Problem«, erwiderte sie und ignorierte die Beleidigung.

»Es werden aber keine fünfunddreißigtausend Dollar sein.«

»Warum nicht? Du hast gesagt, wir hätten über fünfundneunzig.«

»Sagen dir ›Strafzinsen bei vorzeitiger Kontoauflösung‹ etwas? Außerdem ist es eine aufgeschobene Rentenversicherung. Sobald du sie auszahlen lässt, musst du Steuern darauf zahlen. Sowohl Bundes- als auch Landessteuern.«

»Was glaubst du, wie viel übrigbleiben wird?«

Robert seufzte ein wenig zu theatralisch. Er zog sein Smartphone aus der Innentasche seiner Jacke.

»Okay, lass mich auf die Börsenseite gehen. Falls ich mich an das Passwort für dieses Konto erinnern kann. Es sei denn, ich habe es in meiner Passwort-App. Moment. Lass mich nachsehen. Oh. Gut. Hier ist es.«

Faith wartete und nippte an ihrem Tee, um das Engegefühl in ihrer Lunge zu lindern. Sie dachte an die Pferdeanhänger, die auf der 154 an ihr vorbeigefahren waren. Vielleicht hatten sie gar keine Bedeutung. Vielleicht war sie den ganzen Weg hierhergekommen, nur um am Ende ihr Ziel doch nicht zu erreichen.

»Okay«, murmelte er vor sich hin. »Jetzt durch zwei teilen. Weiß ich, ob es Strafzinsen für die vorzeitige Kontoauflösung geben wird? Ja.« Er tippte ein paarmal auf den Bildschirm, dann blickte er Faith an. »Hast du eine Vorstellung davon, wie hoch dein Einkommen dieses Jahr sein wird?«

»Na ja, es ist schon über die Hälfte des Jahres rum«, sagte sie. »Und ich habe bisher nicht gearbeitet. Mein Dad hilft mir finanziell über die Runden. Das könnte für dieses Jahr alles gewesen sein.«

»Okay«, murmelte er. »Wenn ich die Steuerquote darauf schätze … Fünfundzwanzig Prozent an die Notenbank, höchstwahrscheinlich. Acht oder neun an den Staat. Moment, ich muss gerade zum Rechner umschalten.« Er tippte ein paar Zahlen ein. »Das ist nur eine grobe Schätzung. Ich kann nicht mit Sicherheit sagen, was die Steuerbehörde machen wird. Ich weiß nicht, wie hoch deine Abzüge sein werden. Aber wenn du das Geld nimmst und sofort die geschätzten Steuern zahlst, damit es dich im nächsten April nicht alles auf einen Schlag trifft … dann sollten dir etwa neunundzwanzigtausend übrigbleiben.«

»Wie lange wird es dauern, bis ich das tatsächlich in der Hand habe?«

»Wahrscheinlich drei Arbeitstage.«

»Okay«, sagte Faith, gleichzeitig enttäuscht und aufgeregt. »Ich nehme es.«

Vielleicht würde sich Estelle mit etwas weniger zufriedengeben. Oder Constance oder Dean konnten etwas zur Gesamtsumme beisteuern. Falls nicht, hatte sie die Möglichkeit, die Steuern zu ignorieren, jedenfalls fürs Erste. Erst mal das Pferd kaufen. Im April konnte sie dann mit dem Finanzamt einen Zahlungsplan einrichten. Es würde wohl eine Menge Strafgelder und Zinsen verursachen, aber vielleicht war es das wert.

Der Kellner brachte ihnen das Essen und erlöste Faith aus dem Wirrwarr ihrer Gedanken. Sie blickte auf ihren Teller und bemerkte, dass sie jetzt eigentlich nur gehen wollte. Sie wollte nicht bleiben und mit Robert zu Abend essen. Doch sie hatte sich dazu verpflichtet, also sendete sie Ava eine weitere Nachricht und blieb.

Sie sprachen nur sehr wenig beim Essen. Es war kaum mehr als ein Small Talk, den man auch mit einem Fremden haben konnte.

* * *

Nachdem er bezahlt hatte, kurz bevor sie sich an der Tür verabschiedeten, machte er deutlich, dass ein Teil ihrer Unterhaltung ihn immer noch beschäftigte, auch wenn er sich vorher zu dem Thema nicht weiter geäußert hatte.

»Wenn man jemanden liebt, übersieht man solche Dinge«, sagte er.

»Wie, du meinst Dinge wie blaue Flecke und die Sache mit den Haaren?«

»Ja.«

»Ich würde denken, dass man, wenn man jemanden liebt, nicht in Versuchung kommt, diese Person zu verletzen.«

»Aber es war keine richtige Verletzung.«

»Das kann ich wohl selbst am besten beurteilen.«

»Ich will damit nur sagen … anderen Leuten passiert Schlimmeres. Es ist nicht die schlimmste Sache auf der Welt. Du bist eine starke Frau. Du hättest damit klarkommen können.«

»Ja«, sagte Faith. Sie lehnte sich mit dem Rücken gegen die Restauranttür und blickte Robert direkt in die Augen. Er wandte den Blick ab. »Ja, ich bin stark genug, um damit klarzukommen. Aber dann habe ich mich gefragt … will ich das überhaupt? Und warum sollte ich?«

Sie wandte ihm den Rücken zu und drückte die Tür nach draußen auf. In diesem fast traumähnlichen – oder albtraumähnlichen – Augenblick spürte sie das ekelhafte Gefühl seiner Hand, die sich um ihren Oberarm schloss, um sie herumzudrehen. Er hielt sie fest. Er tat ihr weh.

»Jetzt warte mal einen Moment«, sagte er.

Und dann hatte sie seinen Griff unterbrochen. Ganz einfach. Sofort und bestimmt. Er war überrascht. Sie konnte es in seinem Gesichtsausdruck sehen.

Sie hatte es in ihrem Selbstverteidigungskurs gelernt.

Mit einer gleichmäßigen, einfachen Bewegung hatte sie ihre Arme seitlich hochgezogen und gleichzeitig ihren Körper gedreht, sodass ihre erhobenen Arme seine Arme wegstießen. Es war ihr nicht einmal völlig bewusst geworden, dass sie es getan hatte, es war eher eine instinktive Reaktion gewesen.

Mit in Abwehr gehobenen Armen stand sie da und beobachtete, wie er sie ansah.

Sie hätte beinahe etwas zu ihm gesagt. So etwas wie: »Du willst dich doch nicht wirklich mit mir anlegen, oder?« Doch es wäre unnötig gewesen. Fast enttäuschend. Sie brauchte nichts zu sagen, weil er sich bereits mit ihr angelegt hatte. Natürlich. Es war schließlich Robert. Aber es hatte nicht funktioniert. Es funktionierte nicht mehr.

Sie nahm eine Bewegung hinter seiner Schulter wahr. Ein junger, sehr großer Kellner war hinter Robert getreten und wartete darauf, ihrem Blick zu begegnen. Aber er schien kein besonders starker junger Mann zu sein, er war eher dünn und schlaksig. Doch offenbar schien er ihr helfen zu wollen.

»Alles in Ordnung, Ma'am?«, fragte der junge Mann. »Brauchen Sie Hilfe?«

»Ich bin mir nicht sicher«, antwortete sie. »Gleich werde ich mehr wissen.«

Robert drehte sich um und schätzte den jungen Kellner mit einem Blick ab. Auf seinem Gesicht breitete sich ein gezwungenes und irgendwie künstliches höhnisches Lächeln aus, als er sah, dass er dem Jungen körperlich überlegen war.

»*Du* willst ihr helfen?«, fragte er und ignorierte die Tatsache, dass sie gerade bewiesen hatte, dass sie ohne Hilfe auskam. »Du und wer noch?«

Ein großer, breiter, junger Hilfskellner trat hinter den Kellner und blieb mit verschränkten Armen und ernster Miene stehen. Dann erhob sich ein Gast, ein Mann in seinen Vierzigern, von seinem Platz am Tisch mit seiner Frau, und stellte sich hinter den Hilfskellner.

Faith atmete erleichtert auf, es war vorbei.

Schäumend vor Wut wandte sich Robert an sie. »Das bist du nicht wert«, sagte er. Seine Worte waren so scharf wie Rasierklingen. Doch sie konnten sie nicht schneiden, denn es spielte keine Rolle mehr, was er sagte.

Dann stieß er mit der Schulter die Restauranttür auf und entfernte sich in die Nacht.

Faith sah ihm kurz nach, bevor sie sich den drei Männern zuwandte.

»Vielen Dank«, sagte sie. »Ich glaube, ich hatte es im Griff, aber ich bin trotzdem sehr dankbar für die Unterstützung.«

»Ich würde Sie gern zu Ihrem Auto begleiten«, bot der große Aushilfskellner an.

»Ich glaube wirklich nicht, dass das notwendig ist. Ich kenne mich ein bisschen mit Selbstverteidigung aus.«

»Dann tun Sie es doch für mich«, sagte er. »Ich könnte eine kurze Pause gut gebrauchen.«

Faith spürte ihr eigenes Lächeln. Es fühlte sich irgendwie fremd an, und gleichzeitig sehr angenehm.

»In Ordnung«, sagte sie. »Wenn Sie dadurch ein bisschen rauskommen.«

Auf dem Weg zum Auto schrieb sie eine kurze Nachricht an Ava.

Ich bin draußen.

Avas Antwort kam sofort.

Gibt er dir das Geld?

Wahrscheinlich nicht. Er hatte es vor, aber dann hat der Abend eine schlechte Wendung genommen. Du weißt ja, wie es mit ihm ist. Aber ich nehme mir einen Anwalt und werde das Geld aus ihm herausbekommen.

Meinst du, die Frau mit dem Pferd wird so lange warten?

Keine Ahnung, war Faiths Antwort.

* * *

Faith saß auf dem Hotelbett und sah auf die Uhr. Schon nach neun. Wahrscheinlich zu spät für einen Anruf bei Constance, die um fünf Uhr aufstand, um zu meditieren. Oder war es sogar vier Uhr?

Faith ließ es darauf ankommen und Constance nahm den Anruf nach dem zweiten Klingeln entgegen.

»Faith«, sagte sie. »Tut mir leid, dass ich mich heute Morgen nicht verabschieden konnte.«

»Das war erst heute Morgen? Wow! Seitdem ist so viel passiert. Eine Sache, Constance. Ist Sarah in deiner Nähe?«

»Nein, sie ist oben auf ihrem Zimmer. Warum?«

»Ich möchte nur nicht, dass sie unser Gespräch hört.«

»Okay, ich gehe mit dem Telefon nach draußen, nur um sicherzugehen. Einen Moment.«

Faith trat mit dem Telefon am Ohr ans Fenster. Sie zog den Vorhang zurück und der Anblick der Stadtlandschaft erfüllte sie mit Abscheu. Nach dem Strand in Cayucos und den Pferdehöfen im Santa Ynez Valley konnte Faith nicht mehr verstehen, wie jemand eine Aussicht wie diese mögen konnte. Sie zog den Vorhang wieder zu.

»Okay«, sagte Constance. »Was ist passiert?«

»Nichts. Es gibt kein Problem. Na ja, es könnte zu einem werden. Oder aber zu einer wunderbaren Sache. Ich will nicht, dass Sarah davon erfährt, denn sie wäre am Boden zerstört, wenn sie sich erst Hoffnungen machte und es am Ende nicht klappen sollte. Es besteht die Möglichkeit, dass ich Midnight zurückkaufen kann. Aber es ist sehr zweifelhaft, ob mein Ex mir das Geld wirklich überweisen wird. Vielleicht will er es zurückhalten, um mir eins auszuwischen. Außerdem ist es nicht genug, selbst wenn er das Geld überweist. Aber ich hoffe, dass ich schon jetzt eine Anzahlung zusammenbekommen kann, damit Estelle Midnight nicht an jemand anderen verkauft.«

Eine lange Stille am anderen Ende der Leitung. Faith fragte sich, weshalb Constance' Reaktion so verzögert kam.

»Für Sarah?«

»Ja, natürlich für Sarah. Ich reite ja nicht.«

»Du würdest das ganze Geld für Sarah ausgeben?«

»Zu diesem Zeitpunkt ist es weniger, als du vielleicht denkst. Aber ja, natürlich würde ich das. Ich hätte es schon früher gemacht, wenn ich das Geld gehabt hätte.«

»Wie viel brauchst du noch?«

»Etwa sechstausend.«

»Oh«, meinte Constance und Faith konnte schon am Absinken ihrer Stimme die Antwort erahnen. »So viel habe ich leider nicht, nein.«

»Es gibt noch eine Möglichkeit. Die Leute von Sarahs altem Stall könnten vielleicht etwas beisteuern. Aber falls es dann immer noch zu knapp ist, könntest du einen Teil des Betrags aufbringen?«

»Ja. Wenn ich meine Ersparnisse aufbrauche, könnte ich etwas beisteuern. Doch dann wäre Midnight zwar zu Hause, aber ich hätte kein Geld mehr übrig. Und es ist nicht gerade billig, sich ein Pferd zu halten.«

Faith schwieg. Es überraschte sie, dass sie nicht selbst daran gedacht hatte. Constance fuhr fort.

»Die Unterbringung und das Futter sind die Hauptkosten, aber das war nie ein Problem, weil Sarah sie bei Dressage Journeys durch Arbeit abzahlen konnte. Sie ist dort unglaublich beliebt und sie macht sich sehr nützlich. Aber trotzdem bleiben noch Impfungen, Entwurmungen und das Beschlagen der Hufe. Und die Krankenversicherung, denn sonst können wir die Tierarztrechnungen nicht bezahlen, falls sie mal eine Verletzung oder eine Kolik hat.«

»Kannst du dir das alles leisten, wenn wir Midnight nach Hause bekommen können?«

»Ich glaube schon, ja. Ich werde nur nicht zusätzlich etwas zum Kaufpreis beisteuern können. Hey, ich habe eine Idee. Sarahs Dressursattel war sehr teuer – über sechstausend Dollar, neu. Sie hat ihn seit acht Jahren, aber Sättel verlieren nicht schnell an Wert. Wir könnten vielleicht noch den halben Preis dafür bekommen.«

»Das ist ein bisschen wie in der Weihnachtsgeschichte vom Geschenk der Weisen, oder? Dann hat sie zwar ein Pferd, aber keinen Sattel.«

»Oh. Stimmt. Aber ich könnte mir vorstellen, dass Dean ihr im Notfall einen Sattel leihen würde.«

»Okay. Das ist vielleicht eine Möglichkeit. Dann überschlafen wir die Sache erst mal und morgen früh spreche ich mit

Dean. Ich glaube nicht, dass so spät noch jemand im Stall ist. Und kein Wort zu Sarah.«

»Nein, natürlich nicht. Das verstehe ich vollkommen.«

»Gut«, sagte Faith. »Wir sprechen uns morgen früh.«

Bevor Faith den Anruf beenden konnte, wurde sie von Constance unterbrochen: »Faith, einen Augenblick.«

»Ja?«

»Egal, ob es klappen wird: vielen Dank! Und jetzt sieh zu, dass du ein bisschen Schlaf bekommst.«

Wie sich herausstellen sollte, bekam Faith in dieser Nacht nur herzlich wenig Schlaf.

* * *

Kurz nach fünf Uhr morgens fand Faith die Telefonnummer von Dressage Journeys in Moorpark heraus, erhielt aber nur eine aufgenommene Nachricht, als sie anrief.

Sie verließ das Hotel, nahm in einem Café gegenüber ein kleines Frühstück zu sich, dann ging sie wieder auf ihr Zimmer. Sie rief nochmals an, mit demselben Ergebnis.

Faith packte schnell ihre Sachen zusammen, checkte aus dem Hotel aus und lud ihre Tasche ins Auto.

Sie sah auf ihrem Smartphone die Adresse von Dressage Journeys nach und machte sich durch den morgendlichen Stoßverkehr auf den Weg stadtauswärts.

In diesem Sommer hatte sie genug über Pferdeställe erfahren, um sich über eine Sache im Klaren zu sein: Turnierreiter saßen nicht zu Hause und warteten darauf, dass ihr Geschäftstelefon klingelte. Keine Antwort zu bekommen, hatte nicht zu bedeuten, dass sie nicht da waren. Insbesondere bei heißen Temperaturen wie diesen, wenn das Training zum größten Teil am Morgen stattfand.

Sie stellte die Klimaanlage an, und als sie frustriert im Stau stand, fragte sie sich, wie sie so viele Jahre lang mit diesen Staus hatte leben können. *Seltsam, wie man sich an Dinge gewöhnen kann*, dachte sie. *Du bemerkst nicht einmal, wie sehr sie dich zermürben.* Wie damals, als sie mit dem Rauchen aufgehört hatte und sich nach zwei Wochen so gut fühlte, als hätte sie sich von einer Erkältung oder Grippe erholt. Sie hatte nicht einmal gewusst, dass sie krank gewesen war.

Doch sobald man all das verließ, um ein neues, gesünderes Leben zu beginnen … nun, dann gab es kein Zurück mehr.

* * *

Dressage Journeys erinnerte Faith an die Moonshadow Farm. Die grundlegende Ausstattung war dieselbe – Hindernisse, Waschplätze, eine Longieranlage und eine Dressurhalle. Aber es war kompakter hier, alles war auf eine kleinere Fläche gezwängt, denn die Umgebung war stärker bebaut und dichter besiedelt. Es gab keine Rennbahn. Und der einzige Stall hier war zweckmäßiger und weniger rustikal. Dressage Journeys war ein Großstadtverschnitt des – trotz der Hitze – traumhaften Ortes, an dem Faith ihren Sommer verbracht hatte.

Zwei Reiterinnen trainierten ihre Pferde in der Dressurhalle und machten einander umsichtig Platz. Ihre Pässe führten sie auf dem beengten Raum mit überraschender Genauigkeit aus.

Faith parkte unter einem Baum und stieß beinahe mit Dean zusammen, als sie aus dem Auto stieg.

Er führte gerade ein verschwitztes rotbraunes Pferd zum Stall, den Helm hatte er sich unter den Arm geklemmt und sein spärliches Haar glänzte vor Schweiß. Als er sie erblickte, blieb er abrupt stehen.

»Faith?«, fragte er und neigte sich vor, um ihr direkt ins Gesicht zu sehen. »Was machen Sie denn hier? Oh – ich meine das nicht so, wie es klingt. Sie sind natürlich jederzeit hier willkommen. Was ich sagen wollte ist … was verschafft mir die Ehre?«

»Ich müsste mit Ihnen etwas besprechen. Erinnern Sie sich noch an unsere Unterhaltung bei dem Turnier im Sommer?«

»An jedes kleinste Detail. Wenn Sie gekommen sind, um mir eine runterzuhauen, weil Sie deswegen immer noch wütend sind, nur zu.«

Er drehte den Kopf und hielt ihr die Wange hin.

»Nein, das nicht. Ich … könnte möglicherweise Midnight zurückkaufen. Vielleicht schon bald, vielleicht muss ich auch erst noch ein paar Hindernisse überwinden, um an das Geld zu kommen. Das ist im Augenblick alles noch zweifelhaft. Aber wann auch immer ich das Geld erhalte … mal angenommen, es klappt … mir fehlt immer noch ein Teil.«

Faith beobachtete, wie sich Deans Augen veränderten, während er ihre Worte verarbeitete. Während er seine Sicht auf die Welt neu justierte, um diese Nachricht aufzunehmen.

»Für Sarah«, sagte er. Keine Frage. Es war eine Bestätigung.

»Natürlich für Sarah. Warum fragt mich das jeder? Ich bin keine Reiterin, aber wenn ich vorhätte, reiten zu lernen, dann würde ich ein Pferd kaufen, das für Anfänger geeignet ist. Sie haben mir erzählt, dass Sie und die beiden Frauen – tut mir leid, ich kann mich nicht mehr an ihre Namen erinnern – versucht haben, das Geld für Midnight zusammenzubringen. Daher habe ich mich gefragt, ob das immer noch möglich wäre.«

»Wie haben Sie – nein, vergessen Sie's. Lassen Sie uns gleich zur Sache kommen. Wie viel brauchen Sie noch?«

»Sechstausend.«

Er runzelte die Stirn, was ein schlechtes Zeichen war.

»Oh«, murmelte er. »Oh. Wow. Vor ein paar Monaten hätte es besser geklappt, fürchte ich. Lainie hat seitdem ein neues Pferd gekauft und ich habe gerade das Getriebe in meinem Laster ausgetauscht.«

»Selbst wenn Sie uns nur näher an den Betrag heranbringen könnten …«

»Hier«, sagte Dean. »Halten Sie mal.«

Er übergab ihr die Zügel des großen Braunen und eilte davon.

Faith blieb unbehaglich in der Sonne stehen, von der schieren Masse des großen Pferdes eingeschüchtert. Das Pferd richtete seine dunkelbraunen, glänzenden Augen auf sie und sie erwiderte den Blick.

»Hallo, mein Junge«, sagte sie, obwohl sie gar nicht wusste, ob das Pferd männlich oder weiblich war.

Sie blickte zu Dean, der in der Dressurhalle die zwei Reiterinnen zu sich rief. Faith konnte die Unterhaltung nicht hören, sie waren zu weit entfernt.

Mittlerweile war das Pferd einen Schritt näher an sie herangetreten, streckte sein weiches Maul aus und berührte ihre Hemdtasche. Dann stupste es gegen die Hosentaschen ihrer Jeans, erst die eine Seite, dann die andere. Schließlich zog das Pferd die Lippen zurück und nahm vorsichtig ein Stück des Jeansstoffes zwischen die Zähne.

»Guter Junge«, sagte Faith. »Und jetzt geh weg.«

Sie trat einen Schritt zurück und zog vorsichtig ihre Jeans aus seinem Maul. Das Pferd machte einen Schritt nach vorne und das Tänzchen begann von vorne.

»Lassen Sie ihn das nicht machen«, sagte Dean.

Er kam auf Faith zugerannt, nahm ihr die Zügel ab und stieß den Braunen leicht mit der Handfläche unter die Nase. Das Pferd hob den Kopf und zog sofort sein Maul weg.

»Er sucht nach Karotten«, sagte Dean. »Aber das gehört sich nicht. Und er weiß es.« Er warf dem Pferd einen strengen Blick zu, worauf es den Kopf abwandte, als würde es sich schämen.

»Oh«, sagte Faith. »Ich wusste gar nicht, dass ich diese Möglichkeit hatte.«

»Wir können immer noch fünftausend zusammenbekommen«, sagte Dean.

»Das ist gut!«

»Aber es reicht nicht.«

»Nein, aber es ist eine Anzahlung, die ich Estelle schon mal geben kann. Und wenn mein Ex sich entscheidet, mir nicht das Leben schwer zu machen, bringt mich das auf vierunddreißigtausend. Das ist fast der Gesamtbetrag!«

Dean sagte einen Augenblick lang nichts. Er suchte nur in ihrem Gesicht nach Hinweisen.

»Wie können Sie ... fünfunddreißigtausend? Wie kann das alles sein?«

Faith griff in ihrer Hemdtasche nach der Notizkarte. Seit Estelle sie ihr über den Tisch zugeschoben hatte, hatte Faith die Karte wie einen Talisman bei sich getragen, in der Nähe ihres Herzens. Sie zog sie heraus und gab sie Dean.

»Sonderpreis. Für jeden, der Midnight kaufen will, um sie Sarah zurückzugeben.«

Deans Blick wurde weich, als er auf die Karte sah. Für den Bruchteil einer Sekunde glaubte Faith sogar, ein feuchtes Glänzen in seinen Augen zu sehen.

»Diese Estelle LaMaster hat Klasse«, sagte er. »Nach dem, was ich über sie gehört habe, schon immer, und das wird sich auch nie ändern, darauf könnte ich wetten. Glauben Sie, sie würde auch vierunddreißigtausend akzeptieren?«

»Wenn es nicht anders geht, schon, glaube ich. Aber es muss eine Möglichkeit geben, die letzten Tausend zu beschaffen. Es kann noch eine Weile dauern, bis ich erfahre, was mit meinem Teil des Geldes passiert. Mir bleibt genug Zeit, um mir etwas zu überlegen.«

Dean gab ihr die Karte zurück und sah sie an.

»Ich will mich nicht in Ihre Privatangelegenheiten mischen«, sagte er. »Es geht mich schließlich nichts an. Aber Sie hatten kein Geld, als ich letztes Mal mit Ihnen geredet habe.«

»Ich habe auf Ihren Rat gehört.«

»Wirklich? Sie sind zu Ihrem Ex zurückgegangen und haben Ihren Teil verlangt?«

»Genau das.«

»Wow«, sagte Dean. »Kein Wunder, dass Sarah so begeistert von Ihnen ist. Sie sind fantastisch.«

* * *

Mit der Absicht, bei Estelle anzuhalten, fuhr Faith durch Buellton auf die 101 Richtung Norden. Sie wollte der älteren Frau mitteilen, wie viel sie anzahlen konnte, und sie bitten, den Verkauf auf der Stelle festzulegen – vielleicht für tausend Dollar weniger oder mit der Option, den Rest später abzuzahlen. Was den größten Teil des Gesamtbetrags betraf – ihren eigenen Anteil –, würde sie positiver klingen müssen, als die Lage es wahrscheinlich rechtfertigte. Aber sie musste es irgendwie hinbekommen.

Doch sie fuhr an der Ausfahrt zur 154 vorbei.

Sie hatte eine plötzliche Eingebung. Die Idee war wahrscheinlich völlig verrückt, doch sie hatte sich mit einer solchen Kraft und Überzeugung in ihre Gedanken gedrängt, dass sie irgendwie daran glaubte. Ob richtig oder falsch, sie musste es jetzt versuchen. Zumindest sollte sie die Sache durchziehen.

Sie fuhr ein paar Minuten lang weiter Richtung Norden nach Los Alamos und nahm die vertraute Ausfahrt zur Moonshadow Farm.

Er wird nicht einmal da sein, dachte sie, als sie durch die lange, von Bäumen gesäumte Straße fuhr. Sie warf einen Blick auf ihre Armbanduhr. Kurz nach neun. Er konnte schon fertig und wieder zu Hause sein. Doch sicher würde jemand vom Stall seine Nummer oder Privatadresse haben.

Faith bog in die Einfahrt ab. Sie fuhr ans Tor, lehnte sich aus dem Fenster und drückte auf den Knopf. Sie war kaum durch das Tor gefahren, als sie ihn sah. Er war auf dem Reitplatz und trainierte in der warmen Sonne ein Pferd. Es war ein schlankes graues Pferd, das Faith zuvor noch nicht gesehen hatte.

Sie parkte auf ihrem üblichen Platz im Schatten des Stalls und ging zum Reitplatz.

Er musste sie sofort erkannt haben, denn er kam auf sie zugeritten.

»Haben Sie etwas vergessen?«, fragte er. Ein wenig misstrauisch, fand Faith.

»Eigentlich nicht. Wer ist das?« Sie zeigte auf sein Pferd.

»Mein neues Pferd. Er ist wunderbar.« Sein Ton war leicht sarkastisch. »Er hasst mich kein bisschen. Er hat mich noch nie abgeworfen. Es scheint nicht irgendwo am Horizont jemand anderen zu geben, den er eigentlich viel lieber mag.« Das Pferd verlagerte sein Gewicht unter John, der ihm sanft auf den Hals klopfte. »Und er ist schön groß, sodass meine Knöchel nur bis unter den Sattel gehen. Er ist im Moment nur im dritten Level, also muss ich ihn noch steigern. Aber da er noch nicht so fortgeschritten ist, musste ich mich nicht dumm und dämlich zahlen. Nicht wie für so manches andere Pferd.«

Faith schirmte ihre Augen gegen die Sonne ab, als sie zu ihm hochblickte. »Ah. Dann geht's Ihnen jetzt also finanziell etwas besser. Das ist gut.«

Er blickte mit einem Stirnrunzeln zu ihr hinunter. »Sie sind nicht hergekommen, um mich um etwas zu bitten, oder?«

»Na ja … irgendwie schon.«

»Sie sind allen Ernstes hierher zurückgekommen, um mich um Geld zu bitten?«

»Nicht für mich. Es ist für einen guten Zweck. Ich kann es mir fast leisten, Midnight für Sarah zurückzukaufen. Es fehlt nur ein kleiner Betrag.«

»Oh«, sagte John. Faith konnte förmlich sehen, wie die ironische und emotionale Distanz, die er seit ihrer Ankunft an den Tag gelegt hatte, von ihm abfiel. »Das wäre fantastisch.« Einen Augenblick lang blieb er still auf seinem Pferd sitzen. Vielleicht fügte er in Gedanken alles zusammen. »Wie viel fehlt Ihnen noch?«

»Etwa …« Faith spürte, wie sich ihr Gesicht anspannte. Sie runzelte die Stirn. Sie musste es so klingen lassen, als sei ihr Anteil des Gesamtbetrags eine feste Tatsache, auch wenn es nicht so war. Und selbst wenn es so gewesen wäre, kannte sie nicht den genauen Betrag. »Tausend?« Sie sprach schnell weiter, um die gespannte Atmosphäre zu überbrücken. »Ich will damit nicht sagen, dass Sie ihr das Geld schuldig sind. Sie hat viel für Sie gearbeitet, aber es gab nie eine Übereinkunft, dass sie dafür bezahlt würde. Und ich versuche nicht, Ihnen Schuldgefühle einzureden, damit Sie es tun. Ich … frage nur.«

Stille.

Zu ihrer Überraschung drückte John plötzlich die Schenkel gegen den Rumpf des Pferdes und ritt davon. Im Kanter ritt er eine Reihe von Achterschleifen vom einen Ende des Platzes bis zum anderen, in der Mittellinie die Kurve und den Galopp wechselnd.

Faith wartete, doch die Zeit dehnte sich. Und es gab keine Anzeichen dafür, dass er noch einmal zu ihr zurückkommen würde.

Sie konnte es nur als eine Absage werten.

Sie wäre beinahe einfach gegangen, doch es fühlte sich feige an. Er konnte schließlich einfach Nein sagen. Vielleicht nahm er es ihr übel, dass sie gefragt hatte, aber er konnte ihr zumindest eine Antwort geben.

Sie nahm ihr gesamtes Stimmvolumen und ihre Energie zusammen und rief laut über den Reitplatz: »John Wintermeyer, ignorieren Sie mich?«

»Nein«, rief er zurück. »Ich denke nach.«

Also wartete Faith in der warmen Sonne, während er nachdachte.

Ein paar Minuten später kam er wieder an das Geländer getrabt.

»In Ordnung«, sagte er. »Ich bin mit einem Tausender dabei.«

»Wirklich? John, das ist fantastisch!«

»Na ja, ich habe schließlich gesagt, dass ich es für sie machen würde, wenn ich es mir leisten könnte. Und ich kann eigentlich nicht so tun, als wären tausend Dollar mehr, als ich mir leisten könnte. Außerdem mach ich das in erster Linie für mich selbst. Ich habe genug davon, mich schuldig zu fühlen. Ich war schuldig, weil ich Midnight gekauft habe, und schuldig, weil ich sie wiederverkauft habe. Ich schreibe jetzt gleich einen Scheck aus, und wenn ich Ihnen den Scheck gebe, dann will ich mich nie wieder wegen dieser Sache schuldig fühlen müssen.«

»Das klingt doch nach einem guten Plan«, sagte Faith.

* * *

Nur zwei Tage später kam ein Anruf von ihrer Stiefmutter. Es waren zwei qualvolle, lange Tage gewesen. Sie hatte Roberts Nummer wieder freigegeben, weil sie dachte, dass er sie vielleicht kontaktieren würde. Doch nichts war geschehen.

»Marilyn«, sagte sie. Im ersten Augenblick befürchtete sie, ihrem Vater könnte etwas zugestoßen sein. Sie stand ihrer Stiefmutter nicht sehr nahe und sie riefen sich in der Regel nicht einfach so an.

»Du hast ein Einschreiben von Robert bekommen«, sagte Marilyn. »Unsere Adresse war wohl die einzige, unter der er dich erreichen konnte.«

»Mach's auf«, sagte Faith sofort. Sie spürte, wie ihr Herz lauter und lauter hämmerte. »Kannst du es mir bitte vorlesen?«

In ihrem Magen rumorte es, während sie wartete.

»Oh«, sagte Marilyn leise. »Hm.«

»Was steht da?«

»Ich bin nicht sicher, ob du das wirklich hören willst. Wort für Wort. Oder ob ich es dir vorlesen will. Es ist ein langer Brief und der Inhalt ist ziemlich … hässlich.«

»Ich muss es aber wissen. Kannst du zusammenfassen, worum es geht?«

»Okay.« Eine weitere unerträgliche Pause. »Er schickt dir ein Rechtsformular«, begann Marilyn. »Und … ja, es ist hier angehängt. Er schreibt, dass du es unterzeichnen und notariell beglaubigen lassen musst. Also, im Kern steht in dem Formular, dass du ihn nach dieser Sache nie mehr um Geld bittest. Und er schreibt, dass er dir innerhalb von drei Geschäftstagen einen bestätigten Scheck sendet. Außerdem, dass er in die Scheidung einwilligen wird, danach aber nie wieder etwas von dir hören oder sehen will.«

An beiden Enden der Leitung blieb es still, als Faith die Neuigkeiten aufnahm.

»Das klingt nach Robert«, sagte sie nach einer Weile. »Du kannst mich nicht feuern, aber ich kündige.«

»Er schreibt auch noch Einiges dazu, weshalb er nie wieder etwas von dir hören oder sehen will …«

»Wie auch immer. Das ist unwichtig.«

»Es ist sehr unschön«, sagte Marilyn und fügte nach einer kurzen Pause hinzu: »Aber eigentlich, wenn man darüber nachdenkt … wie er es enden lassen will, ist gar nicht so schlecht.«

Faith lachte laut auf. Es war wahrscheinlich die Anspannung, die endlich aus ihrem Körper wich, gepaart mit einem Gefühl der Erleichterung.

»Oh ja, den Deal nehme ich gerne an!«

Kapitel 20

Späte Geburtstagsgeschenke

Gerade, als Faith zur Tür hinauswollte, rief Constance an, um ihr mitzuteilen, dass es ein Problem gab.

»Sie will nicht mitkommen«, sagte Constance. »Du weißt ja, wie niedergeschlagen und mutlos sie gerade ist. Ihr ist klar, dass eine Menge Leute dort sein werden und sie im Mittelpunkt stehen wird, also weigert sie sich, mitzugehen. Wir beide wissen, dass es ihr sofort besser gehen wird, wenn sie ihr Geschenk sieht, aber wie kann ich Sarah davon überzeugen, ohne die Überraschung zu ruinieren? Ich kann diese Blockade nicht durchbrechen.«

Faith ging mit dem Telefon am Ohr zum Auto. Es war Zeit, loszufahren. Bis nach Moorpark war es eine weite Strecke und sie ging immer noch davon aus, dass sie sich pünktlich treffen würden. Sie wollte nicht infrage stellen, dass es überhaupt stattfand.

»Wenn‹s sein muss, ruinieren wir die Überraschung«, sagte Faith und setzte sich hinters Steuer. »Aber lass es mich trotzdem versuchen. Kannst du sie ans Telefon bekommen?«

»Ich gebe mein Bestes.«

Während sie wartete, stellte Faith den Anruf auf die Freisprechanlage um und fuhr aus der Einfahrt des Strandhauses.

»Hi«, meldete sich Sarah. Sie klang wie die Parodie eines deprimierten Teenagers. Ihre Stimme war kaum hörbar, tief und energielos.

»Kurze Frage, meine Kleine. Vertraust du mir?«

»Ich kann das heute nicht machen, Faith. Ich kann einfach nicht. All diese Leute werden versuchen, mich aufzuheitern …«

»Meine Kleine, auf der Party wird etwas passieren, das dich ganz sicher aufheitern wird. Und ohne, dass es jemand versuchen muss. Es sollte eigentlich eine Überraschung werden, aber …«

»Nichts könnte mich aufheitern«, unterbrach Sarah.

»Du lässt mich gar nicht zu Wort kommen. Es soll eine Überraschung werden, aber wenn's sein muss, kann ich sie ruinieren. Wenn ich dir die Überraschung verraten muss, um dich dorthin zu bekommen, mache ich das, weil du einfach dorthin *musst*. Du musst es einfach. Und wenn du dann dort dein Geschenk siehst, wirst du zu mir sagen: ›Okay, Faith, jetzt verstehe ich, warum ich hierherkommen musste. Und ich bin so froh, dass ich es nicht verdorben habe.‹ Also zurück zu meiner ursprünglichen Frage. Vertraust du mir?«

»Mein Geburtstag ist schon rum. Wir haben ihn einfach verpasst, okay? Er war nicht so wichtig wie alles andere, was passiert ist, und er ist einfach vorbei. Lass ihn einfach vorbei sein. Wir brauchen ihn nicht wieder rauszukramen.«

»Du hast meine Frage nicht beantwortet.«

Faith fuhr auf die Autobahn. Der Nebel hatte sich wie Finger über die Küste ausgestreckt. Ein Teil dieses Nebels saß wie eine Mütze auf Morro Rock.

»Ja«, sagte Sarah, immer noch kraftlos. »Ich vertraue dir.«

»Dann komm dorthin. Und wenn es nur für mich ist.«

Eine lange Stille, dann hörte Faith einen tiefen Seufzer.

»Okay. Wann bist du dort?«

»Ich bin schon unterwegs.«

»Wenigstens wird es schön sein, dich zu sehen.«

»Oh, es wird auch aus anderen Gründen schön sein«, sagte Faith.

* * *

Estelle war bereits da, als Faith mit ihrem kleinen, flachen Geschenk bei Dressage Journeys ankam. Cara und Lainie stellten gerade einen Picknicktisch mit Getränken und einer dekorierten Geburtstagstorte auf. Ein halbes Dutzend Leute waren dort, die Faith noch nie getroffen hatte, die aber zu der Party zu gehören schienen. Vielleicht waren es Reiter und Leute, die hier wohnten. Sie waren zu alt, um Schulfreunde von Sarah zu sein.

Soweit Faith sehen konnte, waren Sarah und Constance noch nicht eingetroffen.

Sie winkte Estelle zu und machte sich auf die Suche nach Dean, den sie im Stall fand, wo er gerade Midnight sattelte.

»Oh, wir bringen sie hierher, damit sie gleich reiten kann?«

»Na ja«, sagte Dean. »Ich kann mir nicht vorstellen, dass sie nicht sofort auf Midnight raufspringen will, oder?«

»Was ist mit der Schleife? Haben wir uns gegen die Schleife entschieden?«

»Sie hat sich eher gegen uns entschieden. Ich habe zwar eine schöne, große Schleife, aber das Band war nicht lang genug, um ihr die Schleife um den Hals zu binden. Als ich es mit einem Klebestreifen versucht habe, ist er bei jeder Kopfbewegung abgerissen. Ich könnte die Schleife vielleicht an das Zaumzeug kleben.«

»Gut. Machen Sie das. Ich habe Midnights Papiere und den Kaufvertrag als Geschenk verpackt.«

»Ich bin richtig aufgeregt«, sagte Dean, »und das ist ganz untypisch für mich. Normalerweise bin ich eher der gelassene

Typ. Zu gelassen, wie mir immer wieder gesagt wird. Und heute fühle ich mich schon den ganzen Tag wie ein Kind an Weihnachten. Dabei ist die Feier noch nicht mal für mich!«

Faith wollte gerade etwas erwidern, als jemand ihren Namen rief. Als sie sich umdrehte, stand Constance in der Stalltür.

»Wir haben ein weiteres Problem, Faith. Ich bekomme sie nicht aus dem Auto. Du hast sie zumindest hineinbekommen. Kannst du es bitte noch mal mit deiner Magie versuchen?«

Faith trat neben Constance, die in Richtung ihres Autos deutete. Sarah saß mit gesenktem Kopf und geschlossenen Augen auf dem Beifahrersitz. Faith kam der Gedanke, dass sie sich vielleicht zu viel Zeit gelassen hatten. Jeder zusätzliche Tag musste in einer Stimmung wie dieser für Sarah eine Qual gewesen sein. Faith würde sich später bei ihr entschuldigen müssen.

Sie ging zum Auto und setzte sich auf den Fahrersitz neben Sarah. Der Motor lief nicht, und ohne Klimaanlage war es im Auto erdrückend schwül. Die Luft fühlte sich fast zu heiß zum Atmen an.

»Also, es ist so«, begann Faith. »Ich weiß, dass du denkst, dass wir mit einem Geschenk nichts an deinem Leid ändern können. Aber wir glauben nicht, dass das so ist. Und … hier kommt der Spoiler: Wir haben recht und du nicht. Und da wir dein Geschenk kennen, solltest du die Möglichkeit einräumen, dass wir recht haben könnten. Also steig aus, damit wir dir dein Geschenk geben können. Und falls wir unrecht hatten und sich deine Stimmung durch das Geschenk nicht komplett ändert, dann hast du meine Erlaubnis, sofort heimzufahren. Abgemacht?«

»Sobald ich sehe, was es ist, kann ich nach Hause?«

»Ja. Aber du wirst nicht nach Hause wollen.«

Sarah warf einen Blick auf das eingepackte Geschenk in Faiths Hand.

»Es ist noch mehr als das«, sagte Faith.

Sarah seufzte und sie stiegen aus dem Auto.

»Achtung, Achtung!«, rief Faith, als sie am Stall angekommen waren. Alle Unterhaltungen verstummten. »Ich hoffe, Sie verzeihen mir die Eile, aber Sarah fühlt sich nicht sehr wohl in dieser Situation, also wollen wir es nicht länger hinauszögern, ihr das Geschenk zu überreichen. Im Gegensatz zu uns glaubt sie, dass sie nicht hierbleiben wird, wenn sie das Geschenk gesehen hat. Also wollen wir sehen, wer recht hat. Dean?«

Dean trat mit Midnight aus dem Stall.

Hier draußen in der Sonne konnte Faith sehen, dass er sie gewaschen hatte. Ihr schwarzes Fell glänzte im Licht. Sie trug ihren Dressursattel und unter das Leder des linken Steigbügels war eine Reitgerte gesteckt. Die große rote Schleife war ganz links auf dem Stirnband ihres Zaumzeugs befestigt, gleich unter ihrem Ohr.

Sarah blickte die Stute an und alle Augenpaare waren auf Sarah gerichtet.

»Oh, sie ist hier«, sagte Sarah. »Das ist schön.«

In ihrer Stimme lag nicht viel Gefühl. Es war nur eine tonlose Aussage. Dann trat eine Stille ein, die die ganze Welt hätte verschlingen können.

Sarah war die Erste, die nach dieser Überraschung sprach.

»Nein, wirklich«, sagte sie und wandte sich zu Estelle um. »Es war nett von Ihnen, sie hierherzubringen. Damit ich auf ihr reiten kann, während sie hier ist. Das war nett.«

»Sie versteht es nicht«, sagte Estelle und alle Anwesenden schienen wieder auszuatmen. »Mein Liebling, Midnight ist kein Geburtstagsgast. Sie ist dein Geschenk.«

»Sie ist …«, sagte Sarah.

Unbeweglich wie eine Statue blieb sie stehen. Sie sah aus, als würde sie gleich in Tränen ausbrechen.

Faith trat zu ihr und überreichte ihr das dünne Päckchen. »Das sind ihre Papiere. Und der Kaufvertrag. Er läuft auf meinen Namen. Nur, damit es zu keinen dubiosen Geschäften deines Vaters mit anderen Gefängnisinsassen kommen kann. An deinem achtzehnten Geburtstag verkaufe ich sie dir für einen Dollar. Bis dahin vertraust du mir doch?«

»Du …«, begann Sarah und kam nicht weiter.

Dean führte Midnight zu Sarah, da Sarah nicht imstande zu sein schien, eine Bewegung zu machen. Er hielt ihr seine ineinander verschränkten Finger hin, um ihr aufzuhelfen, aber Sarah starrte ihn nur an. Dann fiel sie auf die Knie und weinte. Keine Schluchzer, kein Geräusch. Nur Tränen, die ihr wie ein Sturzbach übers Gesicht liefen.

Dean versuchte, ihr aufzuhelfen, doch ihre Knie schienen wachsweich geworden zu sein. Sie sank wieder zu Boden und blickte zu ihrem Pferd auf.

»Ist alles in Ordnung, mein Schatz?«, fragte Constance und eilte an ihre Seite.

Sarah nickte schweigend. Ihre Tränen liefen immer noch.

»Weinst du vor Glück?«

Sie nickte wieder, obwohl sie mit ihren großen, rot geweinten Augen und ihrem vor Ergriffenheit verzerrten Gesicht ein jämmerliches Bild abgab. Plötzlich brach eine Reihe von Geräuschen aus dem Mädchen, die Faith wie eine Mischung aus Schluchzern und Schluckauf vorkamen.

Dean zog sie auf die Beine und versucht noch einmal vergeblich, ihr in den Sattel zu helfen.

»Du zitterst ja am ganzen Körper«, sagte er.

Cara und Lainie kamen herbeigeeilt, um Sarah zu halten, aber ihr beinahe hysterisches Schluchzen wurde nur noch stärker. Dean reichte Faith die Zügel. Er stellte sich vor Sarah hin, blickte ihr direkt ins Gesicht und fragte sie immer wieder, ob alles in Ordnung sei.

Schließlich begann er, ihr kräftig auf die Wangen zu klopfen, mit zunehmender Energie. Eine sanftere Version von dem, womit – vielleicht nur in Filmen – Leute aus hysterischen Zuständen geholt wurden.

Doch Sarah schluchzte und hickste weiter, ihr Körper war so schlaff, dass sie ohne die Unterstützung ihrer beiden Freundinnen zu Boden gestürzt wäre.

Faith wandte den Blick von der Szene ab. Midnight sah sie mit einem weichen Blick in ihren dunklen Augen an. Freundlich, als sei Faith eine Freundin, der sie vertrauen konnte. Midnight streckte ihre samtweichen Nüstern nach vorne und Faith streichelte sie.

»Willkommen zu Hause, meine Freundin«, sagte sie.

Dann standen sie alle hilflos daneben, während Sarah sich ausweinte. Sie konnten nichts anderes tun.

* * *

»Sie ist so gerne hier«, sagte Dean.

Sie hatten Midnights Sattel abgenommen und führten die Stute jetzt zu einer kleinen, umzäunten Weide, auf der sie sich austoben konnte.

»Was du nicht sagst«, erwiderte Sarah. »Erinnerst du dich noch daran, wie sie mit drei Jahren in den Zaun hineingerannt ist und dabei beinahe sich und dieses andere Pferd umgebracht hätte?«

Alle lachten darüber, was Faith seltsam vorkam. Vielleicht lachten sie nur, weil es in der Vergangenheit lag und alles glimpflich ausgegangen war.

Dean nahm den Führstrick ab und stieß schnell das Gatter zu. Und dann rannte Midnight. Und rannte und rannte.

Die Gäste saßen im Schatten verteilt auf einfachen Klappstühlen und aßen Torte, während sie Midnight zusahen.

Sie lächelten und tätschelten Sarah jedes Mal, wenn sie an ihr vorbeikamen. Es kam Faith so vor, als würden sie jede Gelegenheit nutzen, die sie an Sarah vorbeiführte, nur damit sie das Mädchen wieder tätscheln konnten.

»Weißt du, so hatte es eigentlich nicht laufen sollen«, sagte Dean. »Wir hatten alles ausgearbeitet. Sorgfältig geplant, wie man so sagt. Du solltest auf das Pferd steigen und eine atemberaubende Vorführung für deine Gäste abliefern. Und alle hätten ›ooh‹ und ›aah‹ gerufen. Lainie hätte es für die Nachwelt auf Video aufgenommen.«

Lainie wedelte mit einer kleinen Videokamera durch die Luft.

»Wir hatten nicht einkalkuliert, dass deine Nähte sich auflösen würden wie bei einer Stoffpuppe, deren ganzer Inhalt sich über den Boden verteilt. Zu schlaff, um im Sattel zu sitzen. Ich kenne dich jetzt seit fast neun Jahren und hatte noch nie erlebt, dass du nicht in der Lage warst, in einem Sattel zu sitzen. Selbst damals mit dieser Grippe konntest du das.«

»Tut mir leid«, sagte Sarah. Doch offenbar tat es ihr nicht leid. Es brauchte ihr auch nicht leidzutun. »Ich hatte … damit wirklich nicht gerechnet. Ich dachte mir schon, dass ihr ein Pferd für mich hättet, aber ein anderes Pferd, und ich wollte eure Gefühle nicht verletzen, aber ich hätte dieses Pferd nicht gewollt. Oh! Lainie! Sie wälzt sich auf dem Boden! Film das, wie sie sich herumwälzt.«

Doch Lainie hörte sie nicht, weil sie sich gerade mit jemandem unterhielt.

»Na toll«, sagte Dean. »Keine zwanzig Minuten nach ihrem Bad. Das muss ein neuer Rekord für die kürzeste Zeitspanne sein, die ein Pferd sauber geblieben ist.«

Faith stand auf und ging an das Gatter der Weide, um mit ihrem Smartphone zu filmen, wie sich Midnight herumwälzte.

Kurz darauf erschien Sarah an ihrer Seite, und gemeinsam lehnten sie sich an den Zaun. Faith fragte sich, an wie vielen Zäunen sie seit Beginn des Sommers so nebeneinandergestanden hatten. Was Traditionen betraf, war diese gar nicht einmal so schlecht.

»Wie ich sehe, scheinst du gar nicht nach Hause zu wollen«, sagte Faith.

Sarah lachte. »In Ordnung. Gut. Du willst, dass ich es ausspreche? Okay. Du hattest recht und ich hatte unrecht.«

»Für eine Fünfzehnjährige ist so eine Erklärung richtig rekordverdächtig. Wann genau war eigentlich dein Geburtstag? Und warum hast du es mir nicht gesagt?«

»An dem Tag, als wir zur Anklageverlesung mussten. Und ich mich übergeben habe.«

»Oh«, murmelte Faith. »Irgendwie beantwortet das beide Fragen auf einmal.«

Midnight wälzte sich noch immer auf der Wiese. Es war entzückend, wie unelegant ihre Bewegungen waren. Midnight wackelte hin und her und stieß unkoordiniert die Hufe in die Luft. Und Faith filmte weiter, was bedeutete, dass sie auch ihre Unterhaltung festhielt.

»Ich verstehe es immer noch nicht ganz«, sagte Sarah. »Wer hat sie für mich gekauft?«

»Irgendwie … wir alle zusammen. Estelle hat am meisten beigesteuert, indem sie nur die Hälfte des eigentlichen Kaufbetrags für Midnight wollte. Ein Sonderpreis für die Person, die vorhatte, dir Midnight zurückzugeben. Ich habe den zweitgrößten Beitrag geleistet. Dann Dean, Cara und Lainie. Und … auch wenn du es vielleicht kaum glauben kannst … auch John hat etwas beigesteuert.«

»John Wintermeyer?«

»Ja. Genau der.«

»Er ist aber nicht gekommen.«

»Nein. Wenn er gekommen wäre, hätte er zugeben müssen, dass er im Grunde ein netter Kerl ist. Und du weißt ja, wie er ist. Oh, und deine Großmutter leistet ihren Beitrag, indem sie für die laufenden Kosten aufkommen wird.«

Sie beobachteten schweigend, wie Midnight aufstand und sich kräftig schüttelte. Sie stand mit gespreizten Beinen auf der Weide, eine überraschende Haltung, die an ein ganz junges Pferd erinnerte. Sie blickte Faith und Sarah an. Dann sprang sie plötzlich in die Luft und brach wieder in einen stürmischen Galopp aus, wie ein Hund, der von seinem Spieldrang überwältigt wurde.

»Ich verstehe es aber nicht«, sagte Sarah wieder. »Ich meine … es ist eine so unglaublich wunderbare Sache, dass ich eigentlich nicht einmal ein Wort darüber verlieren will …«

»Aber …«

»Aber ich habe den ganzen Sommer mit dir verbracht. Und du hattest nicht einmal die Hälfte von dem, was John für sie bezahlt hat. Du hattest gar nichts.«

»Stimmt. Ähm … erinnerst du dich, dass ich dir erzählt habe, ich sei bereit, mit nichts als meinen Kleidern am Leib diese Ehe zu verlassen? Und du warst, gelinde ausgedrückt, etwas kritisch, was diesen Plan anging? Na ja, ich habe es mir noch einmal überlegt und meine Meinung geändert.«

Midnight war schließlich genug gerannt. Sie steckte den Kopf durch die Zaunbretter und versuchte, an das trockene, stoppelige Gras vor der Weide heranzukommen.

Faith wandte den Kopf und sah, dass Sarah sie mit großen Augen anstarrte.

»Du hast dich für *mich* mit dem unheimlichen Typen getroffen?«

»Ja. Deswegen und … damit die Sterne wieder an ihren richtigen Platz kommen.«

»Ich weiß nicht, was das bedeutet.«

»Macht nichts. Das erzähle ich dir ein anderes Mal.«

»Aber es waren … es waren … Tausende von Dollar. Und du hast das Geld bekommen. Und dann hast du alles für mich ausgegeben?«

»Ich hätte das Geld sowieso nicht gehabt. Wenn ich es nicht für dich gebraucht hätte, dann hätte ich es mir nie geholt. Was macht es also für einen Unterschied? Ich bin erwachsen. Ich habe zwei Hände. Ich kann arbeiten. Ich werde es schon schaffen.«

Sie beobachteten Midnight wieder eine Weile lang, obwohl sie jetzt nicht viel Unterhaltung bot. Faith filmte immer noch alles mit. Aus irgendeinem Grund hatte sie das Gefühl, diese Unterhaltung zwischen ihnen speichern zu müssen.

»Ich kann immer noch nicht glauben, dass du das gemacht hast«, sagte Sarah. Faith konnte hören, dass sie wieder weinte, diesmal ruhig und leise. »Du gehst jetzt aber nicht fort und vergisst mich, oder?«

»Es wäre schwer, dich zu vergessen.«

»Du wirst zu Besuch kommen und wir können dich am Strand besuchen?«

»Das will ich doch hoffen!«

»Und wenn wir wieder Turniere haben, wirst du uns beim Reiten zusehen?«

»Du wirst mich nicht davon abhalten können.«

Sie verstummten und Faith stoppte die Aufnahme.

»Ich schicke dir eine Kopie«, sagte sie. »Jetzt lass uns aber zur Party zurückgehen. Heute will jeder ein Stück von dir.«

* * *

Auf dem Heimweg, als Faith nur noch ein paar Dutzend Meilen vom Strandhaus entfernt war, hörte Faith das Geräusch einer eingehenden Textnachricht auf ihrem Smartphone. Sie nahm die nächste Ausfahrt von der Autobahn, um sie zu lesen.

Die Nachricht war von Sarah.

Es tut mir leid. Es tut mir wirklich leid, Faith. Ich habe mich überhaupt nicht richtig bei dir bedankt. Ich wollte es die ganze Zeit tun, aber ich stand irgendwie unter Schock. Ist es okay, wenn ich dir für den Rest unseres Lebens jeden Morgen eine Nachricht sende, um dir zu sagen, wie dankbar ich bin?

Faith gab ihre Antwort ein.

Das brauchst du nicht. Ich glaube dir. Ich habe nie daran gezweifelt, dass du dankbar bist. Aber du kannst es jeden Tag sagen, wenn du willst.

Faith schickte die Nachricht ab und wartete, doch Sarah war offenbar schon zu Bett gegangen. Immerhin war es ein langer, emotionaler Tag gewesen.

* * *

Völlig erschöpft kam Faith nach zehn Uhr abends zu Hause an. Sie war so müde, dass sie voll bekleidet auf dem Bett einschlief. Nicht einmal die Schuhe zog sie aus.

Irgendwann mitten in der Nacht erwachte sie, setzte sich auf und – wie so häufig in letzter Zeit – konnte nicht sofort feststellen, wo sie sich befand. Als sie die Augen öffnete, glaubte sie, sie würde aus dem Fenster auf den dunklen Strand blicken. Und dort den Umriss einer kleinen, dünnen Person sehen, die auf dem Sand vor ihrem Fenster saß. Im Lotussitz, wie beim Meditieren.

Doch langsam klärten sich ihre Gedanken und die Person auf dem Sand verblasste. Dieser Teil war nur ein Traum gewesen. Als sie ihren Blick fokussierte und der Traum allmählich von ihr abließ, konnte sie von ihrem Bett im zweiten Stock aus nur das Fenster sehen. Nicht, was sich dahinter befand, da die Vorhänge zugezogen waren. Und schon gar nicht den Sand vor ihrer Veranda. Den konnte sie nur sehen, wenn sie aufstand und ans Fenster ging.

Sie blieb auf dem Bett sitzen.

Sie konzentrierte sich auf die Leere, die noch nicht ganz weggegangen war. Es war keine unangenehme Leere. Keinesfalls. Sie erinnerte Faith an ein leeres Tagebuch, das darauf wartete, mit Wörtern gefüllt zu werden. Nur wurde ein Tagebuch normalerweise mit bereits geschehenen Ereignissen gefüllt. Dieses unbeschriebene Tagebuch wartete darauf, was Faith als Nächstes tun würde.

Es könnte alles Mögliche sein. Sie konnte die nächste Phase ihres Lebens so beschreiben, wie immer sie wollte. Sollte sie genug Mut aufbringen, konnte sie sogar sich selbst von diesem neuen Leben schreiben lassen.

Nach einer Weile legte sie sich wieder hin. Sie schlief tief und lange bis zum nächsten Morgen.

* * *

Als Faith aufwachte, wartete bereits eine Textnachricht auf sie. Der erste Erguss einer lebhaften, überschwänglichen, fast atemlosen Dankbarkeit von dem Mädchen, das den ganzen Sommer lang mit gesenktem Kopf herumgelaufen war.

Es sollte die erste Nachricht von vielen weiteren sein.

Printed in Germany
by Amazon Distribution
GmbH, Leipzig

18871283R00226